晚唐皮陆诗派研究

王永波 著

WUHAN UNIVERSITY PRESS
武汉大学出版社

图书在版编目(CIP)数据

晚唐皮陆诗派研究/王永波著. —武汉: 武汉大学出版社,2017.8
ISBN 978-7-307-19606-3

Ⅰ.晚… Ⅱ.王… Ⅲ.古典诗歌—文学流派—诗歌研究—中国—晚唐 Ⅳ.I207.209

中国版本图书馆 CIP 数据核字(2017)第 195943 号

责任编辑:白绍华　　责任校对:李孟潇　　版式设计:马　佳

出版发行: **武汉大学出版社** (430072 武昌 珞珈山)
(电子邮件: cbs22@whu.edu.cn 网址: www.wdp.com.cn)
印刷: 虎彩印艺股份有限公司
开本: 720×1000 1/16　印张:16.25　字数:227 千字　插页:1
版次: 2017 年 8 月第 1 版　2017 年 8 月第 1 次印刷
ISBN 978-7-307-19606-3　定价:79.00 元

目　　录

第一章 皮陆诗派与晚唐诗坛

在中国诗歌发展史上，首个以诗派相标榜的文学流派一致被公认为是宋代的江西诗派。吕本中在《江西宗派图》中首先提出“江西诗派”这个名称，尊黄庭坚为诗派之祖，并开列了陈师道等二十五人的诗派名单，以后这个名单又不断地在扩大，江西诗派遂成为宋代很有影响的文学流派。但是，在江西诗派之前，以相似诗风构成的趣味相投的诗人群体，文学史上却可以举出很多。例如钟嵘《诗品》把古今诗人分为上、中、下三品，在具体的诗人品列中，他特别重视相同风格的诗人群体品评。卷中并列郭泰机、顾恺之、谢世基、顾迈、戴凯，并云：“观此五子，文虽不多，气调警拔。”①卷下列王济、杜预、孙绰、许询，评曰：“世称孙许，弥善美恬淡之词。”②钟嵘明显地抓住了这些诗人相似的群体风貌及其共同的审美特征，虽然只是片言只语的点评，却也弥足珍贵。这种诗人群体是一种文学史上独特的现象，它的产生有着多方面的因素，它的形成与演变也是有多种形态的。可以这么说，诗人群体的出现始终伴随着诗歌史的发展，对研究诗歌史具有重要的作用。

诗人群体的产生可以上溯到汉代，但是唐代的诗人群体却尤为突出。宋人严羽《沧浪诗话 · 诗体》列述历代诗体：“以时而论，则有建安体、黄初体、正始体、太康体、元嘉体、永明体、齐梁体、南北朝体、

① 曹旭：《诗品集注》，上海古籍出版社1996年版，第255页。
② 曹旭：《诗品集注》，上海古籍出版社1996年版，第385页。

唐初体、盛唐体、大历体、元和体、晚唐体、本朝体、元祐体、江西宗派体"①，唐代占有五体。"以人而论，则有苏李体、曹刘体、陶体、谢体、徐庾体、沈宋体、陈拾遗体、王杨卢骆体、张曲江体、少陵体、太白体、高达夫体、孟浩然体、岑嘉州体、王右丞体、韦苏州体、韩昌黎体、柳子厚体、韦柳体、李长吉体、李商隐体、卢仝体、白乐天体、元白体、杜牧之体、张籍王建体、贾浪仙体、孟东野体、杜荀鹤体、东坡体、山谷体、后山体、王荆公体、邵康节体、陈简斋体、杨诚斋体。"②共列三十六体，其中唐代多达二十四体，虽然这些体式多为单个诗人所创，但他们所创作的这种诗歌体式在一定程度上可以影响其他诗人的创作，从而形成或大或小的诗歌创作群体，带动唐诗向前发展，可见唐代诗歌的繁荣与诗人群体具有密切关系。而且，严羽也很重视诗人群体的创作，例如他就特别标出苏李体、曹刘体、徐庾体、沈宋体、王杨卢骆体、元白体等诸体，这些体式多由两个及多个诗人组成，相对于个人的诗歌体式，影响要大些。前人往往喜欢津津乐道大诗人对于中、小诗人的影响，其实中、小诗人群对大诗人也是提供了很多艺术借鉴的，这一点却往往被人忽视。

王兆鹏在《宋南渡词人群体研究》一书的序中说："文学史与词史的实际都表明，一代文学风气的转变与形成，往往是由一代作家群共同完成的。缺乏群体的思考与整体的观念，就无法理清文学史、词史发展的脉络。而中国文学发展到宋代，先后出现了许多自觉的文人集团和创作群体，不从群体的角度去研究，也很难深入了解宋代文学的新质与进展。"③要想研究一个时代的文学发展面貌和特征，最好的办法就是进行群体研究，此外，时段与地域研究也是相当重要的。事实上，群体研究作为一种新的研究方法，在古代文学研究领域内取得了很大的成就，专

① 郭绍虞：《沧浪诗话校释》，人民文学出版社1983年版，第53页。
② 郭绍虞：《沧浪诗话校释》，人民文学出版社1983年版，第59页。
③ 王兆鹏：《宋南渡词人群体研究》，台湾文津出版社1992年版，第1页。

著就有数十部，如王巍《三曹父子与建安文学》(辽海出版社 2002)、王鹏廷《建安七子研究》(北京大学出版社 2004)、程章灿《世族与六朝文学》(黑龙江教育出版社 1998)、姜剑云《太康文学研究》(中华书局 2003)、刘跃进《门阀士族与永明文学》(三联书店 1996)、刘跃进《永明文学研究》(台湾文津出版社 1992)、孙明君《三曹与中国诗史》(清华大学出版社 1999)、胡大雷《中古文学集团》(广西师范大学出版社 1996)、吕肖奂《宋诗体派论》(巴蜀书社 2002)、莫砺锋《江西诗派研究》(齐鲁书社 1986)、伍晓蔓《江西宗派研究》(巴蜀书社 2005)、张宏生《江湖诗派研究》(中华书局 1995)、张瑞君《南宋江湖派研究》(中国文联出版社 2001)、马东瑶《苏门六君子研究》(北京大学出版社 2005)、杨胜宽《苏轼与苏门人士文学概观》(巴蜀书社 2001)、萧鹏《群体的选择》(台湾文津出版社 1992)、王兆鹏《宋南渡词人群体研究》(台湾文津出版社 1992)、严迪昌《阳羡词派研究》(齐鲁书社 1993)、沙先一《清代吴中词派研究》(人民文学出版社 2004)、曹虹《阳湖文派研究》(中华书局 1996)等。有关唐代诗人群体研究的著述也有不少，比如蒋寅《大历诗风》(上海古籍出版社 1992)、聂永华《初唐宫廷诗风流变考论》(中国社会科学出版社 2002)、骆祥发《初唐四杰研究》(东方出版社 1993)、曾广开《元和诗论》(辽海出版社 1997)、任海天《晚唐诗风》(黑龙江教育出版社 1998)、赵荣蔚《晚唐士风与诗风》(上海古籍出版社 2004)、李浩《唐代三大地域文学士族研究》(中华书局 2002)、李浩《唐代关中士族与文学》(中国社会科学出版社 2003)、张一平《趋向自我——中唐文学四大家心态研究》(中国文联出版社 2000)、尚永亮《元和五大诗人与贬谪文学考论》(台湾文津出版社 1993)、萧占鹏《韩孟诗派研究》(南开大学出版社 1999)、毕宝魁《韩孟诗派研究》(辽宁大学出版社 2000)、葛晓音《山水田园诗派研究》(辽宁大学出版社 1999)、许总《唐诗体派论》(台湾文津出版社 1994)、贾晋华《唐代集会总集与诗人群研究》(北京大学出版社 2001)、钟优民《新乐府诗派研究》(辽宁大学出版社 1999)等。此外，辽宁大学出版社和武汉大学出版社还各自出版了一套

《中国古代文学流派研究丛书》，收入专著十多种。由此可见，群体研究在当下还是相当热门的，在相当长的一段时间内，群体研究都是文学史研究的一个重点，本书选择《晚唐皮陆诗派研究》也是置于此种学术背景之中。

在进行研究工作之前，有几个概念想在此作些辨析，以免引起不必要的混淆。目前学界关于群体研究的定义比较混杂，有的称为“集团”，如胡大雷《中古文人集团》、贾晋华《论韩孟集团》；有的命名为“诗派”，如莫砺锋《江西诗派研究》、张宏生《江湖诗派研究》、萧占鹏《韩孟诗派研究》等；也有的叫做“群体”，如王兆鹏《宋南渡词人群体研究》、萧鹏《群体的选择》等；此外也有叫“宗派”“文派”“词派”“派”的，如伍晓蔓《江西宗派研究》、曹虹《阳湖文派研究》、严迪昌《阳羡词派研究》、张瑞君《南宋江湖派研究》等。称谓有如许之多，似有辨析的必要。笔者认为，首先，“文学流派”是比较正式的说法，这里的流派包括“诗派”、“词派”、“文派”以及以其他方式命名的“派”。作为“诗派”，它有两种存在形态，一种是自觉型，另外一种是非自觉型。所谓自觉型的诗派，是指这个诗派有自己的领袖人物，以自己的创作实践影响着同时代的追随者，并且有着相同的创作宗旨、文学口号和创作目的。诗派成员之间同气相求，相互往来，唱和切磋，创作风格、倾向相似，产生了一批格调相近的文学作品，对当时的文坛有着广泛的影响，比如韩孟诗派、江西诗派。所谓非自觉型的诗派，是指这个流派在形成的过程当中并不存在自觉结合的创作集体，也没有人去号召鼓动或吸引追随者，只是由于历史的时代的原因，有一批诗人在题材、体裁、风格等方面有着相似的风貌，无形之中形成了一个诗派，比如我们所熟知的“山水田园诗派”“边塞诗派”“苦吟诗派”等。其次，作为一个“文学集团”，它的形态只有第一种，也就是自觉型的。文学集团相对于诗派来说，它的含义更为广泛，集团成员之间往往联络紧密，一般来说它的领袖是政治人物，有着尊崇的地位，可以左右当时的文坛。成员的身份具有双重性，即官僚和文士。文学集团的形式有多种，比如皇家文学集团，包括太子文学集团、诸王文学集团、世族文学集团、朝廷文学集团等。文学集团的成员对于文学领袖具有依赖性和附属性，这就决定了它的文学创作在某种程度上有着天生的缺陷。再次，关于文学群体的特征，王兆鹏在《宋南渡词人群体研究》第一章第四节《群体特征》中将其概括为三点，即相对于正式的文学流派，文学群体具有松散性、流动性和开放性的特点。也就是说诗人群体它的成员往往是分散的，由于种种原因很难聚集到一起，但彼此之间有往来，有诗词唱和，偶尔也聚会。同时，诗人群体成员不是一成不变的，往往具有开放性，也常常与群体之外的诗人广泛地从游唱和。这种特性使得整个群体始终保持着生机和活力，促进创作和发展，并扩大群体及其成员的社会声誉和文学影响。基于以上的界定，我们只能把皮陆诗人定位于诗派。

第一节　唐前诗人群体发展概略

中国古代文学的向前发展，是由多种因素促成的，其中，文人群体所产生的作用是不可低估的。古代的文人群体由于各种各样的原因走到一起，形成集团或者流派，对于推动诗歌艺术的发展，发挥了巨大的作用。先秦时期我国就出现了士人群体，当时的所谓文人，是从“士”阶层当中分化出来的一个独立的群体。范文澜在《中国通史简编》中就说：“士大体分为四类：一类是学士，如儒、墨、道、名、法、农等专门家，著书立说，反映当时社会各阶级的思想，提出各种政治主张，在文化上有巨大贡献。这一类人声名大，待遇优……一类是策士，即所谓纵横家。这一类人长于政论，富有才能，凭口舌辩说，得大官取富贵……一类是方士或术士，这一类人可分为两等，一等是天文、历算、地理、医药、农业、技艺等学科的专门家，在文化上有巨大的贡献；一等是阴阳、卜筮、占梦、神仙、房中术等骗取衣食的游客。最下一类是食客，这一类人数量最大，流品最杂，其中包括鸡鸣、狗盗、任侠、奸人、罪犯、赌徒、屠夫、刺客等无赖凶人，通过贵族将相来吸食劳动人民的血汗。"①范文澜将先秦时期的士阶层按性质分为四类，那么，先秦文人群体应该算是第一类了。其实，这些人的身份主要还是学士，他们的任务往往是提出不同的政治主张和要求，如果要硬性规定的话，充其量也只能定为学人群体。胡大雷《中古文学集团》②第一章里将先秦时期的文人集团分类为三种，即学人集团、门客集团和国士集团。并且认为先秦时期文人集团的形成是由于士人独立身份的取得和精神自由的获得相结合的结果，先秦文人集团也具有自主性。笔者认为，先秦时期我国的文学尚未独立尚未自觉，因此不会出现文学家群体或者是文学家集团。

真正具有文学意义的文学群体的出现应该是在汉代。汉代曾由政府出面组织过一些大型的文学活动，从而促成了一些文学群体的形成。汉代曾设置乐府机关采集歌谣，《汉书·礼乐志》载："至武帝定郊祀之礼，祠太一于甘泉，就乾位也；祭后土于汾阴，泽中方丘也。乃立乐府，采诗夜诵，由赵、代、秦、楚之讴。"③《汉书·艺文志》云："自孝武立乐府而采歌谣，于是有赵、代之讴，秦、楚之风，皆感于哀乐，缘事而发，亦可以观风俗，知薄厚云。"④《汉书·艺文志》还记载其篇目一百三十八首。汉代乐府机关里的文人一方面采集歌谣，另一方面自己也从事创作，《汉书·礼乐志》记载文人为乐府机关作诗的情况说："以李延年为协律都尉，多举司马相如等数十人造为诗赋，略论律吕，以合八音之调，作十九章之歌。"⑤《汉书·佞幸传》又云："是时上方兴天地诸祠，欲造乐，令司马相如等作诗颂。延年辄承意弦歌所造诗，为之新声曲。"⑥这说明，在汉代的时候确实有一批文人群体在为乐府机关创作

---

① 范文澜：《中国通史简编》，人民出版社1965年版，第248-249页。

② 胡大雷：《中古文学集团》，广西师范大学出版社1996年版，第2页。

③ （汉）班固：《汉书》卷二十二，第四册，中华书局2002年版，第1045页。

④ （汉）班固：《汉书》卷三十，第六册，中华书局2002年版，第1756页。

⑤ （汉）班固：《汉书》卷二十二，第四册，中华书局2002年版，第1045页。

⑥ （汉）班固：《汉书》卷九十三，第十一册，中华书局2002年版，第3725页。

歌诗。皇帝们也常常在宫廷里组织辞赋创作，班固《两都赋序》云：“故言语侍从之臣，若司马相如、虞丘寿王、东方朔、枚皋、王褒、刘向之属，朝夕论思，日月献纳。而公卿大臣御史大夫倪宽、太常孔藏，太中大夫董仲舒、宗正刘德、太子太傅萧望之等，时时间作。”①《汉书·艺文志》就记载了这些“言语侍从之臣”与“公卿大夫”的赋作。朝廷有时也下诏让文人们写赋，如《汉书·枚皋传》云：“从行至甘泉、雍、河东，东巡狩，封泰山，塞决河宣房，游观三辅离宫馆，临山泽，弋猎射驭狗马蹴鞠刻镂，上有所感，辄使赋之。为文疾，受诏辄成，故所赋者多。”②再如《汉书·王褒传》：“上令褒与张子侨等并待诏。数从褒等放猎，所幸宫馆，辄为歌颂，第其高下，以差赐帛。”③从上述二传的记载可以得知，在汉武帝手下的确有一批专职的辞赋作家，随时听候皇帝的差遣，以辞赋创作为职事，从而形成了一批文人群体。需要说明的是，汉代的文人地位低下，赋家被视为倡优、俳优，故而也谈不上真正的文学独立性。

在文学史上大放异彩的文学群体的出现，是在魏晋南北朝时期。三国时期，曹操是著名的政治家，同时他也爱好文学，周围聚集了不少文学家，形成了文学史上著名的文人群体“三曹七子”。建安八年（公元203年）秋，曹操下《修学令》，“丧乱以来，十有五年，后生者不见仁义礼让之风，吾甚伤之。其令郡国各修文学，县满五百户置校官，选其乡之俊造而教学之，庶几先生之道不废，而有以益于天下。”④建安九年（公元204年），曹操攻占邺城，并在此建立了自己的根据地。建安十八年（公元213年），曹操自称魏王，定都邺城。随着曹操军事上的胜

① （汉）班固：《文选》卷一，中华书局2005年版，第21页。

② （汉）班固：《汉书》卷五十一，第八册，中华书局2002年版，第2367页。

③ （汉）班固：《汉书》卷六十四下，第九册，中华书局2002年版，第2829页。

④ （晋）陈寿：《三国志》卷一《魏书·武帝纪》，第一册，中华书局1998年版，第24页。

利，他在文化上也采取了很多措施，其中之一就是吸收大量的文人到幕府中来。建安文人在战乱中也有了一个可以喘息的机会和安身立命的场所。对于这点，曹植在著名的《与杨德祖书》中说："然今世作者，可略而言也。昔仲宣独步于汉南，孔璋鹰扬于河朔，伟长擅名于青土，公干振藻于海隅，德琏发迹于大魏，足下高视于上京。……吾王于是设天网以该之，顿八纮以掩之，今悉集兹国矣！"①曹操霸业不断扩张的过程实际上也就是文人陆续投身曹魏阵营的过程。孔融、阮瑀、陈琳、徐干、王粲等都先后入曹魏。当然，文人们投奔曹营的主要原因还在于政治而非文学，曹操"唯才是举"的政策吸引他们来圆建功立业之梦想，但是在客观上又的确促成了建安文学的发展。在曹操的引导下，曹植和曹丕也各自吸收了不少的文学家。《三国志》卷一《魏书·武帝纪》载："十六年春正月，天子命公世子丕为五官中郎将，置官属，为丞相副。"②这里所说的"置官属"实际上指的是延揽人才，当然也包括文学之士。到建安二十二年(公元217年)曹丕立为太子时，他手下的文士已经是粲然可观了，有徐干、应玚、苏林、刘廙、刘桢、王昶、郑冲、荀纬等人。同样，曹植手下也聚集了一批文士，包括邯郸淳、司马孚、任嘏、邢颙、郑袤等人。当然，曹植、曹丕兄弟文学集团的成员也是在相互转化的，比如徐干、刘桢、应玚等人先是在曹植阵营，后来又转移到了曹丕阵营。

如此多的文人集中在一起，促进了诗歌的向前发展。这些文人经历过战乱，饱受兵燹之灾害，对下层百姓的疾苦有着深刻的体验和同情，其创作则以描写战乱、抒发忧患、渴望建功立业为主。如王粲的《七哀诗》、陈琳的《饮马长城窟行》、阮瑀的《驾出北郭门行》以及曹操本人的《蒿里行》《苦寒行》《观沧海》《短歌行》等作品，都是产生于乱世中的不朽名作。这些诗歌继承了汉乐府的优良传统，揭露现实，同情民众，抒发理想，在思想上具有高度的进步性。在诗歌艺术上，这些作品更见个

---

① 赵幼文校注：《曹植集校注》，人民文学出版社1984年版，第153页。

② (晋)陈寿：《三国志》卷一，第一册，中华书局1998年版，第24页。

性，充溢着慷慨悲凉之气，建安风骨自此而形成。刘勰《文心雕龙·时序篇》说："观其时文，雅好慷慨，良由世积乱离，风衰俗怨，并志深而笔长，故梗概而多气也。"①"慷慨"与"梗概"可以说是建安文学的特质，一直伴随着建安文士的创作，在诗歌中时有表现，而且影响到唐诗，后世诗评家谈及风骨，可以溯源至此。

可以说正是三曹父子的礼贤下士、延揽人才，致使"邺下文人集团"正式形成，书写了文学史上光辉的一页。钟嵘《诗品序》对此有过高度的评价，其云："降及建安，曹公父子，笃好斯文；平原兄弟，郁为文栋；刘桢、王粲，为其羽翼。次有攀龙托凤，自致于属车者，盖将百计。彬彬之盛，大备于时矣。"②由于三曹父子的重视与扶持，此期文人的地位较前有了很大的改变。曹操信任文人，让他们担任一些重要的职务，比如让徐干任"司空军师祭酒掾属"，王粲、陈琳、阮瑀、路粹任"丞相军事祭酒"，杨修、繁钦任"丞相主簿"，应玚、刘桢任"丞相掾属"，陈琳任"门下督"等，同时又让部分文人任曹丕、曹植等诸子官属，如徐干、应玚任"五官中郎将文学"，刘桢任"平原侯庶子"，应玚任"平原侯文学"等。随着文人政治地位的提高，生活较为安定，文学的自觉性也逐步提上了议事日程，成为文学史上重要的一环。文士们有意识地关注到很多日常生活中的琐细事务，举凡动物、植物、珍饰、玩物、宴饮等，都成为诗歌创作的对象，而且在技巧和辞采方面也有所贡献。"邺下文人集团"的首领当然是三曹父子，这时期文学创作的一个特点就是群体性，君臣之间相互酬唱交流的机会非常地多。曹丕《玛瑙勒赋》序以及《寡妇赋》序中有"命陈琳、王粲作""命王粲并作之"等语。今查《全汉赋》③目录，王粲、陈琳均有《玛瑙赋》和《寡妇赋》存世。又

---

① 黄叔琳注、李详补注、杨明照校注拾遗：《增补文心雕龙校注》卷九，上册，中华书局2000年版，第541页。

② 曹旭：《诗品集注》，上海古籍出版社1996年版，第16页。

③ 费振刚、胡双宝、宗明华辑校：《全汉赋》，北京大学出版社1997年版。

如，据《先秦汉魏晋南北朝诗》①目录可知，曹植、应玚、刘桢三人均有《斗鸡》诗，曹丕、曹植、应玚、刘桢、阮瑀皆有《公宴》诗，曹植、王粲皆有《三良诗》。此外，诸文士之间尚有大量的赠答诗和书信，甚至于还有相同题目的文章。例如，据《全上古三代秦汉三国六朝文》②目录可知，应玚、阮瑀皆有《文质论》，王粲、阮瑀皆有《吊夷、齐文》，曹丕、曹植、丁仪皆有《周成汉昭论》。曹丕随曹操出猎，作有《校猎赋》，并命大家同作畋猎题材的赋，挚虞《文章流别论》说："建安中，魏文帝从武帝出猎赋，命陈琳、王粲、应玚、刘桢并作。琳为《武猎》，粲为《羽猎》，玚为《西猎》，桢为《大阅》。"（《古文苑》卷七章樵注引《四部丛刊》本）曹植《七启》序云："昔枚乘作《七发》，傅毅作《七激》，张衡作《七辩》，崔骃作《七依》，辞各美丽，余有慕之焉。遂作《七启》，并命王粲作焉。"③查《全汉赋》，知王粲所作为《七释》，徐干所作为《七喻》，可以看作一时游戏之作。文人群体的特征之一就是群体创作，这在邺下文人集团中发挥得淋漓尽致，这样的群体创作，活跃了文学气氛，激发了文人表现才华的欲望，充满了文学创作的积极性，有利于文学的发展。建安文人群体成员之间，相互尊重，气氛和谐，群体之间往往互为赠答酬唱。据《建安七子集》④可知，王粲有《赠蔡子笃诗》《赠士孙文始诗》《赠文叔良诗》《赠杨德祖诗》，徐干有《答刘桢诗》，应玚有《报赵淑丽诗》，刘桢有《赠徐干诗》《又赠徐干诗》《赠五官中郎将诗四首》等，据《曹植集校注》⑤可知，曹植有《赠徐干》《赠丁仪》《赠王粲》《赠丁仪王粲》等诗歌。这类赠答诗，或赞赏勉励对方，或叙述友情，或抒发自己的远大志向，无不具有浓浓的抒情意蕴。这一时期的文坛相对比较活跃，加上三曹父子的提倡，无论是在诗歌数量还是质量方

---

① 逯钦立辑校：《先秦汉魏晋南北朝诗》，中华书局 1995 年版。
② 严可均辑校：《全上古三代秦汉三国六朝文》，中华书局 1958 年版。
③ 赵幼文：《曹植集校注》，人民文学出版社 1984 年版，第 6 页。
④ 俞绍初辑校：《建安七子集》，中华书局 2005 年版。
⑤ 赵幼文：《曹植集校注》，人民文学出版社 1983 年版。

面都较前有了前进，不愧“彬彬之盛”之说。

随着建安末年“七子”的相继辞世，到了文帝黄初时期，邺下文人集团事实上已经不复存在，诗人群体被零散的个体所代替。此期诗坛总的说来是冷淡的，直到魏齐王曹芳正始年间(公元240到248年)，才出现了以何晏、王弼、夏侯玄等人为首的“正始名士”和以阮籍、嵇康为首的“竹林名士”，稍微改变了沉寂已久的文坛面貌。“正始名士”和“竹林名士”有着本质的不同，虽然都是两个文人群体，但是他们的组成人员、创作倾向、活动范围都是不尽相同的。从成员上来说，“正始名士”主要由上层社会的士人组成，这些成员基本上都是朝廷权贵或者世家大族的子弟，故他们所谈论的问题多属于政治方面，活动的主要方式为广泛的社交活动和玄学清谈，关注政治、参与政治的意识很明显，相反文学的兴致不浓厚。从“正始名士”流传下来的著作看，基本上都是探讨玄学命题的，如何晏的《道德二论》《论语集解》；夏侯玄的《本玄论》《道德论》；王弼的《老子注》《周易注》《周易略例》《老子指略》《论语释疑》。这些论著具有较高的理论思维水平，有着高度的思辨性。“正始名士”这个文人群体严格意义上说不是文学群体，后人所艳称的“正始之音”、“正始诗风”应该指的是另外一个群体——“竹林名士”，即通常我们所说的“竹林七贤”。虽然“竹林七贤”也讨论玄学问题，写过关于这方面的著作，比如阮籍的《通易论》《达庄论》《通老论》、嵇康的《养生论》《声无哀乐论》《释私论》、向秀的《庄子注》等，但是，“竹林七贤”的代表人物阮籍、嵇康却在文学上取得了巨大的成就。而且，由于“竹林七贤”的努力，正始文学由建安文学的梗概多气特色向哲理化倾向转变，开启了中国古典诗歌另一个独特的审美风貌，具有很高的文学史地位。

关于“竹林七贤”成员的组成，《晋书》卷四十九《嵇康传》载：“所与神交者，唯陈留阮籍、河内山涛，预其流者河内向秀、沛国刘伶、籍兄子咸、琅邪王戎，遂为竹林之游，世所谓‘竹林七贤’也。”①又，《世

① (唐)房玄龄等:《晋书》卷四十九，第五册，中华书局1997年版，第1370页。

说新语》卷下《任诞第三十二》又云："陈留阮籍、谯国嵇康、河内山涛，三人年皆相比，康年少亚之。预此契者，沛国刘伶、陈留阮咸、河内向秀，琅邪王戎七人，常于竹林之下，肆意酣畅，故世谓'竹林七贤'。"①从这两处记载可以看出，所谓"竹林七贤"是指阮籍、嵇康、向秀、阮咸、山涛、刘伶、王戎等人。当然，当时参加"竹林之游"的人一定不止这七个，例如《晋书》卷四十三《山涛传》就说："与嵇康、吕安善，后遇阮籍，便为竹林之交，著忘言之契。"②但主要是这七个人。"竹林七贤"在诗歌上较建安文学不同的一个特点是在作品中表现老、庄的人生境界，由此而带来文学创作的哲理化倾向，诗歌的表达技巧也进一步向前发展。

如果说建安文人的作品更多地揭露现实、抒发志向，多慷慨悲凉之气，那么，正始文人则多追求超现实的审美观念和浪漫主义的艺术原则。玄学思想具有否定性思维的特点，如果表现在文学创作上，就是否定现实事物的具象之美，对客观美持否定态度，作品中往往出现一些并不存在的逍遥世界。例如阮籍继承了老子"大音希声，大象无形"的思想，在《清思赋》③中描写了一个清虚的世界，一个可以摆脱世俗一切羁缚、精神自由遨游的天地，从而否定了现实的美。作者描写自己想要会晤的女子，是有所寄托的，明显地受到屈原《离骚》和曹植《洛神赋》的影响。它从"行之可见，非色之美；音之可闻，非色之善"的玄学命题出发，凭借诗人丰富的想象，树立了艺术想象的原则。在《大人先生传》里，阮籍也完全超脱于世俗之外，作精神的神游。这种想象的境界在现实生活中是无法得到实现的，但是在文学创作上讲，却是一种新的追求，它是玄言诗和游仙诗的先端。与阮籍一样，"竹林七贤"的另外一位重要人物嵇康也追求自然的精神天地，如他的《兄秀才公穆入军赠

---

① 徐震堮：《世说新语校笺》下册，中华书局 2001 年版，第 390 页。

② （唐）房玄龄等：《晋书》卷四十三，第四册，中华书局 1997 年版，第 1223 页。

③ 陈伯均：《阮籍集校注》，中华书局 2004 年版，第 29 页。

诗十九首》之十五、十八，《酒会诗七首》之二、之四，都是在优游容与中追求一种精神上的满足，在自然的生命与美中领悟自然之道，嵇康把庄子哲理的理想境界人间化和诗化了。

司马炎在公元265年代魏自立，历史进入晋朝。公元280，晋灭吴，全国统一。到了晋武帝太康和晋惠帝元康年间，文坛又显出活跃的局面，出现了一些文人群体，比较著名的有贾谧二十四友。贾谧母亲的姐姐贾南风为晋惠帝的皇后，故贾谧一时权倾朝野，当时有才气的著名文人都投奔贾谧，盛极时有二十四人，号称“二十四友”。《晋书》卷四十《贾谧传》说：“开阁延宾，海内辐凑，贵游豪戚及浮竞之徒，莫不尽礼事之。或著文章称美谧，以方贾谊。渤海石崇欧阳建、荥阳潘岳、吴国陆机陆云、兰陵缪征、京兆杜斌挚虞、琅邪诸葛诠、弘农王粹、襄阳杜育、南阳邹捷、齐国左思、清河崔基、沛国刘瑰、汝南和郁周恢、安平牵秀、颍川陈眕、太原郭璋、高阳许猛、彭城刘讷、中山刘舆刘琨皆附会于谧，号二十四友，其余不得预焉。”①《资治通鉴》卷八十二又云：“于是贾谧、郭璋权势愈盛，宾客盈门。谧虽骄奢而好学，喜延士大夫。”这个文人集团历来被视为“贵游豪戚及浮竞之徒”相聚在一起的组织，多阿谀奉承之徒，其中尤以石崇和潘岳为甚。到了晋惠帝永康元年，贾谧被赵王司马伦所杀，这个组织就不复存在了。

到了东晋时期，文人群体出现了几种新的面貌，值得注意。首先是文学士族的出现。陈寅恪先生讨论魏晋六朝隋唐史，经常喜欢使用“文化高门”“文化士族”“文化世族”“文化世家”“文化显族”“儒家大族”等概念。② 在陈先生的著述中，这些概念大体相同，可以通用。程章灿在《世族与六朝文学》中提出“世族文学集团”和“文学世族”的概念，认为

---

① （唐）房玄龄等：《晋书》卷四十，第四册，中华书局1997年版，第1173页。

② “文化高门”见氏著《陈寅恪文集》之二《金明馆丛稿初编》，上海古籍出版社1980年版，第149页。“文化士族”见同书第57页，“文化世族”见同书第51页，“文化世家”见同书第51页，“文化显族”见同书第95页，“儒家大族”见同书第44页。

这是一种“以世族文人群体为特征而构成的文学集团”。① 其实，用什么称呼表达都可以，这里就用“文学士族”作为范畴。东晋刘宋时期，在文坛上执牛耳的是谢氏文学士族。谢氏是世家大族，本居陈郡阳夏(今河南太康)，西晋末年北方战乱，渡江后世居会稽(今浙江绍兴)。《晋书》卷七十九《谢玄传》载：“安尝戒约子侄，因曰‘子弟亦何豫人事，而正欲使其佳?’诸人莫有言者。玄答曰‘譬如芝兰玉树，欲使其生于阶庭耳。’”②谢氏家族不仅是一个政治家族，还是一个文学家族。上面谢安、谢玄叔侄之间的对话，显示出了他们对自己家族的信心。谢氏子弟在文学上面的成就的确称得上是“芝兰玉树”。这个文学家族的成员有谢安、谢玄、谢朗、谢道韫、谢琰、谢混、谢瞻、谢灵运、谢弘微、谢晦等，活动跨度也很大，从太元八年(公元 383 年)谢安功拜太保到义熙八年(公元 412 年)谢混死，中间约四十年时间。这个家族人才兴旺，俊杰辈出。谢氏文学士族的文学活动主要以聚会游宴吟诗作赋为主。这类聚会早期往往以谢安为中心人物。《晋书》卷七十九《谢安传》载：“又于土山营墅，楼馆竹林甚盛，每携中外子侄往来游集，肴馔亦屡费百金。”③《世说新语》卷中《品藻第九》载：“谢公与时贤共赏说，遏、胡儿并在座。公问李弘度曰：‘卿家平阳，何如乐令?’于是李潸然流涕曰：‘赵王篡逆，乐令亲授玺绶。亡伯雅正，耻处乱朝，遂至仰药。恐难以相比！此自显于事，实非私亲之言。’谢公语胡儿曰：‘有识者果不异人意。’”④又，《世说新语》卷上《文学第四》载：“谢公因子弟集聚，问《毛诗》何句最佳，遏称曰：‘昔我往矣，杨柳依依；今我来

---

① 程章灿：《世族与六朝文学》，黑龙江教育出版社 1998 年版，第 24、53 页。

② (唐)房玄龄等：《晋书》卷七十九，第七册，中华书局 1997 年版，第 2080 页。

③ (唐)房玄龄等：《晋书》卷七十九，第七册，中华书局 1997 年版，第 2072 页。

④ 徐震堮：《世说新语校笺》上册，中华书局 2001 年版，第 272 页。

思，雨雪霏霏。’公曰：‘讦谟定命，远猷辰告。’谓此句，偏有雅人深致。”①在品评诗文的同时，谢氏家族子弟也进行即兴创作，如《世说新语》卷上《言语第二》就记载了这么一个故事，“谢太傅寒雪日内集，与儿女讲论文义。俄而雪骤，公欣然曰：‘白雪纷纷何所似？’兄子胡儿曰：‘撒盐空中差可拟。’兄女曰：‘未若柳絮因风起。’公大笑乐。”②这样的文学聚会的确是令人向往的，它充满了愉悦和欢快。谢安作为这个家族的族长，时常与家族成员进行文学聚会，指导子侄辈作诗，对提高诗歌艺术是极为有益的。谢安之后，这个文学士族的领导人便是他的孙子谢混。《宋书》卷五十八《谢弘微传》记载了谢混主持下的一个文学士族，“混风格高峻，少所交纳，唯与族子灵运、瞻、曜、弘微并以文义赏会。尝共宴处，居在乌衣巷，故所谓之乌衣之游，混五言诗所云‘昔为乌衣游，戚戚皆亲侄’者也。其外虽复高流时誉，莫敢造门。”③从这段话可以看出，“尝共宴处”是文学聚会的手段或者是形式，“文义赏会”才是聚会的目的，而且，这种家族的文学活动，外人是不得参与的，具有封闭性。谢混还时常对子侄辈的文学才能予以评价，上引《宋书·谢弘微传》对此说：“常云：‘阿远刚躁负气；阿客博而无检；曜恃才而持操不笃；晦自知而纳善不周，设复功济三才，终亦以此为恨；至如微子，吾无间然。’”适当地对家族成员的文学创作之优劣进行评价，也有助于文学的创作。至于这个家族的谢灵运、谢朓两人，更是诗歌史上的重要人物，世称“大谢小谢”。“大谢”谢灵运是中国山水诗派的开创者，“小谢”谢朓是“永明体”的代表作家，二人的诗作清新秀雅，妙句颇多，如大谢的“池塘生春草，园柳变鸣禽”“野旷沙岸净，天高秋月明”，小谢的“余霞散成绮，澄江净如练”“鱼戏新荷动，鸟散余花落”等，脍炙人口，流传至今。他们的山水诗对后世影响很大，皮陆二人的

---

① 徐震堮：《世说新语校笺》上册，中华书局 2001 年版，第 103 页。
② 徐震堮：《世说新语校笺》上册，中华书局 2001 年版，第 29 页。
③ （梁）沈约：《宋书》卷五十八，第五册，中华书局 1978 年版，第 1590 页。

《松陵集》中就有不少模仿“二谢”的诗歌。

其次是皇家文学集团的出现。所谓皇家文学集团，笔者认为主要由两部分组成，一为太子文学集团，一为诸王文学集团。先看太子文学集团。比较有影响而且规模也较大的太子文学集团，在齐代有文惠太子文学集团，在梁代有昭明太子文学集团。文惠太子萧长懋是齐国开国皇帝萧道成的长孙，齐武帝萧赜的长子，有才气，善文学，在他的门下聚集了不少的文人。《南齐书》卷二十一《文惠太子传》载：“宋元徽末，随世祖在郢，世祖还镇彭城拒沈攸之，使太子劳接将帅，亲侍军旅。除秘书郎，不拜。授辅国将军，迁晋熙王抚军主簿。事宁，世祖遣太子还都，太祖方创霸业，心存嫡嗣，谓太子曰：‘汝还，吾事办矣。’处之府东斋，令通文武宾客。”①《南史》卷四十四《萧长懋传》载：“引接朝士，人人自以为得意。文武士多所招集，会稽虞炎、济阳范岫、汝南周颙、陈郡袁廓，并以学行才能，应对左右。而武人略阳垣历生、襄阳蔡道贵，拳勇秀出，当时以比关羽、张飞。其余安定梁天惠，平原刘孝庆，河东王世兴，赵郡李居士，襄阳黄嗣祖、鱼文、康绚之徒，并为后来名将。”②从萧道成着意让萧长懋“令通文武宾客”，到文惠太子自己“文武士多所招集”，可见萧长懋是有意识地培养文士，形成了以文惠太子为中心的一个文人群体。据《南齐书·王思远传》《南齐书·谢朓传》《南齐书·文学传》《梁书·沈约传》《梁书·范岫传》《梁书·许懋传》《梁书·陆杲传》等记载可知，文惠太子文学集团的成员有虞炎、范岫、周颙、袁廓、王思远、沈约、许懋、王僧孺、范述曾、任昉、陆杲、王融、谢朓、张融、刘绘等。这些人或任太子中庶子、太子步兵校尉，或任太子舍人、太子中舍人，从人员组成上来说，应该都是太子的东宫幕僚，但是另一方面，又都无形之中成为太子文学活动的积极参与者。《南齐

① （梁）萧子显：《南齐书》卷二十一，第二册，中华书局 1997 年版，第 397 页。

② （唐）李延寿：《南史》卷四十四，第四册，中华书局 1997 年版，第 1098 页。

书·文惠太子传》记载萧长懋主持的大型文学活动有两次。一次是在永明三年(公元485),“永明三年,于崇正殿讲《孝经》。”《南齐书·武帝本纪》载:“皇太子长懋讲毕,当释奠,王公以下可悉往观礼。”《南齐书·礼志上》载:“其冬,皇太子讲《孝经》,亲临释奠,车驾幸听。”永明三年的这场活动,在当时产生了很大的影响,许多诗人都有诗纪其事。据《先秦汉魏晋南北朝诗》目录检索,可知王俭有《侍皇太子释奠宴诗》,萧子良有《侍皇太子释奠宴诗》,王思远有《皇太子释奠诗》,阮彦有《皇太子释奠诗七章》,任昉有《为王嫡子侍皇太子释奠宴诗》,沈约有《侍皇太子释奠宴诗》和《为南郡王侍皇太子释奠宴诗二首》,王僧孺有《皇太子释奠诗六章》等。另外一次是永明五年,文惠太子“临国学,亲临策试诸生”,与诸生讨论“礼”,事后有诗纪事。这些活动虽然不是以文学为主,但是事毕文士们大多有诗歌或文章记叙,从某种意义上说,还是与文学有关。

与文惠太子文学集团相比,昭明太子文学集团无论是在规模上还是在文学成就上,都有所突破,体现了文学的发展性。昭明太子萧统为梁武帝长子,三岁被立为太子。《梁书》卷八《昭明太子传》载:“性宽和容众,喜愠不形于色。引纳才学之士,赏爱无倦。恒自讨论篇籍,或与学士商榷古今;闲则继以文章著述,率以为常。于时东宫有书几三万卷,名才并集,文学之盛,晋、宋以来未之有也。”①昭明太子性情温和,礼贤下士,善于处理内部矛盾,故门下吸纳了不少的文学俊杰。据《梁书·刘孝绰传》《梁书·王筠传》《梁书·殷芸传》《梁书·王规传》《梁书·陆襄传》等资料记载,当时萧统召集了殷芸、王筠、到洽、刘孝绰、明山宾、陆襄、王规、谢举、王锡、张率、刘勰、徐勉、刘苞、杜之伟等文学之士与经学之士。昭明太子除了组织文学集会进行文学创作外,还组织编撰了不少的大型书籍,《梁书·昭明太子传》载:“所著文集二十卷;又撰古今典诰文书,为《正序》十卷;五言诗之善者,为《文

① (唐)姚思廉:《梁书》卷八,第一册,中华书局1997年版,第167页。

章英华》二十卷；《文选》三十卷。”所著文集二十卷当是萧统自己的作品，《正序》十卷、《文章英华》二十卷、《文选》三十卷应该是太子文学集团集体编撰的产物。除了《文选》三十卷存世外，其他两部著作已经亡佚。萧统编选《文选》，对后世影响极大，而且，通过编选这部文学总集，推进了文学观念的进化，使得文士的地位有了改善。

再看诸王文学集团。南朝时期盛行诸王文学集团，比较有名气的当数刘宋的临川王刘义庆文学集团，萧齐的竟陵王萧子良文学集团和萧梁晋安王萧纲文学集团。这些诸王文学集团的性质和太子文学集团差不多，与其说是为了延揽文学人才还不如说是为了集聚政治势力。所以这些诸王文学集团的文学成就总的说来都不太高。

此外，南北朝时期的文学集团除了家族文学集团、皇室文学集团外，还应该有朝廷重臣文学集团。为了沽名钓誉和吸收人才，一些朝廷的重臣也招兵买马广延文学之士，比如东晋中叶时期的大军阀桓温手下就有一大批的文士群体，有名的如孟嘉、王献之、顾恺之、袁宏、袁乔等，可以目之为桓温文学集团。再比如梁武帝时的朝廷重臣裴子野，在他的周围也聚集了一大批的文士。

南北朝时期的文学集团相当兴盛，原因是多方面的。文学群体的崛起是文学发展史上的一件大事情，其极大地推进了文学的向前发展，综合而论，文学群体在文学史上的作用和意义有如下几点：首先，文学集团的形成大规模大范围地集聚了文学艺术人才，使得诗人作家们有了一个相对集中的安定的创作环境。其次，文学集团的形成有力地提高了文人的地位，使得文学创作成为“经国之大业，不朽之盛事”，吸引了更多的士人从事文学创作事业。唐前的文学家集团从性质上来看，基本上属于政治的附属物，这种属性决定了他们的文学创作受到政治的干扰，在内容和体裁上不可能有多大的创新。再次，文学集团通过组织集会从事文学创作活动，极大地促进了诗歌艺术的发展，开创了新的文风。同时，文学集团成员积极探索诗艺，编撰文学文集，使得大量的文学作品得以流传后世。

第二节　诗人群体与唐诗史进程

前面我们说过，唐前的文学群体往往是统治阶层的附属品，这在某种程度上又恰恰限制了诗歌艺术的发展。那么，这种情况在唐代是不是有所改观呢？答案是肯定的。唐初统治集团吸取隋朝灭亡的教训，采取了许多开明的政策，其中一条就是思想言论的自由，这对于文学艺术的发展无疑是一个福音。唐诗的繁荣原因是一个老话题，它的兴盛原因同唐诗魅力本身一样，是无法彻底探索尽的。唐代诗歌艺术流派众多，算得上是诗派的群体也不少。那么，我们不禁要问，是不是诗人群体的形成对唐诗的繁荣也有很大的影响呢？答案是肯定的，唐代诗人群体也是唐诗繁荣的一个重要原因，在某种程度上它促进了唐诗史的进程。我们无法否认杰出的大诗人对唐诗发展的贡献和影响，但是也应该看到众多的中小诗人对大诗人诗艺诗风形成过程的影响，这一点恰恰是人们所忽视的。唐诗的繁荣和发展是由多个因素促成的，这里对诗人群体与唐诗史进程作些客观的描述。

美国学者宇文所安在《盛唐诗》的《序言》中说："文学史不是名家的历史。文学史必须包括名家，但是文学史最重要的作用，在于理解变化中的文学实践，把当时的文学实践作为理解名家的语境。我们不应对一个长达百年的时期进行大刀阔斧的概括，而应该检视较短的时期，作家群体，不同的区域。"①在这里，宇文所安特别提出"作家群体""不同的区域"两个概念，这样来解释盛唐诗歌，或许更切合实际。作家生活在当时的时代中，总要与其他的诗人发生关系，相同经历和文化背景的人聚集在一起，就有可能形成一个诗人群体。法国美学家丹纳在《艺术哲学》第一章《艺术品的本质》中说："艺术家本身，连同他所产生的全部

① 贾晋华译：《盛唐诗》，三联书店 2004 年版，第 1 页。

作品，也不是孤立的。有一个包括艺术家在内的总体，比艺术家更广大，就是他所隶属的同时同地的艺术宗派或艺术家家族。”①又说：“这个艺术家本身还包括在一个更广大的总体之类，就是在它周围而趣味和它一致的社会。因为风俗与时代精神对于群众和对于艺术家是相同的；艺术家不是孤立的人。我们搁了几世纪只听到艺术家的声音；但在传到我们耳边来的响亮的声音之下，还能辨别出群众的复杂而无穷的歌声，像一大片低沉的嗡嗡声一样，在艺术家四周齐声合唱。”丹纳从种族、环境、时代三个原则出发，举例说明伟大的艺术家并不是孤立的，而只是一个艺术家家族的杰出代表。这样的艺术家可以代表当时的整个艺术面貌。虽然丹纳说的主要是欧洲文艺复兴时期的艺术家集团，但艺术在某种意义上来说应该是相通的，把它放在中国诗歌发展史里来讲，也有启发和借鉴作用。

唐代的诗人群体较之前代，发生了很大的变化。前面我们讲过，汉魏六朝时期的文学群体基本上都是属于官方组织的，群体成员大多具有双重的身份属性，既是幕僚又是文人，成员之间的文学活动多以宴会、集会的形式进行，文学集团的领袖人物往往都是当政者，这样势必造成一种倾向，即文学的应酬性。文学活动成为政治活动的一种补充。作品风格除了少数优秀的作家外，大多缺乏鲜明的个性，而且，限于环境等因素，文学群体的数量不是很多。在唐代，这种情况有了改观。唐代的文学群体从属性来看，固然也有由官方主持的，也就是所谓的皇室、朝廷文学群体，例如唐太宗贞观年间的宫廷诗人群、唐中宗景龙年间的文馆学士诗人群，然而，唐代更多的诗人群往往是民间士人自发组织起来的，这是唐代诗派的主流。从地域上看，唐代就有所谓的三大文学士族群体，李浩《唐代三大地域文学世族研究》第四章《唐代文学世族的地域构成》②认为这三大文学世族是关中文学世族群体、山东文学世族群体、

---

① 傅雷译：《艺术哲学》，人民出版社 1997 年版，第 4 页。

② 李浩：《唐代三大地域文学士族研究》，中华书局 2002 年版，第 105 页。

江南文学世族群体。其中，这些文学世族中又分为一些小的家族，例如关中文学世族就有京兆韦氏、京兆杜氏、弘农杨氏、武功苏氏、河东柳氏、河东裴氏、河东薛氏；山东文学世族就包括清河崔氏、博陵崔氏、太原王氏、弘农宋氏；江南文学世族主要由东南吴姓士族和侨姓士族组成。从数量上看，三大地域文学家分布的排列顺序分别为山东区域、江南区域、关中区域。此外，还有一些其他的文学士族，如洛阳元氏、扶风窦氏等，大致概括了唐代文学士族群体的风貌。文学士族群体在一定意义上专指家族文学群体，这仅仅是唐代诗人群体的一部分。还有大量的文学群体是自发形成的，没有家族的背景支持，例如大历时期浙东诗人群和浙西诗人群，会昌时期的东都闲适诗人群，大中时期的襄阳诗人群，元和时期的睦州诗人群，咸通时期的苏州诗人群，唐末五代的庐山诗人群，等等。

从诗人群体成员上看，唐代的文学群体更是多姿多彩。属于朝廷文学集团的就有贞观宫廷诗人群和龙朔宫廷诗人群，聂永华《初唐宫廷诗风流变考论》①认为初唐宫廷诗人群的发展经历了四个时期，它的后期成员主要是由“神龙逐臣”和“景龙学士”两大诗人群体构成，这些宫廷诗人群对唐诗流变的意义在于，于颂圣述德的传统题材中加入了山水园林的内容、痛定思痛的人生反思，使他们的作品表现出对世事沧桑、宇宙人生的关注，显示出诗歌题材的转化。对健举诗歌风格的倡导与实践，形成了朗丽悠远的格调。较为宽松活跃的创作环境，诗歌竞赛机会的增多，消解了宫廷诗的呆板滞重，表现出灵动的风格，预示着盛唐诗歌高潮的到来。属于士大夫诗人群体的就有所谓的韩孟诗派、姚贾诗派、元白诗派等，这些文学群体的成员大多是朝廷命臣，属于正统的文学流派。此外，还存在数量众多的方外诗人群。据王秀林《晚唐五代诗僧群体研究》(复旦大学博士学位论文，2003)一文统计，仅仅晚唐五代时期，就有上十个诗僧群体，他们分别是庐山诗僧群、闽地诗僧群、吴

① 聂永华：《初唐宫廷诗风流变考论》，中国社会科学出版社 2002 年版。

越诗僧群、湖湘诗僧群、荆南诗僧群、西蜀诗僧群、岭南诗僧群、长安诗僧群、北方诗僧群等，这些诗僧群数量可观。

从诗歌流派和风格上看，唐代就有所谓的边塞诗派、山水诗派，当然，这些诗派也会创作其他题材的诗歌，别的诗派也会创作边塞、山水题材方面的作品。但是在唐代诗坛上确实有这些流派存在。

唐代的诗人群体从类型上固然可以分为很多种，但是他们都有一个共性，就是这些诗人群基本上都有自己的创作主导风格，有自己的诗歌主张，虽然诗人群成员内部之间创作有差异，在某些方面存在着争议，但毕竟是同大于异。而且，唐代的诗人群往往在活动期间都会留下自己的作品集，成为这个诗群的标志。比如唐太宗贞观宫廷诗人群的《翰林学士集》，唐中宗文馆学士诗人群的《景龙文馆记》，大历时期浙东诗人群的《大历年浙东联唱集》，浙西诗人群的《吴兴集》，会昌时期洛阳闲适诗人群的《汝洛集》《洛中集》《洛下游赏宴集》，襄阳诗人群的《汉上题襟集》等。可以说，唐代的著名诗人基本上都参加过诗派的文学创作活动，从这个意义上说，诗派群体有力地促进了唐诗史的进程。

我们依据历史的演变把唐诗史划分为四个阶段，固然有很多的缺陷，但也大体揭示出了唐诗发展的面貌。唐诗发展的历史正是以群体转化为基础而进行嬗变与消长的。每一个唐诗作家群体的出现，都会有意识无意识地促使唐诗发展的历史结构产生变革，这主要体现在某一个时期代表诗坛总体风貌的体派之间的联结关系上。也就是说为什么一个时期的唐诗诗风面貌是这样的，而下一个时期的面貌是其他形式的，其关键在于诗人群体的流变。他们之间既有承续也有新变，但往往是新变大于承续。严羽《沧浪诗话·诗体》开创“唐初体、盛唐体、大历体、元和体、晚唐体”之说，还是着眼于以阶段性诗歌体格风貌为时代性诗风变迁之标志，他把诗风的嬗变跟时代变迁结合起来是一个创见。唐代的诗人群体，无论是怎样的形态，皇室的也好，平民的也好，都会有意识地在题材体裁等方面创造新的诗歌格局，追求一种新的诗歌风貌，这样也就推动了唐诗史的前进。诗人群体之间也有文学创作理论与创作实践上的反拨与斗争，有的时候还相当激烈，往往由文学领域上升到政治领域，但这恰好又是唐诗发展的一个外在动力。

初唐诗坛承续六朝遗风，宫体诗弥漫其间，以上官仪为首的龙朔宫廷诗人群体的出现，扭转了这种靡丽的诗风。《旧唐书·上官仪传》："龙朔二年，加银青光禄大夫、西台侍郎、同东西台三品，兼弘文馆学士如故。本以词彩自达，工于五言诗，好以绮错婉媚为本。仪既贵显，故当时多有效其体者，时人谓为上官体。"①那么，上官体的特征"绮错婉媚"究竟指的是什么呢？这关系到对上官体的评价。聂永华认为是"以精致而灵动的美感形式融入意蕴无穷的情志，以音韵谐畅的声律美感创造心物融合无间、情景宛然密合的诗境，达成浑成秀朗、滋味醇厚的韵致。"②"上官体"以前是受到学术界批评的，但是，聂永华的研究给了"上官体"重新的评价，认为"上官体"是由其女上官婉儿之手而得以发扬光大，"文章四友"、沈宋之属后来居上，经张说、张九龄之辈而影响到王湾、祖咏、卢象而注于王维一脉。并且下开大历诗风，至晚唐司空图，形成源远流长之雅体，对唐诗风貌的形成产生了正面的推动作用。同时，"上官体"畅行宫廷诗坛二十余年，形成了一个诗人群，这些群体致力于声律、对偶等艺术手法的探索，又直接推动了唐代律诗的发展，所以，龙朔宫廷诗人群体的存在对唐诗史的贡献很大。同时，初唐的另外一个诗人群体"初唐四杰"随后登上文坛，作为新兴的庶族阶层的诗人代表，四杰对宫廷贵族文学予以了有力的抨击，揭开了唐代文学革命的序幕。杨炯《王子安集序》云："龙朔初载，文场变体，争构纤微，竞为雕刻，糅之以金玉龙凤，乱之以朱紫青黄，影带以徇其功，假对以称其美。骨气都尽，刚健不闻。思革其弊，用光志业。"③从杨炯

① （后晋）刘昫：《旧唐书》卷八十，第八册，中华书局 1992 年版，第 2743 页。

② 聂永华：《初唐宫廷诗风流变考论》，中国社会科学出版社 2002 年版，第 157 页。

③ 蒋清翊：《王子安集注》，上海古籍出版社 1995 年版，第 69 页。

的序中可以看出，四杰要“思革”的对象就是“上官体”，所要达到的效果就是序中所说的“长风以振，众萌自偃。遂使繁综浅术，无藩篱之固；纷绘小才，失金汤之险。积年绮碎，一朝清廓，翰苑豁如，词林增峻，反诸宏博”，这实际上是四杰对龙朔宫廷诗人群体的一次发难与反拨，它具有两重意义：一是标志着唐诗的创作中心由宫廷向社会转移，二是唐诗特质转型并由此开启向盛唐诗歌的过渡，也就是初唐诗风向盛唐诗风的转变。这是唐诗史进程的一个重大的标志，它是通过诗人群体的努力运作而完成的。

唐诗史上这样的例证相当多。初唐四杰对唐诗题材的扩展和昂扬壮大的情感基调的形成具有重要意义，这已经是唐诗史上的定论。而且，在唐诗的体裁和体格上，四杰有着重大的贡献，他们大力创作七言古诗，使得这种沉寂了多年的诗歌品种重新焕发光彩，成为盛唐开天时期诗人们大力创作的体裁。所谓唐诗的壮美昂扬美学风范的形成，实际上是在四杰手中定型的。卢照邻的《长安古意》《行路难》，骆宾王的《帝京篇》《畴昔篇》《从军中行路难》，王勃的《滕王阁》《临高台》等，体格壮大，气象雄浑，一洗初唐宫廷诗歌格调卑小的弊端，为盛唐气象的到来奠定了基础。这种宏壮的体格，张扬的个性，在于创造一种“飞驰倏忽，倜傥纷纶，鼓动包四海之名，变化成一家之体”(杨炯《王子安集序》)的新型歌行。这种歌行顺应时代发展和诗体建设的要求，除最重要的气骨精神外，在句式声调、布局结构等方面也有重要的创造性尝试。四杰的长篇七言歌行，在格式上平仄相间，数句转韵，这种流荡转接的韵律结构有助于创造豪荡跌落的宏伟气势与昂扬豪壮的真实情感，使得诗歌骨气端庄、跌宕激越，充满气势。这种风格深深地影响了盛唐开天诗人，唐诗中这种豪迈隽朗的七古诗风是由初唐四杰这个诗人群体开创的，可以说毫无疑问。换言之，一个诗人群体带动了唐诗史的进程。

以上所举是诗人群体对某种诗歌体裁和诗歌风格形成定型的贡献。其实，在唐诗史进程中，任何一种运动、一种风貌的形成离开了诗人群体的参与，是不可能取得成功的。仅仅凭借某个大诗人的呼吁和影响，都不可能成为气候。比如中唐时期的古文运动、新乐府运动，如果仅凭韩愈和白居易的身体力行大力创作，而没有韩孟诗派和元白诗派的成员的积极参与，这两个运动不可能取得成功。一种新的文学思潮的大力普及必然与众人的积极参与有密切关系，唐诗史上任何一种风格的形成都不是一两个大诗人完成的，必然有一个群体甚至是多个群体的积极配合与呼应方能完成，这应该说是一种文学常识。所以，诗人群体促进了唐诗史的进程，这个结论应该是稳妥可靠的。

第三节　皮陆诗派的形成与界定

皮陆诗派是晚唐时期一个较为特殊的群体，之所以这样说，是因为这个诗派不像韩孟诗派、元白诗派那样具有组织性，而且韩孟元白的成员往往具有复杂的背景，既有政治上的同盟，也有师生关系，而且活动的区域相对比较集中，成员之间的联系也比较紧密。对于皮陆诗派成员的组成与界定，是我们进行下一步研究的关键所在，这涉及如何给这个诗人群体准确定位，如何科学评价他们的文学作品，因此在进行研究之前，有必要把这个问题弄清楚。我们先来看看学界的一些观点。

尹楚彬《论皮陆诗派的形成》一文给皮陆下了定义："这是一个以皮、陆为代表的由下层士人组成的地区唱和群体。诗派成员整体社会地位低下：魏朴系'闭门穷学'的'处士'；陆龟蒙、颜萱、郑璧、司马都均未沾一第；皮日休、崔璐、羊昭业虽进士及第，却俱未挂朝籍，均为白衣；李縠释褐出身，亦仅为一节度幕僚；只有张贲做过正六品的广文博士，但这也是一个清冷的闲职，并且唱和时已弃官学道。可以说，这是一群游离于当时政治生活之外的下层文士。"①在《试论皮陆诗派尚才

① 载《中国文学研究》2001 年第 4 期。

自娱的唱和观及其表现形态》中，尹楚彬说："所谓皮陆诗派，据皮日休给诗派的唱和集《松陵集》所作的序中说，指唐末咸通年间因皮日休出佐苏州崔璞幕府，与陆龟蒙结识，并以二人为代表，由吴中及流寓吴中的下层士人组成的地区唱和群体。据《松陵集序》及《松陵集》卷一、卷二、卷九诗下题衔，这一群体成员有'前进士皮日休'、'进士郑璧'、'进士司马都'、'前浙东观察推官兼殿中伺御史李縠'、'处士魏朴'、'前进士羊昭业'、'苏州刺史崔璞'，凡十一人。除在诗派中处于附属地位的崔璞外，诗派成员整体社会地位低下。吴中唱和自咸通十年秋至十二年春，前后持续近两年，诗派成员共作诗六百七十四首，联句问答十八首，其中皮、陆六百三十九首。"①在《从吴中唱和看皮陆诗派在唐宋诗史中的地位》②一文中，尹楚彬也表达了同样的意思，兹不具引。他在上述三篇文章中对皮陆诗人群体的形成和成员界定作了定义，概括起来，主要有两点：第一，皮陆诗人群体是一个诗派，目之为"皮陆诗派"，成员有皮日休、陆龟蒙、郑璧、司马都、李縠、魏朴、羊昭业、崔璞、张贲、颜萱、崔璐，共十一人（但在《从吴中唱和看皮陆诗派在唐宋诗史中的地位》一文中尹氏又认为诗派成员有十二人，此人是参与皮、陆《报恩寺南池联句》唱和的名为嵩起的失姓诗人）。第二，皮陆诗派主要是个唱和诗派，成员多为下层士人，诗派活动时间自咸通十年秋至十二年春，前后持续近两年，诗派的作品限于《松陵集》。我们认为一个诗派的形成应该有多种多样的原因，只有在各种条件具备的情况下才能叫做诗派，那么，究竟一个诗派的形成有哪些必要的条件呢？大致说来有以下几个：一为创作主张。既然是一个诗派，那么这个诗派应该会有成员间基本上是相近的创作主张，也就是这个诗派区别于其他诗派的标志之处。同样，这个诗派的创作风格虽然内部成员之间会有所不同，但是应该有一个主导的风格，例如韩孟诗派的主导风格就是险怪艰

① 载《南京师范大学文学院学报》2002年第4期。

② 载《中国文学研究》2004年第1期。

涩，元白诗派的主导风格是浅切通俗。二为地域性。这里所讲的地域性应该包含两方面的意思，一方面是说诗派的成员出身籍贯应该大致是一个地方的，例如江西诗派的成员，大部分是江西人；另一方面是说这个诗派的成员主要活动在某一个区域，比如唐代大历年间的浙西诗人群和浙东诗人群这两大诗人群体，活动的范围大多限于浙西和浙东，这从他们的两部诗集《大历年浙东联唱集》和《吴兴集》中可以明显地看出。三为交往酬唱情况。一个诗派的成员之间应该是相互交往的，这样才能进行更多的联系，否则就不能称为一个诗派。从这三个条件来看，皮陆诗人群能否成为一个诗派呢？答案是肯定的但并不是尹父所谓的苏州唱和诗派。首先，皮陆诗人群体不是一个紧密性的创作集团，它的成员之间往往是分散性的，除了这个群体的主要人物皮日休、陆龟蒙咸通十年到咸通十二年在苏州一起活动外，其他的人物基本上处于分散的状态，虽有联系但不密切。其次，把一个唱和活动及其所参加的人物称为诗派，有失偏颇。既然是一个诗派，那么，这个诗派的成员就应该有作品留存下来，可惜的是，《松陵集》中一共收入苏州文会唱和诗篇 692 首，其中皮日休、陆龟蒙两人就占 639 首。其他张贲 16 首，李縠、郑璧各 4 首，颜萱 3 首，魏朴、司马都、崔璞各 2 首，羊昭业、崔璐各 1 首。如此看来，除了皮陆的作品占绝大多数外，这个唱和集团的其他九位成员加起来共 35 首，从数量上来看，这样的一个唱和群体很难叫一个诗派。再次，这个群体中除了皮陆在文学史上较有名气外，其他的九位诗人则名不见经传，不仅看不到作品问世，而且连生平事迹也无从考辨。总之，把一个诗派的活动时间仅仅定位在两年时间之内，在情理上无法让人接受。

王茂福《末世志士的呐喊和低吟——皮陆派诗人的理论与创作》认为："皮陆诗派是晚唐后期最重要的文学流派，它得名于皮日休、陆龟蒙，也可包括创作倾向与之一致的罗隐、杜荀鹤、聂夷中等。皮陆派在文学思想上操儒家实用的功利主义文学观，继承中唐古文运动、新乐府运动的传统，强调文学要服务于社会政治，要批判现实，有补政教。”①作者依旧称呼这个群体为“皮陆诗派”，不过跟尹楚彬三文所描述的不同，王茂福讲皮陆诗派的成员由《松陵集》中的九位换成了罗隐、聂夷中、杜荀鹤等人。那么，王文所谓的诗派在成员上、地域上、时间上和尹文已经有了明显的不同，是否就可以将之命名为“皮陆诗派”了呢？我们认为，把晚唐诗坛上活跃的这群能够反映现实的诗人称为诗派，应该是比较合乎实际的。

皮陆诗派的形成也是有一个过程的，在本节中将着重论述。皮陆诗派的主角当然是皮日休和陆龟蒙，“皮陆”之称也正说明了此点。那么，我们所要首先思考的问题是，“皮陆”并称是何时出现的、因何而并称，只有把这个问题弄清楚了，我们才能对皮陆诗派予以定位。皮日休、陆龟蒙在晚唐诗坛上的影响非常大，文学史上将他们并称为“皮陆”。最早将皮日休、陆龟蒙并称为“皮陆”的是他们的诗友张贲，张贲有《和皮陆酒病偶作》《偶约道流终乖文会答皮陆》二诗，俱见《全唐诗》卷六百三十一。张贲的两首诗在诗题中就直接称呼皮日休、陆龟蒙为“皮陆”，可见在皮日休、陆龟蒙生活的年代就已经有皮陆并称了。宋代人称呼皮陆的也很多。例如北宋初年钱易的《南部新书》就说：“严恽字子重，善为诗，与杜牧友善，皮、陆常爱其篇什。”②北宋诗人张耒有《伏暑日唯食粥一瓯尽屏人事逍遥效皮陆体》③一诗，诗题也是直接标明为皮陆。各种诗话记载并称“皮陆”的也有很多。比如严羽《沧浪诗话·诗评》就说：“和韵最害人诗，古人酬唱不次韵，此风始盛于元、白、皮、陆。而本朝诸贤乃以此而斗工，遂至往复有八九和者。”④刘克庄在《后村诗话》里也说：“皮陆皆唐季诗客”。⑤ 许学夷《诗源辩体》卷三十一：“至

① 载《宁夏大学学报》人文社会科学版 2001 年 4 期。
② 钱易：《南部新书》，中华书局 2002 年版，第 7 页。
③ 张耒：《张耒集》卷十六，上册，中华书局 2005 年版，第 267 页。
④ 郭绍虞：《沧浪诗话校释》，人民文学出版社 1983 年版，第 193 页。
⑤ 刘克庄：《后村诗话》，中华书局 1983 年版，第 246 页。

若王杜皮陆，乃怪恶奇丑，见之必唾其面，今好奇之士反以为姣好而慕悦之，此人情之大变，不可以常理推也。”又，“韩、白古诗，本失之巧，而或以为拙；王、杜、皮 陆律诗，实流于恶，而或以为巧，此千古大谬。盖韩白机趣实有可观，王、杜、皮、陆机趣略无所见也。今人好奇而识浅，故舍韩、白而取皮、陆。”①谢榛《四溟诗话》卷四：“自唐以来，罕有赋者。皮日休陆龟蒙《馆娃宫》之作，虽吊古得体，而无浑然气格，窘于难韵故尔。”②此外，还有大量的诗话著述将皮陆并称，兹不具举。这些例子说明，皮陆并称已经是一个文学史上的现象，在晚唐诗坛上有着重要的地位和影响，甚至形成了所谓的“皮陆体”，对北宋酬唱诗风的形成有着极其重要的影响。

从上面的引述中我们可以看出，“皮陆”并称在当时和宋代就有较大的影响了。那么，光皮、陆二人能否组成一个诗派呢？恐怕是不行的。一个群体的形成应该是多个成员努力的结果，经过考虑，笔者认为，皮陆诗派应该包括以下的一些诗人，即皮日休、陆龟蒙、罗隐、杜荀鹤、聂夷中等人，理由如下：首先，这些诗人生活在同一个时代，彼此之间有过交往。皮日休、陆龟蒙两年松陵唱和自不待言。罗隐与陆龟蒙是好朋友，《甲乙集》卷五有《寄陆龟蒙》诗一首：“龙楼李丞相，昔岁仰高文。黄阁寻无主，青山竟未焚。夜船乘海月，秋寺伴江云。却恐尘埃里，浮名点污君。”③此诗明代赵宦光等编撰的《万首唐人绝句》作《寄陆鲁望》，仅有前四句。《唐诗纪事》卷六十四云：“龟蒙攻文，与颜荛、皮日休、罗隐、吴融友善。”④罗隐与杜荀鹤也是好友，《唐风集》卷一有《钱塘别罗隐》五律一首，卷二有《献钱塘县罗著作判官》七律一首，从诗中所描写的内容来看，二人感情不一般。由此可见，这些诗人相互

① 许学夷：《诗源辩体》卷三十一，人民文学出版社 1998 年版，第 298 页。
② 丁福保辑：《历代诗话续编》下册，中华书局 1983 年版，第 1223 页。
③ 李之亮：《罗隐诗集笺注》卷五，岳麓书社 2001 年版，第 142 页。
④ 王仲镛：《唐诗纪事校笺》卷六十四，下册，巴蜀书社 1992 年版，第 1727 页。

之间是非常熟悉的，这是构成一个诗派的必要前提。其次，他们有着共同的诗歌主张，例如他们都积极遵循儒家诗教观，以诗歌干预社会、干预政治，提倡美刺诗学观，并且身体力行地创作了大量反映社会现实、民生疾苦的诗篇。他们把中唐白居易和元稹倡导的新乐府运动发扬光大，继承乐府诗的优良传统，将叙事、议论相结合，使乐府诗在晚唐再次焕发光彩。聂夷中的诗歌除了一首七律以外，全部是乐府诗和古诗。皮日休的《正乐府十篇》是白居易《新乐府》五十首的翻版。杜荀鹤、罗隐、陆龟蒙都创作了大量的乐府诗，或用旧题或谱新曲，无不是将乐府诗的现实主义精神传承光大。他们都是寒士诗人，尽管他们大部分是进士出身，但并没有踏入仕途，长期在为生计奔波行走，接触了广泛的社会生活，创作出了一批优秀的现实主义诗歌。在诗歌风格上，他们都主张新变和风格的多样化，不拘一格，形式多样，算是晚唐诗歌最后一丝的余晖。而且，这个诗人群的成员，如陆龟蒙、罗隐、皮日休都是晚唐小品文的主要作家，在小品文的内容和风格上具有相似性，而且在某种程度上他们的诗文互通，以文为诗，以诗为文，这说明他们之间有着沟通，在艺术上进行互补。所以，把他们当作一个诗人群来看待，应该是不成问题的。实际上，学术界的一些研究成果，已经证明他们是一个诗派。例如游国恩主编的《中国文学史》和社科院文学所主编的《中国文学史》均把他们当作晚唐的一个现实主义诗人群看待。余恕诚的《唐诗风貌》第六章《晚唐绮艳诗歌和穷士诗歌》①把晚唐的诗人群分为两部分，一个是以李商隐、杜牧、温庭筠为首的绮艳诗派，另外一个就是以皮日休、陆龟蒙为首的穷士诗派。刘宁的《唐宋之际诗歌演变研究》第三章《唐末五代诗人研究》②又把皮日休、陆龟蒙、罗隐、杜荀鹤划分为干谒诗人群。理由是这群人长期在各地流浪，到处干谒，希望借助各种政治势力踏上仕途。赵荣蔚《晚唐士风与诗风》第五章也把皮日休、陆龟

① 余恕诚：《唐诗风貌》，安徽大学出版社 1997 年版，第 104 页。

② 刘宁：《唐宋之际诗歌演变研究》，北京师范大学出版社 2002 年版，第 114 页。

蒙、罗隐、杜荀鹤、聂夷中等人划分为尚俗寒士诗人群，当然不止这五人，但以他们为主。其他的一些唐诗学著作，如许总的《唐诗史》等也是把皮陆等人作为一个诗派看待的。可见，皮日休、陆龟蒙、罗隐、聂夷中、杜荀鹤等人组成一个诗派，应该是没有问题的。让我们看看这些人物都有什么样的经历吧。

皮陆诗派中，几乎每个诗人都热衷于科举考试，这也是他们唯一的一条仕进之路，所以每个人都抱有很大的期望。可以说皮陆诗人群的生活理想就是想通过科举考试而进入政治中枢，发挥自己的才智，从而实施自己的人生抱负，留名青史。这个诗人群中的大多数成员多年来为了实现自己的理想而漂泊奔波，狂热的政治激情在人生的转折中不断得到激荡鼓动，尽管一次次地失败也在所不惜，直到愿望彻底落空才不得已而放弃，这是一种多么失落的人生悲剧，映照了晚唐政治的颓败，也是当时社会的真实写照。

皮日休于咸通四年(公元 863 年)离开自己的家乡襄阳，来到郢州，拜谒当时的郢州刺史郑诚，为他作《郢州孟亭记》。随后又南浮沅、湘，作《悼贾》，对西汉时期政治家贾谊的“经济之道”和“命世王佐之才”表示了极大的钦佩。是年秋天，皮日休漫游到金陵，写了《白门表》。后又到安徽的寿州、唐县、霍山，江西的彭泽，“干者十数侯，绕者二万里”(《太湖诗序》)，广泛而深入地了解当时官场的情况和社会风貌，创作了很多现实性很强的作品。咸通六年由安徽取道河南，经陕南入长安，为次年的进士考试作准备。咸通七年春，应进士举，未第。《皮子文薮》自序：“咸通丙戌中，日休射策不上第，退归州东别墅，编次其文，复将贡于有司，发箧丛萃，繁如薮泽，因名其书曰《文薮》焉。”①《皮子文薮》卷十《三羞诗》其一序曰：“丙戌岁，日休射策不上，东退于肥陵。”其三序曰：“丙戌岁，淮右蝗旱，日休寓小墅于州东，下第后归

① 萧涤非、郑庆笃整理：《皮子文薮》，上海古籍出版社 1981 年版，第 2 页。以下引用此书不再注明版次，只标卷数。

之。”咸通八年(公元 867 年)，皮日休再度入长安应进士第，以榜末及第。考取进士并没有给皮日休带来一官半职，他只得于次年离开长安，登华山、嵩山，从汴梁泛舟运河，抵达扬州，然后渡过长江，由镇江到达苏州。咸通十年(公元 869 年)，崔璞以谏议大夫出为苏州刺史，聘皮日休为军事判官。咸通末或僖宗乾符初，皮日休再到长安，任太常博士。后回到吴中，任毗陵副使。广明元年(公元 880 年)，黄巢在长安建号称帝，设置文武百官，任命皮日休为翰林学士。黄巢起义失败后，皮氏为唐朝政府杀害①。

陆龟蒙本为宰辅后裔，出生于文学世家，他自云：“家为唐臣来，奕世唯稷契。只垂青白风，凛凛自贻厥。犹残赐书在，编简苦断绝。其间忠孝字，万古光不灭。孱孙诚懵昧，有志常搰搰。敢云嗣良弓，但欲终守节。喧哗不入耳，谗佞不挂舌。仰咏尧舜言，俯遵周孔辙。”②《新唐书·陆龟蒙传》云：“陆龟蒙字鲁望，元方七世孙也。父宾虞，以文历侍御史。龟蒙少高放，通六经大义，尤明春秋。”③陆元方是陆龟蒙的七世祖，曾任唐代宰相，父亲陆宾虞也担任过侍御史。其他的历代祖先，如陆景倩为右台监察御史，陆溥为少府少监，陆康为泽州刺史，可知他的家世还是不错的。到了龟蒙这代，家道虽有衰落，但家中的产业还是颇为可观。上引《新唐书·陆龟蒙传》就说：“有田数百亩，屋三十楹……置园顾褚山下，岁取租茶，自判品第。”其在《甫里先生传》中也说：“先生之居，有地数亩，有屋三十楹，有田奇十万步，有牛不减四十蹄，有耕夫百余指。”(《甫里先生文集》卷十六)陆龟蒙承袭祖风，从小熟读经籍。在《袭美先辈以龟蒙所献五百言既蒙见知复示荣唱至千字

① 此采刘扬忠说，见其著《皮日休简论》，载《中国古典文学论丛》第一辑，人民文学出版社 1984 年版，第 187 页。

② 宋景昌、王立群点校：《奉酬袭美先辈吴中苦雨一百韵》，《甫里先生文集》卷之一，河南大学出版社 1996 年版，第 5 页，以下所引陆龟蒙诗，均出此本，只标卷次页码，不再注明版次。

③ (宋)欧阳修等：《新唐书》卷一百九十六，第十八册，中华书局 1975 年版，第 5612 页。

提奖之重蔑有称实再抒鄙怀用伸酬谢》诗中，龟蒙自述了他早年苦读的情形："少小不好弄，逡巡奉弓箕。虽然苦贫贱，未省亲嚅呫。秋倚抱风桂，晓烹承露葵。穷年只败袍，积日无晨炊。远访卖药客，闲寻捕鱼师。归来蠹编上，得以含情窥。抗韵吟比雅，覃思念梲樆。"居丧乱之世，陆龟蒙"无名升甲乙，有志扶孟荀。守道希昔贤，为文通古圣"(《村夜二篇》其一)，同一般士子一样，有求取功名施展才华的热情和抱负。陆龟蒙于咸通九年(公元868年)应举，未中。《唐才子传》卷八《陆龟蒙传》云："举进士一不中，尝从张搏游，历湖、苏二州，将辟以自佐。"①陆龟蒙此前曾入睦州刺史陆墉幕，不得意。咸通十年，崔璞刺苏州时，皮日休荐其入崔璞幕，两人遂成诗友。陆龟蒙虽然一举未中进士，但心中还是念念不忘，其《秋赋有期因寄袭美时将主试贡士》："云似无心水似闲，忽思名在贡书间。烟霞鹿弁聊悬著，邻里渔舠暂解还。文章病来犹满箧，药苗衰后即离山。广寒宫树枝多少，风送高低便可攀。"此时，皮日休在长安任太常博士，希望友人能予以提携。皮日休《奉和鲁望秋赋有期次韵》："十载江湖尽是闲，客儿诗句满人间。郡侯闻誉亲邀得，乡老知名不放还。应带瓦花经汴水，更携云实出包山。太微宫里环冈树，无限瑶枝待尔攀。"可以看出皮日休也是希望陆龟蒙能赴京贡举，此为乾符四年春间事情。但是这次陆龟蒙没有成行，殆因其时王仙芝起义军活动于鄂襄一带道路不通之故。我们从皮、陆两人的诗集中也找不到此次陆龟蒙赴京贡举的任何记载。在科举道路上得不到功名就意味着远离政治中心，纵有才华也报国无门，可谓英雄无用武之地。龟蒙只是短暂地做了几次幕僚，在政治上不得意，加上他性情高放，只能效法古人走隐居之路过着逍遥世外的日子。计有功《唐诗纪事》卷八陆龟蒙条云："龟蒙少高放，从张搏游，历湖苏二州，辟以自佐，尝至饶州，三日无所诣，刺史蔡京率官属就见之，龟蒙不乐，拂衣

① 孙映逵：《唐才子传校注》卷八，中国社会科学出版社1991年版，第769页。

去。不喜交流俗。”①不仅地方官员拜见龟蒙不接待，即便是朝廷征召，他也不去。《新唐书》卷一百九十六本传就说：“时谓江湖散人，或号天随子、甫里先生，自比涪翁、渔夫、江上丈人。后以高士召，不至。李蔚、卢携素与善，及当国，召拜左拾遗。诏方下，龟蒙卒。光化中，韦庄表龟蒙及孟郊等十人，皆赠右补阙。”②陆龟蒙后来移居松江甫里，以诗歌文章自娱自乐。龟蒙不结交官吏，但他却与当时的诗人颜荛、皮日休、罗隐、吴融等为益友，相互诗歌酬唱，切磋学问。皮日休任苏州刺史崔璞的从事时与陆龟蒙结识，一见如故成为至交，相互访问相互酬唱，龟蒙将在苏州期间与皮氏的唱和诗亲自结集为《松陵集》，友谊不同一般。罗隐与龟蒙也是挚友，其有《寄陆龟蒙》诗：“龙楼李丞相，昔岁仰高文。黄阁寻无主，青山竟未焚。夜船乘海月，秋寺伴江云。却恐尘埃里，浮名点污君。”③诗题下原注：“李相公在淮南征陆龟蒙诗。”据陶敏《全唐诗人名考证》卷六五五所考④，此“李相公”即李蔚，时为检校吏部尚书、扬州大都督府长史，兼淮南节度副大使，知节度事，算得上是一位显赫的地方大员。孙光宪《北梦琐言》卷六也说：“丞相李公蔚、卢公攜景重之。罗给事寄陆龟蒙诗云‘龙楼李丞相，昔岁仰高文。黄阁寻无主，青山竟不焚’盖尝有征聘之意。”⑤从这两段记载可以看出，李蔚对陆龟蒙的器重，以及罗隐与陆氏的交深。在政治上不得意，致使龟蒙隐逸山水，在自然中求得解脱，这与其说是他个人的悲剧还不如说是时代的悲剧。陆龟蒙的生活理想随着政治理想的破灭而逐步发生变化，他留恋山水，热爱生活，珍惜友情，抒写心中的感发。龟蒙不乘马，无事时乘小舟，设蓬席，时号江湖散人，或号天随子、甫里先生，

---

① 王仲镛：《唐诗纪事校笺》卷六十四，上册，巴蜀书社 1992 年版，第 1727 页。

② 《新唐书》卷一百九十六，第十八册，中华书局 1975 年版，第 5613 页。

③ 潘慧惠：《罗隐集校注》，浙江古籍出版社 1995 年版，第 138 页。

④ 陶敏：《全唐诗人名考证》卷六五五，陕西人民教育出版社 1996 年版，第 906 页。

⑤ 孙光宪：《北梦琐言》卷六，贾二强点校，中华书局 2002 年版，第 136 页。

自比涪翁、江上丈人，后世称他为“处士”“先贤”“高士”。吴江建“三高祠”，把他与范蠡、张翰同列其中，可见人们对他的敬仰。

皮陆诗派中的主要人物皮日休、陆龟蒙走科举考试之路是这样的不如意，那么其他的几个诗人是不是处境就要好些呢？让我们再来看看罗隐、杜荀鹤、聂夷中等人的科举考试之路。罗隐原名横，字昭谏，后因屡试不第才改名为隐，可见罗隐在科举考试上也是很不顺利的。罗隐曾祖父和祖父都任过福州福堂县令，父亲也应过开元礼试，为贵池尉。罗隐二十七岁就在贡籍，“才了十人，学殚百代”①，但是他应试了十次都没有考取进士。《吴越备史·罗隐传》说：“隐本名横，凡十上不中第，遂更名。初从事湖南，历淮、润，皆不得意，乃归新登。”《十国春秋·罗隐传》也说：“隐本名横，貌寝陋，凡十上不中第，遂更今名。”②罗隐自己也说：“隐大中末即在贡籍中，自己卯至于庚寅，一十二年，看人变化。”③可知罗隐应试是在咸通年间。罗隐向有“江东才子”之称，为什么总是所至不遇呢？《旧五代史》卷二十四《罗隐传》认为罗隐是“诗名于天下，尤长于咏史，然多所讥讽，以故不中第”。④不遇似乎与罗隐的性情高傲有关。事实上，罗隐也的确因为自己的恃才自傲得罪过不少人，例如宋代陶岳《五代史补》卷一说：“罗隐在科场恃才傲物，尤为公卿所恶，故六举不第。”⑤《唐才子传》卷九《罗隐传》也说：“隐恃才忽睨，众颇憎忌。自以当得大用，而一第落落，传食诸侯，因人成事，深怨唐室。诗文凡以讥刺为主，虽荒祠木偶，莫能免者。”⑥前

---

① 沈崧：《罗给事墓志》，见李之亮《罗隐诗集笺注》附录一《诸书传记》，岳麓书社 2001 年版，第 396 页。

② 以上两种罗隐传见周勋初主编《唐人佚事汇编》第三册，上海古籍出版社 1995 年版，第 1546 页。

③ 潘慧惠：《罗隐集校注》，浙江古籍出版社 1995 年版，第 555 页。

④ (宋)薛居正等：《旧五代史》卷二十四，中华书局 1966 年版，第 326 页。

⑤ 周勋初主编：《唐人佚事汇编》第三册，上海古籍出版社 1995 年版，第 1548 页。

⑥ 孙映逵：《唐才子传校注》卷九，中国社会科学出版社 1991 年版，第 817 页。

面我们说过，唐代的科场基本上为权贵把持，营私舞弊任人唯亲。罗隐自称是“江左孤根”(《投郑尚书启》)、“族惟卑贱”(《投湖南王大夫启》)，朝中无人照应，自然只能是“五等列侯无故旧，一枝仙桂有风霜”(《长安秋夜》)。据姚士麟《两同书跋》记载：“昭宗欲以甲科处之，有大臣奏曰‘隐虽有才，然多轻易，明皇圣德，尤横遭讥谤，将相臣僚，岂能免乎凌轹。’帝问讥谤之词，对曰‘隐有《华清诗》曰：‘楼殿重重佳气多，开元时节号笙歌。也知道德胜尧舜，争奈杨妃解笑何。’其事遂寝。”①罗隐的性格孤傲，诗歌又锋芒毕露，刺痛了统治者的心，使其又恨又怕，不为其所容也就理所当然的事情了。罗隐在从宣宗大中十三年到懿宗咸通十一年这十二年的时间里一直困居于长安，年复一年地为进士考试奔波劳累，殊无结果。他想凭借才学博取功名，但现实却让他处处碰壁，最后不得不离开长安，南下求职以供衣食。直到五十五岁得到吴越王钱镠的赏识才得以有用武之地。此后，罗隐历任钱塘令、秘书著作郎、镇海军掌书记等，直到他去世一直都没有离开浙右。

聂夷中的生平事迹记载比较简略，计有功《唐诗纪事》和辛文房《唐才子传》所载皆语焉不详。《唐才子传·聂夷中传》说他“奋身草泽，备尝辛楚，率多伤俗闵时之作，哀稼穑之艰难”，② 可知夷中出身寒微。《北梦琐言》卷二、《唐诗纪事》卷七十、《太平广记》卷一八三均说聂夷中咸通十二年中进士第，与许棠、公乘亿同榜。按唐制，进士中第后要经过吏部铨选，通过后方能授官，所以夷中依然困居长安，为生计奔波。然而，他既无金钱作资本，也没有权贵作靠山，再加上性格耿直不善逢迎，生活之艰辛可想而知。其《住京寄同志》一诗，反映了他困守长安时的窘况：“在京如在道，日日先鸡起。不离十二街，日行一百里。役役大块上，周朝复秦市。贵贱与贤愚，古今同一轨。白天落天西，赤鸦飞海底。一日复一日，日日无终始。自嫌性如石，不达荣辱

① 雍文华辑校：《罗隐集》附录二，中华书局 1983 年版，第 352 页。

② 孙映逵：《唐才子传校注》卷九，中国社会科学出版社 1991 年版，第 789 页。

理。试问九十翁，吾今尚如此。”①好不容易通过了吏部的铨选，但是因为战乱，朝廷忙于打仗，竟无暇分配官职给他。后来总算是当上了华阴县尉，“皂裘已弊，黄粱如珠，始得调华阴县尉，之官惟琴书而已。”（见前引《唐才子传·聂夷中传》）县尉官职卑下，县令就有权任意鞭打他们，稍不留意就会受尽折辱。杜牧《冬至日寄小侄阿宜诗》云：“参军与簿尉，尘土惊劻勷。一语不中治，鞭箠身满疮。”②极为形象地反映了主簿、县尉等底层官吏动辄被治罪的遭遇。聂夷中在华阴任上还是尽量为百姓做好事，但也很不如意，从聂夷中的厄运我们可以看到唐末黑暗政治的投影。杜荀鹤的生平事迹史料记载也很少，仅《旧五代史》有传记，也不详。他在《郊居即事投李给事》说：“江湖苦吟士，天地最穷人。”③“四海无寸土，一生唯苦吟。”（《寄从叔》）“食无三亩地，衣绝一株桑。”（《秋日寄吟友》）似乎出生在一个寒微的家庭，当然古人有时候写诗难免要夸张一些，但他出生在一个无权无势的普通庶族地主家庭则可以肯定，比如他反复地说“三族不当路，长年犹布衣”（《寄从叔》）、“更无亲族在朝中”（《投从叔补阙》）。出生在这样的家庭要想日后能出人头地，只有走科举这条道路了。杜荀鹤也确实是用力攻读，“卖却屋边三亩地，添成窗下一床书。”（《书斋即事》）在科举的道路上他苦斗了三十年左右的时间，饱尝了人间的酸甜苦辣。有一次落第后杜荀鹤到江浙漫游散心，在钱塘遇见了罗隐，此前罗隐与杜荀鹤在九华山曾隐居过一段时间，算是至交。这时候罗隐也没有考取进士，两个失意的诗人别后相逢，不禁触景生情，洒下两行热泪。“江南江北闲为客，湖去潮来老却人。”（《春日行次钱塘却寄台州姚中丞》）杜荀鹤在科场失意但在文场有名气，因此得到梁王朱全忠的接见，在朱全忠的庇佑下，杜荀鹤总

---

① （清）彭定求等：《全唐诗》卷六百三十六，第十九册，中华书局 2003 年版，第 7298 页。

② 冯集梧：《樊川诗集注》卷一，上海古籍出版社 1998 年版，第 63 页。

③ 胡嗣坤、罗琴：《唐风集校注》，《杜荀鹤及其〈唐风集〉研究》上篇，巴蜀书社 2005 年版，第 40 页。

算是考中了进士，这时他已经是快五十的人了。后来朱全忠又推荐他为翰林学士、主客员外郎、知制诰。虽然道路崎岖一些，毕竟人生还是幸运的。

从以上的分析可以看出，皮陆诗派的成员处在这样的社会环境和时代氛围之中，纵有大志，也无用武之地。这群诗人算得上是典型的寒士诗人，终身为生计劳苦奔波，直到身心疲惫才不得已放弃自己的魏阙之想，转身遁入山林，过起隐居生活来，所以这群诗人又算得上是隐逸诗人，人生理想经历了重大的转变。这群诗人有着基本相同的人生经历，创作也大致分为前后两期，诗歌体裁、题材、风格都有所转变，有的转变很明显，前后判若两人，这在后面的章节中我们要重点论述。宁静秀丽的山水慰抚了诗人沧桑的心灵，使他们创作出大量的山水诗，成为唐代山水诗的余响。

第四节 晚唐诗歌格局中的皮陆诗派

要探讨皮陆诗派在晚唐诗歌格局中的定位，首先要了解晚唐时期的政局形势和文学风貌，这样才能较为准确地把握皮陆诗派的创作及其特色。

晚唐的政治环境可以借助诗人李商隐的一句诗来描述，那就是“夕阳无限好，只是近黄昏”①。的确，经过长期的战乱，唐朝已经是一蹶不振了。安史之乱这场叛乱从根本上动摇了唐王朝的统治根基，也给后来一系列的藩镇叛乱树立了榜样。藩镇的割据与叛乱一直是中晚唐社会的一大毒瘤，为了平息这些叛乱，唐王朝政府付出了巨大的代价。甚至当河朔藩镇于穆宗长庆年间再次叛乱后，由于朝廷无力平压，反倒是出

① 《乐游原》，刘学锴、余恕诚：《李商隐诗歌集解》第五册，中华书局 1996 年版，第 1943 页。

现了休战的状态，这种情形一直延续到宣宗大和末期。唐王朝表面看来社会安定，实际上积聚着更大的矛盾冲突。

晚唐的七个皇帝中，的确有几位想有所作为，有过励精图治重整山河的打算。如唐文宗李昂"励精求治，去奢求俭""中外翕然相贺，以为太平可冀"①。武宗会昌之治曾使唐朝官民为之一振，虽为昙花一现，但也振奋人心。唐昭宗李晔"攻书好文，尤重儒术，神奇雄俊，有会昌之遗风。以先朝威武不振，国命浸微，而尊礼大臣，详延道术，意在恢张旧业，号命天下，即位之始，中外称之"②。但是，无论这些皇帝们做出怎样的个人努力，都不能挽回唐王朝的衰败之势，对于此点，《旧唐书》卷十一《代宗本纪》有过很好的解释："治道之失也，若河决金堤，火炎昆岗，虽神禹之乘四载，玄溟之洒八瀛，亦不能湮洪涛而扑烈焰者，何也？良以势既坏而不能遽救也。"③历史的向前发展不以个人意志为转移，何况大部分的晚唐皇帝均是无能之辈，尤其是皮陆诗派生活的咸通、乾符年间的两个皇帝懿宗和僖宗，更为不堪。咸通元年，唐懿宗李漼以中庸之才登位，十五年间几无一善事可陈，而昏淫残暴，可谓惊世骇目。李漼爱好音乐，殿前供奉乐工常近五百人。每月宴游多次，水陆皆备，所费奢靡。咸通十一年（公元 870 年），宠妃郭淑妃所生同昌公主病卒，懿宗居然丧心病狂地杀害翰林医官二十余人，逮捕其亲族三百余人系京兆狱。宰相刘瞻、京兆尹温璋谏，均遭到贬斥，温璋因此悲愤而死。次年葬同昌公主，"韦氏之人争取庭祭之灰，汰其金银。凡服玩，每物皆百二十舆，以锦绣、珠玉为仪卫、明器，辉焕三十里；赐酒百斛，饼餤四十橐驼，以饲体夫。上与郭淑妃思公主不已，乐工李可及作《叹百年曲》，其声凄婉，舞者数百人，发内库杂室宝为其首饰，以

---

① 《资治通鉴》卷二百四十三《唐纪》五十九太和元年，第十七册，中华书局 1982 年版，第 7853 页。

② 《旧唐书》卷二十《昭宗本纪》，第三册，中华书局 1997 年版，第 735 页。

③ 《旧唐书》卷十一，第二册，中华书局 1997 年版，第 267 页。

絁八百匹为地衣，舞罢，珠玑覆地”。① 李漼还“削军赋而饰伽蓝，困民财而修净业”②，盘削民财以广造佛寺，并于咸通十四年(公元873年)迎佛骨进京，奢靡程度更甚于元和年间迎佛骨的唐宪宗。懿宗死后，太子李儇为宦官拥立，是为唐僖宗。僖宗即位时年方十二，专事嬉游，爱好斗鹅、走马，委政事于宦官田令孜，呼田令孜为阿父，政权完全操于宦官之手。史载：“上年少，政在臣下，南牙、北司互相矛盾。自懿宗以来，奢靡日甚，用兵不息，赋敛愈急。关东连年水旱，州县不以实闻，上下相蒙，百姓流殍，无所控诉，相聚为盗，所在蜂起。”③在李儇即位的次年，王仙芝起义，越五年，黄巢攻入长安，朝政混乱不堪。僖宗卒后，其弟寿王李晔即位，是为唐昭宗。光化三年(公元900)，昭宗为宦官囚禁于凤翔，后虽借朱全忠之力杀尽宦官，但自己也为朱全忠所杀害，朱全忠后来称帝于汴州，改名晃，国号梁，唐朝国祚宣告终结。

皇帝都是这样，臣下更为混账。宣宗大和末，朝廷统治愈加腐败，贪赃枉法成为常见的现象，“及为宰相，以时风奢靡，居要位者尤纳贿赂，遂成风俗，不暇更方远害。且与贞元时甚向背矣”④。朝廷上层官吏是这样贪赃枉法，大肆贿赂，下层胥吏更是直接敲剥农民，以至于百姓对这些官吏皆“畏之如豺狼，恶之如仇敌”⑤。国无中兴之君，朝中更无中兴之臣和中兴之将。唐朝之所以走向衰败，一个很大的原因是皇帝用人不善。唐玄宗后期误用李林甫、杨国忠，唐德宗误用元载、卢

① 《资治通鉴》卷二百五十二《唐纪》六十八咸通十一年，第十七册，中华书局1982年版，第8153页。

② 《旧唐书》卷十九《懿宗本纪》，第三册，中华书局1997年版，第649页。

③ 《资治通鉴》卷二百五十二《唐纪》六十八咸通十一年，第十七册，中华书局1982年版，第8153页。

④ 《旧唐书》卷一百六十七《宋申锡传》，第十三册，中华书局1997年版，第4372页。

⑤ 《旧唐书》卷一百九十《刘蕡传》，第十五册，中华书局1997年版，第5064页。

杞，唐懿宗也误用了奸相路岩和韦保衡。路岩和韦保衡狼狈为奸，后因争权遭到韦保衡排挤，出任西川节度使。韦保衡被任命为宰相后，大肆弄权敛财，排斥异己。宰相王铎、刘瞻、于琮都遭到过韦保衡的打击和报复。朝廷成了争权夺利的场所，连皇帝都感到不满意。《唐语林》卷四曾载："上举玉如意指张说辈，叹曰'使吾得其中一人，则可见开元之理'。"①地主阶层一方面藏匿田亩，"其间人户逃移，田地荒废。又近河诸县，每年河路吞侵，沙苑侧近，日有沙砾填掩，百姓税额已定，皆是虚额征率。其间亦有豪富兼并，广占阡陌，十分田地，才税二三，致使穷独逋亡，赋税不办，州县转破，实在于斯"②。另一方面又伪托假职逃避差役，于是，唐朝末期日趋繁重的两税差役就自然而然地转嫁到广大的贫农身上，农民除了暴动起义别无出路。唐宣宗大中十三年(公元859年)浙东爆发裘甫起义，揭开了唐末农民起义的序幕。裘甫起兵攻陷象山，进逼剡县，浙东骚动。于次年又攻占剡县，"开府库，募壮士，众至数千人，越州大恐"，"既战，阳败走，官军追之，半涉，决壅，水大至，官军大败，三江皆死，官军几尽"③。裘甫义军四面云集，众至三万，分为三十二队，自称天下都知兵马使，建元为罗平，声势大振。咸通三年(公元862年)，裘甫义军连续攻破了唐兴、上虞、余姚、慈溪、奉化、宁海，一路势如破竹，所向披靡。继裘甫之后，懿宗咸通九年(公元868年)徐泗地区爆发了庞勋起义，僖宗乾符元年(公元874年)濮州爆发了王仙芝起义。这两次起义虽然最后为唐军挫败，但是两次起义的农民军后又汇入另外一场更为壮大的黄巢大起义之中，积累了丰富的斗争经验。乾符五年(公元878年)，在王仙芝最后一支部队为唐军歼灭后，黄巢就成为整个义军的统帅。黄巢义军吸取经验教

---

① 周勋初：《唐语林校证》，上册，中华书局1997年版，第368页。

② 元稹：《同州奏均田状》，《元稹集》卷三十八，冀勤点校本，下册，中华书局2000年版，第435页。

③ 《资治通鉴》卷二百五十《唐纪》六十六咸通元年，第十七册，中华书局1982年版，第8079页。

训，不为唐朝招安诱惑，态度坚决，转战南北，先后攻入洛阳，夺取长安，建立"大齐"政权，逼使唐僖宗继唐玄宗之后又一次流亡成都，历时长达十年，可谓规模空前。黄巢起义虽然最后归于失败，但是从根本上动摇了唐朝政权的存在基础。二十年后，唐朝便在苟延残喘的风雨飘摇之中瓦解和分裂了，可以说，正是黄巢起义给了唐朝灭亡的致命一击。

在外部环境上，唐朝也不容乐观。咸通二年七月，南诏入侵，攻陷邕州，朝廷震惊。咸通三年三月，南诏又攻陷安南，"南诏复寇安南，经略使王宽数来告急，朝廷以前湖南观察使蔡袭代之，仍发许、滑、徐、汴、荆、襄、潭、鄂等道兵各三万人，授袭以御之。兵势既盛，蛮遂引去"①。一个小小的南诏国侵犯，朝廷居然要动用二十余万的兵力去对付，可见形势是多么严峻。然而好景不长，到了十月，南诏再次侵犯，战争又一次爆发。唐军与南诏军队发生了拉锯战，相互僵持。咸通十年，南诏自安南撤走，把兵力转向西川，连陷黎州、雅州、邛州、嘉州，次年进围成都，被唐军击败。僖宗乾符元年（公元 874 年），南诏又进犯西川，唐朝政府任命高骈为西川节度使，出兵反击，局面才基本稳定下来。在西部，吐蕃出兵又入侵邠州、宁州，使唐王朝西南西北两头防御，疲于抵抗。

在文学环境上，晚唐同样也不容乐观。总的说来，诗坛上纤丽绮靡的文风占据主导地位，这可以从当时的几部文学选集里看出来。例如后蜀韦縠编的《才调集》，他在序中就说明了其选编的标准，"或闲窗展卷，或月榭行吟，韵高而桂魄争光，词丽而春色斗美，但贵自乐所好，岂敢垂诸后昆"②。这种表现"闲窗展卷""月榭行吟"的诗歌作品，远离社会生活和民生疾苦，叙写自我心情，无关乎家国大事，而且在风格上

① 《资治通鉴》卷二百五十《唐纪》六十六懿宗咸通三年，第十七册，中华书局 1982 年版，第 8097 页。

② 傅璇琮编：《唐人选唐诗新编》，陕西人民教育出版社 1996 年版，第 691 页。

讲究“韵高”和“词丽”，追求华美的形式，其实也就是绮靡文学。晚唐诗坛上题材较多的还是描写男女情爱的艳情诗，它是六朝艳情文学的延续和传继，而在晚唐这个时期变本加厉。例如韩偓的《香奁集序》就说：“遐思宫体，未敢称庾信工文；却诮玉台，何必使徐陵作序？粗得捧心之态，幸无折齿之惭。柳巷青楼，未尝糠秕；金闺秀户，始预风流。咀五色之灵芝，香生九窍；咽三危之瑞露，美动七情。如有责其不经，亦望以功掩过。”①香奁本来是指妇女香闺之梳妆台，韩偓以之作为诗集名，由此可见里面都是一些描写什么内容的作品。至于序中的“柳巷青楼”“金闺秀户”“美动七情”等字眼，已经明摆着告诉读者诗集里面所谈为何事。晚唐的一些诗人，像李商隐、杜牧、温庭筠、薛逢、韩偓等，写作了大量的艳情诗，在纸醉金迷之中麻痹自己的神经，暂时获得心灵的快感，往往流露出一种悲观与沮丧的情绪。这些诗人在数量上是很多的，他们身处乱世，抛弃诗教理念，转向自我心灵的浅吟低唱以及男女情事的描摹，追求形式的华美、字句的绮艳，其有关作品是六朝宫体文学的复活。至于晚唐的另外一种诗歌形式——词，里面更是大力描写女人，赵崇祚所编《花间集》可以说是这种文学体裁的代表。从欧阳炯所作序中可以窥见一斑，其云：“镂玉雕琼，拟化工而迥巧；裁花剪叶，夺春艳以争鲜。是以唱云谣则金母词清，挹霞醴则穆王心醉。名高白雪，声声而自合鸾歌，响遏行云，字字而偏谐凤律。杨柳大堤只句，乐府相传；芙蓉曲渚之篇，豪家自制。莫不争高门下，三千玳瑁之簪；竞富樽前，数十珊瑚之树。则有绮筵公子，绣幌佳人，递叶叶之花笺，文抽丽锦；举纤纤之玉指，拍案香檀。不无清绝之辞，用助娇娆之态。”②从《才调集序》到《花间集序》，可以表现出晚唐文坛的大致走向。

皮陆诗派就是生活在这样的一个环境里。政治环境的黑暗导致他们的理想和抱负不能得以实现，只能长期地漂泊在社会底层。文学环境的

---

① 齐涛：《韩偓诗集笺注》，山东教育出版社 2000 年版，第 2 页。

② 李谊：《花间集注释》，四川文艺出版社 1986 年版，第 1 页。

空洞绮靡，使他们不得不另开一条新路与之相抗争。实际上，皮陆诗派没有受到这种绮靡文风的影响，他们擎起载道大旗，传承韩、柳、元、白的文学精神，以诗文积极干预社会反映现实，创作出了一批优秀的艺术作品，这是他们对唐代文学的贡献。

晚唐诗的年代划分，历来存在着争议。明代高棅《唐诗品汇·总叙》云："降而开成以后，则有杜牧之之豪纵，温飞卿之绮靡，李义山之隐僻，许用晦之偶对。他若刘沧、马戴、李频、李群玉辈，尚能勉励气格，将迈时流。此晚唐变态之极，而遗风余韵犹有存者焉。"①高棅将唐文宗开成元年(公元 836 年)划为晚唐诗的起点，是有着独到眼光的，但是高棅的划分并没有得到后人的认同。现今学界有关晚唐诗的划分更是观点多样，难以统一。刘开扬《唐诗通论》(巴蜀书社 1998)、杨世明《唐诗史》(重庆出版社 1996)、陈伯海《唐诗学引论》(东方出版中心 1996)三部唐诗学著作均将唐敬宗宝历元年(公元 825 年)定为晚唐诗的起点时间，比高棅的划法提前了十一年。倪其心《关于唐诗的分期》②一文则更早，定于唐穆宗长庆元年(公元 821 年)。当然也有推后的，例如田耕宇《文变染乎世情，兴废系于时序》③就定为唐武宗会昌元年(公元 841 年)，王气中《关于唐诗的分期》④更晚些，定为唐僖宗咸通元年(公元 860)，分别比高棅的时间晚了 5 年和 24 年。那么，究竟哪种说法更符合实际一些呢？笔者认为，唐诗分期和唐史分期的划分虽然在某种程度上有很大的必然联系，但是两者之间还是应该有区别的。政治家可以以某年某天具体的日期宣布改朝换代、一个新的年代到来，但是文学家却不能齐刷刷地都在某年某天出生或者殉国。文学意识领域的变更要考虑到前后的转承关系。中唐诗歌和晚唐诗歌的衔接点在哪里

① 高棅：《唐诗品汇》，上海古籍出版社 1982 年版，第 9 页。

② 倪其心：《关于唐诗的分期》，载《文学遗产》1986 年第 4 期。

③ 田耕宇：《文变染乎世情，兴废系于时序》，载《西南民族学院学报》1990 年第 1 期。

④ 王气中：《关于唐诗的分期》，载《南京大学学报》1963 年第 1 期。

呢？我们认为主要在于一种诗风的变更，也就是晚唐诗不同于中唐诗的文学内在属性，只有这样的划分才有意义。其中一个标志就是中唐时期诗人的离世和晚唐诗人的崛起，那么我们看看究竟什么时候比较合适。

把唐穆宗长庆元年(公元 821 年)和唐敬宗宝历元年(公元 825 年)作为晚唐诗的起点时间有明显的不妥。这是因为虽然在这个时候中唐的一些重要的诗人比如韩愈、李贺、权德舆、柳宗元、孟郊、韦应物、刘长卿、顾况、卢纶等已经先后辞世，但是仍有一批同样是重要的中唐诗人如白居易、元稹、刘禹锡、张籍、王建等依然活跃在诗坛，进行着诗歌创作。晚唐时期一些重要的代表性诗人这个时候还没有成长和崛起。宝历元年杜牧 22 岁，李商隐、温庭筠 13 岁，罗隐 8 岁，曹邺 9 岁，皮日休、陆龟蒙、韦庄、杜荀鹤、聂夷中、郑谷、韩偓等诗人还没有出生，也就是说宝历年间(宝历只有 3 年)的诗坛还是中唐的活动空间。而到了唐文宗开成元年(公元 836 年)时，诗坛发生了较大的变化。中唐诗坛的代表人物元稹、张籍、王建等人去世，健在的大诗人白居易、刘禹锡已经到了晚年，诗歌创作进入尾声，也基本上退出了诗歌舞台。新一代的晚唐诗人，杜牧 32 岁，李商隐、温庭筠 23 岁，曹邺 20 岁，许浑 51 岁，他们的创作都已经进入盛期。而罗隐、韦庄、皮日休、陆龟蒙、聂夷中、司空图等一批晚唐的代表诗人都在本年前后出生，诗坛的创作昭示着晚唐气象的到来。至于把唐僖宗咸通元年(公元 860 年)作为晚唐诗的起点时间，就更没有意义了，因为唐代在公元 907 年灭亡，如果这样划分的话，那么晚唐诗坛才 37 年的时光，这是无论如何也说不过去的。

一般说来，一个朝代的变更往往是由政治事件引起的，政权的更替是政治斗争的必然后果。重大的历史事件可以改变历史的进程，从而成为一个朝代更替的象征性标志。发生在唐玄宗天宝十四年(公元 755 年)的“安史之乱”被视为盛唐结束的分水岭，那么，中唐和晚唐之间是不是也有一个这样的历史事件作为标志呢？我们查阅史书后发现，恰好发生在唐文宗大和九年末(公元835年)的著名历史事件“甘露之变”，对于晚唐的时间确定具有同样重要的作用。“甘露之变”是发生在唐文宗大和九年十一月的一次宫廷事变，这场事变由大臣李训、郑注具体策划，唐文宗亲自幕后操纵，最后弄巧成拙、事与愿违而以悲剧结场。这场事变的起因是唐文宗想通过朝官之手发动政变，来铲除宦官专政带来的弊端，动机是好的，但是由于李训、郑注的急于求成、好大喜功、准备不足而最后失败，导致了更为严重的后果。安史之乱后，唐代朝中分为南司与北司，南司为朝官，北司为宦官，双方势力基本上保持平衡。甘露之变以前，唐顺宗永贞年间，王叔文集团也曾想夺取宦官兵权，任用武将范希朝、韩泰，但是永贞革新没有成功。甘露之变是唐文宗李昂的又一次向宦官夺权的事变，可惜再次失败。这次失败比永贞革新带来的后果更为严重，据《新唐书》卷一百七十九《李训传》①记载，这次事变中，李训、郑注、王涯、王璠、贾餗、郭行馀、李孝本等朝官数千人被杀。事变后文宗李昂完全为宦官所挟持，朝廷大权归北司，形势陡然剧变。司马光《资治通鉴》卷二百四十五《唐纪》六十一文宗大和九年：“自是天下事皆决于北司，宰相行文书而已。宦官气益盛，迫胁天子，下视宰相，陵暴朝士如草芥。”②可以说甘露之变是中唐政治向晚唐政治过渡的一个转折点。这一事变直接影响到诗歌创作，全身远祸是甘露之变后文人们的普遍心态，消极、逃避的思想，感伤、沉郁的诗风弥漫在诗坛，预示着晚唐诗歌的到来。文学思想上，则由功利主义逐步转向非功利主义，元和诗坛上的“讽喻说”不再占有市场，诗人开始“以意为主”，抒写自己沉郁幽深的情怀。所以说甘露之变也是中唐诗歌转向晚唐诗歌的一个分水岭。甘露之变的次年就是唐文宗开成元年，高棅把晚唐诗起点定位于这一年是有道理的。

陈伯海《唐诗学引论》之《别流篇》把晚唐诗的演变历程又细分为三

---

① 《新唐书》，第十七册，中华书局1975年版，第5309页。

② 《资治通鉴》卷二百四十五《唐纪》六十一文宗大和九年，第十七册，中华书局1982年版，第7919页。

个阶段，“从敬宗宝历元年初到宣宗大中末的三十五年，为大中诗坛；懿宗咸通初至僖宗中和末的二十五年，为咸通诗坛；僖宗光启以后二十五年，为唐末诗坛。”①基本上概括出了晚唐诗歌的走向，但也不是绝对的。皮陆诗派主要生活在懿宗、僖宗年间，那么也就是陈伯海先生所说的咸通诗坛了。为了较为准确地对皮陆诗派在晚唐诗坛上定位，首先要弄清楚晚唐时期究竟有多少个诗人群体在活动，他们之间有何关系，又有何异同，这是一个重要的前提。让我们先来看看历来的一些主要观点。

最早给晚唐诗人划分流派的，应该是唐代张为的《诗人主客图》②。《诗人主客图》把中晚唐诗人大致划分为六个系列，被列为“清奇雅正”和“清奇僻苦”系列中的“入室”“升堂”“及门”者，几乎都是晚唐诗人。张为认为“清奇雅正”和“清奇僻苦”是晚唐的两个重要诗人流派，这在诗歌艺术特征上确实是抓住了要害。明代杨慎《升庵诗话》卷十一“晚唐两诗派”条云：“晚唐之诗分为二派：一派学张籍，则朱庆余、陈标、任蕃、章孝标、司空图、项斯其人也；一派学贾岛，则李洞、姚合、方干、喻凫、周贺(九僧)其人也。其间虽多，不越此二派，学乎其中，日趋于下。其诗不过五言律，更无古体。五言律起结皆平平，前联俗语十字一串带过，后联谓之‘颈联’，极其用工。又忌用事，谓之‘点鬼簿’，惟搜眼前景而深刻思之，所谓‘吟成五个字，捻断数茎须’也。余尝笑之，彼之视诗道也狭矣。……晚唐惟韩柳为大家。韩柳之外，元白自成家。余如李贺孟郊祖骚宗谢，李义山杜牧之学杜甫，温庭筠权德舆学六朝，马戴李益不堕盛唐风格，不可以晚唐目之。数君子真豪杰之士哉！彼学张籍贾岛者，真裩中之虱也。二派见张洎集序项斯诗，非余之臆说也。”③杨慎所谓晚唐诗分为张籍、贾岛二派，主要是指学习他们的近体诗，也就是学习他们的“五言律”，这恰好是张籍贾岛的长处，也

① 陈伯海：《唐诗学引论》，东方出版中心 1996 年版，第 130 页。
② 丁福保辑：《历代诗话续编》上册，中华书局 2001 年版，第 70 页。
③ 丁福保辑：《历代诗话续编》中册，中华书局 2001 年版，第 851 页。

是晚唐诗歌的主要诗歌形式。其实贾岛早年即与张籍、韩愈交游，诗风也很相似，可以看出两派的一致性。张为和杨慎的划分有很大的局限性，不足以代表晚唐诗歌的风貌。

我们再看看当今学界的说法。余恕诚《唐诗风貌》第六章《晚唐绮艳诗歌与穷士诗歌》把晚唐诗坛分为两个大的诗人群体，一个是以李商隐、温庭筠、杜牧为代表的绮艳诗人群体，这个群体成员地位较高，"在诗史上的创变成就是多方面的，如对于律诗和绝句艺术的丰富，对于咏史、咏物诗的发展，都向为人所肯定。但在多种创变中最有意义的莫过于对心灵世界和绮艳题材的开拓"①。另外一个是以皮日休、陆龟蒙、方干等为代表的穷士诗人群体，这群人远离政治中心，长期在科举考场上受困，甚至终身不第，穷困潦倒，属于失意文人，在作品风貌上给人的感觉是收敛、淡冷和着意。"把晚唐诗坛的众多诗家大体归结为两种类型或两个群体，决不意味着忽视同一群体之内诗人创作的差异，也并不抹煞大群体之内还可能有一些小的群体。两大群体的划分，无非是同属一个群体内的诗家，在存异求同的时候，他们的一些比较共同或比较接近的方面，有明显区别于另异群体之处，因而由这些特征标志出他们在客观上构成了相对于另一群体而存在的一方。"②余先生是从诗人出身成分和诗歌风格两方面来划分的，颇有道理，可备一说。刘宁的博士论文《唐宋之际诗歌演变研究》第三章《唐末五代诗人群体》把晚唐的诗人群划分为四个，分别是寒素诗人群、贵胄诗人群、干谒诗人群、隐逸诗人群。其中寒素诗人群包括两拨人马，一为继承新乐府传统的曹邺、刘驾、聂夷中等，另为以"咸通十哲"为代表的李频、张乔、许棠等人。贵胄诗人群包括韩偓、赵光远、崔珏、郑仁等人，这帮人出身显族，或为当朝显贵子弟，活跃在长安诗坛，创作上主要继承了李商隐以七律表现艳情的艺术影响，而且向朝廷诗人群发生着转化。干谒诗人群

① 《唐诗风貌》，安徽大学出版社 1997 年版，第 116 页。

② 《唐诗风貌》，安徽大学出版社 1997 年版，第 106 页。

主要有罗隐、皮日休、杜荀鹤、胡曾、李山甫等人。隐逸诗人群大致分为三类，第一类以方干、陆龟蒙、司空图为代表；第二类以诗僧齐己、尚颜为代表；第三类以陈陶、吕岩为代表。干谒诗人群可以简单地概括为士隐、佛隐、道隐，并且认为"唐末诗人群体的构成是以诗人的人生际遇为最核心的要素，具有相同际遇的诗人之间，不一定有非常具体和密切的交游关系，但由于彼此际遇相似，创作也体现出相同或近似的追求，并由此形成当时诗坛上值得注意的创作去向"①。笔者认为，刘宁的划分，将简单的问题复杂化了。寒素诗人群、贵胄诗人群是依据诗人身份划分，而干谒诗人群、隐逸诗人群的划分却又是以诗人的生存状况为标准，前后的划分标准不一致导致诗人群体划分的混乱。试问，寒素诗人群和贵胄诗人群的成员就不能干谒和隐逸么？恐怕不尽然吧。而且，干谒和隐逸恰好正是寒素诗人的生活方式，这可以从很多诗人的诗作中看出。再看另一部博士论文，即赵荣蔚的《晚唐士风与诗风》。在这部著作中，赵荣蔚也将晚唐诗人群划分为四个，分别是以贾岛、姚合、马戴为代表的苦吟诗人群，以许浑、刘沧、张祜、赵嘏为代表的格律诗人群，以杜牧、李商隐、温庭筠为代表的感伤诗人群，以皮日休、陆龟蒙、罗隐为代表的尚俗寒士诗人群。这种划分基本上较为准确。此外，还有一些其他划分的方式，但大致和以上的几种划分差不多，这里就不再举例。

值得注意的是，以上的几种划分大多将皮陆作为一个诗派，而且定位于寒士诗人群，只是在某些具体的划分上(比如成员的形成)略有差异，可见皮陆作为一个诗派已经得到了学术界的认可。那么，在晚唐诗歌格局中，皮陆诗派又有哪些特质呢，换言之，皮陆作为一个诗派不同于其他诗派表现在哪些地方呢？这是我们在下面的章节中将要弄清楚的问题。

---

① 刘宁：《唐宋之际诗歌演变研究》，北京师范大学出版社 2002 年版，第 96 页。

第二章　皮陆诗派的诗歌创作

第一节　皮陆诗派的诗歌理论

皮陆诗派在政治上虽然没有取得什么大的建树，但在文学理论方面却提出了不少新的见解，这些值得我们注意。他们的一些文学观点往往是与其政治主张联系在一起的，具有某种功利性。前面我们论述过晚唐昏暗的政局和时代环境，在这样看不到一丝希望的社会环境中，所有诗人不管他们的出身和经历是如何不同，政治态度和诗歌创作有多大的差异，但有一点他们是相同的，就是唐代国势已去、朝政颓败无可挽回的悲观心理。晚唐是一个沉沦的时代，甚至连中唐人那样的中兴思想也看不到，更别说盛唐气象那样激昂人心的情愫。如果说中唐时期还是秋风夕阳，尚有一丝暖色，那么晚唐便是落日过后的沉寂和寒冷。诗人们无论是做官还是避世隐居，都被一种消沉的心态所笼罩着。在这样的背景下，晚唐的文学批评家们无论提出怎样的创作主张，似乎都显得有些苍白无力，大抵不切实际。中唐的古文运动、新乐府运动之所以有号召力，能够进行下去，关键是时代和政治的需要，晚唐恰好缺乏这样雄厚的基础。文艺批评好比是一种奢侈品，只能在某种局部的范围内存留，起不到它应有的社会作用。只有明白这点，我们才能对皮陆诗派的文学理论予以揭示。

皮陆诗派的成员在思想上大多属于儒家一派，表现在文艺观上依然是儒家正统的诗教观，可以说弘扬儒家诗教观是皮陆诗派文学思想的主要内容。皮日休是一位热心用世的文人，他非常推崇历史上的一些儒学大师，认为周孔之道是正道，可以解决现实中的问题。陆龟蒙在《读襄阳耆旧传因作诗五百言寄皮袭美》中这样描述皮日休的远大志向："尝闻儿童岁，嬉戏陈俎豆。积渐开词源，一派分万溜。先崇丘旦室，大惧隳结构。次补荀孟垣，所贵亡罅漏。仰瞻三皇道，虮虱在宇宙。却视五霸图，股掌弄孩幼。"(《甫里先生文集》卷一)皮日休自己在《皮子世录》中也说："呜呼，圣贤命世，世不贱不足以立志，地不卑不足以立名。是知老子产于厉乡，仲尼生于阙里。苟使李乾早胎，老子岂降？叔梁早胤，仲尼不生。贤既家有不足为，立大功，致大化，振大名者，其在斯乎？"①皮氏相信儒家礼乐教化积极用事的传统能拯救人心从而达到重建儒家道统的使命，故他推崇孟子，在《请孟子为学科书》中说："夫孟子之文，粲若经传。天惜其道，不烬于秦。自汉氏得之，常置博士，以专其学。故其文，继乎六艺，光乎百氏。真圣人之微旨也。"②他推崇隋末的文中子王通，在《文中子碑》中他把王通与孔子、孟子相比，对其作了高度的评价："夫仲尼删诗、书，定礼、乐，赞周易，修春秋。先生则有礼论二十五篇，续诗三百六十篇，元经三十一篇，易赞七十篇。孟子之门人，有高第弟子公孙丑、万章焉。先生则有薛收、李靖、魏征、李勣、杜如晦、房玄龄。孟子之门人，郁郁于乱世；先生之门人，赫赫于盛时。较其道与孔、孟，岂徒然哉？设先生生于孔圣之世，余恐不在游、夏之亚，况七十子欤？"③皮日休也同样推崇韩愈，建议朝廷把韩愈陪享于孔子圣堂。在《请韩文公陪飨太学书》中，赞扬韩愈"身行圣人道，口吐圣人言"。皮日休之所以不遗余力地弘扬儒教，鼓吹圣人之道，其目的在于经世致用、为社会服务。在《十原·原化》中，他简要

---

① 《皮子文薮》卷末，上海古籍出版社 1981 年版，第 117 页。
② 《皮子文薮》卷九，上海古籍出版社 1981 年版，第 89 页。
③ 《皮子文薮》卷四，上海古籍出版社 1981 年版，第 35 页。

地勾勒出了自周公、孔子，到孟子，再到韩愈一脉相承的儒家道统。皮氏继承和发展了韩愈的道统说，肯定了荀子和文中子的正统地位，强调“道”的实用性和功利性，希望在晚唐能出现像荀卿和王通那样的大儒以济时艰。基于此，皮日休在《易商君传赞》中赞扬被后代正统儒家所指责的法家人物商鞅。在《移元征君书》中鄙视那种为了一己之名而隐居避世的个人行为，呼唤隐士出山为国为民效力，成就万世之伟业，由此可见皮日休的用世之心。皮氏的这种思想表现在文学观念上就是强调诗歌的美刺教化功能，多有志于用世救时之作，皮日休也是这样进行诗歌创作的，可谓理论和实践相一致。《皮子文薮》是他在咸通七年落第后退归州东别墅后编订的诗文集，目的在于为来年的进士考试作行卷之用，故多有志于经世救时之作。《文薮》共十卷，其中辞赋二卷，文七卷，诗一卷。在《文薮序》中皮日休谈论了自己对于各种文体的看法：“赋者，古诗之流也。伤前王太佚，作《忧赋》；虑民道难济，作《河桥赋》；念下情不达，作《霍山赋》；悯寒士道壅，作《桃花赋》。《离骚》者，文之菁英，伤于宏奥，今也不显《离骚》，作《九讽》。文贵穷理，理贵原情，作《十原》。太乐既亡，至音不嗣，作《补周礼九夏歌》。两汉庸儒，贱我左氏，作《春秋决疑》。其余碑、铭、赞、颂、论、议、书、序，皆上剥远非，下补近失，非空言也。较其道，可在古人之后矣。古风诗，编之文末，俾视之，粗俊于口也。”他认为诗歌与各体文章在表达思想上是一样的，应该把这些诗歌等同于各体文章。无论是诗歌还是文章，它们的写作宗旨是“上剥远非，下补近失”，也就是指陈分析历史上和近现代的是非得失，使之有益于政治教化。在《桃花赋序》中说：“日休于文，尚矣。状花卉，体风物，非有所讽，辄抑而不发。”①写景物重在劝讽，不是单纯为景而写景，正与儒家功利主义的诗教观相一致。在《悼贾序》中也说：“圣人之文与道也，求知与用，苟不

① 《皮子文薮》卷一，上海古籍出版社1981年版，第9页。

在于一时，而在于百世之后者乎？”①都是对“上剥远非，下补近失”观点的补充，具有鲜明的功利性。至于在《请韩文公配飨太学书》中称赞作文要“无不裨造化、补时政”，在《请孟子为学科书》中主张为文要“汲汲以救时补教为志”等，都表现了儒家的文道观，其精神实质都与诗教观密切相关。皮日休特别重视屈原，创作了不少骚体诗，但是他不拟作《离骚》，原因在《文薮序》中已经说了，就是觉得《离骚》本身形式宏奥，文采瑰丽，不太符合儒家温柔敦厚的诗教观，所谓“《离骚》者，文之菁英，伤于宏奥，今也不显《离骚》，作《九讽》”，就是这个意思。还有，皮氏认为后人拟写《离骚》之作，太过于讲究形式而忽视内容。他在《九讽系述并序》中就说：“是后词人，摭而为之。皆所以嗜其丽句，撢其逸藻者也……然自屈原以降，继而作者，皆相去数百祀。足知其文难述，其词罕继者矣。”②基于此，皮日休自己仿效宋玉《九辩》、王褒《九怀》、刘向《九叹》、王逸《九思》等篇章而作《九讽》，目的即在于“而见志于斯文者，惧来世任臣之君因谤而去贤，持禄之士以猜而远德，故复嗣数贤之作”（见上引《九讽系述并序》），希望君王能信任贤能，如此有利于国家的昌盛，着眼点还是放在时政方面，功利思想显而易见。不难看出，皮日休依然是以儒家正统诗教观来看待屈原作品以及后人之仿作的。《九讽》之后有《悼贾》一文，悲悼西汉政治家贾谊不受重用贬谪南国，文中说：“余悲生哀平之见弃，又生不能自用其道。呜呼！圣人之文与道也，苟不在于一时，而在于百世之后者乎？”要求文学有益于时政，干预时政，即便是当时不能产生作用也寄希望于来世。

如果说上面有关皮氏儒家诗教观的文艺主张重点放在文章方面的话，那么，真正关于诗歌创作的诗教观则表现在《正乐府序》上。皮日休受到中唐诗人元结的很大影响，在《文薮序》中他曾将《文薮》自比元结的《文编》，由此可见一斑。元结崇尚上古诗乐，作《补乐歌》十首，

---

① 《皮子文薮》卷二，上海古籍出版社 1981 年版，第 17 页。

② 《皮子文薮》卷二，上海古籍出版社 1981 年版，第 11 页。

皮日休则作《补周礼九夏歌》九篇。元结作《系乐府》十二首，反映民生疾苦，序文说"古人歌咏，不尽其情声者，化金石系之。其欢怨甚耶戏。尽欢怨之声者，可以上感于上，下化于下"①，提倡诗歌的讽谏教化作用。皮日休也仿作《正乐府》十首，内容风格与元结的《系乐府》相近。在《正乐府序》中皮氏系统地表达了自己有关诗歌美刺教化的观点："乐府，盖古圣王采天下之诗，欲以知国之利病、民之休戚者也。得之者，命司乐氏入之于埙篪，和之以管籥。诗之美也，闻之足以观乎功；诗之刺也，闻之足以戒乎政。故周礼，太师之职掌教六诗，小师之职掌讽诵诗。由是观之，乐府之道大矣。今之所谓乐府者，唯以魏、晋之侈丽，陈、梁之浮艳，谓之乐府诗，真不然矣！故尝有可悲可惧者，时宣于咏歌，总十篇，故命曰《正乐府诗》。"②皮氏大力称赞汉代的乐府诗歌，强调乐府诗在了解民生疾苦、考察政治得失方面的作用。通过诗歌的社会功能来反映政治的得失，一向是儒家正统诗教的主张，这种社会功利主义的观点是儒家诗教的出发点。诗歌不仅要反映社会，更重要的是要干预社会，要通过美刺比兴的手法或歌颂政治的成功或补察政治的缺失，使诗歌具有政治功能。皮日休还对魏晋、陈梁时期偏离乐府传统的乐府诗作了批判。为了纠正这种偏离，他自己创作了十首《正乐府》，这里的"正"有正脉正统的意思，希望通过自己的创作恢复乐府诗本来的社会、政治功能，积极反映社会、干预政治。乐府诗的根本精神在于反映民生疾苦，批判现实生活中的黑暗现象。皮氏对乐府诗的认识，是符合儒家诗教观的，也是对白居易《与元九书》有关论述的一脉相承。

皮陆诗派的另外一个重要人物陆龟蒙，在诗教观的认识与论述上与皮日休有着一致性。陆龟蒙在自撰的《甫里先生传》一文中说："先生性野逸，好读古圣人书。探六籍，识大义，就中乐《春秋》……少攻歌诗，欲与造物者争柄，遇事辄变化不一，其体裁始则凌轹波涛，穿穴险固，

① 郭绍虞主编：《中国历代文论选》第二册，上海古籍出版社 2003 年版，第 94 页。

② 《皮子文薮》卷十，上海古籍出版社 1981 年版，第 107 页。

囚锁怪异，破碎阵敌，卒造平澹而后已。”(《甫里先生文集》卷十六)可见他在读书写诗方面是下过一番功夫的。在《纪事》诗中，他也说：“平生乐篇翰，至老安敢忘。”(《甫里先生文集》卷三)把读书当作终身的爱好，陶冶自己的情趣。陆龟蒙看的都是正统的书籍，比如他就说过：“诗从骚雅得，字费铅黄正。”(《村夜二首》之一，《甫里先生文集》卷三)骚、雅分别指《离骚》和《诗经》，继承中国诗歌史上的骚雅传统，在某种程度上是符合儒家诗教观的。“无名升甲乙，有志扶荀孟。守道希昔贤，为文通古圣。”(《村夜二首》之一)这里的“扶荀孟”“希昔贤”“通古圣”表达的都是一个意思，就是希望用诗歌的形式来宣传弘扬“古圣”也即儒家先圣的思想，这是陆龟蒙诗学思想的主导层面，带有一点尊经明道的意蕴。在《村夜二首》之二中他说得更为具体：“平生守仁义，所疾唯阻诈。上诵周孔书，沉湎至酣藉。岂无致君术，尧舜驰上下。岂无活国方，颇牧齐教化。”陆氏之所以对儒家典籍如此烂熟于心，就是期望日后能学以致用，施之事功。倘若不能效时济用的话，也可以用来陶冶自己的性情，提高自己的修养，表现在诗文创作中，就带有一种浓郁的诗教说。纵观陆氏一生，无以致宦，隐逸山林，自号“江湖散人”，为国效命的机遇既然是渺茫的，那么也只有以诗歌自娱自乐，用诗文来宣扬儒家思想了。这是一种无奈，也是晚唐一代士人的悲哀。在《复友生论文书》一文中，陆龟蒙对此有过表白：“况仆少不攻文章，止读古圣人书，诵其言，思行其道，而未得者也……我自小读六经、孟轲、扬雄之书，颇有熟者。求文之指趣规矩，无出于此。”(《甫里先生文集》卷十八)陆氏写作诗文寻求“指趣规矩”，实际上就是从儒家典籍里探寻思想渊薮，当然也就是以儒家思想为创作标准了。在诗歌创作中体现儒家思想、宣扬儒道，就是诗教说。陆龟蒙自始至终都把学习儒家正统的思想作为自己的处世准则，作诗也以儒家诗学观为标准，以恢复诗歌的风雅传统和讽谏精神为己任。他在《读襄阳耆旧传因作诗五百言寄皮袭美》中就说：“离骚既日月，九辩即列宿。卓哉悲秋辞，合在风雅右。”(《甫里先生文集》卷一)以风雅为标准来评判屈原的《离骚》和宋玉的

《九辩》，认为他们的作品符合风雅精神。在另外一首长诗《袭美先辈以龟蒙所献五百言既蒙见和复示荣唱至于千字提奖之重蔑有称实再抒鄙怀用伸酬谢》中，他回顾了从先秦到唐代的诗歌发展概况，认为南朝梁代之前的诗歌面貌泾渭分明，之后的诗歌则参差不齐，朱紫互夺，并且表示要以儒家传统理论为标准，来探寻那些符合风雅精神的诗作，借以提高自己的诗歌水平。他说："归来蠹编上，得以含情窥。抗韵吟比雅，覃思念梲穪。音知昭明前，剖石呈清琪。又嗟昭明后，败叶埋芳蕤。纵有月旦评，未能天下知。徒为强貔豹，不免参狐狸。"(《甫里先生文集》卷一)陆龟蒙可以说是处处都在维护儒家伦理，他的文道观是与儒家诗教观相一致的。例如他在《苔并序》中就说过："江文通尝著《青苔赋》，置苔之状则有之，劝之道雅未闻也。如此，则化下风上之旨废，因复为之，以嗣其声云。"(《甫里先生文集》卷十四)陆氏站在儒家的立场上，批评江淹《青苔赋》状物虽然很工致贴切，但没有"劝道"的思想，废弃了儒家诗教的"化下风上之旨"。因此陆龟蒙要"复因之"，就是要纠正江淹的缺失。本来古人认为赋是"古诗之流"，陆龟蒙以儒家诗教说来指导写作赋，可以视为他诗歌理论上坚持诗教说的外延。对于陆龟蒙的这种用心，北宋朱衮在《笠泽丛书后序》中曾予以揭示，他说："进退取舍，君子之大节，惟循于道而不悖，然后无愧于圣人之门。非明轻重之理，知好恶之正者，未有不为物所胜也。天随子居衰乱之世，仕不苟合，家于松江，躬劳苦，甘淡薄，而以读书考古为事。所养者厚，故其为文，气完而志直，言辩而意深，一归于尊君爱民，崇善沮恶，兹非所谓循于道而不悖者邪?"(《甫里先生文集》卷二十)"循于道而不悖"也就是陆龟蒙诗学观的基本精神，当然这里的所谓"道"指的是传统意义上的儒学之道，这种"道"在乱世更具有积极的进步意义。皮陆诗人群在唐末虽然沉沦不得志，但是仍然表现出对社会政治的极大关注，他们提倡现实主义诗歌创作精神，希望重整儒学之道以此来救世安邦，在这点上可以见出陆龟蒙诗学观的积极意义。这种欲以儒学精神来匡正诗风、察补时缺的愿望，正显示出陆氏强烈的社会责任感。

除了皮日休、陆龟蒙外，其他皮陆诗派的诗人成员也有不少关于诗教说的论述，兹作申论。杜荀鹤的诗学思想基本上与皮、陆相似，但也有不同之处。《读友人诗》："君诗通大雅，吟觉古风生。外却浮华景，中含教化情。名应高日月，道可润公卿。莫以孤寒耻，孤寒达更荣。"①友人的诗歌之所以引起杜荀鹤这么高的评价，关键的一点是它符合儒家诗论的教化说。"名应高日月，道可润公卿"当然是夸张的说法，但杜荀鹤却也津津乐道，似乎只要作诗遵循诗教说，荣华富贵即可指日而待，这是不现实的空想，所以末联诗人安慰朋友"莫以孤寒耻，孤寒达更荣"，算是惺惺相惜，也是借以自慰。对友人写诗切入诗教杜荀鹤尚如此高兴，他自己作诗就更是将儒家正统诗教奉为圭臬。在《自叙》诗中他这样描绘自己："酒瓮琴书伴病身，熟谙时事乐于贫。宁为宇宙闲吟客，怕作乾坤窃禄人。诗旨未能忘救物，世情奈值不容真。平生腑脏无言处，白发我唐一逸人。"(《唐风集》卷二)宁愿做一个寒微贫穷的苦吟诗人，也不愿意做一个窃取禄位的达官贵人，这样的认识在那个时代真是难能可贵。写诗的目的是为了"救物"，所谓救物，就是拯救社会和济民，而救物济民是儒家人本思想的核心。关心社会、关注民生疾苦是诗人的职责所在，写诗不是为了文字游戏玩弄风雅，而是为了为民请命。正是杜荀鹤的这种文学思想和创作主张，才促使他创作了一系列反映民生疾苦、具有现实主义精神的讽喻诗，使得杜荀鹤在晚唐诗坛上占有一席之地。与皮日休、陆龟蒙一样，杜荀鹤也是极度标榜《诗经》风雅的精神和传统的。他十分推崇《诗经》风诗、雅诗的社会内容和教化作用，这也是《诗经》成为儒家经典的主要原因。《毛诗序》云："上以风化下，下以风刺上，主文而谲谏，言之者无罪，闻之者足以戒，故曰风……雅者，正也，言王政之所由兴废也。"风诗和雅诗的作用就是"经

① 杜荀鹤：《唐风集》卷一，《景印文渊阁四库全书》本，第1083册，台湾商务印书馆1983年版，第594页。

夫妇，成孝敬，厚人伦，美教化，移风俗”①，基本精神要求诗人的创作关心政治关心社会，有益于教化。《诗经》和后来的汉魏乐府传承了这种优良的现实主义诗歌精神，成为中国诗歌史上的主流。杜荀鹤多次在诗歌中对风诗和雅诗予以高度评价，比如：“言论关时务，篇章见国风”(《秋日山中寄李处士》)，“直应吾道在，未觉国风衰”(《维扬逢诗友张乔》)，“吾宗不谒谒诗宗，常仰门风继国风”(《投从叔补阙》)，“君诗通大雅，吟觉古风生”(《读友人诗》)。他自己的诗歌创作也是以《诗经》的现实主义精神为依傍的。顾云《唐风集叙》云：“圣人嫌文教之未张，思得如高宗朝射洪拾遗陈公作诗，出没二雅，驰骋建安，削苦涩僻碎，略淫靡浅切，破艳冶之坚阵，擒雕巧之酋帅，皆摧撞折角，崩溃解散，扫荡辞场，廓清文祲。然后戴容州、刘随州、王江宁率其徒扬鞭按辔，相与呵乐来朝于正道矣。以生诗有陈体，可以润国风，广王泽，固擢生以塞诏意，生勉为中兴诗家。”(《唐风集》卷首)提倡教化之意很明显。顾云还在《唐风集叙》中对杜荀鹤的诗歌作了如下的评论：“以仆故山偕隐者，出平生所著五七言三百篇，简其雅丽清省激越之句，能使贪者廉，邪臣正，父慈子孝，兄良弟悌，人伦之纪备矣。其壮语大言，则决起逸发，可以左揽工部袂，右拍翰林肩，吞贾、喿八九子于胸中，曾不蛋介。或情动于中，则极思冥搜，神游希夷，形死枯木，五声劳于呼吸，万象贫于抉剔，信诗家之雄杰者也。”顾云的评价有些夸张，所谓杜荀鹤的诗歌能使“贪者廉，邪臣正，父慈子孝，兄良第悌”、可以“左揽工部袂，右拍翰林肩”，都是不切实际的一厢情愿而已。但是，可以看出主诗教的传统观点在晚唐是格外受到诗家重视的，这跟当时的社会环境大背景有关。但是，若对晚唐诗坛予以审视，就会发现诗歌的教化说在创作实践中并没有受到重视，也未被实行，对于此点，罗宗强先生在《隋唐五代文学思想史》第十一章《晚唐文学思想》下部分中作了

① 《毛诗序》，郭绍虞主编《中国历代文论选》第一册，上海古籍出版社 2003 年版，第 63 页。

分析，他说："既然他们提倡儒家传统的诗教说，推崇白居易的颂美讽刺的新乐府诗，那么为什么他们自己又不实践这样的主张呢？问题又和这个时期一部分作家在散文上倡剥非补失一样，只是一种传统思想影响的自然反映，带有空言明道的性质。因此，虽然从上述他们关于诗歌批评的文字中可以看到这个时期出现了诗教说，但却不能认为诗教说是这个时期诗歌思想的主要倾向。事实上它在创作实践中并未被理会，在当时的诗坛上并无实际的地位。"①

罗隐作为皮陆诗派的一位重要的成员，他也在诗文中主张文章应该弘扬儒家圣道，从而达到扶持教化，以诗歌净化人心的目的。他在《答贺兰友书》中就说："然仆之所学者，不徒以竞科级于今之人，盖将以窥昔贤之行止，望作者之堂奥，期以方寸广圣人之道。可则垂于后代，不可则庶几致身于无愧之地，宁复虞时人之罪仆者欤？夫礼貌之于人，去就流俗，不可以不时。其进于秉笔立言，扶植教化，当使前无所避，后无所逊，岂以吾道沉浮于流俗者乎？仲尼之于《春秋》，惧之者，乱臣贼子耳，未闻有不乱不贼者疑仲尼于笔削之间。"②罗氏在这里向朋友表明自己所学所作不仅仅是为了科举竞名，而是为了能够"将以窥昔贤之行止，望作者之堂奥，期以方寸广圣人之道"，为了推广儒家圣贤之道，所以他主张写作文章应该文道结合，以传达儒家圣道为目的，借以推广教化，这是他自己的诗学思想的一个重要内容。他在《代韦征君逊官疏》中借韦征君的口气说话，也表达了这种思想，其曰："臣少而孱病，自念材具不可攀望多士，退缩山野，掀搅遗虫，无片言以裨教化，无一字以纪休明，行坐语默，寝食而已。岂知宸造过听，好爵下授，所谓饰揉穴以冠带，飨爰居以酒食者也。"③文章虽然是代人所写，但未尝不可以看作罗氏的夫子自道。文中这位韦征君所说的话可以看作是罗隐自己的意思，之所以韦征君要辞官，关键在于他"无片言以裨教化，无

① 罗宗强：《隋唐五代文学思想史》，中华书局1999年版，第363页。
② 潘慧惠：《罗隐集校注》，浙江古籍出版社1995年版，第478页。
③ 潘慧惠：《罗隐集校注》，浙江古籍出版社1995年版，第497页。

一字以纪休明”，没有以文章裨补教化纪述休明，当然这是一个推辞，从中可以看出罗隐对文章文道结合以弘扬教化的重视。罗氏这么看重先圣之道，那么究竟是哪些人的道术呢，在《圣人理乱》一文中他作了说明，其文曰：“周公之生也，天下理；仲尼之生也，天下乱。周公，圣人也；仲尼，亦圣人也。岂圣人出，天下有济不济者乎？夫周公席文、武之教，居叔父之尊，而天下又以圣人之道属之，是位胜其道，天下不得不理也。仲尼之生也，源流梗绝，周室衰替，而天下以圣人之道属之旅人，是位不胜其道，天下不得不乱也。”①原来先圣之道主要是指文王、武王、周公、孔子等人的道术，那还有没有其他人的道呢？罗隐认为还是有的，在《丹商非不肖》中他就说：“理天下者必曰陶唐氏，必曰有虞氏；嗣天下者必曰无若丹朱，无若商均。是唐、虞为圣君，丹、商为不肖矣。天下知丹、商之不肖，而不知丹、商之为不肖不在于丹、商也，不知唐、虞用丹、商于不肖也。夫唐、虞之理，大无不周，幽无不照，远无不被，苟不能肖其子，而天下可以肖乎？自家而国者，又如是乎？盖唐、虞欲推大器于公共，故先以不肖之名废之，然后俾家不自我而家，而子不自我而子。不在丹、商之肖与不肖矣，不欲丹、商之蒙不肖之名于后世也。其肖也，我既废之矣；其不肖也，不凌逼于人。是唐、虞之心示后代以公共。仲尼不泻其旨者，将以正唐、虞之教耳，而犹汤放桀、武王伐纣焉。”②在文章中，罗隐认为孔子之道源于尧、舜。从《圣人理乱》和《丹商非不肖》两文中，可以见出罗隐所谓的儒家之道主要是尧、舜、文王、武王、孔子、孟子，这与韩愈《原道》中罗列的儒家道统同出一辙，可知罗隐反复强调的道是儒家孔孟之道。在罗隐看来，治理国家必须具有文武之道，既要有武功，也要有文道，两者缺一不可。在《两同书·理乱第六》中他就论述了文武之道的重要性，他说：“夫国家之理乱，在乎文武之道。昔者圣人之造书契以通隐情，剡弓矢

① 潘慧惠：《罗隐集校注》，浙江古籍出版社 1995 年版，第 412 页。
② 潘慧惠：《罗隐集校注》，浙江古籍出版社 1995 年版，第 409 页。

以威不服，二者古今之所存焉。然则文以致理，武以定乱。文虽致理，不必治其乱；武虽定乱，不必适其理。故防范在乎用武，勤理在乎用文，若手足之递使，舟车之更载也。”①他强调的是治理国家必须文武兼备。文可以使伦理次序顺然，社会风俗同昌，武可以安定国家，绥靖四方。作为文学则是经世之良方，可以启迪民心，陶冶性情，促进民风淳朴、社会安定。从这点来看，罗隐的文学思想具有很强烈的经世致用的功利主义因素，这是皮陆诗派文学理论的一大共同特征。

皮陆诗派在诗歌干预社会政治、关注民生疾苦方面继承了儒家诗论另外重要的一点，那就是“美刺说”。“美刺说”也是儒家诗教说的一个重要部分，就是对社会政治问题有所美化或者有所怨刺，也就是对社会问题通过诗歌发表自己的见解。皮日休特别强调诗歌干预社会，无论是歌颂赞美还是补察缺失，其手段方法不外是通过“美刺”和“比兴”，这是中国诗歌史上从《诗经》《楚辞》流传下来的老传统。皮氏在《正乐府十篇序》中说：“诗之美也，闻之足以观乎功；诗之刺也，闻之足以戒乎政。”②这与《毛诗序》所说的“经夫妇，成孝敬，厚人伦，美教化，移风俗”及“上以风化下，下以风刺上，主文而谲谏，言之者无罪，闻之者足以戒”是同一个意思，他希望统治者能从诗歌里面考见政治的得失，这也是对白居易新乐府诗歌理论的传扬。皮日休不论是创作何种文体，都非常注意运用“美刺”与“比兴”的手法。关于“赋”，他在《文薮序》中说：“赋者，古诗之流也。伤前王太佚，作《忧赋》；虑民道难济，作《河桥赋》；念下情不达，作《霍山赋》；悯寒士道壅，作《桃花赋》。”诗和赋虽为不同的两种文体，但诗赋同源，在表达内容上应该是一致的，而且从赋的体制而言，更具备“美刺”与“比兴”的功能。在《桃花赋并序》中他说：“状花卉，体风物，非有所讽，辄掩而不发。”强调的也是劝讽，不徒写景状物，而要使诗歌有着丰厚的社会内容和深刻的现实意

① 潘慧惠：《罗隐集校注》，浙江古籍出版社1995年版，第517页。
② 《皮子文薮》卷十，上海古籍出版社1981年版，第107页。

义。他创作的《正乐府十篇》着眼于"美刺"的角度，对社会中的不公平现象给予了严厉的批判。陆龟蒙对"美刺说"有所继承，实际上陆氏的创作多"刺"少"美"，社会政治批判性很突出，历史进步意义也很明显。在《纪事》诗中说："感物动牢愁，愤时频肮脏。平生乐篇翰，至老安敢忘。骏骨正牵盐，玄文终覆酱，嗟今多赤舌，见善惟蔽谤。"(《甫里先生文集》卷三)陆氏有感于国运危殆、政治黑暗、社会混乱，愤切之情通过笔墨而油然纸上。面对这一切，诗人充满绮愁，激愤的时候不由慷慨痛切，其实是对社会的一种极度关注和批判。看起来没有什么特别突出的地方，实则为诗人拳拳忧国之心与爱国之忱。"美刺"虽为刺，但又贵在美，表现的是一种温柔敦厚的情怀和韵致。国家衰坏固然是由国君失职使然，但谗佞小人的胡作非为败国乱纪也是重要的原因，因此，"美刺"也表现在对谗佞小人的批判上。"嗟今多赤舌，见善惟蔽谤"，陆氏痛斥这些巧舌如簧惹是生非之徒。在著名的《杂讽九首》中，他对这些谗佞小人表现了更为强烈的怨愤和谴责："赤舌可烧城，谗邪易为伍。诗人病之甚，取俾投豺狼。"(《甫里先生文集》卷三)在这里，诗人化用《诗经·小雅·巷伯》中的诗句，加强了批判的深度，富有更为深广的含义。较为集中地表现陆龟蒙"美刺"诗学思想的作品还有著名的《蚕赋并序》，其云："荀卿子有《蚕赋》，杨泉亦为之。皆言蚕有功于世，不斥其祸于民也。余激而赋之，极言其不可，能无意乎？诗人《硕鼠》之刺，于是乎在。"(《甫里先生文集》卷十四)荀子、杨泉皆有《蚕赋》，赞美"蚕有功于世"，然而陆龟蒙的《蚕赋》却偏偏要"斥其祸于民"，而且还是"激而赋之"，对描写对象的指斥，体现了"诗人《硕鼠》之刺"的精神，这就是"美刺说"中"刺"的意蕴。

"美刺说"在批判社会黑暗现象的同时，还表达了作者的情感倾向，不是为批判而批判。皮日休、陆龟蒙都创作了不少乐府诗歌，继承了汉魏乐府现实主义精神的优良传统。乐府诗的一个主要创作特征就是重视反映民生疾苦，批判社会黑暗现实，同情人民的苦难遭遇，也表达了作者的情感倾向，只有这样的作品才能受到民众的喜爱，才能流传下去。

懿宗咸通十一年(公元870年)，陆龟蒙写诗称赞皮日休“搜得万古遗，裁成十编书。南山盛云雨，东序堆琼琚”①。傅璇琮等认为“所称十编书，乃指皮日休反映现实之名作《正乐府十篇》”②，所言极是。陆龟蒙在《笠泽丛书》里也谈到了他对于乐府诗的一些见解。《五歌序》说：“古者歌咏言。诗云：‘我歌且谣。’《传》曰：‘劳者愿歌其事。’吾言之拙艰，不足称咏且谣，而歌其事者，非吾而谁？作《五歌》以自释意。”③陆龟蒙是关心劳动人民疾苦的，“歌咏言”“诗言志”都是朴素的情感宣示，主体还是“劳者”，所谓“劳者愿歌其事”，就是说将劳动者日常生活中喜闻乐见的事情通过笔墨见诸笔端、摄入篇章，字里行间流露出对劳动人民的不幸遭遇和悲惨命运的同情和怜悯，在揭露黑暗社会的同时也表达了诗人的爱憎思想，使得诗歌具有强烈的感染力。陆龟蒙力图恢复和发扬汉魏乐府写实的优良传统，“吾言之拙艰，不足称咏且谣，而歌其事，非吾而谁？”把诗歌反映民生疾苦当作自己义不容辞的事情，这在当时还是难能可贵的。陆龟蒙为民生疾苦而大声呼喊，希望能通过诗歌的反映而引起朝廷的重视，从而减息减租减轻民众的负担，使得人民安居乐业，国家繁荣昌盛。在《南泾渔父》一诗里，深切同情“民皆死求搜，莫肯与愍悼”之余，还希望将民众的真实情况上告朝廷，“倘遇采诗官，斯文诚敢告”④。正因为陆龟蒙为民生疾苦大声呼喊极力奔走，所以他引起了一些地方官吏的不满，对此，陆龟蒙毫不在乎，例如他在《村夜二篇》之二中就说：“所悲劳者苦，敢用词为诧。只效刍牧言，谁

---

①《松陵集》卷二，《景印文渊阁四库全书》第1332册，台湾商务印书馆1983年版，第185页。

②傅璇琮、吴在庆：《唐五代文学编年史》晚唐卷，辽海出版社1988年版，第575页。

③《笠泽丛书》卷三，《景印文渊阁四库全书》本，第1083册，台湾商务印书馆1983年版，第253页。

④《笠泽丛书》卷四，《景印文渊阁四库全书》本，第1083册，台湾商务印书馆1983年版，第261页。

防轻薄骂。"①皮日休也写作了大量反映民生疾苦的诗篇，但更多的是表达自己怀才不遇的境况，故他特别重视抒写个人失意不遇的情怀，体现了古代作家"发愤著书"的进步观点。怀才不遇其实也是黑暗社会现象中的一种具体的表现，倾诉自己华年流逝报国无门的苦闷情感也同样具有现实意义。皮日休的诗学思想中就很注重这一点，主要表现在《九讽》《悼贾》《反招魂》等作品中。这些作品是效仿屈原而作，对屈原、贾谊的失意遭际予以同情，实则是皮氏借他人酒杯浇自己胸中块垒，抒发自己怀才不遇的苦闷心情。《九讽系述并序》云："在昔屈平既放，作《离骚经》，正诡俗而为《九歌》，辨穷愁而为《九章》。是后词人，摭而为之。皆所以嗜其丽句，撢其逸藻者也。"②在全面肯定屈原放逐穷困潦倒之际撰写《离骚》抒发失意牢骚之时，皮氏对后人拟作《离骚》之作只得皮毛未得精髓表示了批评，指斥这些作品没有"怨骚"精神，例如他批评王褒的《九怀》、刘向的《九叹》、王逸的《九思》等即是。他认为拟作《离骚》要具有失意不偶、悲愤怨抑的情怀，他接着说："昔者圣贤不偶命，必著书以见志，况斯文之怨抑欤？噫！吾之道不为不明，吾之命未为未偶，而见志于斯文者，惧来世任臣之君因谤而去贤，持禄之士以猜而远德，故复嗣数贤之作，以九为数，命之曰《九讽》焉。呜呼！百世之下，复有修《离骚章句》者乎？则吾之文未过不为乎《广骚》《悼骚》也。"对于强调诗歌要继承抒写作者失意不偶的传统，这段话说得再明白不过了，从屈原的《离骚》抒发怀才不遇到司马迁的"发愤著书"，再到扬雄等人的仿效之作，直到皮氏自己的《九讽》，都反复强调了这一点，实质都是"不偶命"，通过"斯文"也即"怨刺"的手法来表达"怨抑"的意思。皮日休在另外的一篇文章《悼贾并序》中也表达了这种思想。其文曰"生自以不得志，哀屈平之放逐，及渡沅、湘，沉文以吊

① 《笠泽丛书》卷四，《景印文渊阁四库全书》本，第1083册，台湾商务印书馆1983年版，第260页。

② 《皮子文薮》卷二，上海古籍出版社1981年版，第11页。

之。……余悲生哀平之见弃，又不能自用其道。呜呼！圣人之文与道也，求知与用，苟不在于一时，而在于百世之后者乎？其生之哀平欤？余之悲生欤？吾之道也，废与用，幸未可知，但不知百世之后，得其文而存之者，复何人也。”屈原的放逐不得志引起了同样是不得志的贾谊的同病相怜和惺惺相惜，两位前贤的悲惨遭遇也引起了皮日休的共鸣，通过对屈原、贾谊不幸遭遇的同情，表达自己怀才不遇的感慨。皮日休的这种在作品中抒写失意不遇、表现自己主观情感倾向的诗学思想是皮氏诗文创作的一个重要的理论支柱，在《皮子文薮》和《松陵集》中均有体现。

上面我们述论皮陆诗派诗歌理论所谈到的诗教说、美刺说、情感说其实都是诗歌社会功能的一部分，就是通过诗歌干预社会政治、反映社会现实，那么，对于创作者自己来说，诗歌具有哪些作用呢？皮陆诗派在这方面也有自己的观点，那就是所谓的“自适说”，也就是诗歌的自娱自乐的功能。诗歌本来就是陶冶性情愉悦心情的一种工具，皮陆诗人之间大量的唱和作品可以视为“自适说”的一种具体表现。在这方面，皮陆诗派都有比较重要的论述。前面我们说过，皮陆诗派的创作大多可以分为前后二期，诗歌内容与艺术风格前后也大多不同。大致说来，前期的作品以积极地反映社会干预现实为主，诗歌追求社会作用的意图和功利目的都较明显，诗歌理论与创作手法具有比较鲜明的尊儒崇道的意蕴。而到了后期，尤其是这个诗派成员在松陵唱和时期，诗歌创作的面貌都发生了较大的变化，诗歌理论更多地导向抒写闲适生活，诗歌的主导倾向由干预社会变成描写身边的日常琐事，这个转变是正常的。陆龟蒙由于仕途失意，长期隐居在故乡松江甫里，俯仰诗书之间，寄情于山水之中，悠然自得。他在《自和》诗中说：“命既时相背，才非世所容。著书粮易绝，多病药杂供。”(《甫里先生文集》卷三）虽然不涉尘世怡然自乐，但失意的愤懑和生活的困窘时时困扰着他的心灵。这个时候能够排遣心中郁闷心情的东西除了酒外，就是诗文了，对于这点，他在《自遣诗三十首序》中就谈到过：“故疾未平，厌厌卧田舍中。农夫日以耒耜事相聒。每至夜分不睡，则百端兴怀搅人思益纷乱无绪。且诗者，持也。谓持其情性使不暴去。”(《笠泽丛书》卷一)可见诗人虽然隐居故里但并没有忘怀时世，“百端兴怀搅人思益纷乱无绪”导致夜晚睡不着觉，这个时候只有借助诗歌来排忧解愁。关于“暴去”，钱锺书先生是这样解释的：“‘暴去’者，‘淫’‘伤’‘乱’‘愆’之谓，过度不中节也。”①就是说通过诗歌消解心中的激愤之情，达到心理上的平衡，借助诗歌来舒泄忧愤，以诗歌自遣并约束和规范自己的性情。前引《五歌序》中的“作五歌以自释意”说的也是这个意思。时局的动荡、生活的艰难、人生的苦闷，都使得诗人心绪憔悴，不免自艾自怜。陆氏在《自怜赋序》中就曾流露过这样的思想：“既贫且疾，能无忧乎？忧既盈矣，能无伤乎？人既伤矣，能不夺寿乎？是不蒙五福偏被六极者也，谁其怜之？”(《笠泽丛书》卷一)正是这种思想使得陆龟蒙的诗文创作显露出衰暮之气，而这种格局又是晚唐诗坛上的通病，具有普遍性。在《笠泽丛书序》中，陆龟蒙说：“内壹郁则外扬为声音、歌诗、颂赋、铭记、传序。”(《甫里先生文集》卷十六)内心的郁闷必须借助外在的诗歌文字使之外扬才能达到心理的平衡，这种认识符合文学规律。陆氏的这个观点应该说并不新鲜，是中国古典文论史上一个常见的论题。孔子在《论语·阳货》里说的“诗可以怨”②，司马迁在《太史公自序》里说的“大抵圣贤发愤之所为作也”③，直到韩愈《荆潭唱和诗序》中说的“夫和平之音淡薄，而愁思之声要妙；欢愉之辞难工，而穷苦之言易好也”④，都是同一个意思，强调诗文的产生缘于作家的穷愁怨愤，陆龟蒙的论点只是对前人观点的继承，但在晚唐特殊的年代依然具有现实意义。

陆龟蒙对诗文自娱自乐的愉悦功能有着自己的看法，在《甫里先生传》中他说：“先生平居以文章自怡，虽幽忧疾病中，落然无旬日生计，

---

① 钱锺书：《管锥编》第一册，中华书局 1979 年版，第 57 页。
② 《十三经注疏》下册之《论语注疏》，中华书局 1980 年版，第 2525 页。
③ 司马迁：《史记》卷一百三十，第十册，中华书局 1982 年版，第 3300 页。
④ 马其昶：《韩昌黎文集校注》卷四，上海古籍出版社 1986 年版，第 262 页。

未尝暂辍。点窜涂抹者，纸札相压，投于筐箱中，历年不能净写一本。或好事者取去，后于他人家见，亦不复谓已作矣。”(《笠泽丛书》卷一)从这段文字可以看出，陆龟蒙反复强调的“以文章自怡”的内容主要是表现日常生活的情趣，从中获取情感上的自我愉悦。陆龟蒙后期的诗歌以及与皮日休唱和的《松陵集》中的作品，多以日常生活为基本题材，追求自娱自乐的审美情愫。与自适说相呼应的是他提出来的“自遣说”，所谓“自遣”，就是自我遣兴，兴之所至以诗歌自娱，与自娱相表里。在《自遣诗三十首序》中他表达了这样的诗学思想，序云：“自遣诗者，震泽别业之所作也。故疾未平，厌厌卧田舍中。农夫日以来耜事相聒。每至夜分不睡，则百端兴怀搅人思益纷乱无绪。且诗者，持也。谓持其情性使不暴去。因作四句诗，累至三十绝，绝各有意。既曰自遣，亦何必题为。”(《笠泽丛书》卷一)这三十首《自遣诗》，不是作于一时，每一首表达一个意思，没有中心思想，看不出有什么系列，不过是诗人兴致来了自我遣兴之作。陆氏提出来的自娱自遣的诗歌观点，着眼于诗歌的自我愉悦自我消解，突出了诗歌的消遣功能，是对诗教说的一种反拨，将诗歌的美刺、言志功能转化为诗歌的日常化、个性化、细腻化，将诗歌博大的社会题材引向狭小的日常生活，为宋诗题材和诗风的转变铺垫了基础。不过，话又说回来，陆氏提出的这种观点中唐时期的韩愈和白居易也提过。例如韩愈在《和席八十二韵》中就说过：“多情怀酒伴，余事作诗人。倚玉难藏拙，吹竽久混真。”①白居易也在《序洛诗》中说：“自三年春至八年夏，在洛凡五周岁，作诗四百三十二首，除丧朋哭子十数篇外，其他皆寄怀于酒，或取意于琴，闲适有余，酣乐不暇，苦词无一字，忧叹无一声，岂牵强所能致邪？盖亦发中而行外耳。斯乐也，实本之于省分知足，济之以家给身闲，文之以觞咏弦歌，饰之以山水风

① 钱仲联：《韩昌黎诗系年集释》下册，上海古籍出版社1984年版，第962页。

月。故而不适，何往而适哉?”①韩愈、白居易二人所强调的是以诗歌淡化悲苦从而获取愉悦。韩、白、陆三人提出的以诗歌自娱自乐的观点对宋诗有较大的影响，这在后边的章节里我们要重点讨论，此不赘述。

皮日休也多次在作品里提到自适的诗歌观点，例如他在《二游诗并序》中说：“吴之士有恩王府参军徐修矩者，守世书万卷，优游自适。余假其书数千卷，未一年，悉偿夙志，酣饫经史，或日晏忘寝食。次有前泾县尉任晦者，其居有深林曲沼，危亭幽砌。余并次以见之，或退公之暇，必造以息焉。林泉隐事，恣用研咏。大凡游于二君宅，无浃旬之间。因作诗以留赠。名之曰二游，兼赠陆鲁望。”②序中所谈到的“优游自适”的生活情趣，实则就是宣扬自适的文学观。在另外一篇《太湖诗并序》中，皮日休对自适说更是作了详尽的论述。序云：“余顷在江汉，尝耨鹿门，渔洞湖。然而未能放形者，抑志于道也。尔后以文事造请，于是南浮至二别，涉洞庭……凡自江汉至于京，干者十数侯，绕者二万里。道之不行者，有困辱危殆；志之可适者，有山水游玩。则休戚不孤矣。”(《皮子文薮》附录一《皮日休诗文》)这段话其实也可视为皮日休思想转化的真实写照，“余顷在江汉，尝耨鹿门，渔洞湖。然而未能放形者，抑志于道也”。表面上像个隐士，实则有事功于社会，所以不能放浪形骸，但是经过“自江汉至于京，干者十数侯，绕者二万里”后，诗人饱经磨难备受挫折，思想已经发生了转变，导致“道之不行者，有困辱危殆；志之可适者，有山水游玩。则休戚不孤矣”。寄情于山水幽境，不再抱有魏阙之想了，对任职苏州后的兴趣转向周边的美景太湖风光，诗歌内容风格也为之转变，这种变化是值得注意的。此外，皮日休也在一些组诗的序文中谈到了自适的观点，比如在《酒中十咏并序》和《五贶诗并序》就有论述，此不具引。

---

① 朱金城:《白居易集笺校》卷七十，第六册，上海古籍出版社 2003 年版，第 3757 页。

② 《皮子文薮》附录一《皮日休诗文》，上海古籍出版社 1981 年版，第 137 页。

自适说、自遣说既然是把诗歌当作一个消遣的工具，那么也会有一些具体的形式，也就是说在诗歌自娱自乐中玩些花样，增添些乐趣，于是皮、陆提出了逞才说，即在诗歌写作中运用不同的手段、方法来争强斗胜，表现诗人的才华。严羽在《沧浪诗话·诗辨》开篇就说："夫学诗者以识为主，入门须正，立志须高；以汉魏晋盛唐为师，不作开元天宝以下人物。"①严氏说的"识"当然也包括学识，这在诗歌创作当中是很重要的一个因素。皮陆诗人群体有关这方面的理论集中在《松陵集》中，皮日休在《松陵集序》里就说："诗有六义，其一曰比。比者，定物之情状也，则必谓之才。才之备者，于圣为六艺，在贤为声诗。"②首先开门见山地提出写诗要具备才气，只有具备才气者才能"定物之情状"，这是诗歌创作的前题条件。那么才气在诗人写作诗歌时又是如何运用的呢？关键在于才气的变化与发挥。皮氏接着说："夫才之备者，犹天地之气乎？气者止乎一也，分而为四时。其为春，则煦枯发蘖，如育如护，百药融冶，酣人肌骨。其为夏，则赫曦朝升，天地如窑，草焦木暍，若燎毛发。其为秋，则凉飔高瞥，若露天骨，景爽夕清，神不蔽形。其为冬，则霜阵一凄，万物皆瘁，云沮日惨，若惮天责。夫如是，岂拘于一哉？亦变之而已。人之有才者，不变则已，苟变之，岂异于是乎？故才之用也，广之为沧溟，细之为沟壑；高之为山岳，碎之为瓦砾；美之为西子，恶之为敦洽；壮之为武贲，弱之为处女。大则八荒之外不可穷，小则一毫之末不可见。苟其才如是，复能善用之，则庖丁之牛，扁之轮，郢之斤，不足谓神解也。"一个诗人的才气不是一成不变的，而是随着不同的环境和条件在起变化，外部的内部的各种条件和原因在变化，诗人的才气也在随着变化，这样才能显示出诗人创作的多样性和丰富性，呈现出各种不同的风貌，这样的观点是符合艺术规律的，诗歌史上不乏这样的例子。对于诗人个体来说，才气的变化与诗人的经

① 郭绍虞：《沧浪诗话校释》，人民文学出版社 1983 年版，第 1 页。

② 《松陵集》卷首，《景印文渊阁四库全书》本，第 1332 册，台湾商务印书馆 1983 年版，第 164 页。

历、生存状态、心态等密切相关。对于一个诗派来说，这样的变化也是不可缺少的，只有善变善用才能改变一成不变的面貌，使艺术创作焕发出新的光彩，富有强大的生命力。皮日休把人的才气的变化和大自然一年四季的更替相比拟，也算得上是“神解”。正因为皮氏对才气的变化如此看重，所以在这篇序中他对陆龟蒙诗文创作中才气的运用与变化给予了极高的评价，他说：“以其业见造凡数编，其才之变，真天地之气也。”才气固然重要，但关键还在于合理的运用，既有才气又善于运用，这样才能写作出优秀的作品，在这方面，皮、陆二人可谓是相得益彰。《松陵集》实际上就是以皮、陆二人为主要对象的唱和诗集，充分地体现了二人才气善变的创作历程，里面有不少关于才气论变的文字，如陆龟蒙《奉和江南书情二十韵寄秘阁韦校书贻之商洛宋先辈垂文二同年次韵》诗云：“谢才偏许朓，阮放最怜咸。”(《松陵集》卷五)这里的“才”应该是指谢朓的诗才。再如陆氏的《和过张祜处士丹阳故居诗并序》论张祜的才气也说：“当时轻薄之流，能其才，合噪得誉。及老大，稍窥建安风格，诵乐府录，知作者本意。短章大篇，往往见出，谏讽怨谲，时与六义相左右。善题目佳境，言不可移置别处，此为才子之最也。”(《甫里先生文集》卷十)陆龟蒙评价谢朓和张祜的诗才，字里行间也可以见出他自己的自赏之意。皮日休对陆龟蒙的诗才也很推崇，他在《吴中苦雨因书一百韵寄鲁望》诗中说：“半年得酬唱，一日屡往复。三秀间稂莠，九成杂巴濮。奔命既不暇，乞降但相续。吟诗口吻吻，把笔指节瘃。君才既不穷，吾道由是笃。”(《松陵集》卷一)皮、陆二人之间相互爱才、惜才、尚才、誉才，以诗歌酬唱、联句等形式展现才华，增进了友谊，对后世酬唱诗风影响较大。才华不仅仅是表现在诗歌上，有的时候也表现在学问和才识方面。学问才识的高下直接影响诗才的发挥，醇厚的学识是创作诗文的重要基础，很难想象一个没有多少学识的诗人能够写作出流传百世的诗文作品，尤其是在晚唐五代这样一个讲究用典对仗的诗歌时代，没有扎实雄厚的学识是不可能占据诗坛主导地位的。皮陆诗派大多是饱读诗书之士，有着丰厚的学识，这样，在自娱自乐逞才的诗歌创作过程中就有一部分表现在学问和才识上。例如陆龟蒙在《袭美先辈以龟蒙所献五百言既蒙见和复示荣唱至于千字提奖之重蔑有称实再抒鄙怀用伸酬谢》诗中说："吾祖仗才力，革车蒙虎皮。手持一白旄，直向文场麾……鹿门先生才，大小无不怡，就彼六籍内，说诗直解颐。"(《甫里先生文集》卷一)又在《奉和二游诗·徐诗》中说："雄才旧百派，相近浮日川。"(《松陵集》卷一)这里所谓的"才力"和"雄才"就不是说的诗才，而是指才力学问。至于说皮日休的"鹿门先生才"，那毫无疑问是皮日休的学识才华了。皮陆诗派作为一个隐逸诗派，成员大多隐逸山林，那么，隐士的风流儒雅之才也是皮、陆倾心向往的，自然在诗歌里面也有所流露，起码从陆龟蒙的《渔具诗并序》中称赏皮日休"鹿门子有高洒之才"的评语可以见知。综上所述，皮陆在以诗歌自娱自乐的创作活动中，一个主要的方面就是逞才，无论是诗才、才学还是儒雅之才都是诗人们着力追求和倾心赞赏的。通过对才学的表现，见出诗人的性情。纵观皮陆二人的诗作，可知他们才学的表现主要是在唱和诗的创作上。在《松陵集》中，他们运用了当时所具备的诗体，有五古、五排、五律、五绝、七绝、七律，还有杂体诗和联句诗，尤其以长篇五古和排律用力最深，争奇斗胜以逞诗才，既用旧体也创作新体，讲究技巧玩弄文字，虽然有些游戏的成分，但是也的确能看出皮陆二人的诗才水平。在形式和内容上，《松陵集》都是皮陆尚才逞才的真实记录。

在诗歌的艺术风格方面，皮陆诗派也提出了一些新的见解，这成为他们诗歌理论的一个重要组成部分。在诗文创作上，皮、陆二人都主张诗歌风格多样化。前面我们论述到皮陆提出的逞才善变的诗学观点，强调的也是一个"变"字，只有不断地对诗文创作予以变化，推陈出新，才能在当时的文坛站稳脚跟，从而获得一席之地。这个"变"字当然要表现为各种不同的文学形态，才变引起文变，繁多的统一才是美，文变、诗变实际上就是题材、体裁、风格的多样化，这就好比一个武艺高强的人，各种兵器都能使用，所谓十八般兵器样样精通。当然诗人不可能做到什么体裁的作品都写得好，但是起码他也能精通几样，例如李白的五绝、七绝，杜甫的五律、七律，都是叫得响的绝活。诗歌风格往往是随着诗人的阅历、文化水平、思想脉络等内在外在的转变而发生变化，不必拘守一格，这在古代诗人当中是很常见的。在《松陵集序》中，皮日休说："人之有才者，不变则已，苟变之，岂异于是乎？故才之用也，广之为沧溟，细之为沟蟼；高之为山岳，碎之为瓦砾；美之为西子，恶之为敦洽；壮之为武贲，弱之为处女。大则八荒之外不可穷，小则一毫之末不可见。苟其才如是，复能善用，庖丁之牛，扁之轮，郢之斤，不足谓神解也。"诗人进行创作的时候，才气的运用所表现的各种形态其实就是多种多样的诗歌风貌，或雄浑壮阔，或清秀雅丽，或奇诡怪异，或纤弱温美。这样的诗歌风格如同大自然一年四季的变化一样，呈现出五颜六色多姿多彩的面貌，诗歌风格的多样性也是诗人才气的一种外在显现，这是一种很自信的显露，所以皮氏是赞同和支持这种多样性的。这种诗歌风格的多样性尤其适合于公开的诗歌创作活动，比如酬唱。不同的题材、体裁以及用韵，都可以展现出不同风格的诗歌特色。在《松陵集》中，有着不同风格的诗人同时进行酬唱，那么，在品评别人诗歌的同时也可以见出皮陆关于风格多样性的赞赏态度。例如皮日休在《追和虎丘寺清远道士诗并序》中就评论清远道士的风格为"格之以清健，饰之以俊丽，一句一字，若奋若搏，建安词人倘在，不得居其右矣"。虽然皮氏的评语有些夸张吹捧的味道，却可以看出他是赞扬清远道士这种清健俊丽、跌宕豪迈的诗歌风格的。在《伤进士严子重诗并序》中，他又推崇另外一种艺术风格的诗歌，他说："其所为，工于七字，往往有清便柔媚，时可轶骇于常轨。其佳者曰：'春光冉冉归何处？更向花前把一杯。尽日问花花不语，为谁零落为谁开。'余美之，讽而未尝怠。"严子重就是诗人严恽，在《松陵集》中我们没有见到他的诗歌，只是通过《松陵集》卷七皮日休的这个序里所引的严恽这首诗，得知他的风格属于清丽柔媚富有情致的那种柔美型，与清远道士的诗风完全迥异。皮日休是欣赏这种风格的，不幸的是严恽已经辞世，不能再写出这么清丽柔媚的诗篇了，皮日休在诗中说：“十哭都门榜上尘，盖棺终是五湖人。生前有敌唯丹桂，没后无家低白蘋。笠下斩新醒处月，江南依旧咏来春。知君精灵应无尽，必在郢都颂帝晨。”陆龟蒙对严恽的这种诗风加以赞赏，他也和了皮日休一首，题为《严子重以诗游于名胜间旧矣余晚于江南相遇甚乐不幸且没袭美作诗序而吊之其名真不朽矣又何戚其死哉余因息悲而为之和》，对这位不幸早逝的诗人表示了叹息。通过皮日休在《松陵集》的诗篇小序中对清远居士和严子重两个不同诗风的赞赏评语，可以见出他是极力推崇诗歌风格多样化的，并且自己也身体力行地进行创作。

皮陆之所以成名，最主要是由于他们之间的酬唱，尤其是懿宗咸通十一、十二年间在苏州幕府时期的唱和。这是一种公开的集体诗歌创作活动，参与的人员较多，对诗歌的发展有积极的一面。那么，作为皮陆诗歌理论的一个方面就是肯定与推崇这种酬唱的诗风，在理论上表现为重视这种创作风气。皮陆诗派的这种理论和创作，对当时和后来都产生了非常大的影响。宋人严羽在《沧浪诗话》之《诗评》中说：“和韵最害人诗。古人酬唱不次韵，此风始盛于元白、皮陆。本朝诸贤，乃以此斗工，遂至往复有八九和者。”①严羽在这里肯定了酬唱诗风是从元白、皮陆那里发展而来，实际上也是对皮陆提倡酬唱的一种肯定。皮日休在《松陵集序》中论述了酬唱活动的悠久历史，作出了较为合理的认识，他说：“意古之士穷达必形于歌咏，苟欲见乎志非文不能宣也，于是为其词，词之作，固不能独善，必须人以成之。昔周公为诗以贻成王，吉甫作颂以赠申伯。诗之酬赠其来尚矣，后每为诗，必多以斯为事。”皮氏指出酬唱是人类生活当中不可或缺的精神活动，从先民时期就开始了这种酬唱，由个人之间的唱和转变为一种公共的社会活动，这种现象具有必然性和合理性，这就为诗歌酬唱提供了理论依据。《松陵集》卷首开篇就是陆龟蒙的《读襄阳耆旧传因作诗五百言寄皮袭美》一诗，皮日

---

①　郭绍虞：《沧浪诗话校释》，人民文学出版社1983年版，第193页。

休当时就和了一首，题为《陆鲁望读襄阳耆旧传见赠五百言过褒庸材靡有称是然襄阳昔事历历在目夫耆旧传所未载者汉阳王则宗社元勋孟浩然则文章大匠予次而赞之因而答亦诗人无言不酬之义也次韵》。不仅如此，皮日休还觉得意犹未尽，又写了一首《陆鲁望昨以五百言见贻过有褒美内揣庸陋弥增愧悚因成一千言上述吾唐文物之盛次叙相得之惧亦迭和之微旨也》送给陆龟蒙，陆氏也不甘落后，当即又和了一首《袭美先辈以龟蒙所献五百言既蒙见和复示荣唱至于千字提奖之重有称实再抒鄙怀用伸酬谢》，两个人以诗歌为工具，你来我往酬唱得没完没了，当然这是一种兴致，友朋之间的一种文字交流，带有游戏的味道。皮日休前面说"诗人无言不酬之义也"，这里又说"亦迭和之微旨也"，都是从理论上肯定诗歌酬唱这种创作活动，是一种公开的大力提倡与鼓吹。酬唱既然是两个以上的诗人的相互活动，那么就必定会带来一个特点，那就是在诗歌酬唱中尽量地展现自己的才华，因为他写的这些诗篇不仅仅是为自己欣赏的，还要寄给唱和的对象，所以在诗歌中逞才斗胜是常见的事情，而且，诗歌唱和往往事先设定好题目和用韵，不允许有所准备，即席发挥，这些特殊的要求和规定就使得诗歌酬唱活动具有很高的难度，诗人们也往往愿意在同行好友面前展现自己的才华，表现自己的学养。皮日休对此深有体会，例如他在《吴中苦雨因书一百韵寄鲁望》诗中就说："半年得酬唱，一日屡往复。三秀间稂莠，九成杂巴濮。奔命既不暇，乞降但相续。吟诗口吻呐，把笔指节瘃。君才既不穷，吾道由是笃。"(《松陵集》卷一)从上面我们所引的诗篇可以得知，皮陆两人之间的诗歌唱和确算得上是"半年得酬唱，一日屡往复"的，这形象地说明了他们之间的唱和之频繁，同时也暗示了诗歌酬唱可以呈现出诗人不穷之才，而且更为重要的是，通过酬唱这种形式，可以锻炼诗才，提高诗艺，表现诗人的学养和诗歌写作技能，因难见巧，因巧逞才，互为因果相为表里，这就是他们之间乐此不疲地进行诗歌唱和的原因之所在。酬唱需要诗才是不争的事实，陆龟蒙对此也有认识，他在《奉酬袭美先辈吴中苦雨一百韵见寄》诗中说："隐几还自怡，逢卢亦争喝。抽毫更唱和，剑戟相磨戛。何大不包罗，何微不挑刮。"(《松陵集》卷一)诗歌酬唱不仅需要诗人具有包罗万象的知识，更要有毫发无遗的写作技巧。纵观《松陵集》中的作品，他们几乎是用了古体、近体诗歌体裁中的各种形式，得心应手地进行创作，的确是逞才露才的一种外在表现，这种表现在公众场合尤其重要，比如在《松陵集》中就有很多关于"文宴"的诗篇。所谓"文宴"，就是在宴会场所联句为诗，当然也有人各一诗的，这种创作活动事先不通告内容，需要应作者当场完成，难度不言而喻。越是在这种场合越是可以展现才华，也越是可以激发诗人的才气，例如皮日休就有《秋夕文宴得遥字》《寒夜文宴得泉字》，陆龟蒙就有《秋夕文宴得成字》《寒夜文宴得惊字》等文宴作品。这种诗歌创作也是他们提倡诗歌风格多样化的一种实践。

在诗歌风格方面，他们提倡平淡朴实的诗歌风格，极力反对绮靡文学。当然，这个诗派成员由于各自有着不同的文化背景、经历等，在追求诗歌艺术风格方面也会有所不同。陆龟蒙崇尚清淡自然的诗歌风格，天然生成而不加雕饰是他追寻的诗歌境界。儒家诗论虽然也讲究形式、辞藻，但却主要以表达内心感受为原则，内心感受用文字传达出来，是否具有感染力，关键要看是不是有真情实感，如是，质朴自然的诗风就显得相对重要了。陆龟蒙在《甫里先生传》中说过如下的一段话，可以视作他对平淡诗风的表述，其文曰："少攻歌诗，欲与造物者争柄，遇事辄变化不一其体裁。始则棱轹波涛，穿穴险固，囚锁怪异，破碎阵敌，卒造平淡而后已。"(《甫里先生文集》卷十六)所有的努力都是为了追求平淡的诗歌境地，这是他自己的内心表白。其实平淡诗说不稀奇，我们熟知的东晋田园诗人陶渊明，他的诗歌特色主要也是平淡，这在宋人眼中是有定论的，但是陶渊明诗歌的平淡风格在南北朝时期没有得到重视。在唐代虽然也有孟浩然、韦应物、柳宗元等人来学习陶诗，却也无人从理论上肯定陶诗的平淡风格，陆龟蒙提出作诗平淡说，具有理论总结意义。韩愈也说过作诗要平淡，例如他在《送无本师归范阳》诗中就说："奸穷怪变得，往往造平淡。"①这里韩愈是说贾岛作诗想绞尽脑汁追求雄奇险怪的境界，却往往以平淡结束，适得其反。韩愈、贾岛的诗歌虽不乏平淡之作，但更多的还是属于雄奇怪异风格类型的作品，陆龟蒙接受了韩愈平淡的诗歌理论，化新奇雄壮为平淡，使得两者糅合在一起，创作出了大量优秀的诗篇。清代朱彝尊就说过"由奇怪入平淡，是诗学次第"②。清代另外一位诗评家余成教在《石园诗话》卷二就评论过陆龟蒙的这种诗歌特色，他说："陆自撰《甫里先生传》云：'少攻歌诗，欲与造物者争柄，遇事辄变化不一其体裁，卒造平淡而后已。'集中如：'朝朝贳薪米，往往逢责诟。既被邻里轻，亦为妻子陋。''所贪既仁义，岂暇理生活。''懒外应无敌，贪中直是王。''只有经时策，全无养拙资。''身从乱后全家隐，日校人间一倍长。''一代交游非不贵，五湖风月合教贫。'皆能寓新奇于平淡。"③可见陆氏的平淡诗说已经为后人所肯定和承认，他的诗歌的平淡风格往往是从新奇化出。这种状态的出现显然与韩愈的影响有着直接的关系，因此表现在创作上就是追求怪诞奇异和崇尚清壮奇伟的倾向，使得他的诗歌既具有新奇巧旨的内质，又具有平实质朴的表征，他的很多关于隐居生活的诗篇，表现农村景象和农事生活，看似朴实自然，却常常带有新奇怪巧的韵致。平淡与新奇看似矛盾实则可以很好地融合在一起。平淡是指语言的质朴自然不假雕饰，新奇则指诗篇的立意高远富有新意，平淡的语言也能表达新奇的内容。

既然说陆氏的平淡是从新奇中化出的，那么，他又是如何看待诗歌新奇的呢？也就是说，新奇表现在什么方面，这是他诗歌理论的又一个

① 钱仲联：《韩昌黎诗系年集释》下册，上海古籍出版社 1984 年版，第 820 页。

② 钱仲联：《韩昌黎诗系年集释》下册，上海古籍出版社 1984 年版，第 824 页。

③ 郭绍虞编：《清诗话续编》下册，上海古籍出版社 1983 年版，第 1776 页。

要点。陆龟蒙终生不得志，纵情山水，热爱大自然之美，青山丽水可以洗涤心中的郁闷，但是清而能壮，往往又与他内心愤郁不平的情感相关联。他的诗歌虽然表现隐逸情趣，却又不是简单地模山范水，而是总透露出一股激愤之情，形成一种清壮奇伟的艺术风格。他在《怪松图赞序》中说："天之赋才之盛者，早不得用于世，则伏而不舒，薰蒸沉酣，日进其道，权挤势夺，卒不胜其阨，号呼呶拿，发越赴诉，然后大奇出于文采，天下指之为怪民。呜呼！木病而后怪，不怪不能图其真；文病而后奇，不奇不能骇于俗。非始不幸而终幸者耶？"(《甫里先生文集》卷十八)陆氏提出的"文病而后奇"的观点，与司马迁的"发愤著书"、韩愈的"不平则鸣"有着一脉相承的联系，他特意强调"奇"字，所谓"不奇不能骇于世"，这种"奇"，实际上是作者悒悒不得志饱受困厄所引起的心情郁愤带来的，"发越赴诉"而成文，卒成奇文，也是一种情感的外在倾泻。文人遭受困厄虽是文人的不幸，但这种不幸的生活际遇促成了文学上的成就，又是大幸。正是因为作者心中有了悲郁，化成文字，自然表现出奇壮激越的风格。钟嵘在《诗品序》中也说过类似的话，其曰："若乃春风春鸟，秋月秋蝉，夏云暑雨，冬月祁寒，斯四候之感诸诗者也。嘉会寄诗以亲，离群托诗以怨。"①曹旭案曰："此段言自然之变化，四季之感荡；遭际之离合，人世之悲歌，为诗歌发生于人心之两大根源。"诗歌具有宣泄内心苦闷情感的功能，出之为诗则理当激昂气越。人生的悲欢离合与大自然的风云际变相结合，写出的作品自然壮观奇美。这里就有一个问题，即悲欢离合与风云际变是不以人的意志为转移的，每个人都可能遇到这种情况，但并非人人都是优秀的诗人，都可以写出优秀的诗篇。那么，怎么样才能创作出较好的作品呢？陆氏认为作家应该具备探幽抉微穷形尽相的艺术精神，为此他提出了"抉擿刻削"说，就是要以峭劲的笔力将所描写的对象原生态原汁原味地写出来。他在《书李贺小传后》文中说："吾闻淫畋渔者，谓之暴天物。天物不可

① 曹旭：《诗品集注》，上海古籍出版社 1996 年版，第 47 页。

暴，又可抉擿刻削、露其情状乎？使自萌卵至于槁死，不能隐，天能不致罚耶？长吉夭，东野穷，玉谿生官不挂朝籍而死，正坐是哉，正坐是哉！”(《甫里先生文集》卷十八)世间万事万物都不可刻意去追寻，诗歌创作也是一样。过度的渔猎会导致老天的惩罚，同样，诗文创作中过度地抉擿刻削也会招致惩罚，陆氏以此来解释“长吉夭，东野穷，玉谿生官不挂朝籍而死”的原因，正话反说，以愤郁激越之词，充分肯定了李贺、孟郊、李商隐三人之作穷形尽相物无遁隐的特点。陆氏反对简单地描摹物象，要求诗人深刻探寻物象的内在精神，经过作者的艰苦锤炼、探幽发微，在诗歌中传达出深刻的思想内涵。在他看来，三位诗人正是由于郁郁不得志，才促使其诗歌创作获得了不俗的成就。

与陆龟蒙一样，皮日休也是极力主张质朴文风的。晚唐文学的主流还是注重形式华丽的绮靡文学，尤其以感伤文学为代表。这类作品在内容上多风花雪月，在形式上寻求格律辞藻之美，实为文学的倒流。对这种诗风，皮日休是大力反对的，他在《刘枣强碑》中说：“歌诗之风荡来久矣，大抵丧于南朝，坏于陈叔宝。然今之业是者，苟不能求古于建安，即江左矣；苟不能求丽于江左，即南朝矣。或过为艳伤丽病者，即南朝之罪人。”(《皮子文薮》卷三)文中表达了皮氏对建安质朴文风的肯定以及对南朝绮靡浮华习气的批判。不仅如此，他还指责晚唐文坛风气的败坏，在《正乐府诗序》中，他就说：“今之所谓乐府者，唯以魏晋之奢丽，陈梁之浮艳，谓之乐府诗，真不然矣。”(《皮子文薮》卷十)认为当时的所谓乐府诗不过是陈梁末流诗歌的翻版，没有得到乐府诗的精神实质。这些诗歌专写风花雪月，专务辞藻的华美、格律的齐整，重新走入了形式主义的诗歌死胡同，皮氏对此是极力排斥的。他自己认为写诗的宗旨是“状花卉，体风物，非有所讽，辄抑而不发。”(《桃花赋》，《皮子文薮》卷一)写诗要有自己的真实感受，不要无病呻吟，为此，皮日休又提出了描写“真纯”的文学主张，要突出诗人创作个性。这个见解体现在《七爱诗并序》中。《七爱诗》是组诗，歌颂的是唐朝七个杰出的人物，皮氏对他们十分敬仰，奉为真纯的典范。《七爱诗序》曰：“皮子之志，常以真纯自许。每谓立大化者，必有真相，以房、杜为真相焉；定大乱者，必有真将，以李太尉为真将焉；傲大君者，必有真隐，以卢征君为真隐焉；镇浇俗者，必有真吏，以元鲁山为真吏焉；负逸气者，必有真放，以李翰林为真放焉；为名臣者，必有真才，以白太傅为真才焉。呜呼！吾之道，时耶，行其事也，在乎爱忠矣；不时耶，行其事也，亦在乎爱忠矣。苟有心歌咏者，岂徒然哉?”(《皮子文薮》卷十)这七个唐朝人物，思想经历都不甚相同，但在追求至情至善的真纯上都完全相同，这就引起了皮氏的关注。在《白太傅》诗中他注意到了白居易前后两期思想与诗歌的变化，无论是“立身百行足，为文六艺圣。清望逸内署，直声惊谏垣”的前期，还是“天下皆汲汲，乐天独怡然”的后期，白居易都能以真纯的人生态度坦然面对，写出来的作品也是真情流露，这对于皮日休有很大的影响。皮氏前期的《皮子文薮》和后期的《松陵集》，作品内容和风格有很大不同，在这点上，白居易的洒脱精神无疑直接启迪着他。皮氏将白居易、李白等人作为真纯的典范，努力学习他们的人格精神，自觉地追求这种人生境界，反映在诗歌上，就是肯定诗人独立的个性，以求达到极为独特的鲜明境地。

罗隐也是极力反对诗歌创作中铺叙堆积华丽形式的，他认为只要能真实地表达内心的思想情感就可以了，不必在乎外在形式。他在《河中辞令狐相公启》中就说：“某闻歌者不系声音，惟思中节；言者不期枝叶，所贵达情。”①即写文章不需要华丽的辞藻，关键在于是否真实地表达作者的内心情感。在《理乱》篇中也说：“然夫文者，导之以德，德在乎内诚，不在乎夸饰者也。”②写作文章重要的是看内涵，也就是要有“德”，这个德当然包括真情实感，而它的来源，主要在于作者内心的“诚”，这是一种内在的修养，恰好与皮日休提倡的真纯文学思想有关联。罗隐在《理乱》中还接着说“且夫文者，示人有章，必存乎简易。简

① 潘慧惠：《罗隐集校注》，浙江古籍出版社 1995 年版，第 578 页。
② 潘慧惠：《罗隐集校注》，浙江古籍出版社 1995 年版，第 517 页。

易则易从，将有耻且格。……有耻且格，则教化无不行。”文章的撰写，在乎“必存乎简易”，这样方能使文章“有耻且格”，达到“教化无不行”的目的，这种重内容轻形式的文学观念，对于纠正晚唐华靡绮丽的诗风极有意义。

皮陆诗派的文学观点还有一个重要的方面，那就是诗歌史观。皮日休、陆龟蒙两人对诗歌发展史发表了自己独到的见解，而且比较全面，许多观点在今天看来都是正确的，这对于认识六朝诗和唐诗大有裨益。皮日休最早阐明了他对于诗歌史的认识，前引《刘枣强碑》里的一段话就可以看作他对诗歌史的一种认识：“歌诗之风荡来久矣。大抵丧于南朝，坏于陈叔宝。然今之业是者，苟不能求古于建安，即江左矣；苟不能求丽于江左，即南朝矣。或过为艳伤丽病者，即南朝之罪人也。”皮氏认为建安时期的诗歌是正脉，建安风骨乃是人们追寻的典范，“求古于建安”，这是皮氏肯定的。建安以后一直到唐代，诗歌逐渐陷入泥潭，形式和内容都发生了较大的变化，在皮氏看来，建安诗歌在于古，江左诗歌在于丽，而南朝诗歌则在于艳，并且是“艳伤丽病”，这种看法符合文学史的发展实际。皮氏的这种诗歌史观，其实并不新鲜，起码在他之前就有许多唐人都说过类似的话。初唐陈子昂《与东方左史虬修竹篇序》说：“文章道弊五百年矣！汉魏风骨，晋宋莫传，然而文献有可征者。仆尝暇时观齐梁间诗，彩丽竞繁，而兴寄都绝，每以永叹。思古人常恐逶迤颓靡，风雅不作，以耿耿也。”①盛唐李白在《古风五十九首》之一中说：“自从建安来，绮丽不足珍。圣代复元古，垂衣贵清真。群才属休明，乘运共跃鳞。文质相炳焕，众星罗秋旻。”②中唐白居易在著名的《与元九书》中也表达过类似的意思：“晋宋以还，得者盖寡。以康乐之奥博，多溺于山水；以渊明之高古，偏放于田园。江、鲍之流，又狭于此。如梁鸿《五噫》之例者，百无一二焉。于是六义浸微矣，陵

① 彭庆生：《陈子昂诗注》，四川人民出版社 1981 年版，第 217 页。

② 瞿蜕园、朱金城：《李白集校注》卷二，上册，上海古籍出版社 1998 年版，第 91 页。

夷矣。至于梁陈间，率不过嘲风月、弄花草而已。”①由此可以看出，皮日休的这种认识是与他们一脉相承的。有点不同的是，皮氏对东晋、南朝的诗歌并未全盘否定，部分还是有所保留的，这就比较公允。在《郢州孟亭记》中，皮日休进一步地论述了六朝诗歌，代表着他对六朝诗歌的认识。文曰：“明皇世，章句之风，大得建安体。论者推李翰林、杜工部为之尤。介其间能不愧者，唯吾乡之孟先生也。先生之作，遇景入咏，不拘奇抉异，令龌龊束人口者，涵涵然有干霄之兴，若公输氏当巧而不巧者也。北齐美萧悫，有‘芙蓉露下落，杨柳月中疏’。先生则有‘微云淡河汉，疏雨滴梧桐’。乐府美王融，‘日霁沙屿明，风动甘泉浊’，先生则有‘气蒸云梦泽，波撼岳阳城’。谢朓之诗句精者有‘露湿寒塘草，月映清淮流’，先生则有‘荷风送香气，竹露滴清响’。此与古人争胜于毫厘。他称是者众，不可悉数。”（《皮子文薮》卷七）在皮日休看来，盛唐时期的诗人大多继承了建安风骨的优良传统，这是他对玄宗朝文坛的肯定与褒扬。这些诗人当中又以李白和杜甫为代表，这也是合乎实际的事实，这种论述与他在《刘枣强碑》中的观点是一致的。这里特别要提出来的是皮日休对南北朝诗歌给予了相当大的肯定，这是需要别具只眼的学识与勇气的，有着高明的诗歌史眼光与见解。他对南北朝诗歌的评论是从对孟浩然的赞评引出的。孟浩然和皮日休都是襄阳人，皮日休不止一次地在诗文中提及孟浩然，心神向往之情溢于言表。他认为孟浩然的诗歌介于李白、杜甫之间，“先生之作，遇景入咏，不拘奇抉异，令龌龊束人口者，涵涵然有干霄之兴，若公输氏当巧而不巧者也”，给予了很高的评价。为了论证这个观点，他将孟浩然诗中的写景名句分别与南北朝时期诗人的有关作品相对照，称赞它们都是“与古人争胜于毫厘”，可以看出孟浩然对六朝诗人的学习与传承。孟浩然与李白、杜甫都是一流的大诗人，他的山水诗之所以取得很高的成就，关键

---

① 郭绍虞主编：《中国历代文论选》第二册，上海古籍出版社2003年版，第97页。

是他能虚心地向前人学习诗歌的写作技巧，六朝诗人对他的影响之大是不言而喻的，皮氏在这里能挑出这一点，说明他对六朝诗歌还是持肯定态度的，起码是部分持肯定态度，这种诗歌史观无疑是正确的，符合文学史发展的事实。皮日休这种将六朝诗歌一分为二的论断，表现出了较高的理论修养，在晚唐是难能可贵的。

在《松陵集》中，皮陆二人也有不少关于诗歌史的认识。皮日休在《松陵集序》中说："诗有六义，其一曰比。比者，定物之情状也，则必谓之才。才之备者，于圣为六艺，于贤为声诗。噫！《春秋》之后。颂声亡寝，降及汉氏，诗道洊作。然《二雅》之风，委而不兴矣。在诗有三言、四言、五言、七言、九言之作。"这是对汉代以前的诗歌作综论，当然是以儒家的诗教观点来考察诗歌流变的。他接着说："建安以降，江左君臣得其浮艳，然诗之六义微矣。"批评六朝诗歌空洞的内容与浮艳的形式，脱离了《诗经》托情寄意的本旨。在《陆鲁望昨以五百言见贻过有褒美内揣庸陋弥增愧悚因成一千言上述吾唐文物之盛次叙相得之欢亦迭和之微旨也》诗中也重点论述了六朝诗，他说："三辰至精气，生自苍颉前。粤从有文字，精气铢于绵。所以杨墨后，文词纵横颠。元狩富材术，建安俨英贤。厥祀四百余，作者如排穿。五马渡江日，群鱼食蒲年。大风荡天地，万阵黄须膻。纵有命世才，不如一空弮。后至陈隋世，得之拘且缗。太浮如潋滟，太细如蚳蝝。太乱如靡靡，太轻如芊芊。流之为酗酒，变之为游畋。百足虽云众，不救杀马蚿。君臣作降虏，北走如联猭。所以文字妖，致其国朝迁。"这一大段概略地叙写了唐代以前诗歌发展的大致面貌，重点却在批评东晋南朝诗歌"太乱如靡靡，太轻如芊芊"，也就是说它们太过于淫靡颓弱，不能起到诗歌应有的社会作用，最后导致"所以文字妖，致其国朝迁"，连国家都灭亡了。皮氏此论当然有些片面夸张的味道，毕竟诗歌是不能亡国的，诗歌不过是意识形态领域里面一个重要的部分，与亡国相联系多少有些牵强附会。导致一个国家兴亡的关键在于军事和政治的强盛兴衰、政策的得当与否。皮氏这么说只能视为他对六朝诗歌的倒流感到痛心疾首。六朝诗歌违背儒家诗教观，不重视诗歌的教化作用，所以偏离了正统的方向。陆龟蒙的有关汉魏六朝的诗歌史观也比较客观，主要体现在《袭美先辈以龟蒙所献五百言既蒙见和复示荣唱至于千字提奖之重蔑有称实再抒鄙怀用伸酬谢》一诗中。在这篇长诗中，他对诗歌史上的一些重要人物、重要著作、重要现象都作了自己的评述。这是中国诗论史上的一篇重要的文字。关于三曹和邺下文坛，他说："发论若霞驳，裁诗如锦摛。徐王应刘辈，头角咸相衰。或有妙绝赏，或为独步推。或许润色美，或嫌诋诃痴。倏以中利病，且非混醇璃，雅当乎魏文，丽矣哉陈思。不肯少选妄，恐贻后世嗤。"他赞美曹丕《典论·论文》内容丰富，立意高远。对邺下文人群体之间相互切磋、批评、称美的举止表示羡慕，对这个时期的文人风气之浓盛予以赞美。他对陆机的诗学著作《文赋》高度称赞："吾祖仗才力，革车蒙虎皮。手持一白旄，直向文场麾。轻若脱钳桑，豁如抽扊扅。大可罩山岳，微堪析毫厘。十体免负赘，百家咸起瘘。争入鬼神奥，不容天地私。一篇迈华藻，万古无孑遗。"他把陆机当作是他的祖先，可见推崇之情，认为陆机具有征战沙场的能力，指挥若定，这不过是一种形容而已，主要是想突出陆机的文采和气势。论述《文赋》时，指出它有轻盈通脱、探微抉幽的品质，对其华丽的艺术形式予以了肯定，认为其是一篇佳作。至于对刘勰《文心雕龙》的评价，那就更高了，他说："刻鹄尚未已，雕龙奋而为。刘生吐英辩，上下穷高卑。下臻宋与齐，上指轩从羲。岂但标八索，殆将包两仪。人谣洞野老，骚怨明湘累。立本以致诘，驱宏来抵杯。清如朔雪严，缓若春烟羸。或欲开户牖，或将饰缨緌。虽非倚天剑，亦是囊中锥。皆由内史意，致得东莞词。"认为刘勰的《文心雕龙》包藏细密，体大精深，立论精当严谨，辨析宏富高博，对文学能够探本溯源，举凡古书、民谣、骚人之作均能做到辨其是非、作出中肯的批评。这种看法的确是很精到的，体现了陆龟蒙的卓识。

以上我们论述的大多是皮陆关于汉魏六朝诗歌的评述，对本朝诗歌他们也有独到的见解，尤其是他们关于唐诗发展变化的观点，对于今天我们认识唐诗都很有启发。皮日休对唐诗的发展历程相当了解，他在《陆鲁望昨以五百言见贻过有褒美内揣庸陋弥增愧悚因成一千言上述吾唐文物之盛次叙相得之欢亦迭和之微旨也》中这样论述到：“吾唐革其弊，取士将科县。文星下为人，洪秀密于缏。大开紫宸扉，来者皆详延。日晏朝不罢，龙姿欢辗辗。于焉周道反，由是秦法悛。射洪陈子昂，其声亦喧阗。惜哉不得时，将奋犹拘挛。玉垒李太白，铜堤孟浩然。李宽包堪舆，孟澹拟漪涟。埋骨采石圹，留神鹿门埏。俾其羁旅死，实觉天地孱。猗与子美思，不尽如转轮。纵为三十车，一字不可捐。既作风雅主，遂司歌咏权。谁知耒阳土，埋却真神仙。当于李杜际，名辈或溯沿。良御非异马，由弓非他弦。其物无同异，其人有媸妍。自开元至今，宗社纷如烟。爽若沆瀣英，高如昆仑巅。百家嚣浮说，诸子率寓篇。筑之为京观，解之为牲牷。各持天地维，率意东西牵。竞抵元化首，争扼真宰咽。”这可以说就是一篇唐诗史论。它先叙述唐朝开科取士，以诗赋取人，并得到皇帝的大力支持，这样就为诗歌的繁荣创造了机会，这算是较早的将唐诗繁荣的原因与科举考试相结合的论述。接着皮日休列举了唐朝著名的诗人陈子昂、孟浩然、李白、杜甫，给予了高度的评价，例如称杜甫为“风雅主”“真神仙”，可见评价之高。对于其他的唐代诗人，诗中也作了简要的表述。从皮氏的著述中，我们可以看到他对陈子昂、孟浩然、李白、杜甫、白居易、李贺、张祜、刘言史、李商隐、温庭筠等都有评价，由此可知他对唐诗史的发展有着自己完整的认识和把握。对唐诗发展的原因、唐诗的风格、唐诗人的成就，他都作了勾勒。可以说他对唐诗的发展脉络是比较熟悉的。陆龟蒙对皮日休的观点深表赞同。他在和诗《袭美先辈以龟蒙所献五百言既蒙见和复示荣唱至于千字提奖之重蔑有称实再抒鄙怀用伸酬谢》里也表达了自己的观点：“吾唐揖让初，陛列森咎夔。作颂媲吉甫，直言过祖伊。明皇践中日，墨客肩参差。岳净秀擢削，海寒光陆离。皆能取穴凤，尽拟乘云螭。迩来二十祀，俊造相追随。”看来他对唐诗的发展线索、轨迹也是了然在心的。他对皮日休的唐诗诗论也深表赞同，肯定了皮氏关于唐诗史的认识："鹿门先生才，大小无不怡。就彼六籍内，说诗直解颐。顾我迷未远，开怀溃其疑。初开凿本源，渐乃疏旁支。邃古派泛滥，皇朝光赫曦。揣摩是非际，一一如襟期。李杜气不易，孟陈节难移。信知君子言，可并神明蓍。"认为皮氏对唐诗史的论述，有如"凿本源""疏旁支"，具有伐山奠基的作用。对唐诗繁荣的原因、流派纷呈的局面、重要的作家都论述到了，这些看法与皮日休基本相一致。皮陆二人身处晚唐，怀着对先贤诗人们的敬重，自觉地将两个半世纪的唐诗发展的历史及其取得的辉煌成就用诗歌表述出来，进行总结，表现出了较为高超的见解，这对进一步认识唐诗有启迪作用。

第二节　诗歌创作的主题取向

在上节中我们着重论述了皮陆诗派的诗歌理论。他们的生活理想都是希望通过科举考试的形式，最终踏入仕途，找到能够发挥自己才能的人生舞台，施展自己的才华。但是他们的理想几乎破灭了，这是他们个人的悲哀也是整个时代的悲哀。人生的悲欢际遇带给了他们心灵的创伤，为了排遣自己心中的郁闷，只好选择诗文创作。那么，作为这样一个诗人群体，他们的诗歌创作都有哪些主题和内容呢？是不是有着相同的共性？让我们翻开他们的诗集来看看。

台湾学者曾进风先生在《晚唐诗的锋芒与光彩——以社会诗和风人体为例》①一书中将晚唐时期的诗歌主要划分为两大类，即社会诗和风人体，大致与晚唐诗歌的创作实际相吻合。但是这样的划分也有一个弊端，那就是所谓的社会诗，主要是从诗歌内容方面来考虑的，反映的是社会现实；而风人体却是按诗歌体裁来划分，所谓风人体也就是民歌。这样，就出现了一个矛盾，一个是按题材划分，一个是按体裁划分，中

① 《晚唐诗的锋芒与光彩》，台湾汉风出版社 2003 年版。

间没有一个统一的标准。其实，社会诗也可以用民歌的形式来表现，换言之，民歌也可以表现社会内容，二者不宜过分划分。作者这样给社会诗定义："综观以上论者所述诸诗，皆以现实生活为题材，针砭时政，同情贫弱。举凡政治腐化，社会紊乱，民生疾苦，均为诗人讥讽歌咏的对象，其范畴甚为广泛。从内容方面说，只要是社会写实，联系民生，抒民痛，哀民艰，关怀国事兴衰，抨击统治阶层，指斥昏君暴政、谗谀祸国，表达了一种深切的'恤人之心'和'忧民之意'，甚或抒发个人得失之怨、穷通之恨，而以讽谕为旨归，达到'泻导人情''救济时病'的目的，这些因'人'、因'事'、因'情'而作的诗篇，皆可称为'社会诗'。"①对于风人体，作者说："综论之，'风人诗'名称多样，其意则一。在诗句的表现上多比兴影射，诗中情意曲折、委婉，听者需以意会，且用一番思考，才猜得破，这样的隐语我们不妨称它为'弯曲的语言'。"②风人体既然是民歌的一种，在皮陆诗派诗歌创作当中就是吴歌，那么，我们在论述他们的主题取向的时候就不应该将它与社会诗截然分开，理由很简单，民歌也能够反映社会现实，甚至在某些方面能比社会诗更具有优势。基于这样的理解，下面我们就将皮陆诗派诗歌中所谓的社会诗、风人诗合二为一进行论述。

从皮陆诗派的诗歌主张中我们得知，他们非常注重诗歌参与、干预社会的作用和功能，在实践中，他们的创作也是与其主张基本相一致的。晚唐时期社会动荡沦落，处于人生乱离飘零之际的社会底层的皮陆诗派，心中有着巨大的痛楚，悒郁不得志，幽怨悲愤之情沉积心头，发言为诗，便要长吟哀歌舒泻情绪。伤时缅乱触景兴寄，针砭时弊缘时讽谕，创作的诗歌具有浓郁的现实主义的写实精神。大致说来，他们的诗歌具有以下几个方面的内容：

---

① 《晚唐诗的锋芒与光彩》第三章《社会诗之义界及其渊源》，台湾汉风出版社 2003 年版，第 33 页。

② 《晚唐诗的锋芒与光彩》第四章《风人体之义界及其渊源》，台湾汉风出版社 2003 年版，第 56 页。

1. 晚唐昏聩政局的真实写照

皮陆诗派的成员大多生活在大中至咸通年间，长期流离失所辗转困顿的经历，使他们对于晚唐宣宗、懿宗、僖宗三朝的政治腐败和民生疾苦，有着更加深刻的切肤之痛。这群诗人自觉地遵循儒家诗教，承续具有中唐新乐府讽谕精神的现实主义诗歌创作理论，把诗歌当作针砭时弊的有力武器，揭露政治黑暗、批判朝政弊端，表现出了一种无所畏惧的可贵精神。这方面的内容是皮陆诗人群诗歌创作中的主流和精华，也是他们对晚唐浮艳诗风的一种排斥与反拨，具有高度的现实意义。

皮日休在《皮子文薮序》中揭橥写作的动机和宗旨是“上剥远非，下补近失”，所谓“剥非”，就是剥除不合理之处，也就是要指出弊端之所在；所谓“补失”，就是补正失误，提出合理的建议与对策。他的诗歌作品正是这种动机和宗旨的实践，著名的《三羞诗》和《正乐府十篇》就是代表。《三羞诗》是作者长期观察社会现实，觉得自己面对人民的疾苦无能为力，深感羞愧，从而写下的一组诗歌，共三首，每一首诗前面都有一篇序。这组诗歌据前面的序言，可知写于咸通七年（公元 866 年）。关于“三羞”，作者是这样解释的：“皮子窥之，惕然泣，衄然羞。故作是诗以贶之”，此为一羞；“皮子谓之内过曰，吾之道不足以济时，不可以备位，又手不提桴鼓，身不被兵械，恬然自顺，怡然自乐，吾亦为许师之罪人耳。作诗以吊之”，此为二羞；“因羞不自容，作诗以唁之”，此为三羞。《三羞诗》其一伤朝廷忠臣遭到小人谗言得罪南窜，讽刺小人得道君子难容，“忠者若不退，佞者何由达。君臣一肴膳，家国共残杀”，这种现象是晚唐宣宗、懿宗朝的真实写照。诗人为朝廷的忠臣遭受迫害而泫然泪下，赞扬他们忠贞的行为，更悲悯他们的不幸遭遇：“宪司遵故典，分道播南越。苍惶出班行，家室不容别。玄鬓行为霜，清泪立成血。”忠臣贬谪发配，连自己的家人都不允许见上一面，这是何等的残酷无情，统治阶级的寡恩无情被揭露得淋漓尽致。忠臣遭到贬谪后，不得不“赫赫负君归，南山采芝蕨”，这又是何等的凄惨。《三羞诗》其二则是皮日休咸通七年路过许州时，亲眼目睹百姓所受到的征兵之苦，有感而发，揭露了唐朝军事将领的腐败无能，充满了对百姓饱受战乱之苦的深切同情。唐朝政府穷兵黩武，接连用兵征讨边界，诗人作了揭露批判：“懦者斗即退，武者兵则黩。军庸满天下，战将多金玉。刮则齐民痡，分为猛士禄。”多次战争都以失败告终，这场战争同样也不例外，输得很惨烈，“昨朝残卒回，千门万户哭。哀声动闾里，怨气成山谷”。战死者的家属悲哭得声动城郭，怨气连天，而诗人自己却是“家不出军租，身不识部曲。亦衣许师衣，亦食许师粟”。相比之下，皮日休觉得很是惭愧，感到羞耻不安。晚唐时唐朝政府对周边国家发动过多次战争，人民伤亡过多、损失惨重。这首诗就是批判唐朝政府对安南用兵不当造成人民的重大牺牲，政府的决策失误，边帅将领的指挥不当、贪暴腐朽，在这里暴露无遗。《三羞诗》其三描写咸通七年，淮右地区发生蝗灾旱灾，导致颍民迁徙，当时百姓在大灾之年迁徙途中饿死沟壑的惨景。“夫妇相顾亡，弃却抱中儿。兄弟各自散，出门如大痴。一金易芦卜，一缣换凫茈。荒村墓鸟树，空屋野花篱。儿童啮草根，倚桑空羸羸。斑白死路傍，枕土皆离离。”这真是一幅唐末流民图，这样的诗句是何等凄惨，令人不忍卒读。相比之下，诗人觉得自己“食之以侯食，衣之以侯衣。归时恤金帛，使我奉庭闱”，生活还算是优越，因而感到羞愧难当。综观《三羞诗》三首，或伤忠臣被贬指斥小人得志，或苦边疆战事经年不息，或悯荒灾淫虐百姓流离，都具有高度的写实精神。既有叙事也有议论，夹叙夹议，语言质朴平易，一诗一事，主题显豁专一，显然是学习白居易《新乐府》《秦中吟》“一吟悲一事”的写作方法，具有和白居易诗作同等的功效。

《正乐府十篇》也是学习白居易《新乐府五十篇》的产物，它的写法和命意可以看作白居易之作的翻版。《正乐府》针对当时社会“可悲可惧者”加以歌咏，以期引起统治集团的注意。它的批判现实的精神与《三羞诗》是一致的，批判的力度甚至更为过之。《正乐府》第一篇《卒妻怨》

反映战祸带给出征士卒家属巨大的悲痛，鞭挞唐朝统治者给官兵家属的无情待遇，针砭时弊，笔锋辛辣，饱含了诗人对士卒的同情。诗云："河湟戍卒去，一半多不回。家有半菽食，身为一囊灰。官吏按其籍，伍中斥其妻。处处鲁人髽，家家杞妇哀。少者任所归，老者无所携。况当札瘥年，米粒如琼瑰。累累作饿殍，见之心若摧。其夫死锋刃，其室委尘埃。其命即用矣，其赏安在哉。岂无黔敖恩，救此穷饿骸。谁知白屋士，念此翻款款。"(《皮子文薮》卷十)家中的男丁被征去河湟戍边，生死未卜，无劳力进行生产，按理政府应该给予家属优待政策，这样才能激励人们踊跃参军。然而，朝廷却只顾征戍，不管被征者家庭的死活，致使"处处鲁人坐，家家杞妇哀。少者任所归，老者无所携。况当札瘥年，米粒如琼瑰。累累作饿殍，见之心若摧"，哀怨之声不绝于耳。唐朝为了行旅的方便和交通的便捷，在各地驿站中设置大量的驿夫，也就是所谓的路臣。这些路臣都是从百姓中征调的，终年在道路上奔波，任务繁重，通常疲惫不堪，苦不堪言，《路臣恨》一诗就直接道出了路臣们心中的怨恨。其诗曰："路臣何方来，去马真如龙。行骄不动尘，满辔金珑璁。有人自天来，将避荆棘丛。狞呼不觉止，推下苍黄中。十夫掣鞭策，御之如惊鸿。日行六七邮，瞥若鹰无踪。路臣慎勿诉，诉则刑尔躬。军期方似雨，天命正如风。七雄战争时，宾旅犹自通。如何太平世，动步却途穷。"路臣们除了行役疲劳外，还要被有司督促甚至鞭打，有时还丧失性命，只能怨命不能有所违抗，否则招致行刑。"军期方似雨，天命正如风"，漫漫征途何日是归程，似乎看不到一丝希望。繁重的苛捐杂税是百姓贫穷的根源，皮日休对此也作了深刻的批判。在《橡媪叹》中，他通过人物典型化的塑造，表现了这种苛税给人民带来的沉重的灾乱，"秋深橡子熟，散落榛芜冈。伛伛黄发媪，拾之践晨霜。移时始盈掬，尽日方满筐。几曝复几蒸，用作三冬粮。山前有熟稻，紫穗袭人香。细获又精舂，粒粒如玉珰。持之纳于官，私室无仓箱。如何一石余，只作五斗量。狡吏不畏刑，贪官不避赃。农时作私债，农毕归官仓。自冬及于春，橡实诳饥肠。吾闻田成子，诈仁犹自王。吁嗟逢橡媪，不觉泪沾裳”。老媪种植的优质水稻自己吃不到，要缴税，只能拾橡子充饥。可恨这帮贪官污吏连这个年老的妇人都要欺负，“如何一石余，只作五斗量”，还要从她身上克扣敲诈以饱私囊，真是天理不容！底下的官吏之所以有这么大的胆子，原因在于“狡吏不畏刑，贪官不避赃”，真是胆大妄为无法无天了。看到这种景象，诗人也哀叹“吁嗟逢橡媪，不觉泪沾裳”，流下了同情的眼泪。与皮氏此诗情景相似的有杜荀鹤著名的《山中寡妇》，“夫因兵死守蓬茅，麻苧衣衫鬓发焦。桑柘废来犹纳税，田园荒后尚征苗。时挑野菜和根煮，旋斫生柴带叶烧。任是深山更深处，也应无计避征徭”①。杜诗中的这个寡妇与皮诗中的那个老媪一样，孤苦伶仃，寡居穷村陋屋，田园荒芜，没有任何收入，只能用野菜充饥，连最低的生计几乎都无法维持，却还要向政府缴税，而且还要被拉去服役，这真是对当局者莫大的讽刺！“任是深山更深处，也应无计避征徭”，字字血，句句泪，充满了血和泪的控诉，读后令人心情久久不能平静。在《农夫谣》诗中皮氏再一次控诉超负荷的赋税，并痛陈“均输法”带来的弊端：“农父冤辛苦，向我述其情。难将一人农，可备十人征。如何江淮粟，挽漕输咸京。黄河水如电，一半沈与倾。均输利其事，职司安敢评。三川岂不农，三辅岂不耕。奚不车其粟，用以供天兵。美哉农父言，何计达王程。”江淮物产丰富，历来都是唐朝廷税赋主要取给地，但江淮与长安路途遥远，隔山阻水，财税运输极为困难。《新唐书》卷五十三《食货三》记载：“江淮漕租米至东都输含嘉仓，以车或驮陆运至陕。而水行来远，多风波覆溺之患，其失埸十七八，故其率一斛得八斗为成劳。而陆运至陕，才三百里，率两斛计佣钱千。民送租者，皆有水陆之直，而河有三门底柱之险。”②从江淮运送财税到长安，路过黄河三门底柱时，沉船翻船事件时常发生，船工苦不堪言，这首诗就描述了这种悲惨的景状。同样，在

① 胡嗣坤、罗琴：《唐风集校注》，《杜荀鹤及其〈唐风集〉研究》上编，巴蜀书社 2005 年版，第 141 页。

② 《新唐书》卷五十三《食货志》，第五册，中华书局 1975 年版，第 1365 页。

《哀陇民》一诗中，皮氏指斥了那些为了一己之乐而胁迫陇民登高捕捉珍禽的官吏，他们不顾这些百姓的生命安全，只顾自己的享乐，毫无人性可言。诗曰："陇山千万仞，鹦鹉巢其巅。穷危又极险，其山犹不全。蚩蚩陇之民，悬度如登天。空中觇其巢，堕者争纷然。百禽不得一，十人九死焉。陇川有戍卒，戍卒亦不闲。将命提雕笼，直到金台前。彼毛不自珍，彼舌不自言。胡为轻人命，奉此玩好端。吾闻古圣王，珍兽皆舍旃。今此陇民属，每岁啼涟涟。"登高捕鸟相当危险，"空中觇其巢，堕者争纷然。百禽不得一，十人九死焉"。那些地方官员们却不顾百姓的死活，让他们冒着生命危险去捕捉珍禽以供他们赏玩。一边是灯红酒绿轻歌燕舞醉生梦死，一边却是登高冒险坠者纷然命贱如土，两相映照，真是残酷的对比！跟这首诗内容相连的是《惜义鸟》一诗，说的是商颜一代产鸟，这种鸟能惜仁重义，被奉为供品。"商颜多义鸟，义鸟实可嗟。危巢末累累，隐在栲木花。他巢若有雏，乳之如一家。他巢若遭捕，投之同一罗。商人每秋贡，所贵复如何。饱以稻粱滋，饰以组绣华。惜哉仁义禽，委戏于宫娥。吾闻凤之贵，仁义亦足夸。所以不遭捕，盖缘生不多。"这种有情意的鸟，送入宫中只能充当宫娥们的玩伴，"饱以稻粱滋，饰以组绣华。惜哉仁义禽，委戏于宫娥"，暗讽仁义之士得不到用武之地，处处受到制约，不能发挥自己的才能。正是贪官太多，才打击正直之士，诗人借助义鸟含蓄地道出这种人才得不到重用的状况。在《贱贡士》中表达的也是这个意思："南越贡珠玑，西蜀进罗绮。到京未晨旦，一一见天子。如何贤与俊，为贡贱如此。所知不可求，敢望前席事。吾闻古圣人，射宫亲选士。不肖尽屏迹，贤能皆得位。所以谓得人，所以称多士。叹息几编书，时哉又何异。"皇帝只是喜欢珠玑绮罗等供品，而贤俊本为国家重器却贱如尘土，得不到皇帝的赏识和重用，皮氏对此大为不满，呼吁君王能效法古代贤圣舍弃珍禽古玩，重视重用贤才，当然，这不过是作者一厢情愿的空想而已。

面对如许之多黑暗丑陋的现象，皮日休大声疾呼，要求惩治贪官，开明政治。在《贪官怨》中他就讽刺了欲壑难填的愚蠢官吏，“国家省阅吏，赏之皆与位。素来不知书，岂能精吏理。大者或宰邑，小者皆尉史。愚者皆混沌，毒者如雄虺。伤哉尧舜民，肉袒受鞭棰。”这帮贪官污吏不学无术之辈掌管各级政务，狡诈贪虐，百姓深受其害，敢怒不敢言。这种现象长期下去必会祸国殃民，诗人为此而担忧，他接着写道：“吾闻古圣王，天下无遗士。朝廷及下邑，治者皆仁义。国家选贤良，定制兼拘忌。所以用此徒，令之充禄仕。何不广取人，何不广历试。下位既贤哉，上位何如矣。胥徒赏以财，俊造悉为吏。”愿望是好的，希望国家能够选贤良远小人，任用正直贤才来治理国家，诗最后说“天下若不平，吾当甘弃市”，表示充满了信心。相比之下，外国的官吏倒能学习唐朝的文化，《颂夷臣》就说“夷师本学外，仍善唐文字。吾人本尚舍，何况夷臣事”，如果再不加强学习或提升修养，那就会出现“所以不学者，反为夷臣戏。所以尸禄人，反为夷臣忌。吁嗟华风衰，何尝不由是”的现象而遭到外国人的笑话，那样堂堂中华人的脸面将往哪儿搁，诗人感到忧心忡忡。在《诮虚器》中，他希望皇帝能讲诚心弃狡诈，“修德来远人”，则天下幸甚，百姓幸甚。

综观《三羞诗》和《正乐府》，它们是皮日休在现实主义诗歌理论的指导下创作的两组优秀诗篇。他把诗歌当作针砭时弊的苦口良药，把自己当作民生疾苦的代言人，努力实践自己的创作主张，以诗歌积极干预时政，仗义执言为民请命，表现了诗人的良知和勇气，这真是难能可贵。

陆龟蒙也以组诗的形式抨击时政，其《杂讽九首》(《甫里先生文集》卷三)就是代表，矛头直接指向朝廷统治集团。《杂讽》其一、其二、其八尖锐地讥讽朝廷官员贪得无厌、捞取财富不择手段、腐败无能的本性。“微微待贤禄，一一希入梦。纵操上吉言，口噤难即贡。蛟龙在怒水，拔取牙角弄。”(其一)即便是这样，他们也只知道聚敛财富，尸位素餐，视战乱为儿戏，平叛无术，导致“凶门尚儿戏，战血波鸿溶。社鬼苟有灵，谁能遏秋恸”，“年来横干戈，未见拔城邑。得非佐饔者，齿齿待啜汁”(其二)。白白牺牲士兵生命，却不能扫平战乱。诗人在《杂讽》其八中呼吁：“北面师其谋，几能止征伐。何妨秦堇勇，又有曹刿说。尧舜尚询刍，公乎听无忽。”不要靠战争解决问题，依靠不战而屈人之兵才是上策。《杂讽》其五显然是针对当时国家东南方贼起乱所写的诗篇，“东南有狂兕，猎者西北矢。利尘白冥冥，独此清夜止”。面对这样的作乱，“无人语其事，偶坐窥天纪。安得东壁明，洪洪用坟史”，却没有人敢出来平叛，力挽狂澜。“搜扬好古士，一以罄云水。流堪洒菁英，风足去稗秕。如能出奇计，坐可平贼垒。徐陈羲皇道，高驾太平轨。攫疏成特雄，濯垢为具美。贡贤当上赏，景福视所履。永播南熏音，垂之万年耳。”这是诗人的想象之辞，也可以看作自我安慰。晚唐时期政治黑暗的一个突出表现就是朝廷不能用人，对此，陆龟蒙在《杂讽》中多次予以批判。《杂讽》其三就形象地将贤能之士的埋没不能用与高官大员们的优越生活相对比，控诉朝廷排斥贫贱、堵塞贤路、埋没人才的荒唐举措，诗云：“鹔鹴惨于冰，陆立怀所适。斯人道仍闷，不得不呜呃。当时布衣士，亦作天子客。至今东方生，满口自夸白。终为万乘交，谈笑无所隔。致君非有书，乃是尧舜画。祇今侯门峻，日扫贫贱迹。朝趋九韶音，暮列五鼎食。如闻恭俭语，謇謇事夕惕。可拍伊牧肩，功名被金石。”诗人对这种境况相当不满，却又无可奈何，只好怀念开天年间唐玄宗征召布衣李白入京时的盛举，现在却是“祇今侯门峻，日扫贫贱迹”，这真是鲜明的对照啊。朝廷那些骑高头大马的家伙一个个神气得很，你看“左右佩剑者，彼此亦相笑。趋时与闭门，喧寂不同调。潜机取声利，自许臻乎妙。志士以神窥，惭然真可吊”(《杂讽》其七)，好像都是国家栋梁社稷利器，但却只知道夸夸其谈谋取私利。诗人在这里用反讽的手法，批判那些享受国家俸禄却又碌碌无为的家伙。在《杂讽》其六中，陆龟蒙把贤才比作良木，却遭到埋没荒野的命运，抒发了自己怀才不遇的愤懑。“有蘖何青青，空城雪霜里。千林尽枯槁，苦节独不死。他遭匠石顾，总入牺黄美。遂得保天年，私心未为耻。高从宿枭怪，下亦容蝼蚁。大厦若抡材，亭亭托君子。”末联以大厦的建造需要良材来比喻治理国家需要栋才，希望统治者们能举贤荐能任用有贤才的人士。《杂讽》其九也以壮士的不能用表达了同样的意思："朝为壮士歌，暮为壮士歌。壮士心独苦，傍人谓之何。古铁久不快，倚天无处磨。将来易水上，犹足生寒波。捷可搏飞狖，健能超橐驼。群儿被坚利，索手安冯河。惊飙扫长林，直木谢瓍科。严霜冻大泽，僵龙不如蛇。昔者天血碧，吾徒安叹嗟。"这样一个"捷可搏飞狖，健能超橐驼"的英雄，却"倚天无处磨"，真是空有一身本事却报国无门，连诗人也只好"吾徒安叹嗟"了。为什么会出现这样不合理的局面呢，关键是"赤舌可烧城，谗邪易为伍。诗人疾之甚，取俾投豺虎"，小人当政蒙蔽圣上，贤才对这帮人好比是"取俾投豺虎"。

罗隐也是以大胆抨击时政出名的。《唐诗纪事》卷六十九曰："昭宗欲以甲科处之，有大臣奏曰：'隐虽有才，然多轻易，明皇圣德，犹横遭讥诽，将相臣僚，岂能免乎凌轹。'帝问讥诽之词，对曰：'隐有《华清宫》诗曰：'楼殿层层佳气多，开元时节好笙歌。也知道德胜尧舜，争奈杨妃解笑何！'其事遂寝。"①正因为罗隐敢于直言指斥统治阶级的丑恶罪行，所以才会被当权者排斥不用。《甲乙集》第一首《曲江春感》："江头日暖花又开，江东行客心悠哉。高阳酒徒半雕落，终南山色空崔嵬。圣代也知无弃物，侯门未必用非才。一船明月一竿竹，家住五湖归去来。"②满腹经纶而累举不第，不得不归隐五湖，这不是对所谓"圣代无隐者"的绝妙讽刺么？一部《甲乙集》就是在这样的基调上写成的。

罗隐的诗很多是把批判的锋芒直接指向皇帝，如《感弄猴人赐朱绂》："十二三年就试期，五湖烟月奈相违。何如买取猢狲弄，一笑君王便著绯。"(《甲乙集》卷十一)在"十二三年就试期"与"一笑君王便著绯"的鲜明对比中，对貌似神圣的科举制度予以了辛辣的讽刺，更揭露了皇帝的腐败与荒唐，读之令人有啼笑皆非之感。《帝幸蜀》更是毫无

① 王仲镛：《唐诗纪事校笺》下册，巴蜀书社 1992 年版，第 1852 页。

② 《甲乙集》卷一，见潘慧惠《罗隐集校注》，浙江古籍出版社 1995 年版，第 3 页。

忌惮的方言讽刺："马嵬山色翠悠悠，又见銮舆幸蜀回。泉下阿蛮应有语，这回休更怨杨妃。"(《甲乙集》卷十)黄巢义军攻陷长安，唐僖宗又学他的老祖宗玄宗皇帝逃往四川。阿蛮是杨贵妃的贴身使女，深受杨贵妃喜爱，马嵬事变中也被绞杀。诗人借阿蛮之口说"这回休更怨杨妃"，貌似幽默实则沉痛。唐朝统治者将安史之乱的罪责推卸在杨贵妃身上，罗隐不以为然，他认为是帝王咎由自取的结果。分明是说上次你们怨杨贵妃祸国，那么这次僖宗皇帝奔蜀，你们又找谁当替罪羊呢？玄宗僖宗两次幸蜀，历史具有惊人的相似之处，罗隐于辛辣的讽刺之中寓以警戒意味。与《帝幸蜀》诗意相似的还有《西施》："家国兴亡自有时，吴人何苦怨西施。西施若解倾吴国，越国亡来又是谁？"(《甲乙集》卷二)在罗隐看来，封建帝王为了摆脱祸国的罪责嫁祸于女人身上是极其卑劣无耻的行径，所以他写这两首诗驳斥，一针见血语意显豁，真是痛快淋漓。《华清宫》云："楼殿层层佳气多，开元时节好笙歌。也知道德胜尧舜，争奈杨妃解笑何！"(《甲乙集》卷十)《马嵬坡》云："佛屋前头野草春，贵妃轻骨此为尘。从来绝色知难得，不破中原未是人。"(《甲乙集》卷三)这两首诗是讽刺玄宗宠幸杨贵妃导致祸国的。后梁朱温篡位后大肆屠杀唐朝忠臣，罗隐也写诗揭露，如《黄河》："莫把阿胶向此倾，此中天意固难明。解通银汉应须曲，才出昆仑便不清。高祖誓功衣带小，仙人占斗客槎轻。三千年后知谁在，何必劳君报太平。"(《甲乙集》卷一)借咏叹黄河的浑浊和弯曲，讽刺朱温为了篡夺帝位杀戮清流的罪恶和奸佞小人希旨邀功、邪曲求通的无耻行径。罗隐不仅对本朝的帝王予以冷嘲热讽，还对历史上的一些君王进行批评。例如他在《焚书坑》和《始皇陵》两诗中就讥讽了秦始皇焚书坑儒和祈求长生不老的愚蠢行径。《焚书坑》云："千载遗踪一窖尘，路旁耕者亦伤神。祖龙算事浑乖角，将谓诗书活得人。"(《甲乙集》卷一)前两句说当年的大火吞噬了无数的典籍，焚书坑只剩下一窖废墟，连路旁的耕夫也感到黯然神伤。后两句对秦始皇的这种自以为是乖巧得计实则愚蠢透顶的行为进行了无情的嘲弄。《始皇陵》云："荒堆无草树无枝，懒向行人问昔时。六国英雄谩多事，到头徐福是男儿。”(《甲乙集》卷一)诗人路经秦始皇陵，面对这堆荒芜的坟墓连向路人探听始皇轶事的兴趣都没有了。后两句正话反说讥讽嬴政妄想长生不老的愚蠢想法。在《台城》中他也讽刺了陈后主荒淫的游乐生活：“水国春长在，台城夜未寒。丽华承宠渥，江令捧杯盘。宴罢明堂灿，诗成宝炬残。兵来吾有计，金井玉钩栏。”(《甲乙集》卷五)陈后主沉湎酒色不恤政事，甚至当隋兵已经要进攻金陵的时候还在饮酒作乐，诗人借后主的口吻说“兵来吾有计，金井玉钩栏”，这真是绝妙辛辣的讥讽。罗隐在这段史事描述中表达了自己心中的担忧，也希望当今皇上能以史为鉴，早日警醒，不然也会重蹈覆辙。再看《炀帝陵》：“入郭登桥出郭船，红楼日日柳年年。君王忍把平陈业，只换雷塘数亩田。”(《甲乙集》卷三)隋炀帝曾经参加过平定陈后主的战斗，亲眼目睹陈后主荒淫误国的悲剧，但他自己登基后却不吸取教训、以史为鉴，竟然也重蹈陈后主的覆辙，历史在这里具有惊人的相似之处。

由上引罗诗可以看出，他对历史上的君王如秦始皇、陈后主、隋炀帝、唐玄宗、唐僖宗等都进行过无情的讽刺，毫无隐讳，笔调辛辣，寓意警醒，具有高度的现实意义。不仅如此，他还敢于对当朝文臣武将贪暴骄奢的行径予以批判。在《后土庙》中他说：“四海兵戈尚未宁，始于云外学仪形。九天玄女犹无圣，后土夫人岂有灵？”(《甲乙集》卷二)对淮南节度使高骈晚年酷好方术迷信方士之言的举止进行了批判。作为地方要员，理应维护国家的安危，平定叛乱，安稳民心，但这位地方长官在“四海兵戈尚未宁”的情况下却从事迷信活动，置国家安危于不顾，这样的人连神灵也不会保佑的，末两句指出高骈笃信仙术的荒诞不经。甚至当罗隐晚年依附钱镠，他也敢对钱镠抢夺民财的行为当面批评。《题磻溪垂钓图》：“吕望当年展庙谟，直钩钓国更谁如？若教生在西湖上，也是须供使宅鱼！”原题下注云：“钱氏有图，西湖渔日纳鱼数斤，谓之使宅鱼。隐题此图，遂蠲其征。”①好在钱镠还是一个大度的人，接

① 李之亮：《罗隐诗集笺注》补遗卷二，岳麓书社2001年版，第378页。

纳了罗隐婉转的建议，取消了所谓的“使宅鱼”这一陋习。罗隐对虚职冗员尸位素餐、高官显贵滥赐乱赏深恶痛绝，《茅斋》云：“从事不从事，养生非养生。职为尸禄本，官是受恩名。时态已相失，岁华徒自惊。西斋一卮酒，衰老与谁倾？”（《甲乙集》卷六）一针见血地指出唐末官场黑暗腐朽的本质，并予以无情地嘲讽，词锋犀利，情感激愤，批判力度大，具有强烈的现实性。在唐末社会上，一方面富人们是“粪土金玉珍，犹嫌未奢侈”，过着穷奢极欲的生活，另一方面却是“陋巷满蓬蒿，谁知有颜子”（《秦中富人》，《甲乙集》卷六），这是何等的不公！罗隐还经常通过咏物咏史等手段来讽刺现实、鞭挞黑暗，在《钱》中他说：“志士不敢道，储之成祸胎。小人无事艺，假尔作梯媒。解释愁肠结，能分睡眼开。朱门狼虎性，一半逐君回。”（《甲乙集》卷五）借咏钱揭露朱门富户虎狼般的贪婪本性。《金钱花》一诗对这种残暴贪婪行为挖苦得更深：“占得佳名绕树芳，依依相伴向秋光。若教此物堪收储，应被豪门尽劚将。”（《甲乙集》卷二）

在皮陆诗派中，杜荀鹤与聂夷中也有不少揭露政治黑暗、批判朝政弊端的诗作。杜荀鹤于乾符四年（公元 877 年）离开家乡池州到长安赶考，经过湖北安陆时遇到兵乱，他在《将入关安陆遇兵寇》诗中描述了军阀连年混战的严重后果：“已是数程行雨雪，更堪中路阻兵戈。几州户口看成血，一旦天心却许和。”（《唐风集》卷二）《旅泊遇郡中叛乱示同志》诗也描写了宣州之乱：“握手相看谁敢言？军家刀剑在腰边。遍搜宝货无藏处，乱杀平人不怕天。古寺拆为修寨木，荒坟开作甃城砖。郡侯逐出浑闲事，正是銮舆幸蜀年。”（《唐风集》卷二）刻画了一幅叛军杀人越货的图景，揭露了那些官军为非作歹无法无天的强盗行径和滔天罪行，可与杜甫的《三绝句》之一“前年渝州杀刺史，今年开州杀刺史”①前后辉映，道出了官匪一家的事实。元代方回评此诗曰：“不经

① 仇兆鳌：《杜诗详注》卷十四，第三册，中华书局 1995 年版，第 1240 页。

世乱，不知此诗之切。虽粗厉，亦可取。"①可谓的论。他的《再经胡城县》："去岁曾经此县城，县民无口不冤声。今来县宰加朱绂，便是生灵血染成。"(《唐风集》卷三)深刻地揭露了贪官用百姓鲜血染红官服的本质。他的《塞上伤战士》揭露边庭将帅一味邀功请赏不顾士兵死活的罪责："战士说辛勤，书生不忍闻。三边远天子，一命信将军。野火烧人骨，阴风卷阵云。其如禁城里，何以重要勋?"(《唐风集》卷一)陆龟蒙《筑城词二首》之二云："莫叹将军逼，将军要却敌。城高功亦高，尔命何足惜?"(《甫里先生文集》卷七)二者有异曲同工之妙，不过陆诗言语要尖锐一些。罗隐也写了一首《鹰》："越海霜天暮，辞韬野草干。俊通司隶职，严奉武夫官。眼恶藏锋在，心粗逐物殚。近来脂腻足，驱遣不妨难。"(《甲乙集》卷五)借咏猎鹰来讽刺当时作恶多端的武将，猎鹰吃饱了脂肪多就飞不动，主人难以驱遣；边防武将也一样，有优厚的俸禄，整天花天酒地，养得气焰嚣张骄奢不堪，哪里还有心思为皇上分忧。陆龟蒙在《塞上》一诗中也对这种现象进行了批评："草白河冰合，蕃戎出掠频。戍楼三急号，探马一条尘。战士风霜苦，将军雨露新。封侯不由此，何以慰征人"，(《唐风集》卷一)朝廷的封赏不公必将带来严重的后果，末句只是说到"何以慰征人"，还没有意识到更为严重的后果。

聂夷中存诗只有32题37首，《全唐诗》卷六百三十六收录为一卷，其中与孟郊相重9首，与李绅、许棠相重各1首，因此确定为聂夷中的诗歌只有26首。尽管这样，聂夷中也有诗歌对李唐统治集团的骄奢淫逸进行揭露与控诉。例如他的《公子行二首》其一："走马踏杀人，街吏不敢诘。红楼宴青春，数里望云蔚。"其二："一行书不读，身封万户侯。美人楼上歌，不是古凉州。"②这两首诗不仅仅是在鞭挞那些达官贵人，更是揭露朝廷的封建官僚都是只会享乐的废物，都是"一行书不

① 李庆甲：《瀛奎律髓汇评》下册，上海古籍出版社2005年版，第1363页。
② 《全唐诗》卷六百三十六，第十九册，中华书局2003年版，第7297页。

读”的饭桶草包。让这些人来治理国家，国家焉能不败？这就从本源上面指出了晚唐政治腐败乃至灭国的根本原因。正因为这些饭桶们把持朝政，才使得社会贵贱失常贤愚不分，他在《住京寄同志》中说：“在京如在道，日日先鸡起。不离十二街，日行一百里。役役大块赏，周朝复秦市。贵贱与贤愚，古今同一轨。白兔落天西，赤鸦飞海底。一日复一日，日日无终始。自嫌性如石，不达荣辱理。试问九十翁，吾今尚如此。”①表面上看来是作者的自责自愧，实际上却是作者一腔悲愤无限感伤的宣泄。《长安道》云：“此地无驻马，夜中犹走轮。所以路旁草，少于衣上尘。”②对那些夜半三更还在纵情享乐的贵族含蓄地予以讥讽，这帮家伙通宵达旦地陶醉在灯红酒绿之中，马车来往不息，看他们是多么忙啊！在《苦刘驾博士》和《过比干墓》两首诗中，作者古今对比，感慨贤才的埋没寂寞和达官显贵的煊赫成为鲜明的映照，由此感伤人生无常。对晚唐的这种政治局面，诗人忧心忡忡，他在《燕台二首》其一中要求朝廷能够广开言路礼贤下士地延揽人才，他说：“燕台累黄金，上欲招儒雅。贵得贤士来，更下于隗者。自然乐毅徒，趋风走天下。何必驰凤书，旁求向林野。”③但这不过是一厢情愿的空想而已。

2. 对黎民百姓遭遇的关注与同情

这方面的题材在上节我们有过部分论述，例如皮日休的《三羞诗》《正乐府十篇》、陆龟蒙的《九讽》等，但因为它们是组诗，不好分开来讲，故在本节中我们详加论析。

皮陆诗派对朝政无能官员的腐败有了相当的认识，也提出过一些建议，但是，他们由于人微言轻，所以对这样的一种局势无能为力，最终一切都按历史的本来面貌在发展。与他们朝夕相处的还是处于底层的平

---

① 《全唐诗》卷六百三十六，第十九册，中华书局2003年版，第7298页。
② 《全唐诗》卷六百三十六，第十九册，中华书局2003年版，第7301页。
③ 《全唐诗》卷六百三十六，第十九册，中华书局2003年版，第7296页。

民百姓，他们亲眼目睹了他们种种不幸的遭遇，深表同情，所以，反映民生疾苦的诗篇在他们的诗集中占了相当大的篇幅，这也是皮陆诗派诗歌创作的一个重要方面。他们的诗歌写了很多小人物，如病妇、贫妇、孤儿、鳏夫、弃妇、老叟等，形容憔悴，境况窘迫，人物形象真实生动。通过对这些人物的描绘，反映了唐末时期真实的农村遭遇，可以补史料的不足。

唐朝自安史之乱后，国力下降，赋税徭役日益加重，尤其是在唐末时期，中央朝廷加重赋税收入，地方州县只好搜刮民财以上交国库，如此则导致百姓更加贫苦不堪。杜荀鹤在《送人宰德清》中指出苛捐杂税迫使老百姓流亡的事实："乱世人多事，耕桑或失时。不闻宽赋敛，因此转流离。"(《唐风集》卷二)在《题所居村舍》诗中他也说："家随兵尽屋室空，税额宁容减一分？衣食旋营犹可过，赋输长急不堪闻。蚕无夏织桑充寨，田废春耕犊劳军。如此数州谁会得？杀民将尽更邀勋。"(《唐风集》卷二)战乱过后，一片荒芜，然而捐税却不减一分反而催逼得紧。百姓已经是活不下去了，官员们却还要横征暴敛，目的是为了能向朝廷邀功请赏。他的《山中寡妇》和《乱后逢村叟》都表现了农村的凋敝和农民的痛苦，其直接原因还是沉重的赋税。前首说："时挑野菜和根煮，旋斫生柴带叶烧。任是深山更深处，也应无计避征徭。"(《唐风集》卷二)后首说："还似平宁征赋税，未尝州县略安存。至今鸡犬皆星散，日落前山独倚门。"(《唐风集》卷二)诗中的寡妇和老农都因为战乱失去了亲人，他们的不幸遭遇和悲惨命运就具有代表性。他在《蚕妇》《田翁》《伤硖石县病叟》《题田家翁》《溪居叟》《赠李蒙叟》等诗中对那些不堪忍受赋税剥削而陷入饥饿贫穷中的老农、蚕赋、病叟都给予了同情。陆龟蒙《五歌》中的《刈获》："自春徂秋天弗雨，廉廉早稻才遮亩。芒粒希疏熟更轻，地与禾头不相拄。我来愁筑心如堵，更听农夫夜深语。凶年是物即为灾，百阵野凫千穴鼠。平明抱杖入田中，十穗萧条九穗空。敢言一岁囷仓实，不了如今朝暮舂。天职谁司下民籍，苟有区区宜析析。本作耕耘意若何，虫豸兼教食人食。古者为邦须蓄积，鲁饥尚责如齐皷。今之为政异当时，一任流离恣征索。平生幸遇华阳客，向日餐霞转肥白。欲卖耕牛弃水田，移家且傍三茅宅。”(《甫里先生文集》卷十七)集中而具体地描述了灾荒之年农民的苦难，生动形象，如此的苛捐杂税连百姓都不想种田了。他的《村夜》其二反映了劳动人民的辛勤劳动和悲惨生活：“安知勤播植，卒岁无闲暇。种以春鹰初，获从秋隼下。专专望穜稑，搰搰条桑柘。日宴腹未充，霜繁体犹裸。”(《甫里先生文集》卷三)罗隐的《送王使君赴苏台》云：“东南一望可长吁，犹忆王孙领虎符。两地干戈连越绝，数年麋鹿卧姑苏。疲甿赋重全家尽，旧族兵侵太半无。料得伍员兼旅寓，不妨招取好揶揄。”(《甲乙集》卷九)战乱频仍，生民凋敝，体察民瘼之情溢于言表。五绝《雪》云：“尽道丰年瑞，丰年事若何？长安有贫者，为瑞不宜多。”(《甲乙集》卷五)瑞雪兆丰年，但越是丰年豪强的掠夺越厉害，人民也就越贫穷。雪给无衣无食的贫苦大众带来的只有寒冷，诗人将深沉的愤慨寓于冷峻的讽刺之中。聂夷中的《田家》诗云：“父耕原上田，子劚山下荒。六月禾未秀，官家已修仓。”①辛辣地讽刺了官府从来不关心民生疾苦，却时刻在算计着剥夺老百姓劳动果实的丑恶行径。他的《咏田家》诗云：“二月卖新丝，五月粜新谷。医得眼前疮，剜却心头肉。我愿君王心，化作光明烛。不照绮罗宴，只照逃亡屋。”②新丝和新谷还没有等到手就被交了赋税，“医得眼前疮，剜却心头肉”，这样的日子没有尽头，农民无衣无食，官府贪得无厌，辛勤耕作的结果瞬间化为乌有，还有什么希望可言？末四句是作者的希望也是警告。

3. 失落心态的诸多表现

皮陆诗派的人生理想就是把希望寄托在科举考试上面，通过科举考

① 《全唐诗》卷六百三十六，第十九册，中华书局 2003 年版，第 7300 页。
② 《全唐诗》卷六百三十六，第十九册，中华书局 2003 年版，第 7296 页。

试然后踏上仕途施展才华，实现自己的人生价值。但事实上，无论是进士及第的还是落第的，都没有实现自己的人生理想，这是时代的悲哀。人生理想的破灭必然引起心态的失落，这在皮陆诗派的诗歌创作中是一个重要的主题。乡愁与羁恨，落第的烦恼、衰老的感叹、贫穷的描述，以至于孤独的感伤，都是他们在诗中反复吟唱的内容。失落心态可以说是晚唐诗坛的一个普遍现象，这在皮陆诗派身上表现得尤其突出。

失落心态首先表现在对科举考试的期待与失望上。晚唐的科场和政坛是一样的黑暗，人才的选拔在这里不过是一种摆设。明代胡震亨《唐音癸签》卷八《评汇四》云："进士科初采名望，后滋请托，至标榜与请托争途，朋甲共要津分柄。"①这里的"标榜""请托""分柄"都是手段，由此可见唐代科举考试的黑暗。唐代的科举考试既不锁院也不糊名，考试前还有种种的干谒和推荐，所以非考试因素很多，这就直接影响了考试录取的公平与公正。还在开元盛世时，就有这样的议论："仆窃谓今之得举者，不以亲，则以势；不以贿，则以交。未必能鸣鼓四科，而裹粮三道。其不得举者，无媒无党，有行有才，处卑位之间，仄陋之下，吞声饮气，何足算哉！"②盛唐时期都是这样，那到了晚唐就更为严重了。

晚唐时期的科举考试，基本上受到了三种势力的干扰。首先是朝廷权贵，这些人往往直接掌握着主试大权，使得社会地位低下的下层寒门子弟很难凭才学考取进士。《旧唐书》卷一百七十二《令狐滈传》载裴坦于大中十四年知举时，"登第者三十人。有郑义者，故户部尚书澣之孙，裴弘余，故相休之子，魏当，故相扶之子，及滈，皆名臣子弟，言无实才。谏议大夫崔瑄上疏论之曰：'令狐滈昨以父居相位，权在一门。求请者诡党风趋，妄动者群邪云集。每岁贡闱登第，在朝清列除官，事望虽出于绹，取舍全由于滈。喧然如市，旁若无人，权动寰中，

① 《唐音癸签》卷八，古典文学出版社 1957 年版，第 62 页。

② 王定保：《唐摭言》卷六《公荐》，《唐五代笔记小说大观》本，下册，上海古籍出版社 2000 年版，第 1626 页。

势倾天下。及绹罢相作镇之日，便令滈纳卷贡闱。岂可以父在枢衡，独挠文柄?’奏疏不下。”①不仅当宰相的父亲可以操纵考试，甚至他的儿子也一样能“独挠文柄”，这可算是今古奇闻了。不可否认，权贵子弟比起寒门子弟来更熟悉朝廷政事，宰相李德裕就说：“朝廷显官，须是公卿子弟。何者？自小便习举业，自然熟悉朝廷间事。台阁仪范，班行准则，不教而自成。寒士纵有出人之才，登第之后，始得一班一级，固不能熟悉也。”②此外，还有王公大人、皇子公主向主官荐举士子的，也不鲜见。至于考试之前干谒行卷、贿赂考官等事，程千帆《唐代进士行卷与文学》(上海古籍出版社 1980 年)、傅璇琮《唐代科举与文学》(陕西人民出版社 1995 年)有详细论述，可以参看。其次是宦官干扰科场。宦官干预科场在初盛唐时期很少发生，但是在中晚唐尤其是在晚唐时期却是常见的事情，这也是宦官干政的一种表现。王定保《唐摭言》卷九《恶得及第》条载：“高锴侍郎第一榜，裴思谦以仇中尉关节取状元，锴庭谴之，思谦回顾厉声曰：‘明年打脊取状元。’明年，锴戒门下不得受书题，思谦自怀士良一缄入贡院；既而易以紫衣，趋至阶下白锴曰：‘军容有状，荐裴思谦秀才。’锴不得已，遂接之。书中与思谦求巍峨，锴曰：‘状元已有人，此外可副军容意旨。’思谦曰：‘卑吏面奉军容处分，裴秀才非状元倾侍郎不放。’锴俛首良久曰：‘然则略要见裴学士。’思谦曰：‘卑吏便是。’思谦词貌堂堂，锴见之改容，不得已遂礼之矣。黄郁，三衢人，早游田令孜门，擢进士第，历正郎金紫。李瑞，曲江人，亦受知于令孜，擢进士第，又为令孜宾佐。”③这个裴思谦之所以敢如此张狂，而且还非要取状元，就是有大宦官仇士良在后面撑腰。黄郁和李瑞擢进士第，也是因为有大宦官田令孜作后台。宦官干涉科场由此可见

① 《旧唐书》卷一百七十二，第十四册，中华书局 1997 年版，第 4468 页。

② 《旧唐书》卷十七下《武宗本纪》，第二册，中华书局 1997 年版，第 583 页。

③ 《唐摭言》卷九，《唐五代笔记小说大观》本，下册，上海古籍出版社 2000 年版，第 1656 页。

一斑。再次是藩镇干预科场。藩镇虽然远离京都，但他们的势力强大，可以左右科举考试，这在史料中是有记载的。皮陆诗派的一位重要诗人杜荀鹤，就是依附大军阀朱温，才得以进士及第的。辛文房《唐才子传》卷九《杜荀鹤》条也说："尝谒梁王朱全忠，与之坐，忽无云而雨，王以为天泣不祥，命作诗，称意，王喜之。杜荀鹤寒畯，连败文场，甚苦，至是遣送明春官，大顺二年裴贽侍郎下第八人登科。正月十日放榜，正荀鹤生朝也。"①像杜荀鹤这样优秀的诗人，尚要依靠军阀朱全忠的力量才能登科，其他人员的境况就更不用说了。正是以上三种势力的存在，才干扰了正常的科举考试，使得众多出身寒门的举子被拒之门外，这是多么不公平，然而却又无可奈何。

皮陆诗派中，皮日休、罗隐、杜荀鹤、聂夷中都是进士，唯陆龟蒙咸通十年十二月赴京应试，途中闻停贡举诏返回没有参加考试。虽然他们大多数人最后考取了进士，但他们在应考过程中的艰难和心酸却是让人难以想象，他们用笔墨记下了这些难忘的经历，记录了当时他们因考试而产生的种种失落的情绪变化。这些人有的考过十多次，如罗隐，长年累月地在为科举考试行走奔波，一次又一次地落第，希望一次次地破灭，沮丧、懊悔、哀叹等情调充塞诗中，是当时科举生活的真实写照。这种题材的诗歌在罗隐、杜荀鹤两人的文集当中尤其多。罗隐的前半生可以说就是在考试中度过的，他多次在诗文中描述了自己这种久困科场的坎坷经历和不幸遭遇。在《湘南应用集序》中说："隐大中末即在贡籍中，命薄地卑，自己卯至于庚寅，一十二年，看人变化。"②《投秘监未尚书启》："十年索米于京都，六举随波而上下。永言浮世，堪比多歧。"③《投湖南王大夫启》："一枝仙桂，尝欲觊觎。十年恸哭于秦庭，八举摧风于宋野。"④《谢湖南于常侍启》："不能量力，尝欲干名。随贡

① 孙映逵：《唐才子传校注》卷九，中国社会科学出版社 1991 年版，第 871 页。
② 潘慧惠：《罗隐集校注》，浙江古籍出版社 1995 年版，第 555 页。
③ 潘慧惠：《罗隐集校注》，浙江古籍出版社 1995 年版，第 569 页。
④ 潘慧惠：《罗隐集校注》，浙江古籍出版社 1995 年版，第 559 页。

部以凄惶，将邻十上，看时人之颜色，岂止一朝?"①《江夏酬高嵩节》："腊雪都堂试，春风汴水行。十年虽抱疾，何处不无情。群盗正当路，此游应隔生。劳君问流落，山下已躬耕。"②《感弄猴人赐朱绂》："十二三年就试期，五湖烟月乃相违。何如买取猢狲弄，一笑君王便着绯。"③这些诗文都是罗隐当时真实的思想反映。

杜荀鹤也是在科场滚爬了好多年，其间的心酸恐怕只有他心里最清楚了。在《出山》中他说："病眼看春榜，文场公道开。朋人登第尽，白发出山来。处世曾无过，惟天合是媒。长安不觉远，期遂一名回。"(《唐风集》卷一)和他一起参加考试的朋友一个个都考取了，惟有诗人还在苦苦挣扎。"求名日苦辛，日望日荣亲。"(《入关历阳道中却舍弟》)"若以名场内，谁无一轴诗。纵饶生白发，岂敢怨明时。知己虽然切，春官未必私。宁教读书眼，不有看花期。"(《下第投所知》)"丹霄桂有枝，未折未为迟。况是孤寒意，兼行苦涩诗。杏园人醉日，关路独归时。更卜深知意，将来拟荐谁?"(《下第出关投拾遗》从这些诗句可以看出杜荀鹤当时的内心是多么酸楚。白发苍苍的他还在为科场奔走，一次次地向人干谒甚至哀求，希望能够举荐自己。葛立方在《韵语阳秋》卷十八中说："杜荀鹤老而未第，求知己甚切。《投裴侍御》云：'只望至公将卷读，不求朝士致书论。'《投李给事》：'相知不相荐，何以自谋生。'《投所知》：'知己虽然切，春官未必私。宁教读书眼，不有看花期。'《投崔尚书》：'闭户十年专笔砚，仰天无处认梯媒。'如此等句，几近哀鸣也。"④陆龟蒙虽然一次次地落第，但他对下一次的考试总是充满信心，如"芳草缘流水，残花向夕阳。怀亲暂归去，非是钓沧浪"(陆龟蒙《下第东归别友人》)、"仙桂算攀攀合得，平生心力尽于文"(陆龟蒙《山中寄诗友》)、"箧中篇章头上雪，未知谁恋杏园春?"(陆龟蒙《入关

① 潘慧惠：《罗隐集校注》，浙江古籍出版社 1995 年版，第 556 页。
② 李之亮：《罗隐诗集笺注》卷七，岳麓书社 2001 年版，第 232 页。
③ 李之亮：《罗隐诗集笺注》补遗卷二，岳麓书社 2001 年版，第 378 页。
④ 何文焕：《历代诗话》下册，中华书局 2001 年版，第 633 页。

寄九华友人》)、“如何待取丹霞桂，别赴嘉招作上宾”(陆龟蒙《赠友人罢举赴交趾辟命》)，真可谓是对科举考试痴心不改。甚至在《送吴蜕下第入蜀》诗中，陆龟蒙还说：“临邛无久恋，高桂待君回。”言下之意让吴蜕不要在蜀中逗留，早日再回来应考。他在长安困居，也不愿意回到家乡，他说：“拟离门馆东归去，又恐重来事转疏。”(《下第投所知》)生怕这一走所有的功课都荒废了，影响到来年的考试。陆龟蒙在《送宾贡登第后归海东》诗中对日本人金夷吾考取唐朝进士表示艳羡，“归捷中华第，登船鬓未丝。直应天上桂，别有海东枝”。也是对自己来年金榜题名的一种自信。罗隐也在诗中表达了对下次考试的期待，如“五等列侯无故旧，一枝丹桂有风霜”(《长安秋夜》)、“龙门盛事无因见，费尽黄金老隗台”(《送章碣赴举》)；但更多的是在诗中哀叹下第的烦恼和怀才不遇的愤慨，如“拟把金钱赠嘉礼，不堪栖屑困名场”(《送沈先辈归送上嘉礼》)、“铜壶漏报天将晓，惆怅佳期又一年”(《七夕》)、“岛外音书应有意，眼前尘土渐无情。莫教更似西山鼠，啮破愁肠恨一生”(《出试后投所知》)、“蟾桂子归三径后，鹤书曾降九天来。白云事迹依前在，清琐光阴竟不回”(《九华山费征君所居》)，诗人的这种情怀在很多送友人的诗歌中流露出来。

虽然信心满怀，但一年年考不取，诗人也变得不那么自信了，情绪渐渐地低落。甚至觉得逗留在京城也不是那么容易的事情，“出京无计住京难，深入东风转索然。满眼有花寒食下，一家无信楚江边”(杜荀鹤《长安春感》)。春榜下来依然榜上无名，景色迷人的长安慰抚不了诗人忧郁的心情。“平生操立有天知，何事谋身与志违？上国献诗还不遇，故园经乱又空归。山城欲暮人烟敛，江月初寒钓艇归。且把风寒作闲事，懒能和泪拜庭闱。”(杜荀鹤《下第东归降及故园有作》)无奈之下只好东归故乡。在东归的途中诗人想到自己多年困顿科场却一无所获，不禁感慨万分，在《下第东归道中有作》诗中，杜荀鹤写道：“一回落第一宁亲，多是途中过却春。心火不销双鬓雪，眼泉难濯漫衣尘。苦吟风月唯添病，遍识公卿未免贫。马壮金多有官者，荣归却笑读书人。”自已满面尘土心情郁闷地东归，而那些马壮金多的达官荣归故里，却笑话他这个读书人，形成鲜明的对照。这个时候诗人的心中是多么失落多么痛楚。罗隐则干脆地说："年年模样一般般，何似东归把钓竿？岩谷漫劳思雨露，彩云终是逐鹓鸾。尘迷魏阙身应劳，水到吴门叶欲残。至竟穷途也须达，不能长与世人看。"(《下第作》)表示已经厌倦这种科场生活要东归故乡了。他知道再考下去也是没有希望的，原因在于"曾恨梦中无好事，也知囊里有仙方。寻思仙骨终难得，始与回头问玉皇。"(《逼试投所知》)人家那些有门路的考生因为"有仙方"，所以高中，自己没有后台再考也是白搭。就如同他在《曲江春感》中所说的那样："圣代也知无弃物，侯门未必用非才。"真是一语道破天机。

皮陆诗派成员长期在外漂泊，远离家乡，思乡之情与日俱增，岁月流逝年岁增长而书剑两无成，疾病、孤寂、烦恼始终在身边萦绕着。在他们的诗集中，孤独和羁恨无处不在，都是失落心情的真实反映。"雪下孤村淅淅鸣，病魂无睡洒来清。心摇只待东窗晓，长愧寒鸦第一声"(陆龟蒙《自遣诗三十首》其一)、"长叹人间发易华，暗将心事许烟霞。病来前约分明在，药鼎书囊便是家"(陆龟蒙《自遣诗三十首》其六)、"日月似有事，一夜行一周。草木犹须老，人生得无愁。一饮解百愁，再饮破百忧。白发欺贫贱，不入醉人头"(聂夷中《饮酒乐》)、"荣华忽销歇，四顾令人悲。生死与荣辱，四者乃常期。古人耻其名，没世无人知。无言鬓似霜，勿谓事如丝"(聂夷中《短歌》)、"江花江草暖相偎，也向江边把酒杯。春色恼人遮不住，别愁如疟避还来"(罗隐《春日叶秀才曲江》)、"得即高歌失即休，多愁多恨亦悠悠。今朝有酒今朝醉，明日愁来明日愁"(罗隐《自遣》)、"两鬓已衰时未遇，数峰虽在病相撄"(罗隐《途中寄怀》)、"野水无情去不回，水边花好为谁开？只知事逐眼前去，不觉老从头上来"(罗隐《水边偶题》)、"无禄奉晨昏，闲居几度春？江湖苦吟士，天地最穷人"(杜荀鹤《郊居即事投李给事》)、"岁月消于酒，平生断在诗。怀才不得志，只恐满头丝"(杜荀鹤《江南逢李先辈》)、"著卧衣裳难办洗，旋求粮食莫供炊。地炉不暖柴枝湿，犹把蒙求援小儿”(杜荀鹤《赠李镡》)、“秋来谁料病相萦，枕上心犹算去程。风射破窗灯易灭，月穿疏屋梦难成。故园何啻三千里，新雁才闻一两声”(杜荀鹤《旅中卧病》)、“梦里忧身泣，绝来衣尚湿。骨肉煎我心，不是谋生急。如何欲佐主，功名未成立”(皮日休《秋夜有怀》)、“亭午头未冠，端坐独愁予。贫家烟爨稀，竈低阴虫语”(皮日休《贫居秋日》)等等，这些描写病、穷、愁、闷的诗句在他们的诗集中比比皆是，无须再多举例。在他们的诗句中，“寒”“孤”“愁”“穷”“病”“泪”“苦”“衰”等字眼相当多，都是诗人失落心情的表征。

4. 亲情、友情与闲情逸致

除了上面所论述的诗歌内容外，皮陆诗派创作最多的诗篇就是描写亲情、友情和闲情逸致的了。描写亲情友情的诗篇主要是赠送诗，在皮陆诗派诗歌总量中约占一半的篇幅。例如罗隐的诗，以李之亮《罗隐诗集笺注》所统计，诗歌四百八十五首，其中应酬赠别诗歌就有二百一十二首，约占二分之一。再如杜荀鹤的诗，以胡嗣坤、罗琴《唐风集校注》所统计，诗歌三百二十六首，其中应酬赠别诗一百九十七首，约占百分之九十，这个比例是很高的。其他的诗人如皮日休、陆龟蒙、聂夷中，其集中的赠别诗数量也不少。皮陆二人的《松陵集》就是唱和诗集，完全是诗友唱和，其中反映友情的诗篇就更多。为什么在皮陆诗派的诗歌当中会有如此多反映应酬赠别内容的诗歌呢？主要的原因在于他们与之交往的人物多数还是官吏，既有京城官员也有地方州县官佐，数量较多。他们希望通过和这些官员的接触以达到被荐引的目的，例如杜荀鹤就说“相知不相荐，何以自谋生”(《郊居即事投李给事》)。他们知道如果没有朝廷官员的引荐，再怎么努力也不会有结果的，“三族不当路，长年犹布衣”(杜荀鹤《寄从叔》)，所以，和这些各色各样的官员的应酬就成为他们诗歌创作的主要内容。当然，也有是亲朋好友之间的送往迎来的，这部分的内容也不少。

从内容上看，皮陆诗派反映亲情友情的诗篇大致有这么几种。首先是亲族。如陆龟蒙的《寄从叔》《入关历阳道中却寄舍弟》《别舍弟》《别从叔》《送舍弟》《寄舍弟》《投从叔补阙》《友人赠舍弟依韵戏和》《题弟侄书堂》等，这些诗歌从同族亲情的角度入手，对同族的亲友表示了关切，向他们倾吐了自己的怀抱和牢骚，希望其能看在同族的情分上提携自己。例如在《入关历阳道中却寄舍弟》诗中他向这位舍弟自豪地谈道："晨昏知汝道，诗酒卫吾身。自笑抛麋鹿，长安拟醉春。"似乎已经在进士中第在长安曲江开怀畅饮了，自信得意之情溢于言表。然而事情并不是他想象的那么美好，诗人一再落榜，他只好求助于亲朋好友的提携了。在《投从叔补阙》中他写道："吾宗不谒谒诗宗，常仰门风继国风。空有篇章传海内，更无亲族在朝中。其来虽愧源流浅，所得须怜雅颂同。三十年吟到今日，不妨私荐亦成公。"诗的后两句才是关键，希望这位从叔能够荐引他。更多的时候他还是以兄长的身份向这些同族子弟劝勉，以尽兄长的责任，例如在《送舍弟》诗中他就说："我受羁栖惯，客情方细知。好看前路事，不比在家时。勉汝言须记，闻人善即师。旅中无废业，时作一篇诗。"淳淳教导这位将要远行的舍弟多向别人学习，什么事情要看长远些，毕竟是离开了家。诗末再三叮嘱他旅途中不要荒废了学业，空闲时就写作诗歌，锻炼诗才。这样的送别舍弟，真是尽到了做兄长的职责。再如他的《喜从弟雪中远至有作》："深山大雪懒开门，门径行迹自尔新。无酒御寒虽寡况，有书供读且资身。便均情爱同诸弟，莫更生疏似外人。昼短夜长须强学，学成贫亦胜他寒。"在诗中龟蒙把这个从弟看作亲兄弟，希望从弟不要把自己当作生疏的外人，并且告诉他，劝他努力攻读以求进取。杜荀鹤排行"十五"，家中兄弟不少，也有不少的侄辈。他与弟侄一道读书："出为羁孤营粝食，归同弟侄读生书。"（《秋日山中池州李常侍》）他与诸弟共同耕作："兄弟团圞乐，羁孤远近归。文章甘世薄，耕种喜山肥。"（《乱后山中作》）。这些兄弟子侄都是读书人，他还有两首专门描写弟侄读书堂的诗，《和舍弟题书堂》："兄弟将知大自强，乱时同葺读书堂。岩泉遇雨多还闹，溪竹唯风少即凉。藉草醉吟花片落，傍山闲步药苗香。团圆便是家肥事，何必盈仓与满箱。”在山中能有这样一个读书的好处所，真可谓是世外桃源啊。另外一首《题弟侄书堂》是脍炙人口的名篇：“何事居穷道不穷，乱时还与静时同。家山虽在干戈地，弟侄常修礼乐风。窗竹影摇书案上，野泉声入砚池中。少年辛苦终身事，莫向光阴惰寸功。”杜荀鹤出生于一个庶族地主家庭，即便是在乱世也不忘诗书之道，读书学诗，家中充满礼乐之风。“窗竹影摇书案上，野泉声入砚池中”，画面风光优美，令人向往之至。末句再次告诫弟侄要发奋攻读不要浪费宝贵青春，淳淳劝勉情真意切。皮陆诗派其他成员反映亲情的诗篇也有不少，这里就不再多举例，仅以杜荀鹤的诗歌略作分析。

其次是和各种官员的交往。这些官员按照类别可以分为京官和地方官，这在他们的诗篇中都有反映。例如京官就有《下第出关投郑拾遗》《出关投孙侍御》《送黄补阙南迁》《辞坐主侍郎》《别敬侍郎》（以上为陆龟蒙诗）、《寄右省王谏议》《送魏校书兼呈曹使君》《寄前户部陆郎中》《送李右丞分司》《寄大理寺徐郎中》《寄苏拾遗》《寄礼部郑员外》《送沈光侍御赴职闽中》《投寄韦左丞》（以上为罗隐诗），罗隐、杜荀鹤与这些京官几乎都是在长安参加科举考试的时候认识的，目的不外乎是希望得到他们有力的荐引，以便能早日考取进士。但是，这些京官大多官阶不高，实际上也帮不了他们多大的忙，不过从这些诗中我们发现诗人与他们还是结下了深厚的友谊，原因在于这些官员也是从这条科举考试的路上走过来的，能深深体会到诗人的艰辛和困苦，愿意在力所能及的情况下给予帮助。这些诗篇就反映了他们的这种交情，例如“一饭尚怀感，况攀高桂枝。此恩无报处，故国远归时。只恐兵戈隔，再趋门馆迟。茅堂拜亲后，特地泪双垂”（《辞坐主侍郎》）。这位坐主侍郎就是裴贽，大顺二年以礼部侍郎知贡举（见顾云《杜荀鹤文集序》），这是杜荀鹤进士及第后向主考官裴贽告辞写的道别诗，诗中对裴贽的关照表示衷心的感谢，可以见出他们之间的情谊。“杏园人醉日，关路独归时。更卜深知意，将来拟荐谁?”（《下第出关投郑拾遗》）、“与君中夜话，尽我一生心。所向未得志，其惟空解吟？”（《别敬侍郎》），希望他们能给以有力的荐引。“夫子门前数仞墙，每经过处忆游梁。路从青琐无因见，恩在丹心不可忘”（罗隐《寄郑补阙》）、“青心寸禄心耕早，明月仙枝分钟迟。不为感恩酬未得，五湖闲作钓鱼师”（杜荀鹤《出关投孙侍御》）、“空惭季布千金诺，但负刘弘一纸书。犹有报恩方寸在，不知通塞竟何如”（皮日休《宏词下第感恩献兵部侍郎》）“宰邑著嘉政，为郡留高致。移官在书府，方乐鸳池贵。玉季牧江西，泣之不忍离，舍杖随之去，天下钦高义”（皮日休《奉献致政裴秘监》），对这些官员往日的关照致以深深的谢意，虽然没有考取，但是来年还要继续，哪怕是下第还得感谢这些帮过自己的官员。通过这些与京官的交往诗，可以看出诗人与他们之间的友谊。这类描写与京官交往的诗篇主要在罗隐、杜荀鹤的诗集当中，而在陆龟蒙、皮日休、聂夷中诗集中就很少见，原因在于他们在京城停留的时间较少，不像杜荀鹤、罗隐长年累月地在京城，可以结识较多的京官。当然，即便是罗隐、杜荀鹤，他们诗集中描写的官员还是以地方的为主，毕竟皮陆诗派算是寒士诗人，接触的也多是各州县的地方官吏，这部分的诗篇还是占大部分的比例。

与地方官员的交往诗占绝大多数，例如皮日休的《奉送浙东德师侍御罢府西归》《寄滑州李副使员外》《送李明府之任海南》《吴中即事寄汉南裴尚书》《病中书情寄上崔谏议》《谏议以罢郡将归以六韵赐示因储酬献》，陆龟蒙的《和谏议酬先辈霜菊》《润州江口送人谒池阳卫郎中》《寄淮南郑宝书记》，杜荀鹤的《赠欧阳明府》《别衡州牧》《赠宣城糜明府》《冬末投长沙裴侍郎》《赠秋浦令明府长》《长林山中闻贼退寄孟明府》《送青阳李明府》《贺顾云侍御府主与子弟奏官》《寄临海姚中丞》《投长沙裴侍郎》，罗隐的《金陵寄窦尚书》《抚州别阮兵曹》《临川投穆中丞》《淮南送李司空朝觐》《上鄂州韦尚书》《和淮南李司空同转运员外》《贺淮南节度员外赐绯》《寄黔中王从事》《送宣武徐巡官》《送丁明府赴紫溪任》《送陆郎中赴阙》《送前南昌崔令映替任摄新城县》《寄钟常侍》等。这些地方州县官吏与诗人之间交往颇深，有的就是诗人当地的父母官，感情就更为深厚。这些诗歌多为应酬性质，或送行或祝贺升职或投干谒帖子，都是诗人与他们之间的个人应酬，反映了诗人某种殷切的希望和迫切的心情。当然有些是奉承讨好的违心之作，例如罗隐就给他的上司钱缪写过很多的赞美诗，如《钱尚父生日》《暇日投钱尚父》《感别元帅尚父》《尚父偶建小楼特摛丽藻绝句不敢称扬三首》《病中上钱尚父》《春日投钱塘元帅尚父二首》《献尚父大王》等，阿谀奉承之词充塞其间，例如《钱尚父生日》："大昴分光降斗牛，兴唐宗社作诸侯。伊夔事业扶千载，韩白计谋冠九州。贵盛上持龙节钺，延长应续鹤春秋。锦衣玉食将何报，更俟庄椿一举头。"开篇就以大昴、斗牛分降来颂扬钱缪的显贵，把他当作光复唐室社稷的功勋。在才华机智上文可比商汤时的贤臣伊尹和帝舜时的乐官夔，武则不让汉代名将韩信和战国时的名将白起。中间又以"龙节钺"和"鹤春秋"来祝贺钱缪的长寿，真可谓是挖空心思的绝好奉承诗。这样不惜工本地大肆称赞，其目的是什么呢？末联"锦衣玉食将何报，更俟庄椿一举头"说出了原因，原来是给主子写诗报恩呢，难怪这样用力吹捧。

更多的诗是将这些地方官员当作朋友诉说心中的苦闷，例如陆龟蒙的"应怜住山者，头白未登科"（《长林山中闻贼退寄孟明府》）、"与君中夜话，尽我一生心。所向未得志，岂惟空解心？"（《别敬侍郎》）、"苦吟无暇日，华发有多时。进取门难见，升沉命未知"（《投李大夫》）、"苦甚求名日，贫于未选时"（《赠秋浦金明府长》）、"数联同我得，当代遇谁知。年齿吟将老，生涯说可悲"（《赠宣城糜明府》）等等，这样的诗句在皮陆诗派的诗集中举不胜举。他们总是把这些地方官员当作自己的知心朋友，向他们诉说着心中的烦闷，希望能得到他们有力的帮助。当然，也有些诗歌写得感情真挚，潇洒隽朗，例如"隋炀帆墙留泽国，淮王笺奏入班书。清词醉草无因见，但钓寒江半尺鲈"（陆归蒙《寄淮南郑宝书记》）、"万树香飘水麝风，蜡爋花雪尽成虹。夜深欢态状不得，醉客图开明月中"（皮日休《春日陪崔谏议樱桃园宴》）、"八年刀笔别京华，归去青冥路未赊。今日风流卿相客，旧时基业帝王家。彤庭彩凤虽添瑞，望府红莲已减花。从此常僚如有问，海边麋鹿斗边槎”（《送支使萧中丞赴阙》）、“韦杜相逢眼自明，事连恩地倍牵情。闻归帝里愁攀送，知到师门话姓名。朝客半修前辈礼，古人多重晚年荣。从来有泪非无泪，未似今朝泪漫缨”（杜荀鹤《送韦书记》），这些诗歌情绪充沛，格调高昂，一洗送行诗的感伤情调，是皮陆诗派不可多得的佳作。

皮陆诗派是寒士诗人，结交的除了官员外，大多是平民百姓，这样，他们叙写友情的诗篇中的主人翁也就是诗友了，既然大家都是平民，诗歌中客套的话就少了，真心话知心话变多，这类诗歌比比皆是，例如“到处有同人，多为赋与文。诗中难得友，湖畔喜相逢”（杜荀鹤《浙中逢诗友》）、“满酌劝君酒，劝君君莫辞。能禁几度别？即到白发时。晚岫无云蔽，春帆有燕随。男儿两行泪，不欲等闲垂”（杜荀鹤《送人游江南》）、“一年两度锦江游，前值东风后值秋。芳草有情皆碍马，好云无处不遮楼。山将别恨和心断，水带离声入梦流。今日因君试回首，淡烟乔木隔绵州”（罗隐《魏城逢故人》）、“梅花已著眼，竹叶况粘唇。只此留残岁，那堪忆故人？乱离书不远，衰病日相亲。江浦思归意，明朝又一春”（罗隐《除夜寄张达》）、“文籍先生不肯官，絮巾冲雪把鱼杆。一堆方册为侯印，三级幽岩是将坛。醉少最因吟月冷，瘦多偏为卧雪寒。兔皮裘暖蓬舟稳，欲把谁游七里滩”（皮日休《寄毗陵魏处士朴》）、“皇州五更鼓，月落西南维。此时有行客，别我孤舟归。上国身无主，下第诚可悲”（聂夷中《送友人归江东》）等。与知己说话少了一层顾忌，可以畅所欲言，这是和那些官员应酬所不同的。

皮陆诗派还有不少与僧道交往的诗歌，如皮日休的《华山李炼师所居》《寄题镜岩周尊师所居》《送圆载上人归日本国》《伤开元观顾道士》，陆龟蒙的《寄茅山何道士》《寄怀华阳道士》《寒夜同袭美访寂上人》《山僧二首》《赠老僧二首》《头陀僧》《山中僧》《高道士》《送侯道士还太白山》，罗隐的《寄西华黄炼师》《寄第五尊师》《赠无相禅师》《送程尊师东游有寄》《寄无相禅师》《寄聂尊师》，杜荀鹤的《赠老僧》《送九华道士游茅山》《赠聂尊师》《题著禅师》《送僧归国清寺》等，可见皮陆诗派交往的人物的确是多。当然，皮陆诗派成员之间也有相互往来的诗歌，如杜荀鹤的《钱塘别罗隐》《献钱塘县罗著作判官》，罗隐的《寄陆龟蒙》，皮日休的《卧病感春寄鲁望》《病中美景颇阻追游因寄鲁望》，陆龟蒙的《春雨即事寄袭美》《病中秋怀寄袭美》等，这些诗歌是他们友谊的见证。

除了上述的一些内容外，皮陆诗派还写作了不少反映生活中点滴见闻的诗篇，表现了他们的闲情逸致，也值得一谈。这些诗歌感一时一事，或咏物，或怀古，或游览，或唱和，都是皮陆诗派幽情雅致的表现。

陆龟蒙、皮日休写闲情逸致的诗歌最多。《新唐书》卷一百九十六《陆龟蒙传》云："不喜与流俗交，虽造门不肯见。不乘马，升舟设蓬席，赍束书、茶灶、笔床、钓具往来。时谓江湖散人，或号天随子、甫里先生，自比涪翁、渔父、江上丈人。"①在皮陆诗派里，陆龟蒙是很少在外活动的，除了咸通六年短暂地在睦州做过幕僚外，基本上都在家乡苏州度过，故他的诗歌描写日常生活闲情逸致的很多。叙写隐居生活、抒发闲适情趣成为他创作的主要内容。他的七绝组诗《自遣诗三十首》就有很多是描写闲居生活中的高情雅致的，例如其四："甫里先生未白头，酒旗犹可战高楼。长鲸好鲙无因得，乞取鯮艎作钓舟。"其五："花濑蒙蒙紫气昏，水边山曲更深村。终须拣取幽栖处，老桧成双便作门。"其七："长叹人间发易华，暗将心事许烟霞。病来前约分明在，药鼎书囊便是家。"其八："酝得秋泉似玉容，比于云液更应浓。思量北海徐刘辈，枉向人间号酒龙。"其九："羊侃多应自古豪，解盘金矟置纤腰。纵然此事教双得，不博溪田二顷苗。"其十："偶然携稚看微波，临水春寒一倍多。便使笔精如逸少，懒能书字换群鹅。"其十三："数尺游丝坠碧空，年年长是惹东风。争知天上无人住，亦有春愁鹤发翁。"其十四："谁使寒鸦意绪娇，云情山晚动情缪。液筒姹辗追孜琛，应索阳乌次第饶。"其十七："渊明不待公田熟，乘兴先秋解印归。我为余粮春

① 《新唐书》卷一百九十六，第十八册，中华书局1975年版，第5613页。

未去，到头谁是复谁非。”其十八：“云拥根株抱石危，斫来文似瘦蛟螭。幽人带病慵朝起，祗向春山尽日欹。”其十九：“月澹花闲夜已深，宋家微咏若遗音。重思万古无人赏，露湿清香独满襟。”其二十：“南岸春田手自农，往来横截半江风。有时不耐轻桡兴，暂欲蓬山访洛公。”其二十一：“贤达垂竿小隐中，我来真作捕鱼翁。前溪一夜春流急，已学严滩下钓筒。”这些诗篇用白描的手法，将生活中平凡琐细的闲居情事明白直接地表达出来，是陆龟蒙表现其闲情逸致高雅情趣的代表作。

再例如他的《独夜》：“独行独坐亦独酌，独玩独吟还独悲。古称独立与独步，若比群居终较奇。”诗中连用八个独字，有些游戏的味道，却将自己作为隐士的高雅情怀表达出来。《岛树》：“波涛濑苦盘根浅，风雨飘多著叶迟。迥出孤烟残照里，鹭鸶相对立高枝。”这棵孤寂的岛树，饱经风雨依然萧劲有力昂首湖边，一对鹭鸶悠闲自在地栖息在上面，夕阳西下，这真是一幅美妙的图画。作者这样写作，其实也是为了展现自己萧散疏放雅致的情怀。《和袭美春夕酒醒》：“几年无事傍江湖，醉倒黄公旧酒垆。觉后不知明月上，满身花影倩人扶。”这是写他和皮日休酒醉月下花丛的闲适之情，写得潇洒自如，情趣盎然。极力以自然闲散的笔调抒写自己心中无牵无挂、悠然自得的心情。但是，以诗人冠绝一时的才华而终身沉沦，字里行间不免透露出一点内心深处的忧愤。此外，像他的《白莲》《新沙》《晚渡》《忆山泉》《冬柳》《太湖叟》《丁隐君歌并序》等作品，无不是表现自己悠闲雅致情怀的诗篇。

皮日休在襄阳、洞庭、九江、苏州等地的时候，也写作了不少闲情逸致的诗篇。例如《鹿门夏日》：“满院松桂阴，日午却不知。山人睡一觉，庭鹤立未移。出檐趁云去，忘戴白接离。书眼若薄雾，酒肠如漏卮。身外所劳者，饮食须自持。何如便绝粒，直使身无为。”诗写夏日幽闲静谧的山林生活，表现的是诗人潇洒高雅的情怀，可谓是风雅之至。再如他的《襄州春游》：“信马腾腾触处行，春风相引与诗情。等闲遇事成歌咏，取次冲筵隐姓名。映柳认人多错误，透花窥鸟最分明。岑牟单绞何会著，莫道猖狂似祢衡。”诗歌不仅写出了春天襄州优美的景色，还表现了作者洒脱的情怀与豪迈的性格。“信马腾腾触处行，春风相引与诗情”，这是何等潇洒，似乎有点得意忘形的味道，是袭美少有的表现豪迈的佳作。此外，像“新秋入破宅，疏淡若平邻。户牖深如窟，诗书乱似巢。移床惊蟋蟀，拂匣动蟏蛸。静把泉华掬，闲拈乳管敲”(《新秋言怀寄鲁望三十韵》)、“破村寥落过重阳，独自撄宁葺草房。风摄红蕉仍换叶，雨淋黄菊不成香”(《秋晚自洞庭湖别业寄穆秀才》)、“腊前千朵亚芳丛，细腻偏胜素柰功。螓首不言披晓雪，麝脐无主任春风。一枝拂地成瑶圃，数树参庭是蕊宫。应为当时天女服，至今犹未放全红”(《扬州看辛夷花》)等，这样表现作者幽密情怀的诗篇的确不少。

罗隐、杜荀鹤、聂夷中也有不少这方面的作品。例如：“春风百卉摇，旧国路条条。偶病成疏散，因贫得寂寥。倚檐高柳弱，乘露小桃夭。春色常无处，村醪更一瓢”(罗隐《春居》)、“井上梧桐暗，花间雾露稀。一枝晴复暖，百啭是兼非。金屋梦初觉，玉关人未归。不堪闲日听，因尔又沾衣”(罗隐《莺声》)、“寂寂白云门，寻真不遇真。只应松上鹤，便是洞中人。药圃花香异，泉沙鹿迹新。题诗留姓字，他日此相亲”(杜荀鹤《访道者不遇》)、“乱世归山谷，征鼙喜不闻。诗书犹满架，弟侄未为军。山犬鸣红叶，樵童唱白云。此心非此志，终拟致明君”(杜荀鹤《乱后归山》)、“未得青云志，春同秋日情。花开如落叶，莺语似蝉鸣”(杜荀鹤《春日闲居即事》)、“山中深夜坐，海内故交稀。村酒沽来浊，溪鱼钓得肥”(杜荀鹤《山中喜与故交宿话》)、“轻流逗密蓧，直榦入宽空。高吟五君咏，疑对九华峰。我知种竹心，欲扇清凉风。我知绝泉意，将明济物功”(聂夷中《题贾氏林泉》)。我们不需再引过多的诗句，只要翻开皮陆诗派的诗歌集，你就会发现里面有关表现他们闲情雅致的诗篇到处都是。的确，诗人们也不能整天都在为前程为生计奔波，他们也有累的时候也需要安静地享受生活，哪怕在他们看来是不如意的生活。诗人们用手中的笔描绘生活中的点滴情趣，表现自己的闲情逸致，抒发对自然和生活的热爱。这些作品在思想性上不能跟那些反映社会现实和民生疾苦的相比，但是向人们展现了诗人们的情怀和性格，对探讨诗人的心态以至思想都有启迪作用。

第三节 诗歌创作的艺术特色

皮陆诗派的诗歌创作取得了较大的成绩，在诗歌中运用了各种各样的表现手法，总结这些艺术成就，对进一步研究晚唐诗乃至于宋诗，都是很有意义的事情。我们把皮日休、陆龟蒙、罗隐、聂夷中、杜荀鹤作为一个诗歌群体来看待，主要是着眼于他们的文学思想、创作内容、思想倾向上的一致性，这在上面的章节当中我们作了较为充分的论述。若说到艺术风格，他们之间则各有不同，区别较大，很难放在一起综论，但在写作技巧和表现手法上他们有同一性。大体说来，皮日休、陆龟蒙二人风格特征较为接近，而罗隐、杜荀鹤、聂夷中三人则属于另外一路。文学流派中像这种现象的有很多，例如韩孟诗派、元白诗派成员之间的创作风格就明显不一致，这也是事实。文学史的发展规律也是千变万化的，不是一成不变的，所以探讨皮陆诗派的创作特色也要分开来对待。历代诗话中关于皮陆诗派的艺术评价也是不尽相同的，例如就有所谓的“松陵体”“皮陆体”“杜荀鹤体”，内涵和外延各不相同，即便是单独的一个人，例如皮日休，他的创作风格也是前后不一致的，更不用说皮陆诗派整体了，而且皮陆诗派在诗歌体裁的选择上也各不相同，这样必然导致风格的不同，因为不同的诗歌体裁有不同的写作手法，例如五古和乐府这两种诗歌体裁因为篇幅较长，回旋的余地较大，作者就可以使用赋的铺叙手法和议论手法，而五绝五律等短篇就不适合，从而导致风格各异。所以本节的探讨主要针对个案，也顺带对整体加以关照，试图对皮陆诗派诗歌创作的艺术风格加以总结和归纳。

在诗歌风格上，皮日休、陆龟蒙的创作基本属于一路，宋人张耒将两人的创作以“皮陆体”目之。他在《伏暑日唯食粥一瓯尽屏人事颇逍遥效皮陆体》诗中写道："烈日炎风鼓大炉，簾床瓦枕闭门居。屏书居士持斋日，壁挂禅僧问发图。邻汲满携泉似乳，新舂旋籴米如珠。饱餐饘粥消长夏，况值饥年不敢余。"①这首诗描写盛夏诗人家里清净雅致的生活画面，透露出一股悠闲自得的情趣，风格清疏萧朗，与皮陆表现优雅情致的诗风相近，张耒把这样风格、题材的作品叫做"皮陆体"，概括出了皮陆诗歌的一个特色。王夫之在《姜斋诗话》卷下第二十七条说："含情而能达意，会景而生心，体物而得神，则自有灵通之句，参化工之妙。若但于句求巧，则性情为外荡，生意索然矣。'松陵体'永坠小乘者，以无句不巧也。然皮、陆二子，差有兴会，犹堪讽咏。若韩退之以险韵、奇字、古句、方言矜其饾辏之巧，巧诚巧矣，而于心情兴会，一无所涉，适可为酒令而已。"②这里，王夫之又把皮陆松陵唱和时期反映争奇斗胜、字句求巧的诗歌称为"松陵体"，并且批评他们的诗歌"差有兴会"，有如酒令。不管张耒、王夫之的批评标准有何不同，但是我们可以得知一个事实，那就是皮日休和陆龟蒙在创作风格上的确是有相似之处的，无论是张耒说的"皮陆体"还是王夫之说的"松陵体"，都说明了这个事实。后人多将皮日休、陆龟蒙二人目之"皮陆"，也是基于他们诗歌创作风格的相似性而言。不仅如此，皮日休、陆龟蒙还对唐诗向宋诗的转变起到了过渡的作用，对于这点，后人多有提示。例如清人袁枚在《答沈大宗伯论诗书》中说："先生许唐人之变汉、魏，而独不许宋人之变唐，惑也。且先生亦知唐人之自变其诗，与宋人无与乎？初、盛一变，中、晚再变，至皮、陆二家已浸淫乎宋氏矣。风会所趋，聪明所极，有不期其然而然者。"③清人田同之在《西圃诗说》中说："而高明之家，至欲别标新帜，厌三唐而右两宋，护皮、陆而党苏、黄，波之靡

---

① 《张耒集》卷十六，上册，李逸安等点校，中华书局 2005 年版，第 267 页。

② 王夫之等撰：《清诗话》，上海古籍出版社 1999 年版，第 14 页。

③ 郭绍虞主编：《中国历代文论选》第三册，上海古籍出版社 2001 年版，第 467 页。

也，其去词曲，会不能以寸，诗之弊亦极矣！”①清人贺裳也在《载酒园诗话又编》之“皮日休陆龟蒙”条中说皮、陆“集中亦多近宋调，吴体尤为可憎。”②上述三人的说法都是一个意思，认为皮、陆二人在唐宋诗风的演进过程中起到了较大的历史作用，这也从另外一个角度说出了皮、陆诗歌的艺术特色。可见，皮日休和陆龟蒙两人是捆绑在一起的，下面拟从皮陆二人在唐宋诗风嬗变交替过程中所起到的过渡作用入手来探论他们诗歌的艺术特色。

严羽在《沧浪诗话·诗辨》中谈到唐宋诗的区别时说：“盛唐诸人惟在兴趣，羚羊挂角，无迹可求。故其妙处透彻玲珑，不可凑泊，如空中之音，相中之色，水中之月，镜中之象，言有尽而意无穷。近代诸公乃作奇特解会，遂以文字为诗，以才学为诗，以议论为诗。夫其不工，终非古人之诗也。盖于一唱三叹之音，有所歉焉。且其作多务使事，不问兴致；用字必有来历，押韵必有出处，读之反覆终篇，不知着到何在。”③严氏的这种解释合乎实际，他提出的宋诗“以文字为诗，以才学为诗，以议论为诗”与“用字必有来历，押韵必有出处”的特点，很有见解。这些宋诗的特征在皮、陆诗歌中同样都可以找到，可以看作是皮陆诗歌自身的艺术特征。关于以文为诗，在皮陆之前的杜甫和韩愈的诗歌创作中就流露出了这个倾向。杜诗的散文化以及议论特征，论者颇多。韩愈有意识地在诗歌中追求以文为诗，创造了奇崛瑰怪的风格。④ 程千帆先生在《韩愈以文为诗说》中认为韩愈以文为诗大致有两个方面，“一方面是以古文的章法、句法为诗，另一方面是以古文中常见的议论入诗”⑤。韩愈以文为诗的这两个特点同样存在于皮陆诗歌中。以古文的

① 郭绍虞编：《清诗话续编》上册，上海古籍出版社 1999 年版，第 763 页。

② 郭绍虞编：《清诗话续编》上册，上海古籍出版社 1999 年版，第 385 页。

③ 郭绍虞：《沧浪诗话校释》，人民文学出版社 1983 年版，第 26 页。

④ 关于韩诗奇崛瑰怪的艺术风格，可以参见卞孝萱、张清华、阎琦《韩愈评传》第四章《韩愈的文学成就》，南京大学出版社 1998 年版，第 433 页。

⑤ 程千帆：《古诗考索》上辑，上海古籍出版社 1984 年版，第 195 页。

章法为诗，其实就是以赋的铺叙形式写作诗歌，表现在古体诗中，是指因为篇幅巨大回旋有余，所以容易铺张排比。在《松陵集》中，就有很多这样的诗作。卷一陆龟蒙的《读襄阳耆旧传因作诗五百言寄皮袭美》和皮日休《鲁望读襄阳耆旧传见赠五百言过褒庸材靡有称是然襄阳昔事历历在目夫耆旧传所未载者汉阳王则宗社元勋孟浩然则文章大匠予次而赞之因而答亦诗人无言不酬之义也次韵》两诗，从古代襄阳地区的历史人物风貌谈起，洋洋洒洒，善于铺陈排比，用一连串的对偶叙事、抒情、言志，杂以议论，把意思写到极致。再如皮日休的《陆鲁望昨以五百言见贻过有褒美内揣庸陋弥增愧悚因成一千言上述吾唐文物之盛次叙相得之惧亦迭和之微旨也》评论唐代诗歌发展，从陈子昂、李白、杜甫、孟浩然到晚唐诸子，一气呵成，充分体现了赋法的铺叙功能，例如像“自开元至今，宗社纷如烟”这样的句子分明就是散文章法。中间连用六个“或”字句，“或作制诰薮，或为宫体渊。或堪被金石，或可投花钿。或与舆隶唱，或被儿童怜”，也是散文中常用的句型。陆龟蒙的《袭美先辈以龟蒙所献五百言既蒙见和复示荣唱至于千字提奖之重有称实再抒鄙怀用伸酬谢》评论齐梁以后到唐代的诗风，中间“谁蹇行地足？谁抽刺天鬐？谁作河畔草？谁为洞中芝？谁若灵囿鹿？谁犹清庙牺？谁轻如鸿毛？谁密如凝脂？谁比蜀严静？谁方巴朴赀？谁能钓抃鳌？谁能灼神龟？谁背如水火？谁同若埙篪？谁可作梁栋？谁敢驱谷蠡？”以十六个“谁”字句发问，极尽排比铺叙之能事。皮陆的组诗《太湖诗》唱和四十首，以游览太湖的起始先后次序写作诗歌，将每一处的景致一一写入诗中，情景相融，夹叙夹议，完全就是诗中的赋法。皮日休《吴中苦雨因书一百韵寄鲁望》开首二十二韵写吴中的滂沱大雨，气势淋漓，后三十韵写天帝、雷公、雨公等海怪天神，叠用种种冷僻怪异的词汇，极为夸张铺写滂沱大雨的威猛力量，渲染神怪奇异色彩，模仿韩诗体格，惟妙惟肖。陆龟蒙的《纪事》(《甫里先生文集》卷三十八)诗，采用“纪”的方法，叙写自己的隐居悠闲生活，也完全是赋笔。如“去年十二月，身在霅溪上”“方倾谢公咏，忽值庄生丧”“今来观刈获，乃在松江并”

"近闻天子诏，复许私酝酿"等诗句，俨然就是散文化的句子。再如《引泉诗》(睦州龙兴观老君院作)一诗："上嗣位六载，吾宗刺桐川。余来拜旌戟，诏下之明年。是时春三月，绕郭花蝉联。岚盘百万髻，上插黄金钿。授以道士馆，置榻于东偏。满院声碧树，空堂形老仙。本性乐凝淡，及来更虚玄。焚香礼真像，盥手披灵编。新定山角角，乌龙独巉然。除非净晴日，不见苍崖巅。上有拿云峰，下有喷壑泉。泉分数十汊，落处皆峥潺。寒声入烂醉，聒破西窗眠。支筇起独寻，祗在墙东边。呼童具畚锸，立凿莓苔穿。潨淙一派堕，练带横斜牵。乱石抛落落，寒流响溅溅。狂奴七里濑，缩到疏楹前。跳花泼半散，涌沫飞旋圆。势束三峡挂，泻危孤磴悬。曾闻瑶池溜，亦灌朱草田。凫伯弄翠蕊，鸾雏舞丹烟。凌风捩桂柁，隔雾驰犀船。况当玄元家，尝著道德篇。上善可比水，斯文参五千。精灵若在此，肯恶微波传。不拟争滴沥，还应会沦涟。出门复飞箭，合势浮青天。必有学真子，鹿冠秋鹤颜。如能辅余志，日使疏其源。"(《甫里先生文集》卷三)这简直就是一篇山水游记文，从游览睦州龙兴观老君院开始，时间、地点、人物、环境、气氛、景象，一一写来，完全就是以文为诗的典型例证。对于陆龟蒙在诗歌中大量使用赋法这个特征，明人胡震亨在《唐音癸签》卷八中说："陆鲁望江湖自放，诗兴宜饶，而墨彩反复黯钝者，当繇多学为累，苦欲以赋料入诗耳。"①的确，陆龟蒙在诗歌中有堆积赋料的特点，当系才学的外在卖弄。其他如皮陆《二游诗》唱和、《初夏游楞伽精舍》唱和，陆龟蒙的《纪梦游甘露寺》《江南秋怀寄华阳山人》《村夜二首》《京口与友生话别》等诗，都是比较典型的运用以文为诗创作手法的佳作。

皮、陆还多用古文中的句法进行写作。"以单行之神运排偶之体"是以古文句法入诗的一大特征，往往化复句为单句，不讲究对仗，这在

① 胡震亨：《唐音癸签》卷八，《中国文学参考资料小丛书》第一辑，古典文学出版社1957年版，第66页。

皮陆诗句中有很多。例如皮日休《陆鲁望昨以五百言见贻过有褒美内揣庸陋弥增愧悚因成一千言上述吾唐文物之盛次叙相得之惧亦迭和之微旨也》中云："猗与子美思，不尽如转辁。纵为三十年，一字不可捐……谁知耒阳土，埋却真神仙。当于李杜际，名辈或泝沿……粤予何为者，生自江海壖。騃騃自总角，不甘耕一廛。诸昆指仓库，谓我死道边。何为不力农，稽古真可嗎。遂与襏襫著，兼之笞笠全。风吹蔓草花，飒飒盈荒田。老牛瞪不行，力弱谁能鞭。"陆龟蒙《渔具诗》之六《鱼梁》："能编似云薄，横绝清川口。缺处欲随波，波中先置笱。投身入笼槛，自古难飞走。尽日水滨吟，殷勤谢渔叟。"皮日休《奉和鲁望渔具十五咏》之十《沪》："波中植甚固，磔磔如虾须。涛头倏尔过，数顷跳鯆鲋。不是细罗密，自为朝夕驱。空怜指鱼命，遣出海边租。"以上这些诗句无一对句，像这样不用对仗的句子在皮、陆作品中占有很大的比例。即便是讲究对仗，也往往是对而不工，例如"儿童皆似古，婚假尽如仙"（皮日休《云南》）、"园林一半为他主，山水虚言是故乡"（皮日休《襄阳汉阳王故宅》）、"坐久云应出，诗成墨未干"（陆龟蒙《太湖砚》）等，这些看似对仗的诗句，却对而不工。按说诗歌对仗，尤其是律诗的对仗很讲究工整，一般是名词对名词，动词对动词，虚词对虚词，上述诗句却是名词对动词，数量词对动词，这样是不合标准的。正因为不合，反而显得诗歌有一种古朴典雅的韵味。至于像陆龟蒙《奉酬袭美苦雨见寄》中的"既不能赋似陈思王，又不能诗似谢康乐。昔年尝过杜子美，亦得高歌破印纸"与"欲穷玄，凤未白。欲怀仙，鲸尚隔。不如驱入醉乡中，只恐醉乡田地窄"，这样的句法就纯属古文章法了。陆龟蒙的《江湖散人歌》在句式上前面和后边均为七句，中间为五句，乍一看来令人以为就是散文。这样的例子在皮陆诗集中还有不少。

古文句法还表现在运用大量的虚字，例如"何""奚""焉""哉""于""而""之""耳""欤"等，在皮、陆诗句中比比皆是。如"雅当乎魏文，丽矣哉陈思"（陆龟蒙《袭美先辈以龟蒙所献五百言既蒙见和复示荣唱至于千字提奖之重有称实再抒鄙怀用伸酬谢》）、"今之洞庭者，一以非此选”（陆龟蒙《奉和袭美太湖诗二十首》之《太湖石》）、“仕若不得志，可为龟鉴焉”（皮日休《七爱诗·白太傅》）、“抚己愧颖民，奚不进德为？”（皮日休《三羞诗》其三）等。大量使用排比句也是古文句法的一种手法，前面我们引用的皮陆长篇五古里就有不少排比句，因为篇幅长，用一些排比句可以增强气势和感染力。但在一些咏写景物的纪游诗里，他们也使用排比，这就有些不可理喻，例如陆归蒙的《奉和袭美太湖诗二十首》之《太湖石》：“或裁基栋宇，礧砢成广殿。或剖出温瑜，精光具华填。或将破仇敌，百炮资苦战。或用镜功名，万古如会面。”连用四个排比句描写太湖石的壮观。在其他题材的作品中也有排比句，就不再引证了。

再看以才学为诗。在诗歌创作中引书用典以显示作者雄厚的才识学养，这种情形在唐代以前就有了。清人黄子云《野鸿诗的》第四十五条就说：“自汉以迄中唐，诗家引用典故，多本之于经、传、史、汉，事事灼然易晓。”①皮、陆二人均为饱读诗书之士，在他们的诗歌中就有很多自述苦读诗书情景的描述，这样渊博的学识自然会在诗歌创作中不经意地流露出来。我们仅从《松陵集》卷四中的六组有关樵渔酒茶的唱和诗的序中，就可以得知他们的学识是多么丰厚。“《诗》之言错薪，《礼》之言负薪，传之言积薪，史之言束薪，非樵者之实乎？”（陆龟蒙《樵人十咏序》）“夫圣人之诫酒祸也大矣，在《书》为‘沉湎’，在《诗》为‘童羖’，在《礼》为‘豢豕’，在史为‘狂药’。余饮至酣，徒以为融肌柔神，消沮迷丧。颓然无思，以天地大顺为隄封；傲然不持，以洪荒至化为爵赏。抑无怀氏之民乎？葛天氏之民乎？苟沉而乱，狂而身，祸而族，真蚩蚩之为也。若余者，于物无所斥，于性有所适，真全于酒者也。噫！天之不全余也多矣！独以麴糵全之，抑天犹幸于遗民焉。《太玄》曰：‘君子在玄则正，在福则冲，在祸则反；小人在玄则邪，在福则骄，在祸则穷。’余之于酒得其乐，人之于酒得其祸，亦若是而已矣。”（皮日休

① 王夫子等撰：《清诗话》，上海古籍出版社1999年版，第857页。

《酒中十咏序》)“按《周礼》，酒正之职，辨四饮之物。其三曰浆，又浆人之职。共王之六饮，水、浆、醴、凉、医、酏，入于酒府。郑司农云：‘以水和酒也。’盖当时人率以酒醴为饮，谓乎六浆。酒之醨者也，何得姬公制？《尔雅》云‘槚，苦荼’，即不撷而饮之，岂圣人纯于用乎？抑草木之济人，取舍有时也。自周已降，及于国朝茶事，竟陵子陆季疵之详矣。”(皮日休《茶中杂咏序》)从这些诗序中，我们可以得知皮陆二人关于樵、酒、茶的引用书证范围之广，对这些物事源流的见解之深。皮陆在诗中注明出处的，据统计不下五十种，例如《尚书》《诗经》《礼记》《吕氏春秋》《周礼》《尔雅》《茶经》《本草》《竹谱》《太玄》《名山记》《史记》《沈约集》等，经史子集、道藏释典、医书农书无所不采无所不用，可以见出作者的阅读范围和兴趣。他们有着这样深厚的学养，反映在诗中就是大量使用典故，甚至在一首诗中使用多个典故，例如皮日休的《题潼关兰若》：“潼津罢警有招提，近百年无战马嘶。壮士不言三尺剑，谋臣休道一丸泥。昔日驰道洪波上，今日宸居紫气西。关吏不劳重借问，弃繻生拟入耶溪。”(《皮子文薮》附录一)这首诗连用五个典，一气呵成浑然不觉。“三尺剑”见《史记·高祖纪》，“一丸泥”见《东观汉记》二三《隈嚣载记》，“紫气”见《史记·老子传》，“弃繻生”见《汉书·终军传》，“耶溪”见《云笈七签·七十二福洞地》，诗人巧妙地将这些典故化入诗中。诗题中的“兰若”和诗中的“招提”，是梵语“阿若兰”和“招斗提奢”的省称，都是寺院的意思，皮日休不直接说题潼关寺院，偏偏要卖弄才学，使得诗歌内容新鲜有趣。再如陆龟蒙《奉和袭美夏景无事因怀章来二上人次韵》其一：“檐外青阳有二梅，折来堪下冻醪杯，高杉自欲生龙脑，小弁谁能寄鹿胎。丽事肯教饶沈谢，谈微何必减宗雷。还闻拟结东林社，争奈渊明醉不来。”(《松陵集》卷七)也是连用五个典实，“冻醪”见《离骚》注，这是陆龟蒙在诗中的自注。“沈谢”为沈约、谢灵运，见《梁书·沈约传》和《宋书·谢灵运传》。“宗雷”为宗炳、雷次宗，见《宋书·宗炳传》和《宋书·雷次宗传》。“东林社”典出《莲社高贤传·慧远法师》，“渊明”指东晋诗人陶渊明，见《晋书·陶潜传》。像这样通篇用典的诗篇还有不少，如皮日休的《馆娃宫怀古五绝》《寒日书斋即事三首》《夏景冲澹偶然作二首》《江南书情二十韵寄秘阁韦校书贻之商洛宋先辈垂文二同年》《新秋言怀寄鲁望三十韵》《初夏游楞伽精舍》《奉和鲁望读阴符经见寄》《二游诗》，陆龟蒙的《南泾渔父》《引泉》《纪梦游甘露寺》《江南秋怀寄华阳山人》《寄怀华阳道士》等，有的诗歌多达十余典，是诗人渊博学识的见证。

如果说在诗中用典是晚唐诗人的共性，不足以显示皮陆才学的全部，例如皮陆诗派的其他成员罗隐、杜荀鹤、聂夷中也在诗中大量用典，尤其是在咏史诗中用古人古事，那么在诗中除了用典外，皮陆二人还以别的方式呈现自己的才学，例如以人名、地名、药名、动物名等物事入诗，则为皮、陆所独有，这也是学识才华的一种显现。例如皮日休的《奉和鲁望药名离合夏月即事三首》《怀锡山药名离合二首》《怀鹿门县名离合二首》《奉和鲁望寒日古人名一绝》、陆龟蒙的《药名离合夏日即事三首》《寒日古人名》《和怀锡山药名离合二首》等，就是将人名、地名、药名掺和到诗中。在《奉和鲁望渔具诗十五咏》《添渔具诗》《奉和鲁望樵人十咏》《酒中十咏》《奉和添酒中六咏》《茶中杂咏》《渔具诗》《和添渔具诗五篇》《樵人十咏》《和酒中十咏》《添酒中六咏》《和茶具十咏》等有关樵渔茶酒的组诗中，皮陆二人将这些物象的来龙去脉以及古今名称、用法等详细地描绘出来，可以看出他们学识的渊博和兴趣的广泛。正因为皮陆学识厚实，在诗中写来才不觉费力，信手拈来而恰到好处。

至于以议论为诗，则可以说是整个皮陆诗派共有的特色了。皮陆诗派是一个寒士诗人群，长期处于社会底层，目睹许多不合理的事情，有感想就借助诗歌表达出来，表达自己的感想就是议论，举凡写景、叙事、抒情、咏物、送别等，无不议论。而且，皮、陆二人擅长长篇五古和乐府，更适合在诗中发表议论。关于诗中的议论，清人沈德潜在《说诗晬语》卷下中说："人谓诗主性情，不主议论。似也，而亦不尽然。试思《二雅》中何处无议论？杜老古诗中，《奉先》《咏怀》《北征》《八哀》诸作，近体中，《蜀相》《咏怀》《诸葛》诸作，纯乎议论。但议论须带情韵以行，勿近伧父面目耳。”①这里沈德潜特地指出，诗中的议论是常见的现象，关键是要“带情韵以行”，否则就带伧父面目令人可憎，和押韵的八股文没有什么区别了。皮、陆在诗中的议论一般是直接了当地说出来，无论是对时局的看法，对古人诗歌的品评，还是自己怀才不遇的感慨，都是一吐为快，不采取隐讳的手法。有的诗歌通篇是议论，例如皮日休《三羞诗三首》其一：“吾闻古君子，介介励其节。入门疑储宫，抚己思斧钺。志者若不退，佞者何由达。君臣一淆膳，家国共残杀。此道见于今，永思心若裂。王臣方謇謇，佐我无玷缺。如何以谋计，中道生芽蘖。宪司遵故典，分道播南越。苍惶出班行，家室不容别。玄鬓行为霜，清泪立成血。乘遽剧飞鸟，就传过风发。嗟吾何为者，叨在造士列。献文不上第，归于淮之汭。蹇蹄可再奔，退羽可后歇。利则侣轩裳，塞则友松月。而于方寸内，未有是愁结。未为禄食仕，俯不愧粱粝。未为冠冕人，死不惭忠烈。如何有是心，不能叩丹阙。赫赫负君归，南山采芝蕨。”诗人看到因冒犯当权者而遭到贬谪的官吏被发配南越，有感而发议论，对奸佞当道忠臣不受重用的黑暗政局给予了批判，同时也流露出自己科举落第免遭横祸的矛盾心态，这种复杂的心情全部用议论的手法表现。“懦者斗即退，武者兵则黩。军庸满天下，战将多金玉。刮则齐民痡，分为猛士禄。”(《三羞诗》其二)“何道以致是，我有明公知。食之以侯食，衣之以侯衣。归时恤金帛，使我奉庭闱。抚己愧颍民，奚不进德为。因兹感知己，尽日空涕澺。”(《三羞诗》其三)这些也句句都是议论。

陆龟蒙的《江湖散人歌》也是通篇议论的愤慨之作。开头“江湖散人天骨奇，短发搔来蓬半垂。手提孤篁曳寒茧，口诵太古沧浪词。”刻画一个与众不同的江湖散人形象，接着写江湖散人遭到世俗的排挤，只能“夜栖止与禽兽杂，独自构架纵横枝”，与鸟禽为伍。这个时候诗人的感情就像火山一样爆发出来不可收，“人间所谓好男子，我见妇女留须

① 王夫之等撰：《清诗话》，上海古籍出版社1999年版，第553页。

眉。奴颜婢膝真乞丐，反以正直为狂痴。所以头欲散，不散弁峨巍。所以腰欲散，不散佩陆离。行散任之适，坐散从倾奇。语散空谷应，笑散春云披。衣散单复便，食散酸咸宜。书散浑真草，酒散甘醇醨。屋散势斜直，树散行参差。客散忘簪屦，禽散虚笼池。物外一以散，中心散何疑。不共诸侯分邑里，不与天子专隍陴。静则守桑柘，乱则逃妻儿。金镳贝带未尝识，白刃杀我穷生为"。诗中描写的江湖散人不能为世所容，理想破灭，只有归隐才能保住一点可怜的清白。江湖散人就是诗人自己的影子。此诗借助议论，将心中的郁闷倾泻出来，使得通篇议论具有强烈感人的力量。至于像皮日休的《初夏游楞伽精舍》《新秋言怀寄鲁望三十韵》《江南书情二十韵寄秘阁韦校书贻之商洛宋先辈垂文二同年》《太湖诗》，陆龟蒙的《袭美先辈以龟蒙所献五百言既蒙见和复示荣唱至于千字提奖之重有称实再抒鄙怀用伸酬谢》《读襄阳耆旧传因作诗五百言寄皮袭美》《丁隐君歌》以及《奉和袭美太湖诗二十首》之《明月湾》《投龙潭》等诗，几乎全篇充斥着议论的篇章。

对历史人物的评价也是以议论的方式展开的，例如皮日休的《泰伯庙》《馆娃宫怀古五绝》对泰伯、仲雍、勾践等历史人物作出了独有见地的评价。陆龟蒙的《范蠡》《吴宫怀古》《严光钓台》《伤越》《叠韵吴宫词二首》对范蠡、吴王、西施、严光等历史人物用翻案法予以了评价，这些评价也就是诗人自己的议论。

从上述皮陆二人诗中的以文为诗、以才学为诗、以议论为诗几种表现手法可以看出，他们的确是晚唐诗向宋诗过渡的转折点，具有重要的意义。宋诗中的这三个特征发源于杜甫、韩愈，经过皮日休、陆龟蒙的大力创导，在北宋人手中最后定型。这是皮陆对诗歌发展史的贡献。那么，皮、陆二人诗歌的风格特征又是什么呢？明人胡应麟的一段话值得我们注意，他在《诗薮》内编卷五中谈到七律在唐代的发展变化，从初唐的杜审言到中唐的张籍，中间发生过多次的变化，到了晚唐又有了新的变化，他说："李商隐、杜牧之填塞故实，皮日休、陆龟蒙驰骛新奇，又一变也。许浑、刘沧角猎俳偶，时作拗体，又一变也。至吴融、韩偓香奁脂粉，杜荀鹤、李山甫委巷丛谈，否道斯极，唐亦以亡矣。”①胡应麟认为皮、陆的七律特色是“驰骛新奇”，抓住了要点。其实，皮、陆其他体裁的诗歌也同样具有“驰骛新奇”的特点。另外一位明人胡震亨在《唐音癸签》卷八中也说：“皮袭美未第前诗，尚朴涩无采。第后游松陵，如太湖诸篇，才笔开横，富有奇艳句矣。”②胡震亨也认为皮日休的后期诗歌具有“奇艳”的特色，“驰骛新奇”与“奇艳”，重点说的都是一个“奇”字，看来两位胡氏对皮陆诗歌的评价有异曲同工之妙。再看另外两人的评价。明人许学夷在《诗源辩体》卷三十一中说：“陆龟蒙皮日休唱和，多次韵之作。七言律，《鼓吹》所选，仅得一二可观，其他多怪恶奇丑矣……至若王、杜、皮、陆，乃怪恶奇丑，见之必唾其面，今好奇之士反以为姣好而慕悦之，此人情之大变，不可以常理推也。”③撇开许学夷个人的感情色彩不论，他指出皮陆诗歌的“奇”字，倒也是抓住了实质。清高宗爱新觉罗·弘历在《读皮日休集》诗中说：“炼意清新选字奇。鹿门会亦隐居之。”④他也认为皮诗的特色在于“奇”字，那么，皮陆诗歌的“驰骛新奇”“奇艳”表现在哪里呢？

在皮、陆的长篇五古诗中，他们用排比、议论、比喻、典故、虚字、僻字等各种手法，动辄“五百言”“一千言”“一百韵”，长于铺陈叙述、描写刻画，驰骋笔力，体势宏大，如《吴中苦雨因书一百韵寄鲁望》《初夏游楞伽精舍》《读襄阳耆旧传因作诗五百言寄皮袭美》《鲁望读襄阳耆旧传见赠五百言过褒庸材靡有称是然襄阳昔事历历在目夫耆旧传所未载者汉阳王则宗社元勋孟浩然则文章大匠予次而赞之因而答亦诗人无言不酬之义也次韵》《陆鲁望昨以五百言见贻过有褒美内揣庸陋弥增

---

① 胡应麟：《诗薮》内编卷五，上海古籍出版社 1979 年版，第 84 页。

② 胡震亨：《唐音癸签》卷八，《中国文学参考资料小丛书》第一辑，古典文学出版社 1957 年版，第 66 页。

③ 许学夷：《诗源辩体》卷三十一，人民文学出版社 1998 年版，第 297 至 298 页。

④ 《皮子文薮》附录二，上海古籍出版社 1981 年版，第 245 页。

愧悚因成一千言上述吾唐文物之盛次叙相得之惧亦迭和之微旨也》《袭美先辈以龟蒙所献五百言既蒙见和复示荣唱至于千字提奖之重有称实再抒鄙怀用伸酬谢》等，这样的诗歌光题目看着就感到格局宏大，所创造的诗境自然令人感到驰骛新奇，这不足为奇。在一些今体诗中，皮陆也同样具有这种风格特色。"驰骛新奇"表现在奇思、奇语、奇意、奇境的描绘上，无论是忆昔怀友、写景咏物，还是诗酒赠答、旷放江湖，都能做到推陈出新、别出心裁而令人觉得奇峭怪异。我们以皮日休的三首写友人的诗歌为例，来看看他是怎么样创造新奇诗境的。《寄毗陵魏处士朴》："文籍先生不肯官，絮巾冲雪把鱼竿。一堆方册为侯印，三级幽岩是将坛。醉少最因吟月冷，瘦多偏为卧云寒。兔皮衾暖篷舟稳，欲共谁游七里滩。"这首诗描绘了一个洒脱悠闲的隐士，他不肯做官，啸傲江湖，以山林为伴。他把方册当作侯印，把幽岩作为将坛，依然可以运筹帷幄指挥千军万马，这样的奇思奇语真可谓是"驰骛新奇"。《伤开元观顾道士》："协晨宫上启金扉，诏使先生坐蜕归。鹤有一声应是哭，丹无余粒恐潜飞。烟凄玉笥封云篆，月惨琪花葬羽衣。肠断雷平旧游处，五芝无影草微微。"顾道士已经去世，但诗人却忽发奇想，认为不过是天宫招他上天去，"协晨宫上启金扉，诏使先生坐蜕归"真是奇句，想象奇特，语意显豁。《送圆载上人归日本国》："讲殿谈余著赐衣，椰帆却返旧禅扉。贝多纸上经文动，如意瓶中佛爪飞。飓母影边持戒宿，波神宫里受斋归。家山到日将何入，白象新秋十二围。"这首送人诗真是别出心裁，颔联"贝多纸上经文动，如意瓶中佛爪飞"构想奇巧，新颖大胆。这三首写隐士、道士、僧人的诗歌，不落俗套，构思奇特，想象大胆，的确如胡应麟所说的"驰骛新奇"一样。这样的诗句在皮诗中很多，可以信手拈来不费力气，例如"解洗余酲晨半酉，星星仙吹起云门"（《奉和鲁望闲居杂题五首》之《醒闻桧》）、"千叶莲花旧有香，半山金刹照方塘"（《惠山听松庵》）、"怪来烟雨落晴天，元是海风吹瀑布"（《寄题天台国清寺齐梁体》）、"未游沧海早知名，有骨还从肉上生。莫道无心畏雷电，海龙王处也横行"（《咏蟹》）、"萧萧红叶掷苍苔，玄晏先生欠一杯。从此问君还酒债，颜延之送几钱来”（《更次来韵寄鲁望》）等，无不是构思奇特，语言奇峭。

陆龟蒙诗歌的“驰骛新奇”不仅表现在五古和乐府诗上，还表现在七古、七律、五律、五绝等体裁的诗歌上。皮日休很少写作七古，但陆龟蒙却创作了不少的七古。七言古诗的体式特征本来就更为适宜于纵放恣肆、雄奇紧峭的诗风，陆龟蒙使用这种体裁创作，无疑将“驰骛新奇”的风格更加发扬光大。同皮日休一样，陆龟蒙也是无论在什么题材的诗歌中，都要表现这种奇峭的风格。他写有两首寄华阳山人的诗篇，一为五古一为七古，体裁虽不同，但奇峭的诗风却相似。五古《江南秋怀寄华阳山人》长达一百韵，采取排比错综铺叙的方法，比喻、典故、议论相结合，驰骋笔力，反复吟唱，抒发自己与华阳山人兄弟般的友情，创造了驰骛奇峭的诗风。这首诗算得上是陆龟蒙的代表作，几乎所有的修辞手法都运用了，例如典故：“种豆悲杨恽，投瓜忆卫旌。东林谁处士，南郭自先生。分野星多蹇，连山卦少亨”“兰叶骚人佩，莼丝内史羹。鶡冠难适越，羊酪未饶伧”“未达讥张翰，非才嫉祢衡。远怀魂易黯，幽愤骨堪惊”“敢叹良时掷，犹胜乱世撄。相秦犹几死，王汉尚当黥”“负杖歌栖亩，操觚赋北征。才当曹斗怯，书比惠车盈。谢氏怜儿女，郄家贵舅甥”“忘情几宗炳，抱疾过刘桢。野馈夸菰饭，江商贾蔗饧。送神桴瓦釜，留客上瓷觥”。都是一句一典，一典一事，一事一意，全诗引用典故三十多处，在一首赠人诗中这样大力气地引用典故，前无古人后少来者。再如炼字、炼句，“朔雪埋烽燧，寒笳裂旆旌”“相欢时帖泰，独坐岁峥嵘。唧啧蛩吟壁，连轩鹤舞楹。戍风飘叠鼓，邻月动哀筝”“蠹简开尘箧，寒灯立晓檠。静翻词客系，闲难史官评”“祇能分跖惠，谁解等殇彭。项岂重瞳圣，夔忧一足躄”，均是将奇字和押险韵相结合，创造出一种生新奇异的景象。此外还有双声叠韵、叠词的运用，如“和铅还搰搰，持斧自丁丁”“相欢时帖泰，独坐岁峥嵘”“晚树参差碧，奇峰逦迤晴。”“桁排巢燕燕，屏画醉猩猩”，这哪里是在写人，分明是在向友人展示自己的学问。整首诗构思奇特，语言奇峭，因而形成了一种驰骛新奇的风格。再看七古《寄怀华阳道士》，这首诗倒没有怎么运用典故，而是用白描的手法叙写华阳道士日常生活，回忆作者与他的交往，赞美华阳道士的超凡脱俗的品性，表达了诗人也想归隐的心情。像"闲教辨药僮名甲，静识窥巢鹤姓丁。绝涧饮羊春水腻，傍林烧石野烟腥。深沈谷响含疏磬，片段岚光落画屏。休采古书沿禹穴，自刊新历斗尧蓂"以及"霓轩入洞齐初月，羽节升坛拜七星。当路独行冲虎豹，向风孤啸起雷霆。凝神密室多生白，叙事聊编尽杀青"这样的诗句，读来还是有奇骛之感的。

在句式上，陆龟蒙的五、七言古诗有五七言搭配的，如《江湖散人歌》以七言为主，中间五七言搭配，恣意零落，错综跌宕，议论加排比铺叙，形成恣肆奇峭的艺术风格。也有杂言诗，如《战秋辞》，以四言为主，杂以一言、二言、三言、五言、六言、七言、八言、九言等句式，造成跳脱奔放的节奏感，大量虚词的使用，使得诗歌的散文化倾向和驰骛奇峭的风格都达到极为肆意的程度。其他如《丁隐君歌》《五歌》《鹤媒歌》《庆封宅古井行》等七古都具有这种奇峭的风格特征。

在近体诗的写作上，陆龟蒙也同样具有这样的特色。如《自遣诗三十首》其十三："数尺游丝堕碧空，年年长是惹东风。争知天上无人住，亦有春愁鹤发翁。"把"数尺游丝"想象成由天上的老翁因"春愁"而掉落下来的白发，构思奇特。《古意》："君心莫淡薄，妾意正栖托。愿得双车轮，一夜生四角。"这个妇人不愿自己的丈夫明晨出发远行，渴望夜间让圆圆的车轮生出四个角来，这样车轮就转不动，丈夫也就不会走了，这种想法真是别出新意。宋人胡仔评论说："皆思新语奇，不袭前人也。"①陆龟蒙的很多小诗都具有这种奇思奇语的特征，尤其是在咏物诗、怀古诗中，常有这种翻空出奇的诗句，例如《宫人斜》《白芙蓉》《忆白菊》《石竹花咏》《景阳宫井》《吴宫怀古》《读陈拾遗集》《邺宫词二首》等。

---

① 胡仔：《苕溪渔隐丛话》后集，人民文学出版社1962年版，第116页。

皮、陆二人诗歌的主导风格是驰骛新奇，但是他们也有一些率直浅切的诗歌，尤其是皮日休早期在襄阳地区创作的诗歌都是平易浅切的。陆龟蒙在苏州隐居期间也有一些诗歌清新脱俗，这在第四章我们将要详细地论述。此外，关于皮陆诗歌驰骛新奇的艺术特点，王锡九先生在《皮陆诗歌研究》第二章《皮、陆唱和诗论略》中也有精彩的分析，但其出发点是着眼于皮陆苏州唱和诗，尤其是二人的七律、七绝。其实皮陆的古体诗，特别是长篇古诗，因为篇幅的原因，能够展开铺叙，更容易形成驰骛新奇的艺术风格。

相对皮、陆二人而言，皮陆诗派中的罗隐、杜荀鹤、聂夷中三人，他们的诗歌风格则属于浅易明畅一路。三人之间也互有区别，罗隐更趋向畅达流丽，杜荀鹤更趋于通俗浅白，聂夷中更趋向质朴简古。罗、杜、聂三人风格之所以浅易明畅，不像皮、陆二人那样汪洋恣肆、驰骛新奇，原因在于他们没有创作五古、七古，或者是大型的组诗，他们集中的作品以近体五七言律、绝为主，都是一些篇幅短小的诗作，这种体裁上的限定决定了他们无法创作出像皮、陆那样具有奇峭风格的诗作。还有，皮陆创作的大型组诗、长篇古诗，都具有一种争奇斗胜、逞强取能的自娱自乐的味道，把诗歌当作消遣的手段，展示才学，以议论为诗，以学问为诗，用偏僻的生字和典故，讲排比铺叙，押险韵，相互唱和，这样无疑使得诗歌具有奇峭的风格。罗、杜、聂三人则没有这样的机会，长年为科举考试和生计奔波劳走，诗歌只是抒发自己情感的工具，有感而发，记载了自己的心路历程，多感慨多牢骚，言语真实感情真挚，少想象和夸张，这样就势必形成浅易明畅的诗风。而且三人的语言都很通俗，没有什么偏僻的生字生词，将口语、俗语化入诗中，通俗易懂。他们也追求诗歌的新意，构思新巧，但由于才力不足，缺乏皮、陆的才气，往往只是语句的新奇，通篇少韵味，缺乏宏大的气象和格局。罗隐、杜荀鹤诗歌几乎全部是近体律绝，聂夷中除了一首为七律外，其余全部是乐府和古诗，不过这些乐府和古诗都是小诗，像《长安道》《古别离》《游子行》《乌夜啼》《杂怨》，都是五言四句，题材也无非是迎来送外感怀吟唱，题材和体裁的因素决定了他们的诗歌风格只能走浅易明畅一路。

罗隐的诗歌不以具体事情为描写对象，而是通过情绪的宣泄以咏史托物的手段来批判现实社会，在诗歌艺术上的特点就是讽刺。无所不讽无所不刺，毫无顾忌毫无隐讳。《旧五代史》卷二十四《罗隐传》说："诗名满天下，尤长于咏史，然多所讥讽，以故不中第。"①《唐才子传》卷九《罗隐传》也说："诗文凡以讥刺为主，虽荒祠木偶，莫能免者。"②都指出了他诗歌的讽刺特色。他的讽刺往往立意深刻，以辛辣明快见长，用语尖刻却不浅陋。罗隐的讽刺诗歌就内容来看大致分为两类，一为抒怀泄愤诗，自伤怀抱感叹不遇，例如《书怀》《下第作》《曲江春感》《黄河》《江边有寄》《丁亥岁作》《长安秋夜》《自遣》等，大多以感叹仕途艰难、自叙身世飘零的题材为主，曲折地反映了唐代科场制度的种种弊端，以及大量优秀人才不得任用而不学无术之徒却得高位的现实，抒发了诗人的愤郁之情。像"圣代也知无弃物，侯门未必用非才"(《曲江春感》)、"只言圣代谋身易，争奈贫儒得路难"(《江边有寄》)、"满城桃李君看取，一一还从旧处开"(《丁亥岁作》)、"天子未能崇典诰，诸生徒欲恋旌旗"(《寄三衢孙员外》)，都是辛辣的讥讽之辞。诗人之所以在科场不得意，原因就是"五等列侯无故旧，一枝仙桂有风霜"(《长安秋夜》)，在这里诗人通过种种对比，将心中的激愤之情和盘托出。甚至诗人还不如一个耍猴艺人，"十二年前就试期，五湖烟月奈相违。何如买取猢狲弄，一笑君王便着绯"(《感弄猴人赐朱绂》)，这真是无情的讥讽。再有一类就是讽时喻世诗，对时政和社会上的许多丑恶现象进行鞭挞和嘲讽，主要是咏史诗和咏物诗，格调依然是讽刺。罗隐的咏史诗几乎全是讽刺诗，例如《帝幸蜀》《炀帝陵》《台城》《焚书坑》《燕昭王墓》

---

① 薛居正等撰：《旧五代史》卷二十四，第一册，中华书局 1997 年版，第 326 页。

② 孙映逵：《唐才子传校注》卷九，中国社会科学出版社 1991 年版，第 818 页。

《王睿墓》《西施》《后土庙》《马嵬坡》《始皇陵》等，对历史上的君王的愚蠢行为予以嘲讽。往往采取"调尾一拨"的方式，为历史人物翻案，观点新奇，发人深省。他的咏物诗如《金钱花》《雪》《鹭鸶》《蝉》《香》《蜂》等小诗，借咏物寓意的题材曲折反映了当时极为不公正的社会现象，强烈地控诉了统治阶级不劳而获的黑暗现实。罗隐的讽刺诗往往短小精悍，语言幽默，立意新颖，寓意深刻，充满哲理性。通过起兴、比喻、比拟、对比、衬托等手法，尖锐地讽刺了社会上的庸俗之人、庸俗之事。他的讽刺不以含蓄委婉见长，而是直截了当一针见血，辛辣犀利痛快淋漓。

杜荀鹤是皮陆诗派中专事近体诗写作的诗人，他的《唐风集》三卷，卷一为五言律诗 127 首，五言排律 2 首；卷二为七言律诗 140 首，七言排律 1 首；卷三为五言绝句 4 首，七言绝句 52 首，可见他擅长五律、七律和七绝的写作。他的诗风自然直率、浅切平易，不喜用典，不事雕琢，注重诗句的锤炼，在平淡中显现功力。他往往能抓住典型的事物，精练地把所要反映的社会内涵压缩在短篇之中，使用对比、衬托、设问、正话反说等手段，使作品具有感染力。严羽在《沧浪诗话・诗体》中专列"杜荀鹤体"，对他的诗歌予以了肯定。杜荀鹤非常善于写景，在皮陆诗人群中，他的写景诗数量是最多的，是杜荀鹤诗集中一道亮丽的风景线，风格明丽清新，色彩也较为绚丽，读来赏心悦目。例如"山犬眠红叶，樵童唱白云"(《乱后归山》)、"红杏园中终拟醉，白云山下懒归耕"(《遣怀》)、"何处画桡寻绿水，几家鸣笛咽红楼。"(《题开元寺门阁》)、"青春花柳树临水，白日绮罗人上船"(《送蜀客游维扬》)、"秋水鹭飞红蓼晚，暮山猿叫白云深"(《舟行即事》)、"雨匀紫菊丛丛色，风弄红蕉叶叶声"(《闽中秋思》)、"牛笛漫吹烟雨里，稻苗平入水云间"(《题汪明府山居》)、"牛畔稻苗新雨后，鹤边松韵晚风时"(《题汪氏茅亭》)、"四五朵山妆雨色，两三行雁帖云秋"(《隽阳道中》)等等。这些诗句景物优美，色彩绚丽。这样的诗歌的确是自然直率，浅切平易，纯用白描手法，但又不觉得乏味，可见杜荀鹤的功力。还有一部分诗歌在格调上却是另外一种韵味，那就是呈现出穷愁苦涩的风格，主要是反映诗人自己生平际遇的诗歌，也占有一定的篇幅。如“从见蓬蒿丛坏屋，长忧雨雪透荒坟”(《哭山友》)、“乱世为客无人识，废寺吟诗有鬼惊”(《乱后宿南陵废寺寄沈明府》)、“人世鹤归双鬓上，客程蛇绕乱山中”(《途中春》)、“生在世间人不识，死于泉下鬼应知”(《酬张员外见寄》)、“半雨半风三月内，多愁多病百年中”(《中山临上人院观牡丹寄诸从事》)、“斜风吹败叶，寒烛照穷人”(《秋宿山馆》)、“风射破窗灯易灭，月穿疏屋梦难成”(《旅中卧病》)等，这些诗句的意象和格调，完全是穷愁苦涩，没有一丝亮色，虽然也是浅切易懂，但与上面的写景诗相比，风格迥异。可见杜荀鹤诗歌的主导风格是多样化的，在通俗浅切的总风格下呈现出多样化的特点。我们说杜诗的特点是浅切易懂，主要指不雕饰不用典，平铺直叙，这与其语言的通俗性有关。对此，罗琴在《杜荀鹤诗歌创作的语言特色》一文中进行了详细的论述，可参看①。

聂夷中只擅长乐府和五言，他的三十几首诗中，只有一首七律，其余均为五言乐府和古诗，他的不少作品采用乐府古题，也有一些自制的乐府新题，可见他是乐府诗的忠实继承者。他的诗歌风格和前期的皮日休相似，立意深刻而出以浅近之辞，用语警策，力求简古质朴。如《杂兴》：“两叶能蔽目，双豆能塞聪。理身不知道，将为天地聋。扰扰造化内，茫茫天地中。苟或有所愿，毛发亦不容。”明确指出立身要懂“儒道”，不然就成为聋子。一个人如有毛发私心则不知天地之大。诗句虽短小，却是从复杂的社会生活中提炼出来的哲理，言浅意深，耐人寻味。再如《短歌》：“生死与荣辱，四者乃常期。古人耻其名，没世无人知。无言鬓似霜，勿谓事如丝。耆年无一善，何殊食乳儿。”认为人生不必沽名钓誉，但不可无善行，把一生没有做过善事的老翁比作不懂人

---

① 罗琴：《杜荀鹤诗歌创作的语言特色》，载《涪陵师范学院学报》2004 年 4 期。

事的吃奶婴儿，批评是严厉的。在《题贾氏林泉》中他也说：“我知种竹心，欲扇清凉风。我知决泉意，将明济物功。”肯定贾氏修筑林泉重在修身养性，也是从为善着笔的。在《客有追叹后时者作诗勉之》诗中他说：“后达多晚荣，速得多疾倾。君看构大厦，何曾一日成。在暖须在桑，在饱须在耕。君子贵弘道，道弘无不亨。太阳垂好光，毛发悉见形。我亦二十年，直似戴盆行。荆山产美玉，石石皆坚贞。未必尽有玉，玉且间石生。精卫一微物，犹恐填海平。”任何事情的成功都有过程，只有尊儒行儒，锲而不舍，才能达到目的。《咏田家》：“二月卖新丝，五月粜新谷。医得眼前疮，剜却心头肉。我愿君王心，化作光明烛。不照绮罗筵，只照逃亡屋。”这首诗语言平易，立意深刻，抓住典型情节，表达自己的愿望。

聂夷中大力倡导乐府诗和古诗，明显是受白居易的影响，白诗的议论和浅切风格，在聂诗中都有表现，可以说聂夷中是中唐新乐府运动最后的继承者。聂夷中的诗歌平白畅达，不事雕琢，描写生动议论深刻，很有艺术感染力。胡震亨在《唐音癸签》卷八中说：“晚季以五言古诗鸣者，曹邺、刘驾、聂夷中、于濆、邵谒、苏拯数家。其源似并出孟东野，洗剥到极净极真，不觉成此一体。初看殊难入，细玩亦各有意在。就中邺才颖较胜，夷中语尤关教化。”①这个评价是中肯的。辛文房在《唐才子传》卷九《聂夷中传》中说：“古乐府尤得体，皆警省之辞，裨补政治，乐而不淫，哀而不伤，正《国风》之义也。”②也指出了聂诗的优点。从“尤关教化”到上承“国风”，认为聂夷中诗歌继承了《诗经》以来现实主义的优良传统，这种传统表现在风格上，只能是质朴简古。

---

① 胡震亨：《唐音癸签》卷八，古典文学出版社 1957 年版，第 65 页。

② 孙映逵：《唐才子传校注》卷九，中国社会科学出版社 1991 年版，第 790 页。

第三章　皮陆诗派的散文创作

皮陆诗派的文学成就除了诗歌外，还表现在散文创作方面，而且，他们的散文作品的思想性和艺术性都达到了较高的水平，在中国散文史上占有重要的地位。皮陆诗派的散文创作主要以讽刺小品文和古文为主，但也有一些其他题材的散文，所以，在本章的论述当中，着重以他们的讽刺小品文为对象，也兼及其他。

皮陆诗派成员当中，目前能见到有散文流传下来的，主要有皮日休、陆龟蒙和罗隐三人。皮日休的《皮子文薮》、陆龟蒙的《笠泽丛书》、罗隐的《谗书》都收入了大量的散文作品，比较集中也具有代表性。对这三位作家的创作成就，鲁迅有过很高的评价，他在《小品文的危机》一文中说："小品文的生存，也只仗着挣扎和战斗的。……唐末诗风衰落，而小品文放了光辉。但罗隐的《谗书》，几乎全部是抗争和激愤之谈；皮日休和陆龟蒙自以为隐士，别人也称之为隐士，而看他们在《皮子文薮》和《笠泽丛书》中的小品文，并没有忘记天下，正是一塌糊涂的泥塘里的光彩和锋芒。"①鲁迅主要是肯定皮、陆、罗三位小品文的思想内涵，其实，在艺术性方面，他们的小品文也是很有特色的，我们将要在后面的章节中论述这一点。小品文既然是散文的一种，从文体上来说，用辞赋与骈文写作的东西算不算是小品文呢？因为在罗隐、皮日休、陆龟蒙三人的文集中的确有些用辞赋和骈文写作的短文，从篇幅、

① 《鲁迅全集》第四册，人民文学出版社 1998 年版，第 575 页。

题材和风格都和小品文接近。当然，如果按严格意义上的标准看，辞赋与骈文是不能算作小品文的，而只能算是古文，但是为了论述方便，我们姑且将皮陆诗人群体用辞赋、骈文写作的古文算作小品文，因为这些作品在形式与内容上和小品文非常接近，只是文体略有不同而已。台湾学者吕武志先生在《杜牧散文研究》(台湾学生书局 1994 年)一书中就将杜牧的辞赋列入散文的范畴。除了小品文外，皮日休、陆龟蒙、罗隐还写作了大量其他题材的散文，如传记文、山水文，本章也一同论述。

第一节　皮陆诗派散文创作的主旨

皮陆诗派的散文创作给他们带来了很高的声誉，关键的一点，就是他们的散文在内容上具有强烈的批判性。皮陆诗派的散文创作和他们的诗歌创作，在批判精神上是一致的，这也是他们文艺理论的具体实践。他们的散文在内容上主要批判当时的政治、社会、民风乃至个人的修身养性问题，立意明确，锋芒外露，战斗性很强，甚至超过了诗歌。大致说来，他们散文创作的主要内容有两点，即对晚唐腐败政局的批判和对晚唐社会上各种歪风邪气丑恶现象的批判，具有积极现实意义。

先看对晚唐腐朽政局的批判。晚唐是一个局势混乱的时代，君王昏聩、宦官当政、文官贪财、武官跋扈、藩镇割据都是社会黑暗现实的具体表现。皮陆诗群在散文创作上，将批判对象直指这些社会毒瘤，具有鲜明的战斗倾向。在封建社会，国家的安宁富强与文臣武将的恪尽职守有着很大的关系。臣子向来被视为君王的股肱，为君王治理国家出谋划策、呕心沥血，这是儒家知识分子朝思暮想舒展宏图的神圣使命。得贤臣忠臣良臣得天下，反之，得奸臣乱臣庸臣则失天下。《荀子・王霸》篇说："故道王者之法，与王者之人为之，则亦王；道霸者之法，与霸者之人为之，则亦霸；道亡国之法，与亡国之人为之，则亦亡。三者，明主之所以谨择也，而仁人之所以务白也。”①这里说明了不同类型的臣子给国家带来不同的命运，可见用人是古代君王头等重要的大事情，关系着国祚的存亡。《荀子·臣道》篇在论述各种大臣对国家的影响时还说：“人臣之论：有态臣者，有篡臣者，有功臣者，有圣臣者。……故用圣臣者王，用功臣者强，用篡臣者危，用态臣者亡。态臣用，则必死；篡臣用，则必危；功臣用，则必荣；圣臣用，则必尊。”②晚唐时期的几个君主，偏偏信用奸臣排挤忠臣，弄得民不聊生最终亡国。所以，批判奸臣当道及其导致的严重后果是皮陆诗人群散文创作的一个重要内容。

对臣子们的尸位素餐、贪赃枉法、迫害百姓等种种丑恶行径，他们给予了猛烈的抨击。罗隐《越妇言》假托朱买臣妻之口吻，控诉尸位素餐的讽谏官僚在未得势时大唱“匡国致君”“安民济物”的高调，一旦得志却自食其言，只知以富贵骄人，暴露出虚伪势利的本质。在《梅先生碑》《说石烈士》二文中，罗隐借对西汉梅福和中唐石孝忠两位敢直言上谏官员的由衷赞美，反衬那些明哲保身的庸俗官僚的丑恶，态度鲜明，立意深刻，例如“呜呼！宠禄所以劝功，而位大者不语朝廷事。是知天下有道，则正人在上，天下无道，则正人在下”，说出了事情的本质，那些拿取优厚俸禄坐高位的家伙都是不管政事的，正人能否当道直接关系着天下的安危。这实际上是在警告那些当政者，再不采取措施将会亡国。皮日休的《新城三老董公赞并序》《易商君列传赞并序》《斥胡建》《独行》《陵母颂》《鹿门隐书》之十二、之二十七、之三十七、之四十五、之五十八，陆龟蒙的《登高文》《野庙碑并诗》《记稻鼠》《蠹化》等文，也对那些贪官污吏的种种罪行予以批判和揭露。皮日休《易商君列传赞并序》一文在赞赏商鞅对秦国的贡献的同时，借以反讽晚唐大臣对国家的不忠，两相对比，诗人爱憎分明的情感跃然纸上。《新城三老董

① 章诗同：《荀子简注》，上海人民出版社1974年版，第110页。
② 章诗同：《荀子简注》，上海人民出版社1974年版，第137页。

公赞并序》以洛阳新城三老董公敢于为义帝发丧的忠孝行为，反衬大臣们的残暴。“萧何苦民力以给兵输；韩信杀民命以骋战功；留侯设诡策以离秦、项。当其时，未闻以仁义说于君者。”当然张良、韩信、萧何都是汉代有名的良臣，作者在这里正话反说，借以讽刺唐代那些残暴的贪官。皮陆诗人群的散文创作有一个特点就是借历史上的正面人物说反话以增强议论，这在下面将重点分析。《斥胡建》一文以汉代胡建在军中擅行诛杀，朝廷不但不降罪反而对他进行奖赏的史事，来影射唐代军阀们的残暴。在《陵母行》《独行》两文中，他指出臣子们缺乏正气和节气，只知一味阿谀奉承，例如在《独行》里他说：“士有洁其处，介其止于世者。行以古圣人，止以古圣人，不顾今之是非，不随众之毁誉。虽必不合于禄利，适乎道而已矣。”陆龟蒙的《登高文》讽刺大臣的玩权弄法，《野庙碑并诗》《记稻鼠》二文揭露官员迫害、剥削百姓。请看《野庙碑》中官吏的生活是如何奢侈，他们对百姓是如何狠毒：“今之雄毅而硕者有之，温愿而少者有之。升阶级，坐堂筵，耳弦匏，口粱肉，载车马，拥徒隶者，皆是也。解民之悬，清民之渴，未尝术于胸中。民之当奉者，一日解怠，则发悍吏，肆淫刑，驱之以就事。较神之祸福，孰为轻重哉？平居无事，指为贤良，一旦有大夫之忧，当报国之日，则佪挠脆怯，颠踬窜踣，乞为囚虏之不暇。”他们吃好的，用好的，百姓的赋税拖延一日就雷霆大发，发悍吏，肆淫刑，威武得不得了。可是一旦国家有难需要他们效力的时候，一个个的都装龟孙子，陆龟蒙把他们的丑恶行径揭露得淋漓尽致。《记稻鼠》把贪官比喻成偷吃稻子的大老鼠，拼命地搜刮百姓的钱财，仿《诗经·硕鼠》里面的手法，对贪官的贪婪本性作了无情的讥讽。此外，罗隐的《齐鲁叟》《刻严陵钓台》《吊崔县令》、皮日休的《题安昌侯传》《何武传》、陆龟蒙的《割获》等文章都对臣子的搬弄是非、贪赃枉法、未能忠君、渎职失守等罪行予以了批判和嘲讽，都是反映社会现实的篇章。

诗人笔头还直接指向更为混账的另一群人物——宦官。宦官专权乱政是晚唐政治生活中的一个顽疾，这种现象由来已久，只不过在晚唐时期更为严重。罗隐《妇人之仁》一文以“妇人”比喻宦官进行批判，其文曰：“汉祖得天下而良、平之功不少焉。吾观留侯破家以仇韩，曲逆束身以归汉，则有为之用，先见之明，又何以加焉？史迁则曰：张良若女子，而陈平美好。是皆妇人之仁也，外柔而内狡，气阴而志忍，非狡与忍，则无以成大名。无他，柔弱之理然也。呜呼！用其似妇人女子者犹若是，况真用妇人之言哉！不得不畏。”①司马迁认为张良、陈平二人的相貌姣好（见《史记·留侯世家》和《史记·陈丞相世家》），具有女性阴柔刚烈的气质，多心智计谋，帮助刘邦平定天下，从而成就大业留名青史。表面上看，这是在赞赏张良、陈平二人，实质上罗隐另有深意，诗人笔锋一转，接着说“呜呼！用其似妇人女子者犹若是，况真用妇人之言哉！不得不畏”，张、陈二人长相和个性稍似女子都如此难缠，倘若皇帝果真听信女子之言，那将是多么令人感到畏惧。当然，女子乱政在历史上也是有的，但也不像罗隐说的后果这么严重，这里用的是曲笔，把宦官比作妇人，暗喻宦官之言不可从，宦官在生理和心理上都似女子，罗隐将宦官比拟为女子是从心里鄙视这些巧言令色阿谀奉承的家伙。晚唐时宦官乱政，连皇帝都敢加以杀害，自然可怕，所以罗隐要“不得不畏”，以妇人比宦官，对之进行控诉，希望当政者能清醒不要信用宦官，用心不谓不良苦。在另外一篇《伊尹有言》中，罗隐借助历史人物也讽刺了宦官，其曰：“唐虞氏以传授得天下，而犹用和、仲、稷、契，以酝酿风俗，堙洪水、服四罪，然后垂衣裳而已，百姓饮食而已；亦时之未漓，非天独生唐虞之能理也。及商汤氏以鸣条誓，放桀于南巢，揖逊既异，浑朴亦坏。伊尹放太甲、立太甲，则臣下有权始于是矣，而曰：‘耻君之不及尧、舜。’呜呼！商汤氏之取，非唐虞氏之取也；商汤氏之时，非唐虞氏之时也；商汤氏之百姓，非唐虞氏之百姓也；商汤氏之臣，非唐虞氏之和、仲、稷、契也。伊尹不耻其身不及和、仲、稷、契，而耻君之不及尧、舜，在致君之诚则极矣，而励己之

① 潘慧惠：《罗隐集校注》，浙江古籍出版社 1995 年版，第 427 页。

事何如耳？惜哉！”①商汤、伊尹历来都是正面的英雄人物，为后世所敬仰，赞颂之辞不绝于耳。《礼记·祭法》曰：“汤以宽治民，而除其虐；文王以文治，武王以武功，去民之灾，此皆有功烈于民众者也。”韩愈在著名的《原道》中也对商汤予以褒扬：“吾所谓道也，非向所谓老与佛之道也。尧以是传之舜，舜以是传之禹，禹以是传之汤，汤以是传之文、武、周公；文、武、周公传之孔子；孔子传之孟轲。轲之死，不得其传焉。”②由此可知，商汤的确是受人尊敬的仁君、明君。商汤之所以能够成为一代明君，关键是有贤臣的大力辅佐，伊尹就是其中著名的一位贤臣。商汤、伊尹在古代属于明君贤相，他们可以与尧舜以及和、仲、稷、契等相提并论而留名青史。但罗隐在《伊尹有言》一文中却大唱反调，把商汤和伊尹说成是毁坏道德伦理的人。商汤作为一代明君，以武力开疆拓土，在罗隐看来这与晚唐藩镇武装割据相似。伊尹流放国君，也与晚唐宦官专权将皇帝玩弄于掌股相似，所以罗隐哀叹道“商汤氏之取，非唐虞氏之取也；商汤氏之时，非唐虞氏之时也；商汤氏之百姓，非唐虞氏之百姓也；商汤氏之臣，非唐虞氏之和、仲、稷、契也”。伊尹作为臣子曾经流放过国君太甲，在罗隐眼里，这样的举止是令人无法忍受的，联想到晚唐的宦官也曾将皇帝的命运掌握在手掌之中，故罗隐将宦官暗喻为伊尹予以批判。在未当国君的时候，作为臣相的商汤也曾流放国君夏桀到南巢，两个臣相伊尹和商汤都有如此大的胆子敢流放他们的国君，这在罗隐看来是大逆不道的事情，所以，罗氏以惊人的胆量对商汤、伊尹重作评论，实际上是在以商汤、伊尹比喻晚唐手握重权的宦官逆臣，对之进行控诉与批判。与上篇文章《妇人之仁》一样，罗隐都是以古喻今、以古讽今，表达了自己对宦官专权强烈的愤慨与不满。

除了以曲笔讽刺朝廷官吏外，罗隐还敢于直接向武装割据的军阀写

① 潘慧惠：《罗隐集校注》，浙江古籍出版社 1995 年版，第 401 页。

② 马其昶：《韩昌黎文集校注》卷一，上海古籍出版社 1998 年版，第 18 页。

信，进行批评，这在当时是需要极大的勇气的，因为弄不好会有性命之忧。在《与招讨宋将军书》一文中，罗隐先描述了战争给黎民百姓带来的巨大灾难："所不幸者，江南水、钟陵火、缘淮饥，汴、滑以东螟。故无赖辈一食之不饱，一衣之不覆，则磨寸铁、挺白棒以望朝廷姑息。而王仙芝、尚君长等，凌突我庐、寿，爆剥我梁、宋。"正因为战乱给国家和人民带来不幸，朝廷才对这位宋将军也就是青州节度使宋威予以极大的期望，希望他能早日平定叛乱，"天子以虮虱痒痛，不足搔爬，因处分十二州，取将军为节度，非方镇之无帅，非朝廷之乏人，盖以将军跳出陇右，不二十年，二拥旄节，谓将军必能知恩用命耳。今闻群盗已拔睢阳三城，大梁亦版筑自固。彼之望将军，其犹沸之待沃、压之待起也，而将军朱轮大旌，优游东道，抑不知朝廷以十二州侍卫者乎，复俾将军诛翦草寇者乎？"。疾风知劲草，关键时刻朝廷还是要倚重这些将领，国家的安危也需要这些将领们来承担和守卫。养兵千日用兵一时，但是，在这位宋将军的麾下，官军所犯下的累累罪行比王仙芝、尚君长等农民起义军带来的破坏有过之而无不及，罗隐对此表示了极大的愤慨，他接着写道："自将军受命，迄今三月，啮、啖、刷、掠之不解，杀、伤、驱、辇之不已，乃将军为之，非君长、仙芝所为也。……今将军勋业不若卫公靖之多也，出师非郑、薛之敌也，而横摧士伍，鞭挞馈运，以愚度之，将军之行，酷于君长、仙芝之行也，甚为将军忧。"这些军事将领们一旦拥兵自重，骄奢跋扈，形成割据势力，后果不堪设想。实际上晚唐时期，藩镇割据、军阀混战已经成为最大的社会隐患，直接导致了唐朝的灭亡。罗隐作为一介文弱书生，能够直言不讳地指责宋威率兵胡作非为带来的种种祸害，这是难能可贵的。虽然作者站在统治阶级的立场上，谩骂农民起义军为"叛""盗""寇""贼"，迫不及待地上书主张"招讨""诛翦"，但罗隐还能较为公允地指出农民是迫于饥寒，不得不揭竿而起。在这篇文章中他能及时地揭露宋威的无能与残暴，具有很高的史料价值。

批判藩镇割据也是他们散文的一个重要内容。罗隐的《拾甲子年事》《秦之鹿》、皮日休的《晋文公不合取阳樊论》《补泓战语》、陆龟蒙的《送小鸡山樵人序》《庆封宅古井行序》《两观铭》等都对藩镇给国家和百姓造成的危害予以了谴责。

对这些身居要职拿着朝廷俸禄又不为国为民做事的家伙，皮日休是表示强烈谴责和愤慨的，他在《祝瘌疾文》中以调侃的笔调，希望这些害人的家伙们得上瘌疾病从而无法治愈，这真是一篇妙文。本来瘌疾这种疾病和其他疾病一样，是不可抗拒不以人的意志为转移的，染上这种病，病人痛苦万分。在那个时代瘌疾是一种不可治愈的顽疾，但那些身居高位拿着厚禄的朝廷要员们，昏聩腐朽，不也像得了瘌疾一样不可治愈么？这种疾病是上天所遣，汤药无法治疗，皮日休希望它能惩奸除恶，让这些庸官恶吏染上瘌疾不治而终，为民除害。皮氏的这种想象具有超强的浪漫主义色彩，它创造了一个具有意志和主宰力的瘌疾，希望它能扫荡群妖，而这些群妖，就是晚唐的乱臣贼子，他们或“事君不尽节，事亲不尽孝”，或“专禄恃威，僭物行机”，或“含羞冒贵，忍垢贪荣”，或“媚于君侧”“惑于君前”，一句话，都是不知羞耻的害人精，祸国殃民的败类。虽然“天未降刑，尚或窃生”，没有受到应有的惩处，但诗人殷切地希望他们染上瘌疾，“尔宜瘌之”，愤怒之情俨然可见。这里，瘌疾这种疾病不但不可恶，反而还变得有些可爱，似乎是一个有善心的天神，专门下凡来惩治坏人。皮氏的这种虚幻的笔法，使得文章读起来饶有情趣，扩大了读者的想象空间。他的这种虚幻的写法明显是借鉴庄子《齐物论》的笔法，通过这种写法来讽刺晚唐奸臣当道的社会现象，同时又表达出当时文人心中的无可奈何之情状。将清除奸臣的任务交给不切实际的瘌疾病毒上，的确是一种悲哀一种无奈，从而也映射出对晚唐统治阶级的强烈不满。这篇文章表面上看来诙谐幽默，实质却充满了悲痛和忧伤，这是皮氏惯用的一种写作手法。

晚唐之所以形成这样衰败的无可救药的政治局面，除了皇帝昏聩大臣无为外，还有一个重要的原因就是唐朝的体制。在他们的散文中，也有一些是对唐朝各种制度的批判。如皮日休《题叔孙通传》，文章开头说："古之所谓礼不相袭，乐不相沿者，何哉？非乎彼圣人也，此圣人也。不相袭者，角其功利之深浅尔；不相沿者，明其文武之优劣尔。"指出古代礼、乐不相沿袭为时已久，然后进一步批评汉代叔孙通未能遵循周、孔之礼为汉代设立礼制，是他的过失。文章表面上看是批评叔孙通，实则暗地里讽刺唐代制度有违古礼。"呜呼！不明于古制，乐通于时变，君子不由也，其叔孙生之谓矣。"结合皮日休的另一篇文章《请行周典》，就可以得知他的确是在批评唐朝的制度。所谓周典就是周礼，他认为唐代的许多制度，比如土地赋税等制度，都有不合理的地方，应该恢复到古制。在《原祭》里他也主张每年的师祭应该祭祀轩辕而不是蚩尤，他说："轩辕，五帝之首，能以武定乱，以德被后。今之师祭，宜以轩辕为主，炎帝配之，于义为允。"

以上批评的这些，主要的责任人还在于皇帝本人，所谓上梁不正下梁歪，有明君才有贤相，有昏君自然多庸吏，所以皮陆诗派更多散文的批判锋芒还是直接指向昏君。首先是批评君王未能任用贤才，例如陆龟蒙的《送豆卢处士谒宗丞相序》《江湖散人传》《迎潮送潮辞序》《祭梁鸿墓文》《怪松图赞序》《禽暴》，皮日休的《鹿门隐书》之三十四、《周昌相赵论》《汉斩丁公论》《首阳山碑》，罗隐的《代韦征君逊官书》《君子之位》《投知书》《天机》《圣人理乱》《叙二狂生》等篇章，其核心内容都是批判君王没有任用贤良，而是让贪官污吏当政导致严重的后果，表达了作者对国事的担忧之心。罗隐《代韦征君逊官书》虽为代人作书，但也可以看作他自己的观点。文章是向皇帝写的辞官信，至于辞官的原因，他说："今内有良相，外有良将，家至户到，未有一处不似唐、虞时。设置臣于谏署中，使臣说何道理？徒令四夷八蛮疑陛下有玩人之事。臣若诣阙之后，不唯陛下有玩人之事，臣已为百执事所玩。"原来，皇帝把这位韦征君招进宫中不过是装装爱贤纳贤的门面而已，通过代写辞官书，把统治者"玩人"的虚伪本质揭露出来。在《投知书》中他感慨："故开卷则悒悒自负，出门则不知所之，斯亦天地间不可人也。而执事者，提健笔为国家朱绿，朝夕论思外，得相如者几人？得王褒者几人？得之而用之者几人?”从切身感受出发，在古今书生不同遭遇的鲜明对比中，痛感良机难得，大道难行，也是对唐朝用人制度的指责。陆龟蒙的《送豆卢处士谒宗丞相序》表面上是送给豆卢处士的序，实则是拜谒宗丞相用的，目的在于让宗丞相看在往日的友情上提携自己。昔日在吴中的好友现在是朝廷的丞相，地位相差太大。文章开头对扬雄和王通这两位大儒的遭遇作了说明，表面上是陈述二人的坎坷，实则是以二子自喻，借对扬雄王通遭际的描述来抒发自己怀才不遇的感慨，同时又对君王未能举才发出沉重的感叹。罗隐的《三闾大夫意》的寓意和《送豆卢处士谒宗丞相序》相似，通过悼念屈原来感叹自身的坎坷际遇。屈原原来是楚怀王的臣子，很受重用，后被人进谗言遭到流放。罗隐高度同情屈原的不幸遭遇，因为他自己也是怀才不遇。忠臣不能被重用反遭流放，说明了君王的无能和腐败。

正是因为君王不用贤才，才导致很多错误的事情发生，例如教化失当、公器私用、荒淫无度、丧失民心、未施仁政、德行不善等，他们在作品中都有批判。皮日休的《原宝》《原奕》《原用》《隋鼎铭》《心箴》等就批判君王的教化失当、德行不善。《原用》比较了挚、尧、舜三位古代君主的功业优劣，借以讽刺晚唐君王的腐败。挚是尧的兄长因为施政不得民心遂让位给尧，尧仁政爱民，深得百姓爱戴。然而，百姓还是让舜接替尧的帝位，并没有让尧担任国君到老，这是为什么呢?原因在于一个人在位久了总会心存骄傲之心，久之会产生很多弊端，只有不断地更换帝位，才能确保国强民福。对此，皮氏感慨说:“尧仁如是，民尚慕舜，况有君恶于挚，君道不如尧，焉得民性哉!”他说这段话显然是有针对性的，对于晚唐的执政者来说，具有警示作用。皮陆诗人群的散文创作，一个特点就是喜欢以史为镜，借前朝的史事来暗喻劝讽当朝皇帝。罗隐的《汉武山呼》也是这样的，此文以汉武帝东封泰山一事告诫晚唐国君要注意修德养性。汉武帝东封泰山在罗隐看来是件劳民伤财的蠢事，“盖以所以祈其身，而不祈其民，祈其岁时也，由是万岁之声发于感悟。然后逾辽越海，劳师弊俗，以至于百姓困穷者，东山万岁之声也。以一山之呼犹若是，况千口万口呼？是以东山之呼不得以为祥，而为英主之不幸”。封山不过是为了求平安和长寿，都是出于个人目的，不是为了百姓。本来汉武帝在历史上是个有作为的君主，但他好大喜功、自私贪婪，封山求神给百姓带来严重的伤害，罗隐此文是给晚唐君主作为借鉴的。罗隐在《龙之灵》一文中批评君王不爱惜民力，他将君王比作龙，百姓比作水，龙离不开水的滋养，“龙之所以能灵者，水也，涓然而取，沛然而神。天之于万物，必职于下以成功，而龙之职于水也，不取于下，则无以健其用；不神于上，则无以灵其职”。君和民的关系就好比是龙和水，龙如果将水吸干，那么就会“利未及施，而鱼鳖已敝矣，故龙之取也寡”。君王和百姓也是一样，君王要想治理好国家，必须体恤民力，不能过度榨取民脂民膏，不然失去人心，必将亡国，这些话正是在告诫晚唐君主，要有君德，要行仁政，当然反过来说，就是因为晚唐的君主没有施行仁政，作者才有意写这篇文章来劝讽的。罗隐的《请追癸巳日诏书》《子高之让》、皮日休的《秦穆谥缪论》《读司马法》、陆龟蒙的《象耕鸟耘辩》《告白蛇文》等文章，都对君王的未施仁政提出了严厉的批评。

他们不仅对君王的德行提出批评，还对君王的治国方针提出讽谏，善意地提醒君王要注意制定出各种合理有利的政策，表现了皮陆诗人群的忧国忧民之心。陆龟蒙在《耒耜经序》和《冶家子言》中对君主的不重农桑提出批评。《耒耜经序》就说：“耒耜者，圣人之所作也。自乃粒以来，至于今，生民赖之，有天下国家者，去此无有也。饱食安坐，曾不求命称之义，非扬子所谓如禽者耶?”陆龟蒙认为耒耜乃国之根本，要注重农桑，不要“饱食坐安”，这是对君主的劝勉。《冶家子言》用武王听人劝诫重农事的故事，含蓄地劝导当朝皇帝也要向武王学习，大兴农事，实际上也是对君主不重视农事的委婉讽谕。在《杂说五首》之五中他讽刺君王重视刑罚而轻视德治，在《禽暴》中对皇帝未能诛罚乱臣导致吏治败坏也提出了严厉的批评。所有这些，说明皮陆诗人群的散文创作都是很关心时政的，把文章作为向统治者劝讽的工具，积极干预政治，努力实践自己的文学主张。

除了上述反映晚唐混乱黑暗时政的内容外，皮陆诗派散文创作的另外一个主要内容就是对社会上的各种歪风邪气丑恶现象予以严厉的批判。晚唐时期政治腐败、军阀混战导致民不聊生，各种愚昧的思想也随之而来，刺激着人们的心灵。皮陆诗人群用散文对这些丑恶愚昧的思想行为进行了无情的批判。

晚唐时期迷信思想流行，世人相信宿命相学，皮日休《相解》一文则对这种陋习予以批判。《相解》前一部分讨论人的相貌和禽兽的关系，其云："今之相者，言人相者，必曰某相类龙，某相类凤，某相类牛马，某至公侯，某至卿相。是其相禽兽，则富贵也。噫！立行于天地，分性于万物，其贵者不过人乎。"把人的富贵和动物的长相相联系是相学的出发点，认为人的长相和禽兽相似就是祥瑞之命，将来就可以青云直上，位至公侯卿相，大富大贵，这是一种宿命论。皮氏对此讽刺道："人有真人形而贱贫，类禽兽而富贵哉？将今之人，言其貌类禽兽则喜，真人形则怒；言其行类禽兽则怒，真人心则喜。"世人去算命，你说他长得像禽兽他就高兴，说明他今后能富贵，反之，如果说他长得像个人他就恼火，这真是愚昧愚蠢之极！世人之所以有这个观念，主要是受到远古神话的影响。在古代许多圣人被描绘得像禽兽，而禽兽在远古又是吉祥的崇拜物。所以当代的人认为自己的长相像禽兽便沾沾自喜，皮氏却认为即便是长相类似禽兽，但内心的修养不够，缺乏仁义之心，这样的长相又有什么用呢？可见他对这种愚昧的陋习是极力反对和批评的。文章的后一部分讨论有无相术以及相术的真正含义。他认为在古代相术还是有的，他说："故舜相于尧而天下平，禹相于舜而大灾耳。咎繇相禹，斯谓相。见者见人知其贤愚，见国知其治乱，亦相也。"原来，圣人也是会看相的，尧相中舜，舜相中禹，都是圣人的相术，当然这种相术不是江湖郎中骗人的相术。圣人看相注重被相者的内在修养和品行，不是看外在的容貌是否类似禽兽。这种看相实际上是在为社稷选继承人，是对百姓负责的一种行为，是内在修行的外扬，这才是相术的真正涵义。在文章结尾，作者对江湖术士和热衷于相面的世人提出批评，认为江湖术士只懂一点皮毛就出来骗人钱财，而世人“言其有位，必翻然自负。坐白屋，有公侯之姿；食藜羹，有卿相之色”，你说他有富贵相啊，他就不知天高地厚飘飘然起来，在破屋里坐都有公侯的姿态，似乎荣华富贵指日可待。皮日休对之作了无情辛辣的讽刺。对世人这种只重外表不重内心修养的陋习，罗隐在《木偶人》中也进行了批判，刘邦的两位大臣陈平和张良，一个以木偶之计解了平城之围，一个以辟谷修炼传得美名，但后人只继承木偶的外在精美，因此得以将木偶流传于世，没有人将张良的辟谷修炼继承下来。可见，世人只注重华丽精美的外表，而不注重内在的精神修养，罗隐对此提出了批评。

在《鄙孝议上篇》中皮氏对世人的愚孝思想也作了批评。晚唐时期愚孝观念很盛行，其中一种就是以为人肉可以治疗疾病，所以世人纷纷割肉为双亲治病，并以此博得孝顺之美名。皮氏对此提出批评，他说：“夫人之身者，父母之遗体也，剥己之肉，犹父母之肉也。言一不顺，色一不怡，情尚以为不孝，况剥父母之肉哉?”这种思想显然是孔子“身体发肤受之父母”的翻版，割自己身上的肉其实就是在割父母的肉，而这些人似乎乐此不疲，不仅自己割肉，还要请人来参观，以便美名传扬。“大者邀县官之赏，小者市乡党之誉，讹风习习，扇成厥俗。”割肉的目的原来是为了博取美名，可见割肉者的虚伪。当局似乎对这种行为非常赞赏，“通儒不以言，执政不以禁”。皮日休坚决反对这种愚孝的愚蠢行为，他要求上位者能够加以禁止，恢复真正意义上的儒家孝道，即：“今之有是者，吾犹以为不可，况无是理哉！或执事者严令以禁之，则天下之民保其身，皆父母之身也，欲民为不孝难矣哉！”不要那种装模作样的假孝道，而实行真正的尊老爱幼的美德。

对于世人的急功近利目光短浅的行为，他们也提出了批评。罗隐《本农》说：“有覆于上者如天，载于下者如地，而百姓不之知。有恩信及一物，教化及一夫，民则归之，其犹旱岁与丰年也。丰年之民，不知甘雨柔风之力，不知生育长养之仁，而曰：‘我耕作以时，仓廪以实。’

旱岁之民，则野枯苗缩，然后决川以溉之，是一川之仁，深于四时也明矣。所以郑国哭子产三月，而鲁人不敬仲尼。”老百姓们对一年四季天地给予的养育之恩视而不见，却对执政者给予的点滴小仁小义感恩戴德，极为含蓄地讽刺了世人的鼠目寸光没有远见。对于人心的狡诈，陆龟蒙在《书铭》中也作了批判。《书铭》为四字句，共六十四句，采取铭文的体式，对图书文字、玺印章号、铭诔碑表等作了另外一种解读，饶有趣味。本来图书文字是文明进步的代表，记载历史传输文化，功不可没，但陆龟蒙偏偏要说他们的坏处，认为图书文字的出现使人心狡诈，士风变得败坏。许多心术不正之徒利用文字图表巧立名目为自己夸饰，诋毁对方，“牍檄奏报，立方就圆。传录注记，丑仇美怜。铭诔碑表，虚功佞贤。歌诗赋颂，多思谄权”。这些东西使人变得虚伪狡诈，人心变得贪婪。陆氏认为，在太古的时候就没有这种现象，“太古之时，何尝有欺?”因此他要求“宜斥诈伪，焚烧弃绢。复以太古，结绳之前”。当然陆龟蒙的这种想法是不切实际的，文字的进步不像他说的那么坏，它不过是一个工具，人心的变坏跟文字本身没有关系，而在乎人的内心修养。在《马当山铭》中，陆龟蒙也对人心的险恶予以批判。文章开头说：“言天下之险者，在山曰太行，在水曰吕梁，合二险而为一，吾又闻乎马当。”指出三险是太行山、吕梁山和马当山，然而这三险还比不过小人内心的阴险狡诈，“合是三险而为一，未敌小人方寸之包藏也”。你看小人有多阴险！这是针对晚唐特定的政治环境而发论的，晚唐人心败坏，告密之风又起。陷害他人以便自己青云之起的卑鄙小人在史料里就有很多记载，陆龟蒙以此文进行控诉。

此外，罗隐在《杂说》中讽刺世人不能善待良才，皮日休在《鹿门隐书》之二十九中对小人嫉妒贤人表示担忧，在《鹿门隐书》之三十六讽刺百姓失道乱法，之五十七讽刺百姓酬酢失度，陆龟蒙在《卜肆铭》中讥讽百姓重天命而轻人事，都对社会上的种种陋习予以了无情的讽刺。

还有一部分关于讽刺修身养性的散文，也较为重要，略作论述。罗隐在《道不在人》中批评部分晚唐士人失志逆道妄行、求名求利的功利行为，他认为“道所以达天下，亦所以穷天下”，可见道无处不在，不必刻意追求，只要持道修行，内心就有满足感。在《槎客喻》中罗隐也告诫人们，在乱世当中，内心坚定依道而行，不要为外界的事物所迷惑，要加强自己内心的修养。皮日休在著名的《移元征君书》中一方面称赞元征君的品性修养，规劝元征君接收君王征召，为民服务，一方面借以讽刺那些以归隐为名实则想干禄的伪隐士、伪君子，皮日休称他们为“小人”。他认为隐士有三种，即道隐、名隐、性隐，并分别作了解释。“然而道隐者，贤人也；名隐者，小人也；性隐者，野人也。”作者批判的是名隐，这些人“以怪行动俗，以诙言矫物”，自标高雅。企图以此获得美名，博取当政者的青睐好青云直上，名利双收，即所谓的“终南捷径”，皮日休痛恨这帮假隐士，在文章中痛快淋漓地揭露他们虚伪的面目和丑行。在《原己》《独行》中讽刺世人行不依道，在《口箴》《耳箴》《目箴》三文中分别讥讽世人的非礼而言、非礼而听、非礼而视。陆龟蒙在《汉三高士赞之前汉一人》中讽刺名利之心，在《汉三高人赞之后汉二人》中讥刺无道失节，在《记凤尾诺》中对那些假圣人之学以欺世盗名的行为进行批评，等等，都是对人身修养问题的揭露和批判。

第二节 皮陆诗派散文创作的特色

从上面我们的分析可以看出，皮陆诗派散文创作的思想内涵是极其丰富的，笔力犀利，立意深刻，揭露问题大胆，分析透彻，读来令人击案叫好。他们的散文之所以有这么感人的力量，关键还是和他们的创作手法有关系，不然，再好的题目如果艺术手段跟不上去，那读来索然无味，跟八股文没有什么区别，本节就对他们的写作技巧作些探讨。

我们在分析皮、陆、罗散文内容的时候发现，他们喜欢借前朝的史事来说眼前的现象，好比诗人们写作诗歌，往往喜欢“以汉代唐”，那么，反映在散文创作中，就是以史论事，这是一个突出的现象，值得关注。以史论事就是借古代的人物和制度来间接说现在的事情，正的反的好的坏的都包括在内。他们散文创作的这个特征跟晚唐咏史诗发达有一定的关系，而且用古事说今事也减少了顾忌，可以畅所欲言。据不完全统计，皮、陆、罗三人散文中引用历史史事的共 85 篇，这个比例是相当大的。包括历史人物和历史制度。其中，罗隐 25 篇，全部用的是历史人物；皮日休 44 篇，历史人物 38 篇，历史制度 6 篇；陆龟蒙 16 篇，历史人物 13 篇，历史制度 3 篇。引用的历史人物有尧、舜、禹、汤、伯夷、武丁、伊尹、纣、桀、武王、文王、周公、丹朱、商均、子高、比干、柳下惠、孔子、孟子、荀子、庄子、管仲、齐桓公、春申君、商鞅、屈原、汉武帝、朱买臣、严子陵、李斯、张良、陈平、项羽、刘邦、萧何、韩信、叔孙通、吕不韦、扬雄、石孝忠、梅福、胡建、何武，等等，举凡历史上有名的人物，上至帝王将相，下至平民百姓，都在引用之列。

这些历史人物的事迹，作者对自己认为是正确、对历史有贡献的就予以正面肯定，当然也有故意正话反说的，就是故意把历史人物的贡献说成是坏事，这是一种写作手法。同样，作者对自己认为属于历史人物错误言行的就予以批判，并找出原因、总结规律、吸取教训，为当朝执政者提供借鉴。他们尤其赞赏历史上那些忠君爱国品性高洁的人物，给予其高度的评价。例如皮日休的《旌王宇》就是赞扬王莽儿子王宇的文章，王莽篡汉为人所不齿，但他的儿子王宇却是一个忠厚耿直的良臣，忠心于刘氏王朝，反对王莽的篡位，私下联络平帝的母亲和舅舅谋求恢复汉朝国祚，后来事发败露，王莽竟然将自己的儿子杀死，甚至连自己儿媳妇和刚出世的孙子一起斩尽杀绝。在文中，皮日休盛赞王宇的忠心义举，他说："呜呼！宇之道，大不负天地，幽不惭鬼神，身不愧金石，明不让日月，于臣子之义备矣。而班氏忘赞，皮子旌之，悲夫！"通过对历史上正面人物事迹的表彰，呼唤人间正义，给统治者敲醒警钟，这种正义的力量很有感染力。罗隐在《解武丁梦》中赞美贤君武丁和贤相傅说，反讽晚唐无圣君和贤相，国祚将亡，同时告诫晚唐君王要学习武丁爱才惜才用才，力求振兴之道，避免亡国。罗隐在《梅先生碑》中透过西汉忠臣梅福的忠良反衬晚唐庸臣的无用，希望君王能广开才路、招纳贤士。像这种通过赞美历史上的圣君忠臣来反衬晚唐政事的文章有很多，写法大多相似。反之，对那些暴君庸臣的愚蠢行为，他们给以辛辣的讽刺，如罗隐的《越妇言》借汉代朱买臣发达后嫌弃发妻与之离异，后来其妻自杀身亡的事实，来讽刺晚唐士子发迹后得意忘形的卑劣行径。他的《英雄之言》借用刘邦、项羽的两句所谓"英雄之言"，揭露了以救民于涂炭为旗号的帝王们"视家国而取"的私心。文章最后警告那些骄奢淫逸的君王，当心别的英雄窥视"峻宇逸游"，这种立意在晚唐尤其具有警示意义。

历史人物具有真实性，用他们作为立论的根据使得文章有说服力和可读性。借历史人物来说当今事，也可以作为借鉴供人们参考。

以历史制度来立论的也有不少。例如罗隐的《市傩》就以古代的傩礼讽刺晚唐民间那些假借神灵以敛财的非法行为。文中提到的傩礼是古代礼制的一种，在《周礼·占梦》《论语·乡党》《后汉书·大傩》等书中都有记载。罗隐文中写到很多无赖少年假冒傩神来骗取百姓的钱财，如："故都会恶少年，则以是时鸟兽其形容，皮革其面目，乞丐于市肆间，乃有以金帛应之者。"罗隐的《荆巫》借巫祝为人祈福，讲其"牵于心，而不暇为人"，因而祈祷不灵，用以讽刺统治者因私害公，只求自己衣食广大不以民困为意，其中的巫术也是古制。陆龟蒙的《卜肆铭》用古代蓍、龟二物的占卜古制在历史上的功用变化，来讽刺民心道德的败坏。他的《两观铭》也是借用占卜古制来立论。皮日休的《请行周典》从题目就可以看出是借用《周礼》中的制度。此外，还有用古代遗迹入文的，例如皮日休的《汴河铭》《隋鼎铭》、罗隐的《疑凤台》就是。隋炀帝开通汴河，耗费巨大财力民力，百姓的艰难困苦可想而知，但汴河的开通是为了他到洛阳看牡丹花，出于一己之私利，这就是劳民伤财要大力批判的了。凤台在今陕西宝鸡县东南，相传是秦穆公女儿弄玉和善于吹箫的萧史相识的地方。在文章中引用古代人物、典制、遗迹等史事，可以使文章具有很大程度的真实感，有利于佐证文章的论述观点，这种手法是晚唐乃至宋代所常用的。

除了借用历史人物和典制外，皮陆诗派的散文还大量使用寓言，用寓言故事的形式来加强论证的观点，这也是一种常用的写作手法。由寓言再引出大量的对比，两种相差很大的事物进行对比，在对比中见出反差，效果不言而喻，如贫与富、美与丑、贵与贱、官与民等。不同时间不同场合不同人物不同地位等的对比，使要表达的意思明白显豁，不用再多说读者也能够领会作者的寓意。

用寓言故事来创作散文，在先秦时代就有了，先秦诸子就有不少著作如《孟子》《墨子》《庄子》《韩非子》等采取了此法，说理效果很好。唐代散文中柳宗元、韩愈、白居易等人也有不少用寓言故事来加强论述的。皮陆诗人群创作的散文也离不开此种方法。大致而言，他们采取的寓言形式有两种，一为人物寓言，一为动物寓言。从类型上说有神话寓言和非神话寓言、发生过的寓言和未发生过的寓言、单个寓言和多个寓言等的区别，形式多样，变化多端，在短小的故事里面表达丰富的生活、人生哲理，嬉笑怒骂，盎然生动。先看人物寓言，包括神话人物和现实人物两种。罗隐《蒙叟遗意》："上帝既剖浑沌氏，以支节为山岳，以肠胃为江河。一旦虑其掀然而兴，则下无生类矣。于是孕铜铁于山岳，宰鱼盐于江河，俾后人攻取之。且将以苦浑沌之灵，而致其必不起也。呜呼！浑沌氏则不起矣，而人力殚焉。"这则寓言取上帝对浑沌氏的过度剥削导致"浑沌氏则不起矣，而人力殚焉"，来暗讽晚唐统治者为专鱼、盐、铜、铁之利而徭役过甚，耗尽民力，体现了作者主张轻徭薄赋与民休息的思想。寓言中的蒙叟就是庄周，取《庄子·应帝王》中"浑沌开窍"的寓意而作，故名"蒙叟遗意"。罗隐的《说天鸡》借神话寓言狙氏父子养鸡来说事。父养的鸡外表并不雄壮，但见敌则勇，报时很准，谓之天鸡。而子不得父术，养鸡外表威武，只会饮食，不论报时还是打斗，都比不过其父所养的鸡。这里，罗隐用狙氏父来比喻明君，狙氏子比喻昏君，狙氏父所养的鸡比喻贤臣，狙氏子养的鸡比喻邪臣，它通过狙氏父子养鸡来暗喻晚唐君王养贤，是一则政治寓言，其意不言自喻。罗隐的《风雨对》借神话寓言中的鬼神弄权来享用百姓的祭祀物品，暗讽晚唐的贪官污吏对老百姓的敲诈剥削。皮日休的《惑雷刑》用神话寓言中的降雷刑以惩恶的上天来比喻君王，以逄氏和燕赵无赖少年来比喻剥削百姓的贪官，以老牛来比喻百姓，讲述逄氏不顾老牛的劳累一味地压榨它，最终遭到天谴被雷劈死，讽刺晚唐贪官压榨百姓的罪行，并且告诫他们要体恤民力，不然也会遭雷劈。这些文章，都是以寓言中奇特的比喻，因小见大，抨击社会上较为普遍的丑恶现象。因为用的是寓言故事，通俗易懂，因而说理透彻，含意深刻。

以上所举都是神话寓言中的人物，再看看现实生活中的人物。罗隐的《庄周氏弟子》是一则以历史真实人物庄子所写的寓言，内容是描写庄子教导学生的过程，从师生之间的对话中看出庄周氏弟子丧尽五常，用来暗讽唐代儒学衰微、社会混乱士风败坏的现象。陆龟蒙的《告白蛇文》写的就是农夫和陆龟蒙自己，文中的白蛇暗喻君王，龟蒙自己是百姓的化身，他认为白蛇虽然有灵性，但是也有诸多的危害，例如“淫巫倚之，弹丝瞋目，歌舞其妖，惧骇其惑，考鼓用弊”，对这些危害，龟蒙很清楚，他希望白蛇能“吾宫居，若野处，各有分齐，故不相害”，如果它胆敢伤害人类，就要“霆击断裂首尾焉”。这看似在对白蛇说话，实则是说给统治者听的，希望统治者能够爱惜民众。陆龟蒙讲的这段故事蕴含着丰富的旨意，可以当作是寓言故事。

动物寓言也有很多种，依照各种动物不同的习性来作不同的比拟，借以在文中表达自己的意思。陆龟蒙的《蠹化》写橘蠹化为蝴蝶飞上天空为蝥网所胶住，发出感慨说：“天下，大橘也，名位，大羽化也。封略，大蕙簹也。苟灭德忘公，崇浮饰傲，荣其外而枯其内，害其本而窒其源，得不为大貌网而胶之乎？观吾之蠹蠹者，可以惕惕。”把君王比拟为蠹虫，他们以仁义道德的文采来美化自己，龟蒙警告他们终究会罹蝥网而受到惩处的。作品情节较为完整，表达有趣，发展了柳宗元《永州三戒》的传统。陆龟蒙的《招野之龙》写两只被人家养的龙和一只野龙的谈话来暗示沽名钓誉的士子终将为名利所束缚，反而不如野龙的逍遥自在无拘束，把读书人愚昧无知只贪图荣华富贵的丑恶嘴脸，无情地揭露出来。皮日休的《悲挚兽》描述一只获得死麋的老虎欢喜的形态，这种形态让农夫误以为老虎是在把自己当作它的美食，因而伺机以弓箭射杀老虎。这则寓言很有意思，用农夫比喻刑祸，用老虎比喻求功名的士子，用死麋比喻名利富贵。这个贪婪的老虎得到了一只死麋就掩饰不住内心的喜悦得意忘形，引得农夫为了保命而杀死它，这显然是针对晚唐那些贪求名利的士子而言的，借以希望读书人要本分，不要贪婪，不然会引祸上身的。皮氏感叹地说："噫！古之士，获一名，受一位，如己不足于名位而已，岂有喜于富贵，倏于权势哉？然反是者，获一名，不胜其骄也，受一位不胜其傲也。骄傲未足于心，而刑祸已灭其属。其不胜任，与夫获死麋者几希。悲夫！吾以名位为死麋，以刑祸为农夫，庶几免于今世矣。"此外，陆龟蒙的《记稻鼠》将贪暴的官吏比作偷盗稻米的老鼠，《蟹志》把螃蟹比作忠义智慧的君子，都是很好的寓言。

由上面的分析可以看出，皮陆诗派的寓言创作，往往都是以比喻的手法出之，在比喻中见出寓意。寓言小品之所以能够吸引人，关键是它的故事性、趣味性和思想性，一篇好的寓言能够给予读者无限的遐想，里面隐藏着生活的哲理，真正做到了趣味和哲理相结合。皮陆诗派的创作是对中唐韩愈、柳宗元寓言小品的继承。

在散文中大量运用对比，也是他们使用的一种手法。对比是把两件事情放在一起，作者不说话不议论，读者一看就可以明确其中的含意，具有鲜明的特色。有些是两者之间的直接对比，例如："古之取天下也以民心，今之取天下也以民命"（皮日休《读司马法》）"古之官人也，以天下为己累，故己忧之；今之官人也，以己为天下累，故人忧之""古之隐也志在其中，今之隐也爵在其中""古之杀人也，怒；今之杀人也，笑""古之用贤也，为国；今之用贤也，为家""古之置吏也，将以逐盗；今之置吏也，将以为盗""毁人者，自毁之。誉人者，自誉之。夫毁人者，人亦毁之，不曰自毁乎？誉人者，人亦誉之，不曰自誉乎？"（以上均出自皮日休《鹿门隐书》）。前面几段是古今之间的对比，通过这些对比，说明古风淳朴，今不如昔，反衬现在还没有古时候民风端正，暗讽晚唐时政的腐朽衰退。最后一句是将毁人者和誉人者相对比，指出中间所蕴含的人生哲理，通过这些简单的对比，万物之间的事理明白易懂。

更多的是间接的对比，例如罗隐的《题神羊图》中以古代神羊比喻贤臣，以当世俗羊比喻邪臣，在两者之间的对比中讽刺晚唐朝中无正人君子，“是以尧之羊，亦犹今之羊也。贪狠摇其至性，刀几制其初心，故不能触阿谀矣。”由此可见晚唐朝中的腐败。罗隐的《齐叟事》也是以齐叟比喻君王，以老妪比喻邪臣，在齐叟和老妪之间的对比中指出欺上瞒下、挑拨离间、制造矛盾的邪恶势力的危害性以及坚决清除的必要性。罗隐的《二工人语》以土工比喻明君，以木工比喻昏君。“立块而瞪”的土偶要比“通七窍”的木偶清洁一些，但前者默默无闻而后者却被人供奉起来。作者在土偶和木偶、土工和木工之间的对比中严厉地批判社会上只重视表面而不讲究实质的不良风气。陆龟蒙的《招野龙对》也是在家龙和野龙之间的对比中，谴责那些沽名钓誉之徒的不思进取。此外，罗隐的《英雄之言》在两种强盗(基于饥寒交迫不得已盗取玉帛衣食的农民和以救彼涂炭为名盗窃国家的窃国大盗)之间的对比中，对统治阶级攻杀劫夺的本质予以揭露和批判。似乎罗隐最爱进行对比，他在《叙二狂生》中把祢衡和阮籍进行对比，在《木偶人》《妇人之仁》二文中把张良和陈平相比，都是在对比中体现出作者的寓意。皮日休在《移元征君书》中把三种隐士进行对比，指出道隐、名隐、醒隐三者之间的区别，通过对比，对那些以隐居为名行名利之实的假隐士进行了批判。另外，皮日休的《原祭》将轩辕和蚩尤对比，罗隐的《说天鸡》将狙氏父子对比，罗隐《本农》将大恩大惠和小仁小义对比，皮日休的《相解》将江湖郎中的看相和圣人明君的相术对比，等等，无不是从对比中见出哲理，见出社会人世之间的世态炎凉。

在散文中运用大量的人物对话也是一种手段，把想要表达的意思通过人物之口说出来。这在他们的作品中也是常见的。例如陆龟蒙的《送侯道士还太白山序》中的侯道士和自己的大段谈话，这位侯道士因为科场失利更名云多隐居在太白山。他告诉陆龟蒙生活在这个地方，“皆寿而不衰，况养生者耶!”想到这里养生。陆龟蒙却告诉他求长寿应在心中而不是凭借天候之寒热，通过两人之间的谈话，表达了长寿必须要靠自身的努力不要指望外界的帮助这一思想。推而论之，要想取得成功不能依靠侥幸，要自己辛勤地耕耘才会有收获。他的《丁隐君歌序》通过自己和丁隐君的谈话讽刺唐代服食丹药的风气。罗隐的《槎客喻》中问者和答者之间的对话正是要告诫人们，当身处乱世时，内心必须要坚定，依道而行，不可为外物所诱惑。陆龟蒙的《送小鸡山樵人序》主要叙述陆龟蒙和小鸡山樵人之间的争吵，透过二人之间的争吵暗讽官员对百姓的迫害。此外，陆龟蒙的《告白蛇文》《禽暴》《送豆卢处士谒宗丞相序》《招野龙对》、皮日休的《酒箴》《惑雷刑》《悲挚兽》《原宝》、罗隐的《庄周氏弟子》《越妇言》《英雄之言》等文章，都有大段的对话，一般采取问答体形式，把要讲述的事情通过人物之间的对话表达出来。本来像这种问答体的文章，在汉赋中使用很多，例如东方朔的《答客难》、扬雄的《解嘲》、班固的《答宾戏》等。当作者在叙述某一件事情的时候，有些意思不好表达，就往往采取人物之间的对话来说。例如皮日休的《原宝》，在一问一答中将统治者是否要弃金玉而重农桑的问题回答出来，而且借助老百姓的口说出来就更切合实际。人物之间的对话又具有故事性，容易吸取读者的注意，精彩的对话往往可以起到画龙点睛的作用，增强文章的说服力，可以说皮、陆、罗三人都对这种手法运用得相当熟练。

诗文合一也是一种写作手法。所谓诗文合一就是说自己写的文章还有意犹未尽之处，在文章中又不好展开了，那么就借助诗歌的形式继续发挥。其实，诗文合一就是诗序合一的进一步发挥，在《松陵集》中，我们可以看见很多的诗序体组诗，例如陆龟蒙的《渔具诗并序》《樵人十咏并序》《添酒中六咏并序》《四明山诗并序》，皮日休的《添渔具诗并序》《酒中十咏并序》《茶中杂咏并序》《太湖诗并序》《七爱诗并序》等就是诗序体。在散文创作中，他们进一步将其发挥成诗文体，这样的作品有不少。例如陆龟蒙的《丁隐君歌并序》，前面的序就是一篇绝好的小品文，有议论，有对话，有人物，有情节，文章完整，高度赞美了丁隐君的品性修养，后面的诗歌采取七古的形式，对丁隐君又加以称扬，诗文合一得到完美的体现。他的《怪松图赞并序》也是称赞怪松，其实是在借物兴感，托物喻人，抒发自己无法施展抱负的郁闷。怪松就是怪人，怪人就是自己。序中融描写、议论、对话多种艺术手段于一体，抒写了这么一个怪人形象，后面的诗歌为四言古诗，质朴自然。他的《野庙碑并诗》讥讽官吏对老百姓的敲诈和剥削，写完之后觉得还不过瘾，又作古诗一首继续对那些贪官恶吏予以有力的控诉，这样在诗文中反复地表达作者的中心意思，效果是达到了。皮日休的《易商君列传赞并序》《新城三老董公赞并序》《蓝田关铭并序》《补周礼九夏系文并序》《食箴并序》《酒箴并序》，陆龟蒙的《迎潮送潮辞并序》《祭梁鸿墓文并序》《问吴宫辞并序》《祝牛宫辞并序》《庆风宅古井行并序》《紫溪翁歌并序》等都是诗文合一的作品。

皮陆诗派的散文作品在体式上往往短小精悍，寓言简洁明快，短的区区几十字，长的不过数百字。皮日休著名的《鹿门隐书六十篇并序》，合起来不过五千余字，蕴含的思想却比那些长篇大论高深得多。他们的文章往往开门见山地直接提出问题，然后围绕这些问题采取各种方法进行论述，就事论事简洁明了，决不拖泥带水。或用翻案法，或用对话，或用逻辑推理，或采取寓言的形式，取材新颖，论述深刻，耐人寻味。在文字风格上，罗隐的散文要通俗明快些，陆龟蒙和皮日休的则要艰涩一些。他们的散文创作是中唐古文运动的余波，对宋代散文甚至明代散文创作都有影响，在中国散文发展史上具有不可磨灭的贡献。

第四章　皮陆诗派创作异同论

在以上的章节中我们分别对皮陆诗派的诗歌、散文创作进行了论述，分析了他们诗文作品的内容、风格以及艺术手法。这样一个诗人群，它不是孤立的，必定要和其他的诗人群体发生关系，和他们既有联系又有区别。而且，诗人群成员之间由于种种原因，在创作上都有所异同。本章就打算对皮陆诗人群与中晚唐时期的其他诗人群之间的创作异同，诗人群成员之间的创作异同以及成员个人不同时期的创作异同作些分析，以便能更为准确地把握皮陆诗人群的创作成就和特色，对之进行较为精确的评价。

第一节　皮陆诗派与中晚唐其他诗人群的异同

前面我们在论述晚唐诗坛的时候曾经分析过，中晚唐时期活跃在诗坛上的有多个诗人群体，皮陆诗派不过是其中较有影响的一家，那么，皮陆诗派与这些诗群之间有何关系和异同呢？让我们来看看。中晚唐几个著名的诗人群，例如元白诗派、韩孟诗派，以及浙东诗人群、浙西诗人群，都对皮陆诗派产生过影响。皮陆诗派对这些诗人群既有继承也有拓新，他们之间存在着异同关系。无论是诗歌理论还是诗文创作，都存在着这样一种关系。理清这些关系，对于我们正确地评价皮陆诗派的创作，极有帮助。

在分析皮陆诗派的诗歌理论的时候，我们发现，中唐的元白、韩孟两个诗派对他们的影响很大，在诗歌主张、内容、风格以及唱和、联句等方面都有传承关系。这里我们打算谈谈皮陆诗派与元白、韩孟两大诗派之间的异同，通过这些异同可以大致理清唐诗史在后期的某些走向。在诗歌主张上，皮陆诗派的很多理论都是从元白、韩孟那里继承过来的，但又有所不同。元白、韩孟的那些与现实政治紧密相连的实用化功利化的文学主张，在皮陆诗派这里都有发扬，在儒家诗教观的看法上，他们具有一致性，都主张用诗歌反映现实干预政治。在对儒家道统的认识上，皮日休继承和发展了韩愈的道统观。韩愈在《原道》中宣称自己的历史使命就是继承从尧舜到孟子的传统，但他排斥荀子和扬雄，皮日休却把荀子、扬雄、王通都奉为正统，在《原化》《文中子碑》等文中对他们予以正面肯定。皮日休对韩愈也推崇不已，在《请韩文公配飨太学书》中赞扬他为“身行圣人之道，口吐圣人之言”，对韩孟诗派的儒家诗教观赞赏不已，奉为圭臬，并且积极身体力行地进行写作。韩孟诗派主张尚奇的诗歌观点，也得到了皮陆诗派的回应，成为“松陵体”的主要特色。但皮陆诗派不仅仅在诗歌中表现奇，而且进一步发展为逞才尚变，以诗歌作为自娱自乐自我消遣的工具。而且，韩孟讲究诗歌风格的奇险、意象的险怪、甚至恐怖；而皮陆则主张诗歌风格的奇峭，多奇思、奇语、奇意。元白诗派主张的新乐府运动在皮陆诗派那里得到响应，他们提出的诗歌要尚实、尚俗的观点，皮陆也多有继承，并在杜荀鹤、聂夷中、罗隐等身上进一步发扬光大。元白的美刺原则、雅正标准以及诗歌与政治和社会的连接与倡扬，都在皮陆诗派的创作中得到体现。同样，韩孟、元白诗歌创作中的“以文为诗”“以议论为诗”“以学问为诗”等，都无一例外地得到皮陆诗派的呼应。和韩孟、元白不同的是，皮陆特别注重抒写个人失意不偶的情怀，提倡真纯的文学思想，也强调诗歌风格的多样化，追求尚变、尚才的艺术风貌。而且，他们非常注意观照诗歌史观，提出了一些有创见的观点。明人许学夷在《诗源辩体》卷首《世次》中直接点名韩愈、孟郊、贾岛、姚合、周贺、王建、白居易、元稹等“十三子为元和体”①，可见，韩孟、元白两大诗派共同构筑成“元和体”，当然，这个元和体是一个大的概念，既有联系也有区别，代表了中唐诗坛的创作成就。从中唐的“元和体”到晚唐的“松陵体”，甚至所谓的“晚唐格”，诗坛的走向既有同一也有异化，是唐诗史发展的必然规律。元和体的一个特征是“变”，所谓“制从长庆辞高古，诗到元和体变新”②，句下有注云“众称元、白为千字律诗，或号元和格”，主要是着眼于元和后期元、白二人之间的长篇酬唱诗而言。这个特征后来为皮日休、陆龟蒙所传承，并发扬光大。他们在《松陵集》中攀比逞才，游戏文字，运用回文、离合、次韵、倒韵、组诗等多种形式，把“体变新”发挥得淋漓尽致。“元和诗变”中的两大诗派，追求俗近的元白派和追求奇险的韩孟派的艺术经验，皮陆诗派都加以借鉴，并且开创出多种风貌的艺术风格。

在诗歌创作上，皮陆和韩孟、元白也有异同之处。韩孟诗歌奇险奥怪的主导风格为皮日休、陆龟蒙所继承。元白诗歌平易明畅的主导风格则为罗隐、杜荀鹤、聂夷中所继承，但又各有不同。唐人李肇在《唐国史补》卷下中说：“元和已后，为文笔则学奇诡于韩愈，学苦涩于樊宗师。歌行则学流荡于张籍。诗章则学矫激于孟郊，学浅切于白居易，学淫靡于元稹。具名为‘元和体’。大抵天宝之风尚党，大历之风尚浮，贞元之风尚荡，元和之风尚怪也。”③李肇本身就是中唐人，主要活动于元和、长庆间，与韩愈、孟郊、元稹、白居易等人同时，他说的话虽然是中唐后期的诗坛状况，但对于晚唐诗坛的诗风走向也是同样具有借鉴意义的。李肇认为元和之风尚怪，这对韩孟诗派而言是准确的，但对元白诗派却有些不妥，因为众所周知，元白诗派的特色不是怪而是平易。许总认为：“元白诗派偏重诗歌的政教功能与通俗表现，着眼点在于文

① 许学夷：《诗源辩体》卷首，人民文学出版社 1998 年版，第 10 页。

② 白居易：《余思未尽加为六韵重寄微之》，朱金城《白居易集笺校》卷二十三，第三册，上海古籍出版社 2003 年版，第 1532 页。

③ 《唐五代笔记小说大观》上册，上海古籍出版社 2000 年版，第 194 页。

学外部因素的承受，韩孟诗派偏重诗歌的审美功能与奇险表现，着眼点多在文学内部因素的体悟。”①道出了这两个诗派的基本特征，这个特征为皮陆诗派所接受。韩孟派以奇险为创新的艺术精神表现在重神尚骨追求怪诞意象上，例如韩愈写大雁“风霜酸苦稻粱微，毛雨摧落身不肥”②，写荷花“遗我明珠九十六，寒光映骨睡骊目”③，写李花“清寒莹骨肝胆醒，一生思虑无由邪”④，可见韩愈对“瘦”“骨”“寒”等意象的偏好。又如孟郊的“孤骨夜难卧，吟虫相唧唧”⑤、“秋草瘦如发，贞芳缀疏金”⑥、“冷露多瘁索，枯风饶吹嘘”⑦、“霜洗水色净，寒溪见纤鳞”⑧、“长安秋声干，木叶相号悲。瘦僧卧冰凌，嘲咏含金痍”⑨，不仅人是瘦人，连草木也是枯涩，追求一种瘦朗偏硬的风格。他们的奇险带有一种险怪突兀的色彩，往往有些恐怖，例如韩愈的《陆浑山火一首和皇甫湜用其韵》：“有声夜中惊莫原，天跳地踔颠乾坤。赫赫上照穷崖垠，截然高周烧四垣。神焦鬼烂无逃门，三光驰隳不复暾。”⑩完全

---

① 许总：《唐诗史》下册，江苏教育出版社 1994 年版，第 207 页。

② 《鸣燕》，钱仲联《韩昌黎诗系年集释》上册，上海古籍出版社 1998 年版，第 108 页。

③ 《奉酬卢给事云夫曲江荷花行见寄并呈上钱七兄阁老张十八助教》，钱仲联《韩昌黎诗系年集释》下册，上海古籍出版社 1998 年版，第 994 页。

④ 《李花二首》，钱仲联《韩昌黎诗系年集释》下册，上海古籍出版社 1998 年版，第 777 页。

⑤ 《秋怀十五首》之一，毕忱之、喻学才《孟郊诗集校注》卷四，人民文学出版社 1995 年版，第 159 页。

⑥ 《秋怀十五首》之七，毕忱之、喻学才《孟郊诗集校注》卷四，人民文学出版社 1995 年版，第 160 页。

⑦ 《秋怀十五首》之九，毕忱之、喻学才《孟郊诗集校注》卷四，人民文学出版社 1995 年版，第 160 页。

⑧ 《寒溪九首》之一，毕忱之、喻学才《孟郊诗集校注》卷五，人民文学出版社 1995 年版，第 232 页。

⑨ 《戏赠无本》之一，毕忱之、喻学才《孟郊诗集校注》卷六，人民文学出版社 1995 年版，第 300 页。

⑩ 钱仲联：《韩昌黎诗系年集释》上册，上海古籍出版社 1998 年版，第 685 页。

是一副鬼哭狼嚎的恐怖场景。李贺的《秋来》："桐风惊心壮士苦，衰灯络纬啼寒素。谁看青简一编书，不遣花虫粉空蠹。思牵今夜肠应直，雨冷香魂吊书客。秋坟鬼唱鲍家诗，恨血千年土中碧。"①此诗写自身怀才不遇而抒发盛年难再之惶恐不安的心情，诗中桐风惊心、香魂来吊、鬼唱鲍诗、恨血化碧等意象都是相当恐怖的，构成充满既凄清幽冷而又瑰丽奇诡的图景与形象的诗境特色。再如李贺的《南山田中行》："荒畦九月稻叉牙，蛰萤底飞陇径斜。石脉水流泉滴沙，鬼灯如漆点松花。"②将鬼境写得充满幽清韵味。孟郊的《京山行》："众虻聚病马，流血不得行。后路起夜色，前山闻虎声。此时游子心，百尺风中旌。"③将传统的山水自然美感受写成一种恐怖氛围中的惶恐之感。甚至孟郊死了儿子，韩愈作《孟东野失子并序》对好友进行劝慰，也写得有些恐怖，读来令人感到惊恐不安。可以说韩孟诗派险怪的诗风在某些程度上向着险怪奇恐的方向发展，有着变态的美。而皮陆诗派中的主导人物皮日休、陆龟蒙的诗风是驰骛新奇，这个新奇却是主要表现在奇语、奇思、奇境、奇意上，而不像韩孟那种带有恐怖意味的奇。关于这点，我们前边在分析皮陆诗歌驰骛新奇的艺术特色的时候讲过了，这里就不再重复。

元白诗派的通俗化特征在杜荀鹤、聂夷中、罗隐等人诗中得到响应。由于元、白的讽喻诗具有强烈的实用性目的与理念化色彩，所以他们自觉地在表白政治主张时务浅求近，不作含蓄之态，不留余韵之味，这一点为杜荀鹤、聂夷中所继承。元白提倡新乐府运动并大力写作乐府诗，这点整个皮陆诗派都相当重视。皮日休的《正乐府十篇》就是白居易《新乐府五十首》的续作，学习他一诗一事、叙事与议论相结合的模

① 王琦等：《三家评注李长吉歌诗》卷一，上海古籍出版社 1998 年版，第 55 页。

② 王琦等：《三家评注李长吉歌诗》卷二，上海古籍出版社 1998 年版，第 80 页。

③ 毕忧之、喻学才：《孟郊诗集校注》卷六，人民文学出版社 1995 年版，第 251 页。

式。皮日休在《七爱诗·白太傅》诗中对白居易的为人和诗歌赞叹不已，表示要向他学习，皮日休早期的诗歌风格就和白居易很相似。皮陆后期在苏州唱和期间所写的闲情诗在诗风上也着力模仿白氏的闲情诗，但由于彼此的心态不同，在各自的诗中还是有所区别。他们都把口语、俗语运用到诗歌创作中，并取得了一定的成就，促使诗歌的通俗化。在题材上，元白、韩孟多写亲情、友情，这在皮陆诗派中也是一样，但除了亲情、友情外，韩孟、元白还有不少爱情诗，但翻遍皮陆诗派的诗集，几乎找不出一首爱情题材的诗歌。在体裁上，韩孟、元白多用五古写作，也多组诗，而除了皮日休、陆龟蒙有些五古外，其他三位诗人基本上没有创作出这种体裁的诗篇，多的是五七言律绝。

皮陆的唱和与韩孟、元白的唱和既有联系也有区别。简单地说，皮陆继承了韩孟的联句、元白的唱和，形式各有不同。关于元白唱和的情形，周相录《元稹唱和诗考述》一文作了详尽的考述，他把元白的唱和分为五个时期：两京时期、江陵时期、通州时期、长安时期、浙东时期。发现有两点值得注意，“一、元稹的唱和诗创作随着仕途的升降而有所不同，仕途顺利时创作较为低落，而仕途偃蹇时则出现高潮，但总的趋势是逐步走上成熟的。二、大历诗人在元白之前已对唱和诗作了一些探索，但这种探索还比较有限，他们的唱和诗数量少，篇幅短，虽有次韵之作，但只在短诗中试验，而稍长一点的唱和诗，不但不次韵，而且不和韵。元白继之，把唱和诗的发展大大地向前推进了一步，并影响了其后的皮日休、陆龟蒙等人的创作”①。周氏此论大致符合元、白唱和诗的实际情况。皮陆在元白的基础上对唱和诗进行了扩充，在体裁、题材、写作手法等方面都有开拓。在体裁上，元白的唱和诗主要采取三种形式，分别是五古、五言排律和七律，如《元稹集》卷二的《和乐天赠樊著作》《和乐天感鹤》《和乐天折剑头》等就是五古，卷十三的《酬乐天江楼夜吟稹诗因成三十韵》《酬乐天待漏入阁见赠》就是五排，卷二十一

① 载《周口师范高等专科学校学报》2001年第3期。

《酬乐天春寄微之》《酬乐天舟泊夜读微之诗》就是七律。一般来说，元白之间的酬唱多以近体律绝为主，而皮陆之间的唱和诗多为古诗，《松陵集》卷一到卷四全部是古体诗，有192首之多。长篇次韵往往会给人一种逞强斗胜的嫌疑，正如张谦宜在《茧斋诗谈》卷二中说："和韵之法，须用自己意思管领，首尾一气，勿带应酬俗套。押韵贵浑成妥确，开阖点缀务与本章机扣相通，又要与和人之情暗暗关会。非熟后不能，非由绚烂归于平淡者不知。"①元白的唱和之作多为短小篇幅，最长者不过为一百韵，而皮陆的唱和诗动不动就五百韵、一千韵，像《松陵集》卷一陆龟蒙的《读襄阳耆旧传因作诗五百言寄皮袭美》《袭美先辈以龟蒙所献五百言既蒙见和复示荣唱至于千字提奖之重有称实再抒鄙怀用伸酬谢》《奉酬袭美先辈吴中苦雨一百韵见寄》，皮日休的《鲁望读襄阳耆旧传见赠五百言过褒庸材靡有称是然襄阳昔事历历在目夫耆旧传所未载者汉阳王则宗社元勋孟浩然则文章大匠予次而赞之因而答亦诗人无言不酬之义也次韵》《陆鲁望昨以五百言见贻过有褒美内揣庸陋弥增愧悚因成一千言上述吾唐文物之盛次叙相得之惧亦迭和之微旨也》《吴中苦雨因书一百韵寄鲁望》，都是长篇五古，大气磅礴。皮陆在体裁上几乎无所不用，五古、七古、五排、七律、五律、五绝、七绝、六言，举凡唐诗的各种体裁他们都进行了唱和。还有，他们创作了不少大型的唱和组诗，如《松陵集》卷三皮日休的《太湖诗并序》二十首、陆龟蒙的《奉和太湖诗二十首》，卷四陆龟蒙的《渔具诗并序》十五首、《奉和添渔具诗五篇》《奉和酒中十咏》《奉和茶具十咏》，皮日休的《奉和渔具诗十五咏》《添渔具诗并序》《奉和樵人十咏》《酒中十咏并序》《奉和酒中六咏》等，都是体制巨大的系列组诗。在写作形式上，元白的唱和诗主要有次韵和依韵，而皮陆唱和诗和韵、依韵、用韵、次韵、和韵不合意、合意不和韵、双声叠韵、倒韵、回文、离合、吴体诗、齐梁体等形式都使用过，形式多样。在时间上，元白的唱和诗几乎伴随着他们的一生，但皮陆的

① 郭绍虞等编：《清诗话续编》上册，上海古籍出版社1999年版，第805页。

唱和主要集中在咸通十年到咸通十二年之间，时间较短，但能够在短时间里相互进行切磋，而且好多是当面的诗艺切磋。而元白的很多唱和诗在时间和空间上都很远，往往一首唱和要很长的时间才得到和诗，唱和诗成为他们联络感情的一种手段，在皮陆却是自我消遣自娱自乐的一种工具。在诗歌内容上，皮陆的唱和更为琐碎，举凡日常生活、诗友往来、渔樵茶酒、游山玩水等，都在唱和诗中反映，在内容和情致上是元白闲适诗的扩展，主要叙写他们相互交往的生活琐事，描写清幽秀美的环境景色，抒发闲情逸致，更为日常化、细腻化。

韩孟的唱和诗比较少，据钱仲联《韩昌黎诗系年集释》统计，韩愈与人唱和诗一共有二十五首，多为和诗，并且唱和的对象为多个人，不像元白、皮陆的唱和诗比较集中。韩孟多的是联句，在集中有不少联句，如卷一的《远游联句》、卷四的《会合联句》《纳凉联句》《同宿联句》《秋雨联句》《城南联句》《斗鸡联句》《征蜀联句》《有所思联句》《遣兴联句》、卷六的《莎杉联句》、卷七的《石鼎联句诗》，基本上都是和孟郊一起联句的。韩孟的联句都是五言体，长篇多，上举的篇目几乎都是长篇联句，例如他们的《城南联句》长达 306 句，洋洋洒洒，在联句诗中是最长的一篇。在体式上往往是一韵两句或者是两韵四句，格式单一，可以看出韩孟对联句诗的规范化，风格和他们的其他诗一样，追求奇崛险怪。韩孟的联句诗在文学史上被公认为是成就最高的，皮陆也向他们学习。皮日休在《松陵集》卷十的《杂体诗序》中说："如联句，则莫若孟东野与韩文公之多，他集罕见，足知为之之难也。陆与予，窃慕其为人。"①《松陵集》卷十为杂体诗，其中就有不少联句诗，可见皮日休、陆龟蒙是把联句诗当作杂体诗的。皮陆的联句诗和韩孟的联句诗在诗体上都是五言诗，也往往都是两人之间的联句（皮陆有三人联句），形式上和韩孟一样，都是一人一韵两句或两韵四句。不同之处在于皮陆联句

① 《皮子文薮》附录一，萧涤非、郑庆笃点校本，上海古籍出版社 1981 年版，第 222 页。

的篇幅往往比较短小，除了《北禅院避暑联句》和《开元寺楼看雨联句》稍长外，其余多为小诗，风格也较为平淡，不似韩孟那样奇崛。

在成员的组合上，元白、韩孟比较集中，而皮陆比较松散。而且元白韩孟都是朝廷官员，和他们在一起的成员也多为官员，那么反映在诗歌内容上，元白韩孟多谈论朝廷时政，举凡官员之间的应酬、官员的升迁、朝政时事等，这是他们的官员身份所决定的。而皮陆成员多为布衣，长年在外边漂泊干谒，为前途和生计奔走，反映在作品中的自然多身世感叹，写日常琐事。这是一个区别。

如果说元白、韩孟两个诗人群体在地理上属于北方诗人群，同皮陆这个南方诗人群在区域上有隔阂的话，那么我们再来看看浙东诗人群和浙西诗人群，他们之间有何异同呢？这两个诗人群的活动在时间上属于大历年间，浙东诗人群主要活动在大历初年，浙西诗人群主要活动在大历后期，都是南方的两个比较著名的诗人群。据贾晋华《〈大历年浙东联唱集〉与浙东诗人群》一文①可知，大历年间的浙东联唱，是以浙东观察使薛兼训的从事鲍防为中心，在浙江的会稽（今绍兴）聚集五十七位文人进行唱和的诗会，时间从宝应元年到大历五年，规模巨大，《大历年浙东联唱集》二卷便是当时的记录。这是一个成员众多的诗人群体，虽然《大历年浙东联唱集》已经散失，但从存留下来的一些诗篇中还是可以窥见当时的盛况。皮陆诗派与浙东诗人群有着紧密的关系。首先，在诗歌内容上他们有一致性，会稽的自然风光和苏州是一样的迷人，《大历年浙东联唱集》和《松陵集》都有大量描写风光的诗篇，有些还是组诗。例如《状江南十二咏》就是按照四时十二个月的次序分咏江南的美景佳产风土人情，描写细微入画，充满了清新秀丽的江南水乡风味，与《松陵集》中的《太湖诗》二十首相似。《征镜湖故事》《严氏园林》《花岩寺松潭》《经兰亭故池联句》等都是写风光的。其次，在体式上《联

---

①　贾晋华：《唐代集会总集与诗人群研究》，北京大学出版社 2001 年版，第 74 页。

唱集》多用联句的形式，如《醉语联句》《松花坛茶宴联句》《寻法华寺西溪联句》等，《松陵集》里就有不少的联句。不过在诗体上浙东诗人群更为灵活，有一到九字诗，如《入五云溪寄诸公联句》就是一首诗从一字起，每一句增加一个字，最后一句是九字句，当然从格式上说这不是诗歌，是文字游戏，但他们也把这个当诗歌来进行创作。这些诗人之所以聚集到会稽主要是为了避安史之乱，故诗中多悲痛情绪，如《忆长安十二咏》深情地回忆安史之乱前的长安从一月到十二月的不同景致和游乐情事，多沉痛之语，而这种情绪在皮陆那里见不到。浙西诗人群，据贾晋华《〈吴兴集〉与大历浙西诗人群》一文①可知，是颜真卿于大历八年到十二年任湖州刺史时召开的盛大诗会，参加者有三十二人，编成《吴兴集》十卷，已经散失。浙西联唱的内容更为丰富，有宴集、登游、送别、隐逸、赠答、佛理、游戏、咏物等，大致和《松陵集》中的内容差不多。他们将诗歌当作游戏的工具，创作出了不少的游戏诗，如《大言》《小言》《乐语》《谗语》《滑语》《醉语》《五杂俎》等，都是联句。皮陆的《松陵集》中也多游戏诗，如回文、离合、双声叠韵、风人等。

皮陆的唱和和浙东、浙西的联唱在形式上最大的区别就是，皮陆多用正规诗歌的体式，如五古、七古、五排、五律、七律、五绝、七绝等，而浙东、浙西多用联唱，这在皮陆看来是属于杂体诗的，不算是正规的诗歌。而且，浙东、浙西的联唱句式丰富多彩，像《忆长安十二咏》的句式为“三三、六、六六、六六”，三字句和六字句结合，更有一自九字句，并且出现了词这种诗体。任半塘在《唐声诗》上编中说：“杂言《忆长安》之为填词，完全肯定无疑。”②而且在《吴兴集》中就有著名词人张志和的《渔夫词》五首。可见，在诗体形式上，浙西、浙东要比皮陆的唱和更为自由和灵活。

晚唐的几个诗人群，如以姚合、贾岛为首的苦吟诗派，以李商隐、

---

① 见贾晋华：《唐代集会总集与诗人群研究》，北京大学出版社 2001 年版，第 86 页。

② 任半塘：《唐声诗》上册，上海古籍出版社 1982 年版，第 502 页。

杜牧、温庭筠为首的绮艳诗派，一个注重苦吟、追求冷僻苦涩的意象，一个追求心灵世界和绮艳题材的开拓，与皮陆诗派在内容和风格上都迥异，没有什么好比的，就不再论述。

第二节 皮陆诗派成员之间创作的异同

上节我们对皮陆诗派与其他几个有联系的诗人群进行了简略的比较，发现他们之间既有联系也有区别。其实，就皮陆诗派的成员而言，他们之间无论是在诗歌内容还是在风格上也都是各有异同的。对于他们之间的区别，前人在诗话里就有过一些论述。例如，对他们七律的评价就有以下诸端："韦庄、罗隐之务趋条畅，皮日休、陆龟蒙之填塞古事，郑都官、杜荀鹤之不避俚俗，变又难可悉纪。"①胡应麟也说："李商隐、杜牧之填塞故事，皮日休、陆龟蒙驰骛新奇，又一变也。许浑、刘沧角猎俳偶，时作拗体，又一变也。至吴融、韩偓香奁脂粉，杜荀鹤、李山甫委巷丛谈，否道斯极，唐亦以亡矣。"②延君寿《老生常谈》说："至皮、陆两家，多工于琢句，可读可不读。司空表圣神韵音节，胜于皮、陆。方干、罗隐、郑谷、周朴辈，皆有可观。"③分别指出了皮日休、陆龟蒙、罗隐、杜荀鹤四人七律的不同之处。胡震亨在《唐音癸签》卷八中对杜荀鹤、罗隐的整体诗风进行了比较，他说："杜彦之俚浅，以衰调写衰代，事情亦自真切。黄文江力孱韵清，妮妮如与人对语。罗昭谏酣情，饱墨出之，几不可了，未少佳篇，奈为浮渲所掩。然论笔材，自在伪国诸吟流上。"④像这样的点评，在古代诗话中还有许

① 胡震亨：《唐音癸签》卷十，古典文学出版社 1957 年版，第 83 页。

② 胡应麟：《诗薮》内编卷五，上海古籍出版社 1979 年版，第 85 页。

③ 郭绍虞等编：《清诗话续编》下册，上海古籍出版社 1999 年版，第 1801 页。

④ 胡震亨：《唐音癸签》卷八，古典文学出版社 1957 年版，第 68 页。

多，这说明，皮陆诗人群在创作上的确存在着差异。

在诗歌体裁上，他们的喜好是不同的。皮日休、陆龟蒙擅长五言古诗、七律、五律，他们奇峭的诗风主要由那些长篇的古诗构成。乐府诗也采取长篇的形式，增强了叙事议论的功能。而罗隐、聂夷中、杜荀鹤三人主要是近体律绝，几乎没有长篇的古诗，聂夷中有多首乐府诗，但均为短篇，像他的《长安道》《古别离》《游子行》等乐府诗短小的才四句，而皮日休的《正乐府十首》都是长篇的乐府诗。这种体裁上的差别导致了风格上的差异，因为在一首短小的五律、五绝里面是不好展开铺叙、展现大气淋漓的奇峭风格的。皮日休、陆龟蒙还喜欢用组诗的形式进行创作，即便是近体律绝也好用组诗，这样的组诗合起来，效果和长篇的古诗差不多，例如陆龟蒙的《风人诗四首》《怀仙三首》《大子夜歌二首》《江南曲五首》，皮日休的《杂古诗十六首》《正乐府十首》《三羞诗三首》《钓侣二章》《鸳鸯二首》等，这些组诗以描写的物象为中心，反复辗转，用各种方法修饰咏写，以达到理想的艺术效果。反之，在罗隐、杜荀鹤、聂夷中三人的诗集之中几乎看不到组诗。他们的特长在于五律、五绝、七律、七绝，因为近体诗的音韵，可以在短篇中创造出轻快明畅的艺术效果，诗歌风貌也趋于平易。在体式上，皮日休、陆龟蒙一言、两言、三言、四言、五言、六言、七言、八言、九言都有运用，甚至创作了五、七言掺杂的诗作，如陆龟蒙的《江湖散人歌》，前后是七言句式，中间是五言句式，排比铺叙，恣意肆浪，表现出错综跌宕的风格。再如陆龟蒙的《战秋辞》，以四言为主，杂以一言、二言、三言、五言、六言、七言、八言、九言，句式灵活多变，结构起伏，易于表达诗人波动的情感。罗隐、聂夷中、杜荀鹤三人只是五七言句式，比较简单。在手法上，皮日休、陆龟蒙运用了依韵、次韵、倒韵、回文、离合、联句、问答、风人体、柏梁体、吴歌体、双声叠韵、四声等多种手法，几乎把能够用上的手法都运用了。而罗、聂、杜等人几乎没有运用这些手法。

在诗歌内容上，他们也有区别。陆龟蒙长年在家乡苏州隐居，除了短暂地到睦州做过幕府，出去应考过一次外，大部分时间就在苏州。他的诗歌主要以描写自然景观和日常生活为主，表现自己幽闲的情怀，如《江南二首》《石竹花咏》《溪思雨中》《春雨即事寄袭美》《中秋待月》等等。皮日休诗歌的应酬比陆龟蒙的要多些，在《松陵集》中，往往是皮日休迎来送往的诗歌为唱诗，陆龟蒙的为和诗，这跟皮日休在崔璞幕府有关。皮日休在崔璞幕中任从事，要代崔璞接待有关人事，所以这方面题材的诗作较多，例如皮日休的《寄润卿博士》《寄怀南阳润卿》《送圆载上人归日本国》《送李明府之任海南》等。杜荀鹤反映战乱的作品最多，仅诗题标明为“乱后”的就有几十首，如《乱后山中作》《乱后归山》《乱后再逢汪处士》《乱后送友人归山中》《乱后山居》《乱后出山逢高员外》《乱后书事寄同志》《乱后逢李昭象叙别》《乱后宿南陵废寺寄沈明府》等，这跟杜荀鹤长期漂泊在外有关，他看到各地战乱后的农村惨状，用笔墨真实地记录当时的状况。罗隐的咏物、咏史诗最多，他往往借咏物、咏史来揭露政局的混乱，世态的丑恶，人情的淡薄，发泄心中的郁闷情绪，指桑骂槐、嬉笑怒骂，有着较高的思想性和艺术性。这些咏物咏史诗基本上都是讽刺诗。聂夷中的作品基本上都是古诗，除了一首七律以外，发扬古诗写实的优良传统，对社会上的不良现象予以揭露。在艺术实践中，他们各有特点，即便是写同一题材的作品，运用的手法各不相同。例如赠人诗，陆龟蒙喜欢用五古、七古的形式，如陆龟蒙的《寄茅山何道士》《寄怀华阳道士》《京口与友生话别》《丹阳道中寄友生》《江南秋怀寄华阳山人》《送宣武从事越中按狱》等，洋洋洒洒，长的达数百言，如《江南秋怀寄华阳山人》，这哪里是在赠人，分明是借赠人这个题材抒写心中的郁闷。皮日休一般用七律写送人之作，如《奉送浙东德师侍御罢府西归》《送羊振文先辈往桂阳归觐》《醉中即席赠润卿博士》《送董少卿游茅山》《寄怀南阳润卿》《访寂上人不遇》等赠人诗都是七律。罗隐赠人诗爱用五律，仅《甲乙集》卷五的赠人诗，如《寄陆龟蒙》《题方干诗》《寄制诰李舍人》《秋日怀孟夷庚》《送李右丞分司》《秋日寄狄补阙》《寄易定公乘忆侍郎》《寄大理寺徐郎中》《寄苏拾遗》《寄许融》《寄礼部郑员外》等都是五律。杜荀鹤的赠人诗，五律、七律、五绝、七绝都有，他的这些作品喜欢在诗尾向人祈求，希望能够得到被赠人的提携，或者是表明自己的心愿，希望有朝一日能够遂愿，如“自笑抛麋鹿，长安拟醉春”(《入关历阳道中却寄舍弟》)、“相知不相荐，何以自谋身”(《郊居即事投李给事》)、“只此平生愿，他人肯信无”(《将归山逢友人》)、“应怜住山者，头白未登科”(《长林山中闻贼退寄孟明府》)、“更卜深知意，将来拟荐谁”(《下第出关投郑拾遗》)、“怀亲暂归去，非是钓沧浪”(《下第东归别友人》)，等等，像这样不管什么人都向对方流露出祈求之意的诗作，在《唐风集》中比比皆是。

写自然景色的作品他们集中都有，但对于景色的描绘，他们各有差异。杜荀鹤喜欢描绘绚丽的图景，色彩鲜艳，画面优美，爱用对句，例如：“青春花柳树临水，白日绮罗人上船”(《送蜀客游维扬》)、“络岸柳丝悬细雨，绣田花朵弄残春”(《维扬春日再遇孙侍御》)、“两岸雨收莺语柳，一楼风满角吹春”(《春日行次钱塘却寄台州姚中丞》)、“高下麦苗新雨后，浅深山色晚晴时。半岩云脚风牵断，平野花枝鸟踏垂”(《春日山居寄友人》)、“渔依岸柳眠园影，鸟傍岩花戏暖红”(《送友人罢举赴辟命》)、“雨匀紫菊丛丛色，风弄红蕉叶叶声”(《闽中秋思》)、“牛笛漫吹烟雨里，稻苗平入水云间”(《题汪明府山居》)、“牛畔苗新新雨后，鹤边松韵晚风时”(《题汪氏茅亭》)等，这些诗句描绘的画面和图像大多绚丽多姿，呈现出明快清新的风格。杜荀鹤特别擅长描写农村春雨后烟雨朦胧的美丽景色，往往取一个图景予以定格，略加点缀，画面优美，如同一幅山水画，令人陶醉。他爱用色彩明亮的字眼，如红、绿、紫、白等，给人视觉鲜艳、甚至是浓艳的感觉。但他没有着意地创作山水诗，极少以景名篇，而是在各种题材的作品中以山水风光作为点缀，有名句无名篇。他把写景作为抒情、叙事、写人的表现手段，作为炼句炼意的表现对象，从而把写景运用到不同类型的诗题当中。陆龟蒙也是一个写景高手，但他的写景和杜荀鹤的不同，他喜欢选择那些暗淡、色彩不是那么明快的景物进行描摹，以表现自己那种消散闲淡、疏放爽朗的隐逸情调。例如《岛树》一诗："波涛濑苦盘根浅，风雨飘多著叶迟。迥出孤烟残照里，鹭鸶相对立高枝。"《晚渡》："半波风雨半波晴，渔曲飘秋野调清。各样莲船逗村去，笠檐蓑袂有残色。"《忆山泉》："一夜寒声来梦里，平明著屐到声边。心期盛夏同过此，脱却荷衣石上眠。"这些景色，都是冷色，像"孤烟""残照""风雨""秋野""残声""寒声"等字眼，给人一种萧散疏淡之感，这同杜荀鹤写那种热烈浓艳的自然景色是迥然不同的。此外，像"抱杖柴门立，江村日易斜。雁寒犹忆侣，人病更离家"(《村中晚望》)、"暗霜松粒赤，蔬雨草堂寒"(《送人罢官归茅山》)、"桂冷微停素，峰乾不偏岚"(《残雪》)、"桐露珪初落，兰风珮欲衰"(《秋思三首》其一)、"凉汉清泬寥，衰林怨风雨"(《子夜四时歌》)、"岁月如流迈，春尽秋已至。荧荧条上花，零落何乃驶"(《子夜变歌》)、"簾斜树隔恨无限，烛暗香残坐不辞"(《中秋待月》)等，可知陆龟蒙所描写的景色都是暗淡无光没有亮色的，这种原因的出现跟他的心态有关系。罗隐的写景诗和他们的又不同，可以说他的每一首写景诗都是写景与议论相结合的产物，都要流露出一种牢骚和不满。试看《曲江春感》，头两句"江头日暖花又开，江东行客心悠哉"写曲江春色，接着出现"圣代也知无弃物，侯门未必用非才"，对科举制度的不满溢于言表。一般他是前半截写景，后半截议论，这成了他写景诗的一个固定的套路。如"数枝艳拂文君酒，半里红欹宋玉墙。尽日无人疑怅望，有时经雨乍凄凉"(《桃花》)、"柳攀灞岸狂遮袂，水忆池阳渌满心。珍重彩衣归正好，莫将闲事系升沉"(《送进士臧溃下第后归池州》)、"槐梢清蝉烟雨余，萧萧凉叶堕衣裾。噪槎乌散沉苍岭，弄杵风高上碧虚。百岁梦生悲蛱蝶，一朝香死泣芙蕖。六宫谁买相如赋，团扇恩情日日疏"(《闲居早秋》)等，都是前面写景，后边议论，抒发自己心中的感慨。皮日休的写景诗往往是动态的，截取画面中的多个图景分开来写，使人有亲临其境之感。例如他的《太湖诗》二十首，从开始游太湖一直写到游览结束，每到一个景点都有诗记叙状况，二十首诗合起来就是一篇出色的游览文。从诗题中我们就可以看出他的游程：《初入太湖》《晓次神景宫》《入林屋洞》《雨中游包山精舍》《游毛公坛》《三宿神景宫》《缥缈峰》《桃花坞》《明月湾》等，算是纪实山水诗。他的《奉和鲁望四明山九题》也是写各个景点，如《石窗》《过云》《云南》《云北》《鹿亭》《樊榭》等，完全是动态的景物描写。此外，在《奉和鲁望樵人十咏》中也有不少写景诗，如《樵家》《樵溪》《樵径》等，写樵夫进山所遇到的自然风光，每经过一个地方，风光各不相同，这样，景色就呈现出动态的画面。聂夷中的写景诗不多，暂不论。

杜荀鹤的诗歌往往表现出一定的哲理性。如他的《感寓》："大海波涛浅，小人方寸深。海枯终见底，人死不知心。"把大海和小人相比来告诫人们要提防小人。《泾溪》："泾溪石险人兢慎，终岁不闻倾覆人。却是平流无石处，时时闻说有沉沦。"泾溪在安徽绩溪徽岭山，原名徽水。泾溪因为险恶，水流凶险，人们行舟往往留意，不会出事。往往是那些水流平坦的地方由于人们失去警惕，麻痹大意，时常出事。这说明一个道理，决定人事成败的关键在于能否兢慎。兢兢业业，才能办好事情。《闻子规》："楚天空阔月成轮，蜀魄声声似告人。啼得血流无用处，不如缄口过残春。"与其苦苦求人不如保持沉默，人生一世有时需要三缄其口。这些小诗看似简短，却道出了许多生活的哲理。罗隐的诗歌也有哲理化的倾向，他往往在咏史、咏物诗中表现这种哲理。例如《筹笔驿》《题蟠溪垂钓图》《王睿墓》等诗，讲时势造英雄的道理。时运一到，英雄就有了用武之地，时运不济，纵有天大的本事都无处发挥。皮日休喜欢在咏史诗中翻案，对历史人物重新进行评价。例如《馆娃宫怀古五绝》《泰伯庙》等诗对吴越的历史人物作了翻案，令人耳目一新。

我们在分析皮陆诗派的诗歌风格时发现，这个诗派中皮、陆的诗歌风格偏向于驰骛新奇，罗隐、杜荀鹤、聂夷中三位的诗歌风格偏向于浅切明畅。当然这并不代表皮、陆就没有浅切通俗的诗歌，只是就其主要风格而言。那么，皮、陆奇峭的诗风之间是不是也有区别呢，答案是肯定的，这跟个人的经历、喜好、修养、性情有关。皮日休在松陵唱和之前就将自己的诗文集整理出来，名曰《皮子文薮》，十卷，诗歌很少，多为散文。苏州唱和时期的作品由陆龟蒙整理为《松陵集》，也是十卷。之后的诗歌，从咸通十三年到乾符三年这十余年之间的作品，除了《全唐诗》所收皮日休诗有少量外，几乎是再也见不到了，原因是多方面的。但主要是由于他后期参加黄巢的起义军，作品不易保留。而陆龟蒙在苏州唱和之后依然创作了大量的诗歌，这些诗歌都保留在《甫里先生文集》里，这样，我们对皮、陆二人的诗风比较就不太好进行，但现存的作品依然是我们分析二人异同的依据。这里仅依据《皮子文薮》和《甫里先生文集》中所收的诗歌，对他们二人之间诗风的区别作简单分析。大致说来，除了长篇的五古外，在一些小诗中，皮诗的新奇表现在语意、意境的奇上，往往出人意料又在情理之中。如《伤开元观顾道士》，不写顾道士死去，而是说他被上天下旨招去，“协晨宫上启金扉，诏使先生坐蜕归”，就把悲哀的事情写得生动有趣，化解了人们心中的伤痛，这样写很富有人情味。再如《醉中即席赠润卿博士》：“茅山顶上携书簏，笠泽心中漾酒船。桐木布温吟倦后，桃花饭熟醉醒前。”写这位润卿博士张贲潇洒惬意的隐居生活，很有情趣。“酒船”“桃花饭”“茅山顶”，都是奇特的语意。陆龟蒙诗歌风格的新奇主要表现在语言的奇峭怪异上，他往往用怪癖的生字、生词，押险韵，造成一种散淡疏放奇异之美。如他的《江湖散人歌》《战秋辞》《庆丰宅古井行》《鹤媒歌》《丁隐君歌》《五歌》《紫溪翁歌》《引泉诗》《纪梦游甘露寺》《怪松图赞并序》等诗篇，都有一种怪异奇美的风格，表达内心愤郁的呼声，激荡着心灵的回旋。他往往写生活中一些不为人所注意的事物，有些丑的事物，在他的笔下写来虎虎生风，当然就具有怪异的风格了。

皮陆诗派在创作上的确有很多的异同，这些异同的存在并不构成破坏他们成为一个诗人群的因素，相反，由于这些异同的存在，使得这个诗人群具有多样的艺术风貌，正所谓寸有所长尺有所短，正是他们在各个方面的努力才使得唐音余绪晚唐诗散发出最后的余光，并为唐音向宋调的转变作出过渡，这是他们在诗史上的独特贡献。

第三节　皮陆诗派个人创作分期的异同

皮陆诗派在创作上相互之间存在着异同，这是无可否认的事实。那么，在个人的创作上是否也存在着异同呢，答案也是肯定的。一个诗人的创作不可能总是以一个面孔一个模样出现的，随着阅历的增长，他的创作必定会出现变化，这是符合文学规律的。文学史上的大诗人，往往多有创作前后的区别，或在题材上或在体裁上或在风格上，这种异同是诗人心灵轨迹变化的见证，像陶渊明、王维、李白、杜甫、白居易等大诗人，都有前后创作不同的现象发生，在皮陆诗派身上，也存在着这种现象。胡震亨在《唐音癸签》卷八中就指出皮日休考取进士前后创作的差异，他说："皮袭美未第前诗，尚朴涩无采。第后游松陵，如太湖诸篇，才笔开横，富有奇艳句矣。律体刻画堆垛，讽之无音，病在下笔时先词后情，无风骨为之干也。"①实际上，皮陆诗派中的每个成员都存在着创作上前后分期，诗歌内容和风格存在差异的问题，本节就对这些问题进行初步的探讨。

皮日休于咸通八年考取进士，之后到苏州崔璞幕府任职，其创作以此为界判然两分。前期的作品以他咸通七年在肥陵编次的《皮子文薮》十卷为主，后期的作品以咸通十三年陆龟蒙编集的《松陵集》十卷为主，前后几乎判若两人。前期的皮日休受儒家传统的思想浸淫太深，饱读儒家典籍，外出壮游干谒公侯，积极参加科举考试，希望能谋取功名，走上仕途。他多次在诗文中流露出对李白、孟浩然等盛唐诗人的钦慕，对历史上的良臣也仰慕不已，将其当作自己效仿的对象。这个时候的皮日休极力鼓吹儒道，作《请孟子为学科书》和《韩文公配飨太学书》，充满了政治热情。早期的创作诚如他在《皮子文薮序》中所说："其余碑、

① 胡震亨：《唐音癸签》卷八，古典文学出版社 1957 年版，第 66 页。

铭、赞、颂、论、议、书、序，皆上剥远非，下补近失，非空言也。”把文学创作当作自己实践儒家伦理的工具，积极地用诗文参与社会干预政治。文章在他看来是正道，故此期的创作多以文章为主，包括各种文体。《皮子文薮》十卷，从卷一到卷九都是文章，只有卷十才是诗歌，数量也不是很多，可见前期皮日休的主要精力还是放在文章的创作上。这些文章内容丰富，有提出各种主张的，如在《原化》中他提出通过儒学复兴来挽救时代危机，实现拯时救弊的政治目的，在《正沈约评诗论》《咎繇碑》《原己》《原用》《心箴》等文中大力提倡儒家的仁政思想，从而反对佛道。在《原道》《读荀》《春申君碑》《文中子碑》《易商君列传赞》等文中对历史上圣人的品性和功绩予以了赞扬，表示要效仿他们。通过这些文章，我们可以看出皮日休积极用事的思想和他高涨的政治热情。在文学思想上，他努力学习儒家诗教观，尊奉美刺原则，用诗文反映现实社会。他理想中的儒家王道政治与现实社会的无道混暗相冲突，强烈的政治责任感和使命感，使他在复兴儒学的同时又对朝政的种种弊端加以无情的揭露。在《忧赋》《霍山赋》《河桥赋》等赋作中他对懿宗朝廷的各种弊端加以揭露，并提出了他自己的主张，表达了对国家命运的极度关心。在《读司马法》中揭露暴君的罪恶以及皇权政体与人民根本利益的冲突。《鹿门隐书》六十篇更是对整个封建专制政体的本质进行了深刻的控诉。在《汴河铭》《隋鼎铭》中，他以古讽今，谴责隋炀帝驱使民众开挖汴河，铸造铁鼎，劳财伤民，实际上是对唐懿宗野蛮搜刮大兴土木的声讨。他继承汉魏乐府诗的优良传统，写作了《正乐府十篇》，反映民生疾苦，积极为民请命，要求政府轻徭役，真正把乐府诗的精华发扬光大。同时他也吸取古诗的长处，创作出《三羞诗》《杂古诗十六首》《七爱诗》等组诗，赞美良臣歌颂正气，贬责丑恶现象，实践了他自己的诗歌主张。这个时期他的诗文作品质朴自然，端庄纯正，无华丽词藻，无游戏文字。十卷《皮子文薮》就是早期皮日休思想和心态的真实记录。他之所以把《皮子文薮》编集，就是为了进士考试，干谒行卷，可见他对早期自己诗文创作的自信。

进士中第后的皮日休在长安参加吏部的铨选，遭到礼部侍郎郑愚的戏弄，没有谋取一官半职，世道的艰难险阻使皮日休失望地离开京城，转到地方谋出路。多年的来回奔走一事无成，好不容易才到苏州投靠在当时的苏州刺史崔璞幕下，任苏州军事院从事，这是一个从七品的官职，对像皮日休这种才子来讲未免是太不如意了，但寄人篱下也无可奈何。在苏州期间他结了婚，完成了人生中的一件大事。生活的暂时安稳，给他的诗歌创作带来了新的变化。这个时期他结识了本地诗人陆龟蒙，两人志趣相投，很快成为好朋友。秀丽的苏州山水涤荡着诗人失意的心灵，为他的诗歌创作带来了灵气，隐逸思想在此期占据了主要地位，白居易的闲适诗成了他创作的榜样。后期皮日休的创作以诗歌为主，文章几乎没有再写作。这个时期的诗歌从内容和风格上都发生了重大的改变，描写民生疾苦关注社会现实的作品急剧减少，相反表现自己闲情逸致生活风貌的篇章多起来。诗风也从以前的朴实自然转变为驰骛新奇，在和陆龟蒙的唱和诗中运用各种技巧逞才斗胜，把诗歌作为自己消遣的工具。关于后期皮日休的诗歌创作及其风格艺术，我们在前面已经作了极为详细的分析，此处从略。此期的皮日休与前期的他判若两人，归根到底还是生活的改变带来诗歌内容和风格的改变。这个时候的皮日休在思想上已经变得成熟起来，种种经历让他在现实面前重新思考，政治热情已经化为乌有，诗人琢磨的是如何在诗中表现自己高洁的情趣，在诗歌的艺术技巧上逐渐成熟，进行了多种有益的尝试，与陆龟蒙一道开创了唱和诗创作的新高潮，并为宋调风格的形成作出了自己的贡献。

杜荀鹤和罗隐前后期的变化也是很大的。杜荀鹤以大顺二年(公元891年)进士登第为界限，思想和创作分为前后两期。这年正月十日杜荀鹤进士及第，这在顾云《杜荀鹤文集序》①和钱易《南部新书》辛集中

---

① 胡嗣坤、罗琴：《唐风集校注》卷首，《杜荀鹤及其〈唐风集〉研究》上编，巴蜀书社2005年版，第11页。

有明确记载。也是这年初夏，他游夷门(今河南开封)时拜识朱温，从此依靠大军阀朱温，仕途青云直上，反映在诗歌创作上就是歌功颂德阿谀奉承的作品明显多起来，人格也发生嬗变，与前期那个关心民生疾苦、曾经创作出《山中寡妇》《乱后逢村叟》等名作的诗人杜荀鹤前后判若两人。可以说前期的杜荀鹤是诗人，后期的杜荀鹤是政客，两种角色的转换导致诗歌面貌发生重大的变化。前期的杜荀鹤一直对自己很有信心，总是相信有一天会出人头地，常常以教化为己任，以风雅自许。他曾说："诗旨未能亡救物，世情奈值不容真"(《自叙》)、"共有人间事，须怀济物心"(《与友人对酒吟》)、"雅篇三百首，留作后来师"(《维扬逢诗友张乔》)、"言论关时务，篇章见国风"(《秋日山中寄李处士》)。可见他把恢复儒家教化作为自己的责任和义务，诗歌反映社会现实，具有强烈的时政色彩。顾云在《杜荀鹤文集序》中也强调他的诗歌的教化作用，其云："其雅丽清省激越之句，能使贪吏廉、邪臣正、父慈子孝、兄良弟悌，人伦之纪备矣。"顾云的说法虽然有些夸张的味道，但也道出了杜荀鹤的真实意思。他为恢复儒家之道统而呼喊奔走，在诗中时常提及，如"直应吾道在，未觉国风衰"(《维扬逢诗友张乔》)、"吾道天宁丧，人情日可疑"(《钱塘别罗隐》)、"道合和贫守，诗堪与命争"(《春日闲居即事》)、"闭门非傲世，守道是谋身"(《山中贻同志》)、"用心常合道，出语或伤时"(《自述》)、"吾道在五字，吾身宁陆沈"(《秋日怀九华旧居》)等，反复念叨着自己的儒家之道，其实也就是教化和风雅观。在这种思想的指导下，杜荀鹤创作了大量反映社会现实民生疾苦的诗篇，如《山中寡妇》《乱后逢村叟》《题所居村舍》讽刺苛捐杂税之重，对百姓危害之深。《蚕妇》《樵夫》《再经胡城县》《江南逢李先辈》《乱后逢李昭象叙别》等同情底层老百姓的不幸遭遇，同情乱世中的流浪者，《旅薄遇郡中叛乱示同志》《将入关安陆遇兵寇》等诗歌揭露官军的种种暴行，所有这些都是他以诗歌干预社会的真实反映。他将乐府诗反映现实的传统改为用七律、五律写作，风格直切平易，浅近自然，通俗易懂。但是，杜荀鹤也有严重的取禄酬志谋身荣家的功利心态，这在诗中反复地表明，如“苦吟风月唯添病，遍识公卿未免贫”（《下第东归道中作》）、“无禄奉晨昏，闲居几度春”（《郊居即事》）、“青去寸禄心耕早，明月仙枝分种迟”（《了关投孙侍御》），对没能踏入仕途耿耿于怀。在这种情况下，他不断地进行干谒，向达官贵人们写诗奉承，期盼他们推荐自己，如“自别家来生白发，为侵星起谒朱门”（《江上初秋寓泊》）、“此身虽贱道长犹，非谒朱门谒孔门”（《投长沙裴侍御》）、“此生何路出尘埃，犹把中才谒上才”（《投江上崔尚书》）、“干人不得已，非我欲为之”（《江上与从弟话别》），写这种主题的作品在他的诗集中占多数。诗人就在这样的一种心态中来回奔走，为了科举考试一次次地行走于豪门贵族之间，受尽侮辱和折磨，像“应怜住山者，头白未登科”（《长林山中闻贼退寄孟明府》）、“一枝仙桂如攀得，只此山前是老期”（《闲居即事》）这样的诗句都是内心深处的呼喊。好不容易在大顺二年登科，遇见了朱温，哪有不依附之理。所以，我们对杜荀鹤投靠军阀朱温不必致以过多的责怪，这在晚唐士人当中是普遍现象。就以皮陆诗人群来说，皮日休先是依附苏州刺史崔璞，后来是投靠军阀黄巢，并到黄巢的政府当中任职。罗隐依附吴越王钱镠，得到很高的赏识。还有韦庄投靠前蜀王王建，都是例证。五代人何光远在《鉴戒录》卷九中说：“杜在梁朝，献朱太祖《时世行》十首，欲令太祖省徭役，薄赋敛。是时方当征伐，不洽上意，遂不见遇，旅寄寺中。敬相公翔谓杜曰：‘希先辈稍削古风，即可进身，不然者虚老矣。’杜遂课颂德诗三十章以悦太祖。议者以为杜虽有玉堂之拜，顿移教化之词，壮志清名，中道而废。”①这说明，杜荀鹤开始依附朱温，还是希望他能够接受自己那套儒家教化的思想，但这种想法在朱温那里行不通，后来在敬翔的开导下，杜荀鹤才有了转变，转而给朱温写《颂德诗》三十首，才得以高升。不然，还是依照古风诗的精神，只能“虚老矣”，可见任何一个当

---

① 胡嗣坤、罗琴：《杜荀鹤及其〈唐风集〉研究》附录二《杜荀鹤研究资料汇编》，巴蜀书社2005年版，第382页。

政者都希望听歌功颂德的好话。也从另外一面说明，杜荀鹤的后期转变也是身不由己的事情。后来杜荀鹤的作品，如《梁王座上赋无云雨》等，都是吹嘘拍马之作，思想艺术皆无可言。杜荀鹤甚至由一个优秀的现实主义诗人转变成了一个残暴的官僚，例如《旧五代史》卷二十四《杜荀鹤传》就说："太祖以其才表之，寻授翰林学士、主客员外郎。既而恃太祖之势，凡搢绅间己所不悦者，日屈指怒数，将谋尽杀之。"①如此看来这就相当骄奢跋扈，性格残暴，更与前期的杜荀鹤截然判若两人。

罗隐也是依靠吴越王钱镠才得以青云直上的，但他没有像杜荀鹤后来那样飞扬跋扈不可一世，还时常以诗歌劝讽钱镠，好在钱镠也通人情并不在意。钱镠出生于唐宣宗大中六年(公元 852 年)，比罗隐整整小二十岁，从年岁来讲是罗隐的晚辈，但是他对罗隐的知遇之恩却是罗隐感恩戴德的。罗隐于唐僖宗兴启三年五十五岁的时候依附钱镠，当时的钱镠不过是杭州刺史，地位声誉还不是很大。据沈崧《罗给事墓志》②可知，就在罗隐依附钱镠的当年，钱镠就很器重他，表罗隐为钱塘令，拜秘书著作郎，辟为镇海军节度掌书记。唐昭宗天服二年，钱镠进爵越王，地位尊崇，对罗隐也愈加信赖，提升他为司勋郎中，充镇海节度军判官，随后授罗隐为吴越给事中。随着地位的变化，罗隐的思想与诗歌均发生变化，后期的作品跟杜荀鹤一样，多是围绕钱镠写作，像《献尚父大王》《春日投钱塘元帅尚父二首》《病中上钱尚父》《感别元帅尚父》等吹捧钱镠的诗作很多，除了歌功颂德外别无所求，艺术平平，诗歌这个时候成了应酬的工具。但罗隐和皮日休、杜荀鹤不同的是，他虽然依附钱镠，但是在道统上说得过去，因为直到罗隐去世，钱镠都是唐朝的封疆大吏，没有背叛过唐朝政府，所以他的依附在品性上没有非议之处。而皮日休依附黄巢，杜荀鹤投靠朱温，这些在当时来看都是所谓的贼子乱臣，尤其是朱温篡唐更为人所不齿，杜荀鹤、皮日休一再地在诗

① 薛居正等撰：《旧五代史》卷二十四，第一册，中华书局 1997 年版，第326 页。

② 李之亮：《罗隐诗集笺注》附录一，岳麓书社 2001 年版，第 396 页。

中宣称要维护正统恢复儒道，在这个关头却什么都不顾了，可见他们的政治理想好多都是空言明道不切实际的。当然，如同李白入永王李璘幕府一样，在当时看来，他们认为是为国家效忠的一种表现，也就无可非议了。

陆龟蒙的诗歌也分为前后两期，不过他的分期不像罗隐、皮日休、杜荀鹤三位这样的明显，因为他自始自终都在家乡苏州生活，前后期创作的区别不是很大，这里就不再作论述了。聂夷中的作品散失严重，不好区分，也就不论。

第五章 《松陵集》与皮陆唱和研究

皮陆诗派之所以成为一个群体，关键是主要人物皮日休和陆龟蒙的影响，形成了“皮陆”这个称呼，而皮陆称呼的由来在于咸通年间的苏州唱和，这是他们得以成名的一个重要标志。皮日休、陆龟蒙的主要作品在此间产生，驰骛新奇诗风的形成也在此间。所以有必要用专章的形式对《松陵集》以及皮陆唱和进行研究，从中揭示出一些现象。

第一节 苏州文会与《松陵集》的编撰

唐懿宗咸通十一、二年间，皮日休为苏州刺史崔璞从事，与本郡诗人陆龟蒙结识从而进行诗歌唱和。在崔璞的主持下，在苏州幕府展开过多次文会，参加者除了崔璞、皮日休、陆龟蒙外，尚有张贲、李縠、魏朴、司马都、颜萱、郑璧、羊昭业、崔璐等人，后由陆龟蒙编为《松陵集》十卷，皮日休为之作序。皮陆吴中唱和可以说是唐代诗歌发展史上的一件大事，对后世很有影响。皮陆之所以成名跟这苏州唱和以及《松陵集》的编撰流传有很大关系，而且，皮陆前期的诗歌，无论是体裁、题材，还是艺术风格，都与此期的创作迥异。为了较为全面地了解皮陆二人的创作，有必要对松陵唱和现象和《松陵集》进行专题研究，以期了解皮陆诗歌创作的全貌，能够作出较为准确的评价。

关于吴中唱和，皮日休在《松陵集序》中是这样说的：“咸通七年，今兵部令狐员外在淮南，今中书舍人弘农公守毗陵，日休皆以词获幸，悉蒙以所制命之和。各盈编轴，亦有名其首者。十年，大司谏清河公出牧于吴，日休为郡从事。居一月，有进士陆龟蒙字鲁望者，以其业见造，凡数编。其才之变真天地之气也。近代称温飞卿、李义山为之最，俾生参之，未知其孰为之后先也。太玄曰：'稽其门，辟其户眼其键，然后乃应况其不者乎？'余遂以词诱之，果复之，不移刻。由是风雨晦冥，蓬蒿翳荟，未尝不以其应而为事。苟其词之来，食则辍之而自饫，寝则闻之而必惊。凡一年，为往体各九十三首，今体各一百九十三首，杂体各三十八首，联句问答十有八篇在其外，合之凡六百五十八首。南阳广文润卿，陇右侍御德师，或旅泊之际，善其所为，皆以词致师。词之不多，去之速也。大司谏清河公有作，或命之和，亦著焉，其余则吴中名士，又得三十首。除诗外，有序十九首。总录之，得十通，载诗六百八十五首。……生既编其词，请于余曰：'尔有文，当为我序诗道，兼十通以名之。'日休曰：'诺。'由是为之序。松江，吴之望也，别名曰松陵。请目之曰《松陵集》。皮日休撰。"①皮日休的这段序言，为我们了解苏州文会以及松陵唱和提供了最为原始也是最为可靠的文字依据。通过这段文字，我们可以得知以下的一些情况。

关于苏州文会的时间，《松陵集序》明确记载说是咸通十年，也就是皮日休进入崔璞幕府一个月后，与陆龟蒙相识，随后进行诗歌唱和，前后一年时间。《松陵集》卷九有崔璞《蒙恩除将还京洛偶叙所怀因成六韵呈军事院诸公郡中一二秀才》一诗及皮日休《谏议以罢郡将归以六韵赐示因伫酬献》、陆龟蒙《谨和谏议罢郡叙怀六韵》和诗两首，可知皮陆唱和的时间基本上与崔璞刺苏州任期相吻合。又崔璞此诗云"两载求人瘼，三春受代归"，并于"遽蒙交郡印"诗句下注云"到任十二个月，除替未及二年"（《唐诗纪事》卷六十四和《全唐诗》卷六百三十一均将"二

① 《松陵集》卷首，《景印文渊阁四库全书》本，第 1332 册，台湾商务印书馆 1983 年版，第 166 页，以下所引《松陵集》均出此本，不再另注版次。

年”作“三年”)，可知崔璞离任是在咸通十一年暮春三月。但察《松陵集》卷三有皮日休《太湖诗并序》，序云：“十一年夏六月，会大司谏清河公忧霖雨之为患，乃择日休将公命祷于震泽。”据此推知，崔璞刺苏只能是在咸通十一年春至十二年春间，这明显与《松陵集序》中的时间“咸通十年”不合，崔璞和皮日休都是苏州文会的当事人，他们说的却不一致，那么到底哪个时间是正确的呢？下面我们先看看学界的一些说法，再作出我们的判断。梁超然在《唐才子传校笺》卷八之《皮日休传笺证》中作出推断：“疑‘到任十二个月’应为‘到任二十二个月’，即十年秋到任，十二年春三月离任，如此方与日休诗不悖，且与璞诗所云‘两载’、‘除替未及三年’相合。日休于咸通十年秋至十二年三月在苏州崔璞幕中。”①马丕环《皮日休年谱会笺》则认为“十二月”当系“二十月”之误，他说：“诗云‘三春受代归’，指的是春三月离任。日休《谏议以罢郡将归以六韵赐示因伫酬献》诗云：‘欲下持衡诏，先容解印归。露浓春后泽，霜薄齐来威。……隔花攀去棹，穿柳挽行衣。’所写亦系春景，故崔璞三春解任可无疑。若如注云‘到任十二个月’，又于三春离任，则只能是十一年三月，但据《太湖诗序》知，崔璞在十一年夏六月尚在任上，故其离任必不能在十一年三月。疑‘十二个月’当为‘二十个月’之误，即十年秋七月到任，十二年春三月离任，如此方与日休诗不悖，且与崔璞诗所云‘两载’、‘除替未及三年’相合。”②沈开生《皮日休系年考辨》一文③认为《松陵集序》中的“咸通十年”应作“咸通十一年”，理由是崔璞出为苏州刺史，皮日休陆龟蒙结交唱和均在咸通十一年，崔璞罢任在咸通十二年春末夏初，崔璞诗注“到任十二个月，除替未及二年”不误。尹楚彬在论文《皮日休、陆龟蒙二三事迹新考》第一节《吴中唱和时间及〈松陵集〉载诗数量考》中认为上述观点均为推测之辞，不足

① 傅璇琮主编：《唐才子传校笺》第三册，中华书局 1990 年版，第 501 页。

② 载《宝鸡文理学院学报》1996 年第 1 期。

③ 载《研究生论文选集》中国古代文学分册，江苏人民出版社 1983 年版，第 172 页。

为据。他从《松陵集》卷七皮日休《寄滑州李副使员外》和陆龟蒙和诗《奉和袭美寄滑州李副使员外》的内容结合史料入手，指出二诗中所反映的是咸通十年八月懿宗诏征诸道兵马平泗州叛乱事，这样就确知在咸通十年八月间皮陆二人就已经相识相互有了唱和，可知《松陵集序》中记载的苏州文会发生在咸通十年不误，崔璞离任是在咸通十二年春三月，“由咸通十年六、七月至十二年三月，前后二十二个月，崔璞诗注‘到任十二个月’，当脱‘二’字。这样皮、陆吴中唱和实际上接近两年，《松陵集序》作‘凡一年’，‘一’字当‘二’字之讹。”①吴在庆《皮日休为苏州郡从事及初识陆龟蒙之时间》认为崔璞于咸通十年冬授苏州刺史职，但抵任在咸通十一年春，离任在咸通十二年暮春，“则其除、罢任虽跨三年，而在任实仅十二个月。故此与其诗‘两载求人瘼，三春受代归’之句，其注‘到任十二个月，除替未及三年’相契合”。② 如此，皮陆也只能在咸通十一年春崔璞始抵苏州任时相识，那么皮陆唱和的时间在此后。吴先生此论较为合理，故贾晋华《〈松陵集〉与咸通苏州诗人群》一文即以吴文考据结论立论。③

我们之所以不厌其烦地将学界有关皮陆苏州唱和时间的考证成果引证出来，就是想弄清楚这一在文学史上有着重要影响的文学活动的具体起止时间，这对于准确地评价皮陆诗歌是个关键的问题。几家说法均有理由，但也有自相矛盾的地方，例如尹楚彬文通过皮陆诗歌中发生的历史事件的时间来判断皮陆唱和不晚于咸通十年八月，也就是说在崔璞刺苏州当在咸通十年的六、七月间。而吴在庆文引陆龟蒙诗《奉酬袭美先辈吴中苦雨一百韵》中关于他此年赴京赶考的记载，结合《旧唐书·懿宗纪》咸通十年十二月“其礼部贡举，宜权停一年”的史实，认为陆龟蒙

---

① 载《中国韵文学刊》1998年第1期。

② 吴在庆：《唐五代文史丛考》第五章《生平仕历考》，江西人民出版社1995年版，第201页。

③ 贾晋华：《唐代集会总集与诗人群研究》，北京大学出版社2001年版，第161页。

赴举闻诏而返回苏州最早也在咸通十年年底或者十一年年初，如此，则皮陆相识只能在此后，那么松陵唱和的时间也随着往后顺延。两位都是从皮陆诗歌内容出发结合史实进行考论，结论却大相径庭，其实这也是很正常的事情。这里有一个关键的问题，就是在崔璞来苏州任职之前，皮陆有无认识从事诗歌唱和的可能？如果这个问题解决了则所有的问题迎刃而解。尹楚彬文以皮陆有关泗州解围的历史事件推论他们的唱和时间在咸通十年八月，这的确是证据，然而，诗歌不是新闻报道讲究及时和准确。有没有在泗州事件发生之后他们以此作为诗歌题材而进行创作唱和的可能性呢？文学史上好多这样的例子，即诗人描写的历史内容都是已经发生过的，杜甫、李白、李商隐、杜牧等诗人就有过多首这样的诗歌。现在看来，崔璞刺苏州任的时间已经限定在咸通十年到咸通十二年之间，而《松陵集》中能够编年最早的诗歌是陆龟蒙的《徐方平后闻赦因寄袭美》及皮日休的和作，述咸通十年九月平庞勋乱、十一年正月赦天下事，则诗歌也只能作于此后，可以确定咸通十一年是皮陆苏州文会唱和的主要时间。傅璇琮主编的《唐五代文学编年史》晚唐卷于咸通十一年三月云："本年春起，皮日休、陆龟蒙在苏州唱和往来，说诗论艺，颇多长篇酬和之作。后张贲、羊昭业、李縠、崔璐、魏朴等人亦多与皮、陆往来唱和。"①《松陵集》中的大部分诗歌不是一时创作而成的，但主要是皮陆二人的作品。

苏州文会的参加者，据《松陵集序》，有崔璞、皮日休、陆龟蒙、张贲、李縠、魏朴、司马都、颜萱、郑璧、羊昭业、崔璐十一人。兹据有关材料将这些参与者的生平行状大致考证出来。苏州文会的主持者为"大司谏清河公"崔璞，河北清河人，生卒年不详，咸通十年任苏州刺史，十二年罢任归京，后任同州刺史。《唐诗纪事》卷六十四有简略记载。《松陵集》收其诗两首，为《奉酬皮先辈霜菊见赠》和《蒙恩除替将还京洛偶叙所怀》。《松陵集序》中的"南阳广文润卿"为诗人张贲，河南南

① 傅璇琮：《唐五代文学编年史》晚唐卷，辽海出版社1998年版，第561页。

阳人，大中年间登进士第，后为广文博士。咸通前期隐居茅山学道，世称“华阳道士”，后期旅居苏州，与皮、陆等人交往甚密，多有唱和，在《松陵集》中张贲有诗 16 首，数量上仅次于皮陆二人。《全唐诗》卷六三一录存其诗 16 首，就是《松陵集》中的这 16 首，《全唐诗补编·续拾》卷三三补录其诗一首。《松陵集》卷九有皮日休《润卿、鲁望寒夜见访，各惜其志，遂成一绝》，张贲、陆龟蒙皆有和作。序文中之“陇西侍御德师”为李縠，甘肃敦煌人，咸通中进士，任浙东观察推官，兼殿中侍御史。据《旧五代史》卷二十四和卷五十八记载，李縠还曾在晋公王铎幕府任过都统判官，以功升任右谏议大夫。① 在浙东幕时，与皮日休、陆龟蒙诸人友善，多唱和之作，皮日休赏识李縠诗才，在《奉送浙东德师侍御罢府西归》诗中称其为“建安才子”，可见推崇之高。《松陵集》卷九有李縠《醉中袭美先辈先起因成戏赠》，皮日休、陆龟蒙、张贲皆有和作。在同卷中张贲有《奉送浙东德师侍御罢府西归》，皮日休、陆龟蒙也皆和之。序文中的“吴中名士”，计有功在《唐诗纪事》卷六十四中认为是指魏朴、司马都、郑璧、颜萱。他说：“朴，唐末吴中名士也。……其余则吴中名士。谓司马都、郑璧、朴与颜萱。”②这几个人都为江南人氏，算是本土诗人。魏朴，江苏常州人，毗陵隐士，字不琢，性情高洁。《松陵集》卷五有皮日休《五贶诗并序》云：“毗陵处士魏君不琢，气真而志放，居毗陵凡二纪，闭门穷学。”颜萱，字弘至，江南进士，中书舍人颜荛之弟。颜氏兄弟从小受知于诗人张祜。《松陵集》卷九有颜萱《过张祜处士丹阳故居并序》一诗，皮日休、陆龟蒙均有和作。同卷皮日休有《送圆载上人归日本国》及《重送》，陆龟蒙、颜萱均和之。司马都、郑璧也均为江南进士，《松陵集》卷九有陆龟蒙《幽居有白菊一丛，因而成一咏，呈一二知己》，司马都、郑璧、皮日休、张贲皆和

---

① 薛居正：《旧五代史》卷二十四《梁书》二十四，第一册，中华书局 1997 年版，第 321 页；薛居正：《旧五代史》卷五十八《唐书》三十四，第三册，中华书局 1997 年版，第 781 页。

② 王仲镛：《唐诗纪事校笺》下册，巴蜀书社 1992 年版，第 1725 页。

之。羊昭业，字振文，苏州人咸通九年登进士第①，《松陵集》卷九有陆龟蒙《送羊振文先辈往桂阳归觐》，皮日休、颜萱、司马都皆和之。同卷皮日休有《偶留羊振文先辈及一二文友小饮，日休以眼病初平，不敢饮酒，遣侍密欢，因成四韵》，羊昭业、陆龟蒙和之。崔璐，字大圭，河北清河人，崔绶子，咸通七年登进士第。《松陵集》卷二有崔璐《览皮先辈盛制，因作十韵以寄，用伸叹仰》，皮日休、陆龟蒙皆和之，这也是《松陵集》中崔璐唯一的一首诗歌。

据皮日休《松陵集序》，知此集为陆龟蒙所编，皮日休撰写序言并给诗集命名。诗集编成年代应该在咸通十二年至十三年之间。文渊阁四库全书本《松陵集》后有明代弘治年间吴都穆的《松陵集跋》一篇。跋曰："古松陵即今之吴江，予同年济宁刘君济民来，为邑令。谓是集为其邑故物，而人未之见授。儒士卢雍校勘捐俸刻之。予观唐诗人多尚次韵，至元白而益盛，其萃而成编，则有《汉上题襟》《断金》及是三集。按皮氏自序谓一岁之中诗凡六百五十八首，其富如此，则又《题襟》《断金》之所无者，况其游燕题咏类多吴中之作，后之希贤怀古者，将于是乎？考固吴人所当宝也。刘君为政不减古人，其刻是集岂直私于一邑？盖将公之天下者也，弘治壬戌九月二日前进士吴都穆跋。"吴都穆将《松陵集》与其他的两部集会总集作了比较，指出《松陵集》的优点。关于《松陵集》所收诗歌的数量，皮序称共收诗六百八十五首，序十九篇。四库馆臣统计为诗六百九十八首，其曰："序称其诗六百八十五首，今考集中，日休、龟蒙各得往体诗九十三首，今体诗一百九十三首，杂体诗三十八首，又联句及问答十有八首，外颜萱得诗三首，张贲得诗十四首，郑璧得诗四首，司马都得诗二首，李縠得诗三首，崔璐、魏朴、羊昭业各得诗一首，崔璞亦得诗二首，其他如清远道士、颜真卿、李德裕、幽独君等五首，皆以追录旧作，不在数内，尚得诗六百九十八首，与序中

① 徐松：《登科记考》卷二十三，赵守俨点校本，中册，中华书局 1984 年版，第 855 页。

所列之数不符，岂序以传写误欤?”①贾晋华《〈松陵集〉与咸通苏州诗人群》的统计为“诗六百九十一首，序十八首”②尹楚彬《皮日休、陆龟蒙二三事迹新考·吴中唱和时间及〈松陵集〉载数量考》认为《松陵集序》和《四库全书总目》的统计有误，他统计《松陵集》所载诗歌总数为六百九十二首③。按，贾晋华统计的数字没有将卷二清远道士(一首)、颜真卿(一首)、李德裕(一首)、沈恭子(一首，由陆龟蒙补)、幽独君(两首)、佚名《答幽独君》(一首)等七首诗歌计算在内，因为这些人当时没有参加唱和，但与松陵唱和有关系，故陆龟蒙编集时将他们的这七首诗歌收进去了。同样，尹楚彬的统计也没有将清远道士(一首)、颜真卿(一首)、李德裕(一首)、幽独君(两首)、佚名《答幽独君》(一首)等六首计算在内，只是将由陆龟蒙挂名补编的沈恭子诗收进去，故他的统计比贾晋华多出一首。其实，我们在进行统计的时候应该要有一个标准，不然不好作出准确的计算。应该说，只要是《松陵集》正式收入了的诗歌，都应看作正式的诗篇而加以计算。孙桂平在《〈松陵集〉中皮陆的生活理想：闲隐雅三位一体》中根据武进陶氏涉园影印宋刊本《松陵集》统计为：“全集共收诗 698 首，集内见载实际参与唱和的诗人有陆龟蒙、皮日休、崔璐、崔璞、颜萱、张贲、郑璧、司马都、李縠、魏朴、羊振文等 11 位。此外集内尚收录颜真卿、清远道士等旧诗 6 首。”④孙桂平的统计与四库馆臣的统计相同，而我据文渊阁四库全书本《松陵集》逐卷统计，得出的结论也与孙文相同，为 698 首。另外尚有诗序 19 篇没有计算在内，按规矩，诗与序应该算是一篇。这些诗篇当中，除了张贲 16 首，李縠、郑璧各 4 首，颜萱 3 首，魏朴、司马都、崔璞、幽独君

---

① 清永瑢等编：《四库全书总目》卷一八六《集部·总集类一》《松陵集》提要，下册，中华书局 2003 年版，第 1689 页。

② 贾晋华：《唐代集会总集与诗人群研究》，北京大学出版社 2001 年版，第 165 页。

③ 载《中国韵文学刊》1998 年第 1 期，第 98 页。

④ 载《集美大学学报》2001 年第 2 期。

各2首，羊昭业、崔璐、沈恭子、李德裕、清远道士、颜真卿、佚名各1首外，其余656首诗均为皮日休、陆龟蒙所作，在数量上可以说《松陵集》其实就是皮陆唱和诗集。现根据我的统计，对《松陵集》作如下计量分析，以期能够准确把握松陵唱和的实质内涵。

《松陵集》十卷，按类分体编排。卷一为往体诗12首，皮陆每人6首，一前一后相互唱和。卷二为往体诗28首，其中除清远道士、颜真卿、李德裕、崔璐、沈恭子、佚名各1首，幽独君2首外，其余20首，皮陆每人10首，并且在本卷中首次出现以组诗的形式进行唱和，即皮日休的《公斋四咏》和陆龟蒙的《奉和公斋四咏次韵》。卷三为往体诗112首，篇幅较大，在这些诗歌当中出现了大量的组诗，有玩弄文字炫耀学识的游戏倾向，如陆龟蒙的《渔具诗并序》十五首与皮日休的和诗《奉和渔具诗十五咏》，皮日休的《添渔具诗并序》五首与陆龟蒙的和诗《奉和添渔具五篇》，陆龟蒙的《樵人十咏并序》十首、《添酒中六咏并序》六首，皮日休的和诗《奉和樵人十咏》《奉和酒中六咏》等，使用冷僻的字句和意象，在文字的堆积当中争奇斗胜以呈现诗才。卷五为今体五言诗68首，人均34首，也是相互唱和。卷六为今体七言诗92首，人均46首，内容多抒写身边日常事务，这时皮日休在病中，往往是他先发唱陆龟蒙和之，问候病情赠送物品，关怀之切溢于言表。卷七为今体七言诗90首，依然是一唱一和，每人45首。卷八为今体七言诗84首，人均42首。卷九为今体五七言诗86首。本卷参与唱和的诗人较多，除了皮陆外，尚有颜萱、张贲、崔璞、郑璧、司马都、李縠、羊昭业、魏朴，其中颜萱、张贲、崔璞均发唱，他人随和，惟郑璧、李縠、司马都、魏朴四人处于追和，本卷诗歌明显带有应酬意味，首次出现文宴的唱和形式。《松陵集》的作者除了皮陆二人，大部分作者的诗歌作品都在本卷。卷十为杂体诗86首，包括集句、拟古、回文、四声、离合、双声、叠韵、联句等多种诗体形式，是皮陆以诗歌自娱自乐逞强斗胜的诗歌主张的实践。

《松陵集》的编排，基本上是按诗歌体裁分类。每一卷中，相同或相近的诗歌体裁往往又按唱和时间的先后顺序罗列，显得井然有序。例如《松陵集》卷八《早秋吴体寄袭美》《秋赋有期因寄袭美》《病中秋怀寄袭美》《新秋即事三首》《秋夕文宴》等，便是一组早秋寄怀的诗歌，写作时间相近就编排在一起。又如接下来的一组诗：《南阳润卿将归雷平因而有赠》《代广文先生酬次韵》《访寂上人不遇》《颜道士亡弟子乞铭于袭美既而奉以皋帛因赋戏赠》《南阳广文欲于荆襄卜居因而有赠》《寄昆陵魏处士朴》《初冬偶作寄南阳润卿》《寄题镜岩周尊师所居诗并序》《庚寅岁十一月新罗弘惠上人与本国同书请日休为灵鹫山周禅师碑将还以诗送之》《送润卿博士还华阳》等，就是一组友人之间迎来送往的酬赠诗篇，也是有意识地排放在一起的。至于卷三的《太湖诗》，皮日休、陆龟蒙各二十篇，可以算是他们的代表作，就将这四十首诗单列一卷，以便不和其他的诗歌弄混，也可以看出陆龟蒙的匠心独用。此外，在各卷的编排上，陆龟蒙在卷五、卷六、卷七、卷八中专收皮陆二人的唱和，一人一首，唱诗在前和诗在后，泾渭分明，利于读者阅览。在时间的编排上也是按春夏秋冬四季的自然次序安排，从中见出皮陆二人的生活规律和习性，这也是很有意思的事情。为了使读者们更能了解集中所作诗歌的内容，有时候诗人还在唱和诗的前面加个小序，说明写作诗歌的来龙去脉。据我的统计，《松陵集》中共有各种诗序 20 篇，它们分别是皮日休的《二游诗序》(卷一)、《追和虎丘清远道士诗序》(卷二)、《太湖诗序》(卷三)、《添渔具诗序》(卷四)、《酒中十咏并序》(卷四)、《茶中杂咏并序》(卷四)、《五贶诗序》(卷五)、《开元寺佛钵诗并序》(卷七)、《伤进士严子重诗并序》(卷八)、《寄题镜岩周尊师所居诗并序》(卷八)、《杂体诗序》(卷十)；陆龟蒙的《补沈恭子诗并序》(卷二)、《渔具诗并序》(卷四)、《樵人十咏并序》(卷四)、《添酒中六咏并序》(卷四)、《四明山诗并序》(卷五)、《白鸥诗并序》(卷八)、《和张处士诗并序》(卷九)；此外还有颜萱的《过张祜处士丹阳故居并序》(卷九)以及皮日休的《松陵集序》，一共是 20 篇。这些诗序或交代写诗的原因、背景，或提出自己的诗歌主张，或说明事情的缘由，均对理解集中的唱和诗歌有所帮助。

《松陵集》当中的唱和诗歌，就写作地点来说，大多是在自己的寓所，也有皮陆二人在外地游玩性情所至而创作的，当然还有在公共场所集体写作的，例如所谓的“文宴”诗，就是主人崔璞召集诗人们赴宴即席而作的。就写作手法来说，真可谓是五花八门多姿多彩。运用最多的是次韵，即用唱诗中原有的韵字，而先后次序相同，它是分韵的一种形式，但比分韵要艰难得多，因为分韵仅仅是作者对自己所探得的韵字依次而用，一字不乱，而次韵是对唱诗的一一和韵，受到唱诗押韵的限制，实际操作起来比分韵困难得多。在《松陵集》当中，运用形式最多的就是次韵，超过三百首。如陆龟蒙《醉中戏赠袭美》(卷八)，皮日休和诗《奉酬次韵》；皮日休《初冬偶作寄南阳润卿》(卷八)，陆龟蒙和诗《奉和次韵》即是。比次韵更为困难的还有倒来韵，就是以唱诗的最后一个韵脚为和诗的第一个韵脚，逆向依次一一和韵，这需要技巧和急智，难度非常大，例如张贲《酬袭美先辈见寄倒来韵》：“寻疑天意丧斯文，故选茅峰寄白云。酒后只留沧海客，香前唯见紫阳君。近年已绝诗书癖，今日兼将笔砚焚。为有此身犹苦患，不知何者是玄纁。”(《松陵集》卷九)而皮日休的唱诗《寄润卿博士》则为：“高眠可为要玄纁，鹊尾金炉一世焚。尘外乡人为许掾，山中地主是茅君。将收芝菌唯防雪，欲晒图书不奈云。若便华阳终卧去，汉家封禅用谁文。”即将皮日休唱诗中的韵脚“文”“君”“焚”“纁”在和诗中一一依次逆向使用，而又要使诗歌意思相似，这个难度的确很大。当然还有和意次韵，和意不次韵，同题唱和和韵，同题唱和不和韵，同题不同体，代人体，即席酬唱，杂体唱和，追和古人，追和诗意等多种形式。就体裁而言，有五古、七古、五绝、七绝、五律、七律、排律、联句。就唱和对象而言，有两人唱和，有三人唱和，也有四人唱和。既有单诗唱和，也有组诗唱和。的确是在将诗歌作为工具以消遣和自娱自乐。还有一点，那就是作为编者，陆龟蒙在不少诗歌中还加注，注明相关情况，以便阅读，所有这些，都算得上是有意识的行为，必定会在当时的诗坛上留下较大的影响。

第二节 隐逸情趣精神风貌的真实展现

前面我们说过，《松陵集》是皮、陆二人在苏州时期的唱和诗集，这个时期他们的思想和心态较之前已经发生了很大的变化。皮日休自幼胸怀儒家“兼济天下”的大志，自称“骙骙自总角，不甘耕一廛”(《陆鲁望昨以五百言见贻过有褒美内揣庸陋弥增愧悚因成一千言上述吾唐文物之盛次叙相得之欢亦迭和之微旨也》)，想通过科举功名来施展自己的政治抱负，他曾说：“骨肉煎我心，不是谋生急。如何不力农，功名未成立?”(《秋夜有怀》)，不顾家里人的反对和劝阻，毅然离家弃农从儒，到鹿门山苦读，努力钻研儒家经典，期望自己能像儒家先圣们那样实现兼济宏志。在襄阳鹿门山隐居期间，他亲眼目睹政治黑暗社会动乱导致民生凋敝所带来的种种后果，写下了著名的《鹿门隐书》六十篇，抨击朝政，针砭时弊，初次显露了批判现实的斗争锋芒。“伊余幼且贱，所禀自以殊。弱岁谬知道，有心匡皇符”(《奉酬崔璐进士见寄次韵》)，在儒家积极入世精神的指引下，皮日休于咸通四年初、年近三十的时候开始出山漫游，以文事造请，广泛结交当地名流，所谓“干者十数侯，绕者二万里”(《太湖诗序》)，先后到达岳州、寿州、九江、宣城、江州、江夏、许昌、长安等地，并在寿州、洞庭等处短暂隐居，对当时的社会下层有了深切的体验。咸通七年应举不第，次年正月榜末及第，未被授官。咸通九年春应宏词科不第，辗转经华阴、登封，浮汴梁而到达扬州，年底因避兵乱往苏州。十年七月应辟入苏州刺史崔璞幕，为苏州军事院从事。长年累月在外边的奔波劳走，使得诗人身心疲惫不堪，苏州的灵山秀水给他的心灵带来了一丝慰藉。咸通十一年春，皮日休在苏州结婚，总算是有了一个安稳的家。这个时候他的思想已经有了转变，从早期的激情用事到现在的淡泊明志，诗歌内容和风格也为之一变，尤其是在苏州幕府时期，他结识了好朋友陆龟蒙，两人志趣相投，谱写下了人生当中难得的真挚友谊的篇章。陆龟蒙早年积极追求用世，苦读不辍，特别重视儒家“道统”思想下的社会实践。咸通十年赴京应试，途中闻停贡举诏，遂返回苏州，旋忧愤成疾在家养病。理想破灭转而寻求独善之道，也曾学道，企求在山水和宗教之间找到一种心理的平衡。这个时候他结交了皮日休，两人相见恨晚一见如故，相互关心相互扶持，创作了大量闲情雅致的诗篇。皮日休还引荐陆龟蒙到崔璞幕中一同共事，可见情谊之深，非同寻常。

皮、陆在苏州相识相知共同创作《松陵集》绝不是偶然的事情，是由很多因素促成的。弄清楚这些内在外在的原因，对我们进一步评析《松陵集》大有益处。清代诗评家余成教在《石园诗话》卷二中对皮陆唱和曾作过如下的评论：“晚唐诗人之相得者，以陆鲁望龟蒙、皮袭美日休为最。陆寄皮云：‘将生皮夫子，上第可其奏。并包数公才，用以殿厥后。’又云：‘鹿门先生才，大小无不怡。就彼六籍内，说诗直解颐。不敢负建鼓，惟忧掉降旗。希君念余勇，挽袖登文陴。’又云：‘鹿门皮夫子，气调真俊逸。截海上云鹰，横空下霜鹘。文坛如命将，可以持玉钺。’皮寄陆云：‘惟有陆夫子，尽力提克卿。各负出俗才，俱怀超世情。’又云：‘相逢似丹漆，相望如朓朒。论业敢并驱，量分合继躅。’又云：‘既见陆夫子，驽心却伏厩。结彼世外交，遇之于邂逅。两鹤思竞闲，双松格争瘦。’玩两公往复称述之辞，皆有一种相视莫逆之心。如陆所云：‘俱怀出尘想，共有吟诗癖。’皮所云：‘我思方沉寥，君词复凄切。’真意孚洽，不比后人之退有后言而面相标榜也。”①余氏从皮陆二人诗歌内容出发能作出如此判断，真可谓是皮陆知音。他指出皮陆唱和融洽在于二人“皆有一种相识莫逆之心”，并具有“真意孚洽”极为“相得”的亲密关系。清代另一位诗评家乔亿在《剑蹊诗说》卷下说：“唱和须择人，作诗须择题。唱和太频，令人思敏而格退。与人唱和，固相观

---

① 郭绍虞编：《清诗话续编》下册，上海古籍出版社 1999 年版，第 1775 页。

而善，然笔头尘土易生，无复古人气味矣。”①的确，诗歌唱和乃文人之间的高情雅事，当然要选择唱和对象，不然真是对牛弹琴大煞风景。皮陆二人诗歌唱和算是选对了人，那么，究竟是什么原因促成二人有“一种相识莫逆之心”的呢？对此我们要作些探讨。

李福标在《皮陆的个性以及他们的友谊》一文中认为“皮陆二人有相似的人生经历和相通的傲诞、慵散的个性，所以他们得以相交。作为沉沦下僚的寒士，他们又有渴求文名的焦虑心态，所以他们的唱和一触即发”。② 这样的分析不无道理，但我们认为除了这些因素外，还有一些其他的原因也是应该考虑到的。首先，皮陆二人为人处世的准则和真诚待人的人生态度是他们得以交契的基本前提。李福标所说的二人具有相通的傲诞、慵散的个性固然重要，但是，在唐代尤其是在晚唐时期，傲诞和慵散是当时文人士子普遍的性格特征，并不是皮陆二人所独有。例如《唐诗纪事》卷六十三高骈条，引其《闻河中王铎加都统》诗，在诗下计有功注云：“其骄傲不平如此。”③又如《唐诗纪事》卷七十王毂条云：“毂未及第时，轻忽，被人殴击，扬声曰：‘莫无礼，吾便是君臣犹在醉乡中，一面已无陈日月。’殴者敛衽惭谢而退。”④在《唐才子传》中，有关晚唐人傲诞、慵散的记载也比比皆是。例如《唐才子传》卷八《郑巢传》云：“巢性疏野，两浙湖山，寺宇幽胜，多名僧，外学高妙，相与往还酬酢。”⑤同卷《赵牧传》云：“大中、咸通中，累举进士不第。有俊才，负奇节，遂舍场屋，放浪人间。效李长吉为歌诗，颇涉狂怪，耸动当时。”⑥再如同卷《李山甫传》亦云：“为诗托讽，不得志，每狂歌痛饮，拔剑斫地，少摅郁郁之气耳。”⑦此外，有关笔记小说记载晚唐人傲

---

① 郭绍虞编：《清诗话续编》上册，上海古籍出版社 1999 年版，第 1103 页。
② 载《湖南大学学报》2004 年第 2 期。
③ 王仲镛：《唐诗纪事校笺》下册，巴蜀书社 1992 年版，第 1710 页。
④ 王仲镛：《唐诗纪事校笺》下册，巴蜀书社 1992 年版，第 1872 页。
⑤ 孙映逵：《唐才子传校注》，中国社会科学出版社 1991 年版，第 721 页。
⑥ 孙映逵：《唐才子传校注》，中国社会科学出版社 1991 年版，第 750 页。
⑦ 孙映逵：《唐才子传校注》，中国社会科学出版社 1991 年版，第 757 页。

诞、慵散性格的也不少，例如《唐摭言》卷十二就有不少生动的描绘，此不具引。皮陆二人在诗文中的确有不少反映自己傲诞慵散性情的诗句，但我觉得相同的个性是他们交契的一个原因，更为关键的还在于他们二人能够真诚地相互关心相互支持，对双方的爱护体贴才是他们之所以能成为挚友的重要因素。相互无间没有猜疑在朋友当中是多么重要，而皮日休和陆龟蒙都需要真诚的友谊。皮日休初来苏州，作为一个外乡人在生活、语言各个方面难免会有诸多不便，陆龟蒙给了他许多帮助和关照。《初夏即事寄鲁望》诗说："夏景恬且旷，远人疾初平。黄鸟语方熟，紫桐阴正清。廨宇有幽处，私游无定程。归来闭双关，亦忘枯与荣。土室作深谷，藓垣为干城。廨杉突杝架，迸笋支檐楹。片石共坐稳，病鹤同喜晴。瘿木四五器，筇杖一两茎。泉为葛天味，松作羲皇声。或看名画彻，或吟闲诗成。忽枕素琴睡，时把仙书行。自然寡俦侣，莫说更纷争。具区包地髓，震泽含天英。粤从三让来，俊造纷然生。顾予客兹地，薄我皆为伧。唯有陆夫子，尽力提客卿。各负出俗才，俱怀超世情。驻我一栈车，啜君数藜羹。敲门茹我访，倒屣欣逢迎。胡饼蒸甚熟，貊盘举尤轻。茗脆不禁炙，酒肥或难倾。扫除就藤下，移榻寻虚明。唯共陆夫子，醉与天壤并。"(《松陵集》卷一)这是皮日休初到苏州时候的真实写照，什么都不适应什么都还不熟悉，水土不服带来的疾病刚刚医治好，想到外面去游玩却没有什么熟悉的地方，只好呆在家中与病鹤、枯木相伴，这个时候陆龟蒙来看望他，"各负出俗才，俱怀超世情"，真可谓是惺惺相惜。陆龟蒙热情地招待他，用自己善感的心安慰他。在《吴中苦雨因书一百韵寄鲁望》诗中，皮日休先述说自己初到吴中因气候不适应导致的苦闷，又谈到自己的贫穷"空厨方欲炊，渍米未离并。薪蒸湿不著，白昼须然烛。污莱既已泞，买鱼不获鲦。竟未成麦饘，安能得粱肉。"(卷一)由自己的贫困，又联想到陆龟蒙的困窘："更有陆先生，荒林抱穷蹙。坏宅四五舍，病筱三两束。盖檐低碍首，藓地滑达足。注欲透承尘，湿难庇厨簏。低摧在圭窦，索漠抛偏裘。手指既已胼，肌肤亦将瘯。一苞势欲只，将撑乏寸木。尽日欠束薪，经时无寸粟。”最后皮氏愿意为他分忧解难，表示要引荐陆龟蒙到崔璞幕府：“我公大司谏，一切从民欲。梅润侵束杖，和气生空狱。而民当斯时，不觉有烦溽。念涝为之灾，拜神再三告。太阴霍然收，天地一澄肃。燔炙既芬芬，威仪乃毣毣，须权元化柄。用拯中夏酷，我愿荐先生。左右辅司牧，兹雨何足云。唯思举颜歜。”在这种困难情况下，皮陆二人能处处替对方考虑，为对方分忧解难，真算得上是患难与共的好兄弟。

除了能够坦诚相待、真心帮助外，皮陆交契的另外一个重要原因就是他们相互欣赏对方的诗才，而且有着相近的诗歌创作主张，认为自己找到了知己。皮日休入苏州幕府之前就已经是进士，声名远扬，以这样的一个进士身份来到崔璞幕中，自然会引起陆龟蒙的注意。崔璐《览皮先辈盛制因作十韵以寄用伸叹仰》诗说：“襄阳得奇士，俊迈真龙驹。勇果鲁仲由，文赋蜀相如，浑浩江海广，葩华桃李敷。小言入无间，大言塞空虚。几人游赤水，夫子得玄珠。”（《松陵集》卷二）极力赞叹皮日休的不同凡响，说他的文采可与司马相如比美。陆龟蒙也多次在诗中称赞皮日休的才华，他在《读襄阳耆旧传因作诗五百言寄皮袭美》诗中先叙述皮日休家乡襄阳一千多年来的著名作家，然后说：“将生皮夫子，上帝可其奏。并包数公才，用以殿厥后。尝闻儿童岁，嬉戏陈俎豆。积渐开词源，一派分万溜。先崇丘旦室，大惧隳结构。次补荀孟垣，所贵亡罅漏。仰瞻三皇道，虮虱在宇宙。却视五霸图，股掌弄孩幼。或能醢髋髀，或与翼雏鷇。或喜掉直舌，或乐斩邪头。或耨锄翳荟，或整理错谬。或如百千骑，合沓原野狩。又如晓江平，风死波不皱。幽埋力须掘，遗落赀必购。乃于文学中，十倍猗顿富。囊乏向咸镐，马重迟步骤。专场射策时，缚虎当羿彀。”（《松陵集》卷一），极力称扬皮日休的诗才，认为皮氏能和那些著名的襄阳作家相比美。诗的最后表达了自己能和皮氏结交倍感荣幸的心情，也希望能得到皮日休的唱和，“驱为文翰侣，驽皂参骥厩。有时谐宫商，自喜真邂逅。道孤情易苦，语直诗还瘦。藻匠如见酬，终身致怀袖”。可见陆龟蒙对皮日休的才华是相当欣赏而且对他还是很敬重的。在《奉酬袭美先辈吴中苦雨一百韵见寄》诗中，陆龟蒙再次由衷地赞美了皮日休的诗才，他说："鹿门皮夫子，气调真俊逸。截海上云鹰，横空下霜鹘。文坛如命将，可以持玉钺。不独庡羲轩，便当城老佛。顾余为山者，所得才篑撮。譬如饰箭材，尚欠镞与筈。闲将渝儿唱，强倚帝子瑟。"(《松陵集》卷一)在《袭美先辈以龟蒙所献五百言既蒙见和复示荣唱至于千字提奖之重有称实再抒鄙怀用伸酬谢》里他也说："鹿门先生才，大小无不怡。就彼六籍内，说诗直解颐。顾我迷未远，开怀溃其疑。初开凿本源，渐乃疏旁支。"(《松陵集》卷一)像这样发自内心由衷地赞叹皮日休的诗才，在《松陵集》中还有许多。皮日休对陆龟蒙也是相当推崇的，多次在诗中予以赞扬。在《松陵集序》中就十分激赏他的诗才："十年，大司谏清河公出牧于吴，日休为郡从事。居一月，有进士陆龟蒙字鲁望者，以其业见造，凡数编。其才之变真天地之气也。近代称温飞卿、李义山为之最，俾生参之，未知其孰为之后先也。太玄曰：'稽其门，闭其户，眼其键，然后乃应，况其不者乎？'余遂以词诱之，果复之，不移刻。由是风雨晦冥，蓬蒿翳荟，未尝不以其应而为事。苟其词之来，食则辍之而自饫，寝则闻之而必惊。"并且把陆龟蒙与温飞卿、李义山视作鼎足而三的近代作家，可见他对龟蒙诗歌才华的重视和推崇。在《杂体诗序》中，皮日休说："陆生与予各有是为，凡八十六首，至于四声诗、三字离合、全篇双声叠韵之作，悉陆生所为，又足见其多能也。"(《松陵集》卷十)对陆龟蒙在前人的基础上创作的四声诗、三字离合、全篇双声叠韵等作品大为赞赏。此外，在《松陵集》皮陆二人的唱和中，皮日休也多次赞赏过陆龟蒙的诗才。像他们这样相互欣赏对方诗才而成为至交的诗人，在历史上还真不算多。

此外，他们二人的诗学主张也有相近的地方，可谓兴趣相投。例如他们对"才"与"变"的主张，对诗歌社会功能和娱乐功能的看法，对诗歌史发展的关照，等等，都有相似之处，这在第二章第一节中我们已经作了比较详细的论述，此处不再重复。基于上述的一些内在外在的原因，使得皮日休在刚到苏州不久的短暂时间里，能够与苏州本地诗人陆龟蒙从相识到相知，最后交契共同创作《松陵集》，谱写了唐代文学史上的一段佳话。

《松陵集》的主要内容就是描写发生在日常生活中的点滴琐事，描绘吴中旖旎迷人的山水自然风光，吟咏家居环境当中的各种事物，以及文人雅集和各种社会应酬。其中，皮陆二人作为朋友，他们之间的真挚情感贯穿于整部诗集当中；同时隐逸闲适超世脱俗的情调也像浓雾一样弥漫其间。文学史家谈到皮陆的文学成就，总是高谈他们反映民生疾苦的现实主义诗歌创作和那些风格明快脍炙人口的小品文，当然，这的确是他们引以为豪的文学成就；但是，文学现象是绚丽多姿的，作家的情感也是丰富多彩的，评论皮陆的文学成就，如果撇开了《松陵集》，至少说那是极其不完整的。《松陵集》向人们展示了皮陆内心的真实思想和他们对于生活和人生的热爱，是皮陆心态和思想转变的一个真实的记录，虽然里面的唱和作品在思想性上无法和他们前期的作品相比，但是也真实地展露了他们的心灵轨迹，同样具有不可抹杀的文学价值。

前面我们说过皮陆之所以成为至交进行诗歌唱和，一个关键的原因就在于他们二人能够像亲兄弟一样相互关怀相互鼓励，这样，就必定在作品中留下了许多人性关爱友谊见证方面的诗作，事实上，描写这方面内容的作品在整部《松陵集》当中占有很大的比例。让我们来看看皮陆二人的友谊具体表现在哪些方面。

皮日休之所以选择到苏州来入幕，并且在苏州成婚安家，除了时任苏州刺史崔璞的大度用人外，秀美的苏州山水风光也是皮日休倾心向往的。作为吴中本地人的陆龟蒙，自然会尽地主之谊带领皮日休饱览苏州的秀山丽水，因而留下了不少他们在名胜古迹流连忘返的诗篇，这些诗篇既是他们友谊的见证，也可以从中窥见皮陆二人隐逸情趣的精神面貌。比较有影响的主要是两组诗，即《太湖诗》和《四明山诗》，两组诗都有序言，均为一时一地所作，是他们两人纵情山水真挚友谊的笔墨见证。皮日休青年时代即在襄阳鹿门山隐居，后来也曾到洞庭短暂隐居过，这些地方都是著名的山水胜地，故他对山水情有独钟。陆龟蒙本来就是吴中人，吴中历来都是文人荟萃的风水宝地，可以说皮陆两人与山水自然有着亲密的不可分割的关系。这次两人在苏州相识，文人的意气风发在青山秀水之间不知不觉地焕发出来，促使他们用笔墨来描绘秀丽的自然美景。实际上，在此之前，他们二人就写作了不少有关山水题材的诗文，不过这次的创作更为集中些，在艺术技巧方面也有了新的表现。山水诗的鼻祖被公认为是南朝的谢灵运和谢朓，皮、陆二人时常效法二谢摹写山水，并且多次在诗中戏称对方为大谢或小谢，虽是戏言，但也道出了他们对山水诗创作的自信。例如皮日休在《奉和鲁望次韵秋赋有期》(卷八)中就说："十载江湖尽是闲，客儿诗句满人间。"在《闻鲁望游颜家林园病中有寄》(卷六)中说："一夜韶姿著水光，谢家春草满池塘。"就是以大谢比拟陆龟蒙。同样，陆龟蒙则以小谢比拟皮日休，例如在《奉和江南书情二十韵寄秘书阁韦校书贻之商洛宋先辈垂文二同年次韵》(卷五)诗中就说："谢才偏许朓，阮放最怜咸。"又在《奉和醉中偶作呈鲁望次韵》(卷七)中说："怜君醉墨风流甚，几度题诗小谢斋。"从这些诗句当中可以看出皮陆二人的确是喜欢二谢的，也把二谢的山水诗作为自己效法的对象。《太湖诗》一组二十首，共两组，为五言古诗，篇幅长短不一。在创作形式上为皮日休首唱，陆龟蒙奉和，据皮日休的《太湖诗序》，知道此组诗写于咸通十一年夏六月，原因是"会大司谏清河公忧；霖雨之为患，乃择日休，将公命，祷于震泽，祀事既毕，神应如飨。于是太湖之中，所谓洞庭山者，得以恣讨"。这是一次公务活动之余的游山玩水，从皮日休《缥缈峰》中的"头戴华阳帽，手柱大夏筇。清晨陪道侣，来上缥缈峰"和《入林屋洞》中的"遂招放旷侣，同作幽忧行"这些诗句，可以得知这次游览太湖是和陆龟蒙一道的，因为皮陆二人在苏州都曾学道，彼此称呼为道侣、道友。再从陆龟蒙的《三宿神景宫》诗也可以得知这次的太湖之游的确是二人共游的，要不然怎么这么巧合，皮日休三宿神景宫，陆龟蒙难道也曾三宿？只能是一同游览走同一线路才可能做到同时三宿，不然没有真情实景，唱和也就没有意思了。前面我们也说过，皮日休曾引荐陆龟蒙到崔璞幕中一同共事，从两人的唱和诗中所写情景，可知陆龟蒙的确和皮日休共事过。既然有了这些前提，这次的太湖祭祀活动由皮日休主持、陆龟蒙参与也就在情理之中了。

《太湖诗》二十首，基本上是每一首诗描写一个名胜景点，二十首诗名按顺序如下：《初入太湖》《晓次神景宫》《入林屋洞》《雨中游包山精舍》《游毛公坛》《三宿神景宫》《以毛公泉一餠献上谏议因寄》《缥缈峰》《桃花坞》《明月湾》《练渎》《投龙潭》《孤园寺》《上真观》《销夏湾》《包山祠》《圣姑庙》《太湖石》《崦里》《石板》。这组诗基本上是效仿二谢的写作方法而写成的，不少诗篇当中还可以看到二谢的影子。谢灵运、谢朓的山水诗特别注重对景物状态的细致刻画，以求达到逼真的艺术效果，《太湖诗》也是这样的。皮日休在《太湖诗序》中就说过："凡所历皆图籍称为灵异者，遂为诗二十章，以志其事。"着重强调刻画描摹自然景物要遵循客观真实的诗法规则，这也是皮陆山水诗的主要特征。从二谢开始，直到晚唐，山水诗的写作也是遵循这个规则的，艺术实践证明这是一个非常有效的写作技法。清代诗评家王士禛在《带经堂诗话》卷五《序论类》中说："刻画山水之词，务穷幽极渺，抉山谷水泉之情状，昔人所云'庄老告退，而山水方滋'者也。宋齐以下，率以康乐为宗。至唐王摩诘、孟浩然、杜子美、韩退之、皮日休、陆龟蒙之流，正变互出，而山水之奇怪灵閟，刻露殆尽；若其滥觞于康乐，则一而已矣。"①王士禛也指出皮陆的山水诗"正变互出，而山水之奇怪灵閟，刻露殆尽"的创作特色。皮陆唱和的《太湖诗》二十首，每一首写一个景点，采取游览纪实的方式，细致入微地刻画太湖周边风景区优美的风光。试看："树动为蜃尾，山浮似鳌脊。落照射鸿溶，清辉荡抛抱。云轻似可染，霞烂如堪摘"（皮日休《初入太湖》）、"坛灵有芝菌，殿圣无鸟雀。琼帏自回旋，锦旌空粲错。鼎气为龙虎，香烟混丹烟。凝看出次云，默

① 《带经堂诗话》下册，人民文学出版社 1998 年版，第 115 页。

听语时鹤。绿书不可注，云笈应无钥。晴来鸟思喜，崦里花光弱”(皮日休《晓次神景宫》)、“次到炼丹井，井干翳宿莽。下有蕊刚丹，勺之百疾愈。凝于白獭髓，湛似桐马乳”(皮日休《游毛公坛》)、“素鹤警微露，白莲明暗池。窗棂带乳蘚，壁缝含云蕤。闻磬走魍魉，见烛奔羁雌。沆瀣欲滴沥，芭蕉未离披”(皮日休《三宿神景宫》、“低冠入云窦，中深剧苔井。傍坎才药臼，石角忽支颐。藤根时束肘，初为大幽怖。渐见微明诱，屹若造灵封。森如达仙薮，尝闻白芝秀”(陆龟蒙《入林屋洞》)、“岩开一迳分，柏拥深殿黑。森闲若图画，像古非雕刻。海客施明珠，湘蕤料净食。有鱼皆玉尾，有乌尽金臆”(陆龟蒙《雨中游包山精舍》)、“左右皆跳岑，孤峰挺然起。因思缥缈称，乃在虚无里。清晨跻磴道，便是孱颜始。据石即更歌，遇泉还徒倚。花奇忽如荐，树曲浑成几”(陆龟蒙《缥缈峰》)、“洞庭看最奇，连山忽中断。远树分毫厘，周回二十里。一片澄风漪，见说秋半夜。净无云物欺，兼之星斗藏”(陆龟蒙《明月湾》)。这些诗句在描摹太湖风光时，注重细节描写，对描写对象观察细致，因之它们在诗人笔下往往被描绘得入木三分，使人读之有身临其境之感，仿佛置身于太湖，随着诗人一道游览名胜。

诗人的兴致是如此之高，但是在诗中却往往不经意地流露出一丝丝的情愫，以议论的方式表达出来。眼前的美景的确是令人陶醉的，但是时下的境况却还是不能让人感到痛快，毕竟还是寄人篱下。例如皮日休在《晓次神景宫》诗的结尾就这样抱怨过：“每嗟原宪瘼，常苦齐侯痁。终然合委顿，刚亦慕寥廓。三茅亦常住，竟与圭组薄。欲问包山神，来赊少岩壑。”在《明月湾》中他也有过这样的感慨：“对此老且死，不知忧与患。好境无处住，好处无境删。赧然不自适，脉脉当湖山。”面对绮丽的自然风光，诗人暂时可以陶醉其中，在山水中寻找一种心理的平衡，但是，此刻的皮陆正值盛年，却侧身幕中，实在是心有不甘但又无可奈何，在《太湖诗》中，这样的担忧无处不在，如“空斋蒸柏叶，野饭调石发。空羡坞中人，终身无履袜”(皮日休《桃花坞》)、“对彼神仙窟。自厌浊俗形，却憎造物者。遣我骑文星”(皮日休《入林屋洞》)、

"渴兴石榴羹，饥惬胡麻饭。如何事于役，兹游急于传。却将尘土衣，一任瀑丝溅"(皮日休《雨中游包山精舍》)、"竟死爱未足，当生且欢逢。不然把天爵，自拜太湖公"(皮日休《缥缈峰》)、"京洛往来客，暍死缘奔驰。此中便可老，焉用名利为"(皮日休《销夏湾》)、"赏玩若称意，爵禄行斯须。苟有王佐士，崛起于太湖。试问欲西笑，得如兹石无"(皮日休《太湖石》)、"此时空寂心，可以遗智识。知者战未胜，尚倚功名力。却下听经徒，孤帆有行色"(陆龟蒙《雨中游包山精舍》)、"岂独冷衣襟，便堪遗造请。徒深物外趣，未脱尘中病。举首谢灵运，徜徉事归榜"(陆龟蒙《三宿神景宫》)、"我愿得一掬，攀天叫重阍。霏霏散为雨，用以移焦原"(陆龟蒙《以毛公泉献大谏清河公》)、"身为大块客，自号天随子。他日向华阳，敲云问名氏"(陆龟蒙《缥缈峰》)、"试为探花士，作此偷桃臣。桃源不我弃，庶可全天真"(陆龟蒙《桃花坞》)、"掌职一不行，精灵又何寄。唯贪血食饱，但据骊珠睡。何必费黄金，年年授星使"(陆龟蒙《投龙潭》)、"我真鱼鸟家，尽室营扁舟。遗名复避世，消夏还消忧"(陆龟蒙《销夏湾》)、"将命礼且洁，所祈年不凶。终当以疏闻，特用诸侯封"(陆龟蒙《包山祠》)、"笑我掉头去，芦中闻刺船。余知隐地术，可以齐真仙。终当从之游，庶复全于天"(陆龟蒙《崦里》)等，或感慨，或埋怨，或祈求，或自信，各种情愫集中在一起，借着描绘山水风光显露出来，是诗人心灵轨迹的真实呈现，将心中的话语想法说了出来。这也是皮日休在《太湖诗序》中所说的"尔后闻震泽、包山，其中有灵异，学黄老徒乐之，益于一观，豁平生之郁郁焉"，将心中的感想、郁郁之气借助诗歌挥发出来，从山水诗中可看出作者的真性情。正如清代诗评家叶燮在《原诗》卷四外篇下中说："游览诗切不可作应酬山水语，如一幅画图，名手各各自有笔法，不可错杂。又名五山岳，亦各各自有性情气象，不可移换。作诗者以此二种心法，默契神会；又须步步不可忘我是游山人，然后山水之性情气象，种种状貌变态影响，皆从我目所见所听足所履而出，是之谓游览。且天地之生是山水也，其幽远奇险，天地亦不能一一自剖其妙，自有此人之耳目手足一历之，而山水之妙始泄。如此方无愧于游览，方无愧乎游览之诗。”①叶燮在这里说创作游览诗有两点要注意，一个是要如实地描摹自然山水，山水的性情气象、状貌变化要写出来；再一个就是要在山水诗中见出诗人的性情，要有情感，这样的山水诗才算是佳作。以这个标准来看皮陆的《太湖诗》，确实是如叶燮所说的，属于佳作。

《太湖诗》二十首属于皮日休首唱，陆龟蒙奉和，另外一组山水诗《四明山诗》则是陆龟蒙首唱，皮日休奉和。一般来说，首唱的作品比奉和之作要好，原因就在于首唱者可以随心所欲地进行写作，运用什么诗体，选择什么修饰方法都是随着自己的兴趣爱好展开，无所顾忌，性情所至一一道来。而和作则要考虑到唱诗的种种限定，例如题材、体裁、用韵等，相形之下，和诗就不那么潇洒自如，当然也有例外，有些和诗比唱诗好，但是很少。尤其是像这样规模庞大的组诗，奉和作者要想写出比原诗好的作品，几无可能，这是一种才气的比拼。先看陆龟蒙的唱诗：“石窗何处见，万仞倚晴虚。积霭迷青琐，残霞动绮疏。山应列圆峤，宫便接方诸。祇有三奔客，时来教隐书”(《石窗》)、“相访一程云，云深路仅分。啸台随日辨，樵斧带风闻。晓著衣全湿，寒冲酒不醺。几回归思静，仿佛见苏君”(《过云》)、“云南更有溪，丹砾尽无泥。药有巴坛卖，枝多越鸟啼。夜清先月午，秋近少岚迷。若得山颜住，芝差手自携”(《云南》)、“云北是阳川，人家洞壑连。坛当星斗下，楼拶翠微边。一半摇峰雨，三条古井烟。金庭如有路，应到左神天”(《云北》)、“鹿亭岩下置，时领白鹿过。草细眠应久，泉香饮自多。认声来月坞，寻迹到烟萝。早晚吞金液，骑将上绛河”(《鹿亭》)、“樊榭何年筑，人应白日飞。至今山客说，时驾玉鳞归。乳蒂缘松嫩，芝台出石微。凭栏虚目断，不见羽华衣”(《樊榭》)、“石浅洞门深，潺潺万古音。似吹双羽管，如奏落霞琴。倒穴漂龙沫，穿松溅鹤襟。何人乘月弄，应作上清吟”(《潺湲洞》)、“山实号青棂，环冈次第生。外形

① 王夫之等撰：《清诗话》，上海古籍出版社 1999 年版，第 606 页。

坚绿壳，中味敌琼英。堕石樵儿拾，敲林宿鸟惊。亦应仙吏守，时取荐层城”(《青棂子》)、“何事鞠侯名，先封在四明。但为连臂饮，不作断肠声。野蔓垂缨细，寒泉佩玉清。满林游宦子，谁为作君卿”(《鞠侯》)。

再看皮日休的和诗：“窗开自真宰，四达见苍涯。苔染浑成绮，云漫便当纱。棂中空吐月，扉际不扃霞。为会通何处，应怜玉女家”(《石窗》)、“粉洞二十里，当中幽客行。片时迷鹿迹，寸步隔人声。以杖探虚翠，将襟惹薄明。经时未过得，恐是入层城”(《过云》)、“云南背一川，无雁到峰前。墟里生红药，人家发白泉。儿童皆似古，婚嫁尽如仙。共作真官户，无由税石田”(《云南》)、“云北昼冥冥，空疑背寿星。犬能谙药气，人解写芝形。野歇遇松盖，醉书逢石屏。焚香住此地，应得入金庭”(《云北》)、“鹿群多此住，因构白云楣。待侣傍花久，引鹿穿竹迟。经时掊玉涧，尽日嗅金芝。为在石窗下，成仙自不知”(《鹿亭》)、“主人成列仙，故榭独依然。石洞哄人笑，松声惊鹿眠。井香为大药，和语是灵篇。欲买重栖隐，云锋不售钱”(《樊榭》)、“阴宫何处渊，到此洞潺湲。敲碎一轮月，熔销半段天。响高吹谷动，势急贲云旋。料得深秋夜，临流尽古仙”(《潺湲洞》)、“山风熟异果，应是供真仙。味似云腴美，形如玉脑圆。衔来多野鹤，落处半灵泉。必共玄都奈，花开不记年”(《青棂子》)、“堪羡鞠侯国，碧岩千万里。烟萝为印绶，云壑是堤封。泉遣狙公护，果教猴子供。尔徒如不死，应得蹑玄踪”(《鞠侯》)。按理讲，游览诗应该是诗人自己亲自观览山水后才即兴创作的，但这两组描写四明山景色物象的唱和诗却不同，两位作者压根没有去光顾过四明山景致，却写出了两组唱和诗，岂不怪哉？据陆龟蒙在《四明诗序》中说，他这九首诗所描绘的四明山景象，是根据一位在此隐居的“有道之士”的述说，换言之，他的诗不过是这位隐士说过的话的转述，当然在转述中加入了自己的想象成分。这也真是诗坛奇闻。没有亲自到过的地方，仅仅根据别人的叙述，居然也能写得像模像样的，实在是不容易。

除了这两组诗外，在《松陵集》中还有不少他们二人寻幽访景的诗篇。如皮日休《初夏游楞伽精舍》陆龟蒙《奉和初夏游楞伽精舍》(卷二)、陆龟蒙《寒夜同皮袭美访北禅院寂上人》皮日休《奉和鲁望寒夜访寂上人》(卷六)、陆龟蒙《同袭美游北禅院》皮日休《奉和鲁望同游北禅院》(卷六)、皮日休《冬晓章上人院》陆龟蒙《奉和袭美初冬章上人院》(卷六)等诗即是，这些都是皮陆二人同游苏州著名寺院时写下的唱和诗。甚至当皮日休自己生病不能外出，听说陆龟蒙去游玩，也写诗，如《松陵集》卷六就有一首《闻鲁望游颜家林园病中有寄》："夜韶姿著水光，谢家春草满池塘。细挑泉眼寻新脉，轻把花枝嗅宿香。蝶欲试飞犹护粉，莺初学啭尚羞簧。分明不得同君赏，尽日倾心羡索郎。"对自己有病在身不能和陆龟蒙同赏颜家林园深表遗憾。陆龟蒙当即和诗一首《袭美病中闻余游颜家园见寄次韵酬》："日华风蕙正交光，羯末相携籍草塘。佳酒旋倾醽醁嫩，短船闲弄木兰香。烟丝乌拂来萦带，蕊棒人收去约簧。今日好为联句会，不成刚为欠檀郎。"对日休不能同来游赏表示安慰。皮日休在病中甚为无聊，就给龟蒙写诗聊以打发时间，如《早春病中书事寄鲁望》(卷五)、《病中美景颇阻追游因寄鲁望》(卷六)、《病中庭际海石榴花盛发感而有寄》(卷六)、《卧疾感春寄鲁望》(卷六)、《病后思春》(卷六)，陆龟蒙都一一应和，对老朋友的病情予以了关怀和安慰。

他们之间还相互赠送物品，也是浓浓情谊的一种体现，这在《松陵集》中也有很多诗篇反映。这些以赠送为内容的诗篇主要集中在卷六，有二十多首。皮日休《早春以橘子寄鲁望》："个个和枝叶捧鲜，彩凝犹带洞庭烟。不为韩嫣金丸重，直是周王玉果圆。剖似日魂初破后，弄如星髓未销前。知君多病仍中圣，尽送寒苞向枕边。"陆龟蒙生病了，皮日休以春橘相赠。别人送给他一些海螃蟹，他却转送给龟蒙，见《病中有人惠海蟹转寄鲁望》："绀甲青筐染衣，岛夷初寄北人时。离居定有石帆觉，失伴唯应海月知。族类分明连琐吉，形容好个似蟛蜞。病中无用霜螯处，寄与夫君左手持。"他还送给龟蒙纱巾，见《以纱巾寄鲁望因而有作》："周家新样替三梁，裹发偏宜白面郎。掩敛乍疑裁黑雾，轻明浑似戴玄霜。今朝定见看花昃，明日应闻漉酒香。更有一般君未识，虎文巾在绛霄房。"当然这种纱巾是用来包头的，不是妇女使用的那种花巾。皮陆都是文人，送一些文房四宝也许更实用，而且也很雅致，例如皮日休就送过陆龟蒙砚台，见《以紫石砚寄鲁望兼酬见赠》："样如金蹙小能轻，微润将融紫玉英。石墨一研为凤尾，寒泉半勺是龙睛。骚人白芷伤心暗，狎客红筵夺眼明。两地有期皆好用，不须空把洗溪声。"对于皮日休赠送的物品，陆龟蒙都有和诗致谢。《松陵集》卷六就有陆龟蒙的和诗：《袭美以紫石砚见赠以诗迎之》《袭美以春橘见惠兼之雅篇因次韵酬》《袭美以纱巾见惠继以雅音因次韵酬》。皮日休还送过鱼笺给龟蒙，陆龟蒙作《袭美以鱼笺见寄因谢成篇》诗纪之："捣成霜粒细鳞鳞，知作愁吟喜见分。向日乍惊新茧色，临风时辨白萍文。好将花下承金粉，堪送天边咏碧云。见倚小窗亲襞染，尽图春色寄夫君。"给他送过大鱼，见陆龟蒙《袭美以巨鱼之半见分因以酬谢》："谁与春江上信鱼，可怜霜刃截来初。鳞隳似撤骚人屋，腹断疑伤远客书。避网几跳山影破，逆风曾蹙浪花虚。今朝最是家童喜，免泥荒畦掇野蔬。"同样，陆龟蒙也送过皮日休不少物品，做到了礼尚往来。苏州乃是鱼米之乡，湖泊纵横，是理想的垂钓之地，《松陵集》卷四就有几十篇关于钓鱼的诗篇。垂钓可以陶冶人的性情，尤其对文人来说乃雅事，陆龟蒙就送过皮日休钓具，《顷自桐江得一钓车以袭美乐烟波之》："旋屈金钩劈翠筠，手中盘作钓鱼轮。忘情不效孤醒客，有意闲窥百丈鳞。雨似轻埃时一起，云如高盖强相亲。任他华毂低头笑，此地终无覆败人。曾招渔侣下清浔，独茧初随一锤深。细辗烟华无辙迹，静含风力有车音。相呼野饭依芳草，迭和山歌逗远林。得失任渠但取乐，不曾生个是非心。病来县著脆缗丝，独喜高情为我持。数幅尚凝烟雨态，三篇能赋蕙兰词。云深石静闲眠稳，月上江平放溜迟。第一莫教谙此境，倚天功业待君为。"皮氏很高兴，连忙作诗三首致谢，见《鲁望以轮钩相示缅怀高致因作三篇》。陆氏还采集过野菜，也不忘给好友送去，见《偶掇野蔬寄袭美有作》："野园烟里自幽寻，嫩甲香蕤引渐深。行歇每依鸦舅影，挑频时见鼠姑心。凌风蔼彩初携笼，带露虚疏或贮襟。欲助春盘还爱否，不妨萧洒似家林。"此外，陆龟蒙还给皮日休送过人参、竹夹膝、花，分别见皮日休的感谢诗：《友人以人参见惠因以诗谢之》《鲁望以花翁之什见招因次韵酬之》《鲁望以竹夹膝见寄因次韵酬谢》。皮日休在《苦雨杂言寄鲁望》中说："鹿门人作州从事，周章似鼠唯知醉。府金廪粟虚请来，忆著先生便知愧。愧多馈少真徒然，相见唯知携酒钱。豪华满眼语不信，不如直上天公笺。天公笺，方修次。且榜鸣篷来一醉。"表达了对陆龟蒙赠送物品的感激之情。

相互赠送物品可以表达深情厚谊，那么相互邀请对方来家中小酌几杯以诗酒论文，就显得更富有人情味了。《松陵集》卷六、卷七就有不少关于皮陆二人相互邀约到家中赴宴的诗篇，也是他们情谊的记载。根据诗中的记述，一般是皮日休邀约陆龟蒙到家中的次数多些，请看下面的几首诗。皮日休《偶成小酌招鲁望不至以诗为解因次》："醉侣相邀爱早阳，小筵催办不胜忙。冲深柳驻吴娃眭，倚短花排羯鼓床。金凤欲为莺引去，钿蝉疑被蝶勾将。如何共是忘形者，不见渔阳掺一场。"《夏首病愈因招鲁望》："晓入清和尚袷衣，夏阴初合掩双扉。一声拨谷桑柘晚，数点春锄烟雨微。贫养山禽能个瘦，病关芳草就中肥。明朝早起非无事，买得戎丝待陆机。"《夏初访鲁望偶题小斋》："半里芳阴到陆家，藜床相劝饭胡麻。林间度宿抛棋局，壁上经旬挂钓车。野客病时分竹米，邻翁斋日乞藤花。"这三首诗都是皮日休在病愈后的初夏，因为心情愉快邀请陆龟蒙到家中一块痛饮所作，但是从第一首中描写的情形看，这次陆龟蒙有事没能赴宴，末联"如何共是忘形者，不见渔阳掺一场"表达了以后多的是在一起痛饮的机会。对于皮日休的盛情邀请和款待，陆龟蒙写诗多次表示感谢，如《袭美以公斋小宴见招因代书寄之》："早云才破漏春阳，野客晨兴喜又忙。自与酌量煎药水，别教安置晒书床。依方酿酒愁迟去，借样裁巾怕索将。唯待数般幽事了，不妨还入少年场。"又如《酬袭美夏首病愈见招次韵》："雨多青合式垣衣，一幅蛮笺夜款扉。蕙带又闻宽沈约，茅斋犹自忆王微。方灵衹在君臣正，篆古须抛点画肥。除却伴谈秋水外，野鸥何处更忘机。”还有《奉和夏初袭美见访题小斋次韵》：“四邻多是老农家，百树鸡桑半顷麻。尽趁晴明修网架，每和烟雨掉缲车。啼鸾偶坐身藏叶，饷妇归来鬓有花。不是对君吟复醉，更将何事送年华。”在诗中尽情地描述了对饮时的情状，令人不胜向往。

以上我们论述的都是皮陆交往当中的一些日常生活的片断，这些看似平常的事情，却是诗人真挚情感的记载，表现了人性的关爱和人情的温暖，尤其是像皮日休这样的一个外地人，在苏州这样繁华富饶的地方能够与吴中名士陆龟蒙做到相知并相濡以沫，这的确是难得的事情。他们二人组织的松陵唱和，聚集团结了当时旅居在苏州的一批文士，这种文人之间的相互关怀改写了文人相轻的陋习，给文坛带来了一阵清风。文人雅集本来就是令人赏心悦目的事情，是隐逸情趣的一种外现，诗友在一起唱和，成就赏心乐事。可以说闲逸之心与闲暇之情贯穿整部《松陵集》，成为皮陆唱和的主调。皮日休先后在襄阳、洞庭、苏州隐居，陆龟蒙把他与风流天下闻的孟浩然相比。陆龟蒙在《新唐书》中被归入《隐逸传》，在后人眼里都是一品的隐逸神仙，正如皮日休所说“各负出俗才，俱怀超世情”。他们在纵情山水的时候虽然也不忘功名利禄，但在山水与宗教之间总是在寻求一种心理的平衡，对隐逸生活的切慕之情时时跃然纸上。除了上述我们论述过的游山玩水、寻幽访胜、邀饮寄赠等隐逸生活方面的内容外，在《松陵集》中表现更多的隐逸情趣就是诗人的性情爱好，准确地说就是因性情所致对某种事物的偏好，这是一种个人兴趣。皮陆都嗜好渔樵酒茶，而渔、樵可以说就是古代文人隐逸生活最直接的表现方式，在先秦文学里就有不少渔夫、樵夫形象。渔夫樵夫生活在山林水池，远离嚣闹的城市，与世无争，是隐逸生活的直接代表，历来受到文人和士大夫的青睐。翻开古人诗词集，有关描写渔夫樵夫的篇章比比皆是，这在《松陵集》当中也不例外。渔樵作为隐居的直接方式，在享受山水林壑之美的同时，也需要以闲情逸致为心理前提。

松陵唱和时期，皮日休虽然在崔璞幕中，却心存隐庐之志，正如陆龟蒙《奉和病中书情寄上崔谏议次韵》所说："或偃虚斋或在公，蔼然林下昔贤风。"(《松陵集》卷六)可谓是身在曹营心在汉，追慕的还是古时的隐逸名士。陆龟蒙此时早已是"十载江南尽是闲，客儿诗句满人间。郡侯闻誉亲邀得，乡老知名不放还"(皮日休《奉和鲁望秋赋有期次韵》,《松陵集》卷八)，已经习惯了这种隐居生活，有这样想法的人聚在一起自然是不拍而和，内心都渴望那种逍遥自在无拘无束的生活。《松陵集》卷四集中展现了他们的这种关于渔樵酒茶诸物的唱和诗歌，数量相当多，有112首，均为往体诗。计有陆龟蒙《渔具诗》皮日休《奉和渔具十五咏》、皮日休《添渔具诗》陆龟蒙《奉和添渔具诗五篇》、陆龟蒙《樵人十咏》皮日休《奉和樵人十咏》、皮日休《酒中十咏》陆龟蒙《奉和酒中十咏》、陆龟蒙《添酒中六咏》皮日休《奉和酒中六咏》、皮日休《茶中杂咏》陆龟蒙《奉和茶具十咏》。渔樵茶酒都以组诗的形式来吟唱，集中地表现了皮陆二人的兴趣和爱好。

历来写渔樵酒茶方面的诗歌已经很多了，那么，皮陆对这些物象进行唱和，又有什么新意呢？让我们先来看看这些作品。《松陵集》卷四按顺序以组诗形式分次写渔樵酒茶，显然是作者在有意识地大力摹写，数量之巨用心之专称得上是前无古人后少来者。陆龟蒙在编集的时候将这些组诗集中编排放在一卷之中，也是有目的的，因为渔樵酒茶自古以来就是隐逸高士赖以寄托人生怀抱抒发隐逸情趣的物象表征，在皮陆看来也不例外。陆龟蒙在《奉酬袭美秋晚见题二首》其二中就说："何事乐渔樵，巾车或倚桡。和诗盈古箧，赊酒半寒瓢。失雨园蔬赤，无风占叶雕。清言一相遗，吾道未全消。"皮日休《寒日书斋即事三首》其三："方朔家贫未有车，肯从荣利舍樵渔。从公未怪多侵酒，见客唯求转借书。暂听松风生意足，偶看溪月世情疏。如钩得贵非吾事，合向烟波为五鱼。"(《松陵集》卷八)表达了皮陆二人对于渔樵的向往，把渔樵和诗酒情事相连，其乐融融，隐逸之情跃然纸上。在这些组诗的一些诗序中，也可以看出他们对渔樵酒茶与隐逸关系的认识，从而有意识地借以抒发自己的隐逸之志。陆龟蒙《〈渔具诗〉序》云："天随子觑于海山之颜有年矣。矢鱼之具，莫不穷极其趣。"皮日休《〈添渔具诗〉序》云："天随子为渔具诗十五首以遣予，凡有渔以来，术之与器，莫不尽于是也。噫！古之人或有溺于渔者，行其术而不能言，用其器而不能状，此与泽沮之渔者又有何异哉？如吟鲁望之诗，想其致，则江风海雨槭槭生齿牙，真世外渔者之才也。"陆龟蒙说自己在"海山之颜"隐居多年，"矢鱼之具，莫不穷极其趣"，已经对渔事产生了感情。皮日休称赞陆龟蒙"真世外渔者之才也"，可见他们把渔事和隐逸的关系是联系在一起的。皮日休还在序中说明了他们写作渔具诗的原因，即在于许多以渔事为隐逸方式的古人尚不知道这些渔具渔事的名称，"行其术而不能言，用其器而不能状"，他们对渔事很熟悉，就写作了这些组诗，好让人们了解这些事物。陆龟蒙在《樵人十咏序》中说："环中先生谓天随子曰：'子与鹿门子应和为《渔具诗》，信尽其道而美矣。世言樵渔者，必联其命称，且常与隐君子事。《诗》之言错薪，《礼》之言负薪，传之言积薪，史之言束薪，非樵者之实乎？不可足以寄兴咏，独阙其词耶？'退作《十樵》以补其阙漏，寄鹿门子。"在序中，陆龟蒙借环中先生的口，说出了写作《樵人十咏》的原因，在于渔樵相连不可分离，都是"隐君子事"。不仅如此，还引经据典地说明樵事的来历之早，有错薪、负薪、积薪、束薪之别，可谓樵事之古雅矣。樵渔是这样的古雅，酒茶也同样大有来历，都是古代隐君子的至爱。在《酒中十咏序》中，皮日休说："鹿门子性介而行独，于道无所全，于才无所全，于进无所全，于退无所全，岂天民之蠢者耶？然进之与退，天行未觉于余也。则有穷有厄，有病有殆，果安而受耶？未若全于酒也。夫圣人之诫酒祸也大矣，在《书》为'沉湎'，在《诗》为'童羖'，在《礼》为'豢豕'，在史为'狂药'。余饮至酣，徒以为融肌柔神，消沮迷丧。颓然无思，以天地大顺为隄封；傲然不持，以洪荒至化为爵赏。抑无怀氏之民乎？葛天氏之民乎？苟沉而乱，狂而身，祸而族，真蚩蚩之为也。若余者，于物无所斥，于性有所适，真全于酒者也。噫！天之不全余也多矣！独以麴蘖全之，抑天犹幸于遗民焉。《太玄》曰：‘君子在玄则正，在福则冲，在祸则反；小人在玄则邪，在福则骄，在祸则穷。’余之于酒得其乐，人之于酒得其祸，亦若是而已矣。于是征其具，悉为之咏。用继东皋子酒谱之后。夫酒之始名，天有星，地有泉，人有乡，今总而咏之者，亦古人初终必全之义也。天随子深于酒道，寄而请之和。”这篇长序算得上是一篇关于酒论的小品文了，不仅指出酒的历史悠久，而且还将人生祸福与酒联系起来看，真有点玄言的意蕴。在《茶中杂咏序》中，皮日休也是先述说茶的历史，他说：“按《周礼》，酒正之职，辨四饮之物。其三曰浆，又浆人之职。共王之六饮，水、浆、醴、凉、医、酏，入于酒府。郑司农云：‘以水和酒也。’盖当时人率以酒醴为饮，谓乎六浆。酒之醨者也，何得姬公制？《尔雅》云：‘槚，苦荼。’即不撷而饮之，岂圣人纯于用乎？抑草木之济人，取舍有时也。自周已降，及于国朝茶事，竟陵子陆季疵之详矣。然季疵以前，称茗饮者必浑以烹之，与夫瀹蔬而啜者无异也。季疵之始为经三卷，由是分其源，制其具，教其造，设其器，命其煮，俾饮之者除痟而去疠，虽疾医之不若也。其为利也，于人岂小哉？余始得季疵书，以为备矣。”同酒一样，茶的制作和饮用的历史相当悠久。唐代茶圣陆羽为天门竟陵人，算得上是皮日休的同乡，皮氏对这位同乡的《茶经》大为称赞，而陆羽也是一位隐士，精通茶道，在隐逸志趣方面能引起皮氏的精神共鸣。

从以上引述的皮陆二人关于渔樵酒茶的论述中可以看出，这些物象均与隐逸情事息息相关，都是隐逸生活的表征，蕴涵着雅致情意。孙桂平在《〈松陵集〉中皮陆的生活理想：闲隐雅三位一体》①中认为这些诗序包含着古雅、文雅、风雅三方面的雅意，颇有新意。其实，在理论上的论述不是最重要的，关键是要自己亲自体验这种风雅而富有韵致的生活，只有亲身体验，才能享受其中的愉悦，才会产生由此带来的美感，才会感觉到隐逸生活的妙处。事实上，皮陆也是这么做的，对渔樵酒茶

---

① 载《集美大学学报》2001 年第 2 期。

具有深刻的体验，所以才能写出如此逼真动人的诗篇。陆龟蒙《顷自桐江得一钓车以袭美乐烟波之》其一：“旋屈金钩劈翠筠，手中盘作钓鱼轮。忘情不效孤醒客，有意闲窥百丈鳞。雨似轻埃时一起，云如高盖强相亲。任他华毂低头笑，此地终无覆败人。”其二：“曾招渔侣下清浔，独茧初随一锤深。细辗烟华无辙迹，静含风力有车音。相呼野饭依芳草，迭和山歌逗远林。得失任渠但取乐，不曾生个是非心。”其三：“病来县著脆缗丝，独喜高情为我持。数幅尚凝烟雨态，三篇能赋蕙兰词。云深石静闲眠稳，月上江平放溜迟。第一莫教谙此境，倚天功业待君为。”（《松陵集》卷七）三篇诗歌描述陆龟蒙与皮日休一起垂钓的雅事。第一首说写闲钓之乐，哪怕是遇见大雨也不怕，“任他华毂低头笑，此地终无覆败人”，似乎没有什么牵挂的。第二首称皮日休为“渔侣”，和他一起垂钓，不但以钓鱼自乐，还一同“相呼野饭依芳草，迭和山歌逗远林”，尽情地享受山林之乐，野钓有无收获不管，重要的是能够和朋友一起进行。第三首就是一幅烟雨垂钓的水墨山水了。蒙蒙细雨中，一舟一笠，烟波中一杆垂丝，画面优美，景象深邃，表明自己已经适应了这样的隐居生活，但是他劝皮日休不必学他这样，“第一莫教谙此境，倚天功业待君为”，希望他能有建功立业之心，好建倚天功业，这是在劝勉好友。皮日休则和诗《鲁望以轮钩相示缅怀高致因作三篇》，其一云：“角柄孤轮细腻轻，翠篷十载伴君行。捻时解转蟾蜍魄，抛处能啼络纬声。七里滩波喧一舍，五云溪月静三更。牛衣鲋足和蓑睡，谁信人间有利名。”其二云：“一线飘然下碧塘，溪翁无语远相忘。蓑衣旧去烟披重，箬笠新来雨打香。白鸟白莲为梦寐，清风清月是家乡。明朝有物充君信，榜酒三瓶寄夜航。”其三云：“尽日悠然舴艋轻，小轮声细雨溟溟。三寻丝带桐江烂，一寸钩含笠泽腥。用近詹何传钓法，收和范蠡养鱼经。孤篷半夜无余事，应被严滩聒酒醒。”皮日休在这三首诗中称述陆龟蒙的隐逸生涯时，对他的渔樵事诗酒情大加赞叹。对于陆龟蒙的好心劝勉，皮日休作了“谁信人间有利名”的回答，表示自己也要和龟蒙一道以渔樵自乐。

从上引的皮陆二人的诗歌中可以看出他们的确有过渔隐的经历，所以才对渔事熟悉并能写作出反映樵渔情事的组诗。他们那些反映渔家生活的诗篇，因为观察仔细熟悉渔事，细节描写相当逼真细腻，富有生活气息。例如皮日休《钓侣二章》其一云："趁眠无事避风涛，一斗霜鳞换浊醪(原注：吴中卖鱼论斗)。惊怪儿童呼不得，尽冲烟雨漉车螯。"其二云："严陵滩势似云崩，钓具归来放石层。烟浪溅篷寒不睡，更将枯蚌点渔灯。"(《松陵集》卷八) 这两首诗直写渔家的辛苦渔事，江南水乡有时风涛汹涌巨浪滔天，捕鱼钓鱼都不容易。"尽冲烟雨漉车螯""严陵滩势似云崩""烟浪溅篷寒不睡"三句都极力描绘气候的恶劣、渔事的艰辛。可见有时候渔事并不如那些书生们想象的那么具有闲情逸致，这只有亲自体验过渔事的皮日休才能写出来。再看陆龟蒙的《和袭美钓侣二章》，其一云："一艇轻撶看晓涛，接䍦抛下漉春醪。相逢便倚蒹葭泊，更唱菱歌擗蟹螯。"其二云："雨后沙虚古岸崩，鱼梁移入乱云层。归时月堕汀洲暗，认得妻儿结网灯。"第一首写渔人在渔事活动中的相逢，一边吃着螃蟹痛饮春酒，一边欢唱吴歌，何其逍遥自在。第二首写渔人收工后踏着星月归家，归来时月亮已经落下，四周一片漆黑，唯有家中的妻女在渔灯下结网。龟蒙的和诗将渔家的欢娱细致地描绘了出来，这是他对渔家生活的真切体验。

正是因为皮陆二人对渔樵情事很熟悉，故他们对于渔具樵具非常在行，写起来轻车熟路。陆龟蒙首唱《渔具诗》十五首，对渔具和捕鱼之术极尽描摹之能事。从诗题上我们就可以看出，这十五首诗题按次序分别是：《网》《罩》《罛》《钓筒》《钓车》《鱼梁》《叉鱼》《射鱼》《鸣桹》《沪》《穇》《种鱼》《药鱼》《舴艋》《笭箵》等，渔具品种，真可谓是如皮日休在《添渔具诗序》中所说："凡有渔已来，术之于器，莫不尽于是也。"这十五首诗歌虽标题为《渔具诗》，但不光描写了渔具，如网、罩、钓筒、鸣桹、笭箵等，也写了种种捕鱼之术，如叉鱼、射鱼、药鱼。他对于各种渔事非常熟悉，例如叉鱼，他这样写道："春溪正含绿，良夜才参半。持矛若羽轻，列烛如星烂。伤鳞跳密藻，碎首沈遥岸。尽族染东流，傍人作佳玩。”叉鱼就是渔民用鱼叉捕鱼，一般在春夏之际，因为此时天气变暖鱼浮出水面觅食，且这个时候的鱼儿较为肥大，易于捕获，陆诗描写的就是这个时候的叉鱼活动。你看，夜晚的春溪旁，一群渔民手拿鱼叉正在叉鱼。捕获的鱼儿因为受伤在草地上乱蹦乱跳的，大人在叉鱼，小孩在一边拨弄叉到的鱼儿，又是在静谧的春夜，多么富有诗情画意。我们再看看皮日休写的叉鱼，《奉和鲁望渔具十五咏·叉鱼》：“列炬春溪口，平潭如不流。照见游泳鱼，一一如清昼。中目碎琼碧，毁鳞殷组绣。乐此何太荒，居然愧川后。”也描绘的是春夜的叉鱼，渔民们打着火把站在春溪边，火光将游鱼照见，像白天一样清晰可见。这样优美的景致以至于诗人都不忍心观看叉鱼了，末联“乐此何太荒，居然愧川后”就表达了这个意思。除了叉鱼外，还有射鱼和药鱼。射鱼就是用弓弩射杀大鱼，药鱼就是用制作的药粉毒鱼，等鱼儿吃药药性发作浮上来时进行捕获。皮陆都对其作了细致的描绘，如《射鱼》：“弯弓注碧浔，掉尾行凉沚。青枫下晚照，正在澄明里。抨弦断荷扇，溅血殷菱蕊。若使禽荒闻，移之暴烟水。”《奉和鲁望渔具十五咏·射鱼》：“注矢寂不动，澄潭晴转烘。下窥见鱼乐，恍若翔在空。惊羽决凝碧，伤鳞浮殷红。堪将指杯术，授与太湖公。”《药鱼》：“香饵缀金钩，日中悬者几。盈川是毒流，细大同时死。不唯空饲犬，便可将贻蚁。苟负竭泽心，其他尽如此。”《奉和鲁望渔具十五咏·药鱼》：“我无竭泽心，何用药鱼药。见说放溪上，点点波光恶。食时竞夷犹，死者争纷泊。何必重伤鱼，毒泾犹可作。”读了这些诗篇，我们对叉鱼、药鱼、射鱼等渔事活动就有了大致的印象。虽然没有亲眼见过，但也有了间接的了解。相对而言，陆龟蒙是不主张叉鱼、射鱼、药鱼这种渔事作业的，因为这是纯粹的捕杀鱼类，谈不上什么闲情逸致。在他眼里，只有垂钓才是真正具有隐士情怀的渔事。他羡慕的是烟波江上一舟一杆舒卷洒脱的垂钓。鱼类资源是有限的，大量的打捞捕捉也会使资源耗尽，因此就有种鱼这种补救活动。所谓种鱼就是在水域中投放鱼苗，让它成长以便捕捞，皮陆都有《种鱼》诗纪之。

皮日休自幼就生活在水乡襄阳，汉水绕城而过，涧溪、檀溪、鱼梁州都是襄阳有名的产鱼之地。因为他亲历过许多的渔事活动，故对陆龟蒙的《渔具诗》一点都不陌生，他不仅奉和了十五首，而且还意犹未尽地作了《添渔具诗》五首，篇名是《渔庵》《钓矶》《蓑衣》《箬笠》《背篷》，这五种渔具是陆龟蒙没有提及的，但他自己很熟悉，就趁着兴致添写了五首。他在《添渔具诗序》中说："余昔之渔所，在涌上则为庵以守之；居岘下则占矶以待之。江汉间时候率多雨，唯以箬笠自庇，每伛鱼必多俯，箬笠不能庇其上，由是织篷以障之，上抱而下仰，字之曰'背篷'。今观鲁望之十五篇，未有是作，因次而咏之，用以补其遗者。渔家生具，获足于吾属之文也。"原来，皮日休之所以补这五首，是因为襄阳独特的地理和气候因素，那儿的渔家在渔事活动的时候要具备这几种渔具，具有特别的地方气息。

对于樵夫的日常生活，皮日休也是非常熟悉，因为襄阳多山，而且皮氏早年隐居即在鹿门山，那是襄阳比较有名的大山，与诸葛亮隐居的隆中山遥遥相对。据其诗文，他早期也有过耕读生活，亲身从事过上山砍柴等农事。襄阳水泊纵横山脉众多，历来是名人高士隐居的地方，渔樵二事往往相连，"世言渔樵，必联其命称，且常为隐君子事。"渔樵本来是很平常的农事活动，一旦与隐逸情事和文人趣尚联系起来，就使简单普通的事情具备了浓厚的文化意蕴。《樵人十咏》既写了樵具也写了樵事，重点还是写樵人，篇名如下：《樵溪》《樵家》《樵叟》《樵子》《樵径》《樵斧》《樵担》《樵风》《樵火》《樵歌》。让我们来看看他们是怎么样描写樵人的。先看《樵叟》："自小即胼胝，至今凋鬓发。所图山褐厚，所爱山炉热。不知冠盖好，但信烟霞活。富贵如疾颠，吾从老岩穴。"《奉和鲁望樵人十咏·樵叟》："不曾照青镜，岂解伤华发。至老未息肩，至今无病骨。家风是林岭，世禄为薇蕨。所以两大夫，天年自为伐。"皮陆二诗描述的樵叟都有相同之处，那就是健康长寿，这是因为樵叟长年累月在山中进行体力活动的结果，他们已经深深地扎根山中，"所图山褐厚，所爱山炉热。不知冠盖好，但信烟霞活"且"家风是林岭，世禄为薇蕨”，对人生富贵身外之物已经看淡，认为“富贵如疾颠”，这才是真隐士的风范。如果说这种境界是几十年如一日参悟的结果，那么他们笔下的樵子又是什么样的面貌呢？《樵子》：“生自苍崖边，能谙白云养。才穿远林去，已在孤峰上。薪和野花束，步带山词唱。日暮不归来，柴扉有人望。”《奉和鲁望樵人十咏·樵子》：“相约晚樵起，跳踉上山路。将花饵鹿麛，以果投猿父。束薪白云湿，负担春日暮。何不寿童乌，果为玄所误。”读了这两首《樵子》诗，我们感到这里的樵子也已经习惯了他们的这种樵事生活。樵夫家里的生活是怎么样的呢？《樵家》：“草木黄落时，比邻见相喜。门当清涧尽，屋在寒云里。山棚日才下，野灶烟初起。所谓顺天民，唐尧亦如此。”《奉和鲁望樵人十咏·樵家》：“空山最深处，太古两三家。云萝共夙世，猿鸟同生涯。衣服濯春泉，盘餐煮野花。居兹老复老，不解叹年华。”这样的樵家生活，远离尘嚣，过着俭朴安逸与世无争的生活，是多么闲逸安详啊。诗人毋宁说是在赞美樵家的生活，倒不如说是对这种隐逸情趣的企慕，这种宁谧安详的世外生活不正是诗人苦苦追求的么？

如果说皮陆描写渔樵的诗篇是对客体物象的描摹，虽然其间也表达了诗人自己的情感倾向，那么，下面有关酒茶的叙写就是诗人自己独到的感受了，因为酒茶要靠自己亲自品评才能有体会。渔樵强调的是他物，诗人在旁边观摩摹写，茶酒注重的是自我感悟，诗人亲自在品评，这种感受是别人无法代替的。《渔具诗》和《樵人十咏》都是陆龟蒙首唱，皮日休次和，而《酒中十咏》和《茶中杂咏》则是皮日休发唱，陆龟蒙奉和。皮日休《酒中十咏》，篇名分别为：《酒星》《酒泉》《酒篘》《酒床》《酒垆》《酒楼》《酒旗》《酒樽》《酒城》《酒乡》。这些诗篇罗列了与酒有关的物品，进行了简要的描述，就如同它在《酒中十咏序》中说的“于是征其具，悉为之咏。用继东皋子酒谱之后。夫酒之始名，天有星，地有泉，人有乡，今总而咏之者，亦古人初终必全之义也”。诗人醉翁之意不在酒，而是想要通过酒器酒物的吟咏，表达其思想情怀和生活趣尚。陆龟蒙深得酒道，它不仅写作了《奉和酒中十咏》，而且还写了《添酒中六咏》，题目分别是《酒池》《酒龙》《酒瓮》《酒枪》《酒杯》。在《添酒中六咏序》中，他说："鹿门子示余《酒中十咏》，物古而词丽，旨高而性真，可谓穷天人之际矣。"高度地评价了皮日休的诗作，认为皮诗"物古而词丽，旨高而性真"，见出了作者的真性情，也就是隐逸性情。他接着在序中说："昔人之于酒，有注为池而饮之者，象为龙而吐之者，亲盗瓮间而卧者，将实舟中而浮者，可为四荒矣。徐景山有酒枪，嵇叔夜有酒杯，皆传于后代，可谓二高矣。四荒不得不刺，二高不得不颂，更作六章，附于末云。"四荒因为酒祸而惩治，二高因为酒德而赞颂，皮陆把酒事和酒祸联系起来，认为酒祸不符合隐逸风尚应该予以批判，真正令人钦赏的还是诗酒风流，这才是潇洒疏放的隐逸情怀。试看陆龟蒙的《添酒中六咏》，这是四组有关酒事描写的诗歌当中写得最好的一组，它把酒与历史兴衰相连，具有惩戒劝勉的意味。《酒池》："万斛输曲沼，千钟未为多。残霞入醍齐，远岸澄白酇。后土亦沈醉，奸臣空浩歌。迩来荒淫君，尚得乘余波。"《酒龙》："铜雀羽仪丽，金龙光彩奇。潜倾邺宫酒，忽作商庭漦。若怒鳞甲赤，如酣头角垂。君臣坐相灭，安用骄奢为。"《酒瓮》："候暖曲糵调，覆深苫盖净。溢处每淋漓，沈来还濎滢。常闻清凉酎，可养希夷性。盗饮以为名，得非君子病。"《酒船》："昔人性何诞，欲载无穷酒。波上任浮身，风来即开口。荒唐意难遂，沈湎名不朽。千古如此肩，问君能继不。"《酒枪》："景山实名士，所玩垂清尘。尝作酒家语，自言中圣人。奇器质含古，挫糟未应醇。唯怀魏公子，即此飞觞频。"《酒杯》："叔夜傲天壤，不将琴酒疏。制为酒中物，恐是琴之余。一弄广陵散，又裁绝交书。颓然掷林下，身世俱何如。" 这六首诗把酒事和历史上的人事相连，道出了深沉的感慨，格调沉郁，有怀古幽思之感。

皮陆的茶事诗比酒事诗写得要明快清朗，饮酒可以导致酒祸，而喝茶则无论如何是不会导致茶祸的。酒诗里面带有深沉的历史责任感，而茶诗只有欢娱，更加见出高洁的情趣。皮日休的《茶中杂咏》十首为《茶坞》《茶人》《茶笋》《茶籯》《茶舍》《茶灶》《茶焙》《茶鼎》《茶瓯》《煮茶》。

对茶叶生产、采摘、烘制，烹茶，饮茶等茶事都进行了生动的刻画。他在《茶中杂咏序》中极力推崇茶圣陆羽的《茶经》三卷，但是又认为《茶经》只是讲茶叶的生产制作过程，没有叙及茶事的吟咏，“余缺然于怀者，谓有其具而不形于诗”，于是他写了这组诗歌以补阙。《煮茶》诗云：“香泉一合乳，煎作连珠沸。时看蟹目溅，乍见鱼鳞起。声疑松带雨，饽恐生烟翠。尚把沥中山，必无千日醉。”将煮茶过程绘声绘色地刻画出来，仿佛眼前就能看见冒着热气的香茶，闻到悠悠茶香。“南山茶事动，灶起岩根傍。水煮石发气，薪然杉脂香。青琼蒸后凝，绿髓炊来光。如何重辛苦，一一输膏粱。”(《茶灶》) “凿彼碧岩下，恰应深二尺。泥易带云根，烧难碍石脉。初能燥金饼，渐见干琼液。九里共杉林，相望在山侧”(《茶焙》)这两首是描绘茶叶加工的情形，似乎满屋茶香扑面而来。茶和酒都是隐士生活中不可或缺的物品，皮陆对他们进行吟咏，也道出了自己内心的真实想法，就是渴望能够真正地过那种宁静闲雅的生活，追求内心的闲适。松陵唱和的时候他们已经志存隐逸，流露出悠闲的情致，不过是借助对樵渔茶酒的描绘道出而已。

皮陆二人的思想属于儒家，但是他们也不排斥其他的思想。他们纵情山水隐逸江湖显然与崇信释道有关。佛教的习禅好静和道教的隐逸思想都对他们产生了较大的影响，这在《松陵集》中也有不少的反映，可以算是他们隐逸生活的一部分。古来的隐士大多会选择名山大泽作为隐居的地方，而道观寺院往往修建在名山之中，这样，隐士就有了与道士僧人交往请教的机会。皮陆也不例外，他们的习禅慕道也主要表现在与高僧名道的交往上，这算得上是他们隐逸志趣的一种显现。

陆龟蒙、皮日休对修持道行是很投入的，在自己的居所修建有道室，以便打醮修道。陆龟蒙《上元日道室焚修寄袭美》：“三清今日聚灵官，玉刺齐抽谒关寒。执盖冒花香寂历，侍晨交佩响阑珊。将排凤节分阶易，欲校龙书下笔难。唯有世尘中小兆，夜来心拜七星坛。”(卷六)《四月十五日道室书事寄袭美》：“乌饭新炊芼臛香，道家斋日以为常。月苗杯举存三洞，云蕊函开叩九章。一掬阳泉堪作雨，数铢秋石欲成霜。可中值著雷平信，为觅闲眠苦竹床。”（卷七）皮日休《寒日书斋即事三首》其一：“参佐三间似草堂，恬然无事可成忙。移时寂历烧松子，尽日殷勤拂乳床。将近道斋先衣褐，欲清诗思更焚香。空庭好待中宵月，独礼星辰学步罡。”其二：“不知何事有生涯，皮褐亲裁学道家。深夜数瓯唯柏叶，清晨一器是云华。盆池有鹭窥苹沫，石版无人扫桂花。江汉欲归应未得，夜来频梦赤城霞。”（卷八）陆龟蒙的两首诗着力描写他自己于上元日和四月十五日两次在家中道室行道法时的情景，铺叙生动。皮日休的两首则写他仿效道教徒的一些宗教仪法，进行斋醮、服食、诵经等道教活动。这些诗皮陆二人都有奉和之作，可见他们对修道的热忱。他们之所以在家中这么虔诚地行道法，并不是真的想成为道士，而是通过这些道教的活动仪式，从中获得精神上的愉悦和满足。家中的道室在他们看来是一方净土，是自己精神上的依靠和寄托。道教飘逸潇洒、风神爽朗的言行举止和隐士的洒脱疏放是很接近的，是一种对现实社会的精神超越，这种生活方式和态度很容易受到文士们的青睐。在《松陵集》中，皮陆多次表达了他们对道教的倾慕之情。例如皮日休在《寄题玉霄峰叶涵象尊师所居》诗中就说：“青冥向上玉霄峰，元始先生戴紫蓉。晓案琼文光洞壑，夜坛香气惹杉松。闲迎仙客来为鹤，静谧灵符去是龙。子细扪心无偃骨，欲随师去肯相容。”（卷八）末句表达了要跟随元始道士修道的决心。此外，在卷二《追和清远道士兼次本韵》、卷六《江南道中怀茅山广文南阳博士三首》唱和、卷七《寄题罗浮山轩辕先生所居》唱和、卷七《送董少卿游茅山》唱和、卷九《伤开元观顾道士》唱和等诗中，皮陆也表达了这个意思。甚至皮日休在《奉和鲁望四月十五日道室书事》诗的结尾说：“剩欲与君终此志，顽仙唯恐鬓成霜”，可见对道教的仰慕之深。陆龟蒙也在《寄茅山何威仪二首》其一中说：“大小三峰次九华，灵踪今尽属何家。汉时仙上云巅鹤，蜀地春开洞底花。闲傍积岚寻瀑眼，便凌残雪探芝芽。年来已奉黄庭教，夕炼腥魂晓吸霞。”干脆说他已经信奉了道教。除了仿效道教法事外，陆龟蒙还颂读道经，其《读黄帝阴符经寄鹿门子》开篇就说：“清晨整冠坐，朗咏三百言。备识天地意，献词犯乾坤。”(卷二)皮日休《奉和鲁望读阴符经见寄》诗结尾也说：“如何黄帝机，吾得多坎颤。纵失生前禄，亦多身后利。我欲贼其名，垂之千万祀。”表示也要入道流。道士仙风道骨的颜貌、潇洒神朗的举止对皮陆都具有较强的诱惑力，他们多次在诗中以“鹤”“云”“松”“龙”这些具有格调的事物来比拟道教的生活，读之使人遐想翩翩。这些物象都与隐士生活密切相关，通过这些描写，我们可以看出皮陆二人的隐士情怀。

通过我们对《松陵集》的统计，发现陆龟蒙描写道教的诗篇比皮日休要多，而描写佛教的诗歌皮日休要超过陆龟蒙，这是一个有趣的现象。似乎陆龟蒙更沉醉于道教，这恐怕与其经历有关。一般来说，《松陵集》中反映道教的诗歌，往往都是陆龟蒙首唱皮日休次和，主要内容还是描叙他们和道士的交往，赞美道教的生活情貌。例如陆龟蒙《秋日遣怀十六韵寄道侣》《寄茅山何道士》《南秋怀寄华阳山人》《寄茅山何威仪二首》《寄怀华阳道士》等等。有关佛教的诗篇主要是皮日休首唱，陆龟蒙次和，这在《松陵集》中有不少，题材和描写道教的差不多，不外是对寺院的参观和与僧人的交往。参观寺院是皮陆二人的一种爱好，寺院的环境幽静可以启迪诗人的心灵，每到一处寺院，皮陆都忘不了写诗纪游。例如皮日休《冬晓章上人院》诗，就描绘了寺院的幽境：“山堂冬晓寂无闻，一句清言忆领军。琥珀珠黏行处雪，棕榈帚扫卧来云。松扉欲启如鸣鹤，石鼎初煎若聚蚊。不是恋师终去晚，陆机茸内足毛群。”在另外两首《夏景无事因怀章来二上人二首》中也有这种景致，其一：“澹景微阴正送梅，幽人逃暑瘿楠杯。水花移得和鱼子，山蕨收时带竹胎。啸馆大都偏见月，醉乡终竟不闻雷。更无一事唯留客，却被高僧怕不来。”其二：“佳树盘珊枕草堂，此中随分亦闲忙。平铺风簟寻琴谱，静扫烟窗著药方。幽鸟见贫留好语，白莲知卧送清香。从今有计消闲日，更为支公置一床。”这样静谧的寺院环境的确令人向往。一般的禅院都种植花草，皮日休就有两首专门写寺院花草的诗《重玄寺元达年逾八十好种名药凡所粉糅各指名余奇而访之因题二章》，我们来看看他都描绘了一些什么花卉。其一："雨涤烟锄伛偻赍，绀牙红甲两三畦。药名却笑桐君少，年纪翻嫌竹祖低。白石静敲蒸术火，清泉闲洗花泥。怪来昨日休持钵，一尺雕胡似掌齐。"其二："香蔓蒙茏覆昔邪，桂烟杉露湿袈裟。石盆换水捞松叶，竹径穿床避笋芽。藜杖移时挑细药，铜瓶尽日灌幽花。支公谩道怜神骏，不及今朝种一麻。"在《重玄寺双矮桧》中他还写了重玄寺中的两棵矮桧树。

《松陵集》中有关游览寺院的诗歌还有很多，仅皮日休写的就有卷二《初夏游楞伽精舍》、卷五《武丘寺殿前有古杉一本形状丑怪图之不尽况百卉竞媚若妒若媢唯此杉死抱奇节娆然闯然不知雨露之可生也风霜之可瘁也乃造化者方外之材乎遂赋三百言以见志》、卷六《开元寺客省早景即事》、卷六《闻开元寺开笋园寄章上人》、卷六《泰伯庙》、卷七《开元寺佛钵诗并序》、卷七《宿报恩寺水阁》、卷七《虎丘寺西水溪闲凡三绝》、卷八《访寂上人不见》、卷八《题支山南峰僧》等，这些诗歌不少也是纪游诗，描写的都是寺院风光。陆龟蒙在《松陵集》中有两首和皮日休探访寂上人的诗歌，卷六《同袭美游北禅院》："连延花蔓映风廊，岸帻披襟到竹房。居士祗今开梵处，先生曾是草玄堂。清尊林下看香印，远岫窗中挂钵囊。今日有情消未得，欲将名理问思光。"同卷《寒夜同袭美访北禅院寂上人》："月楼风殿静沈沈，披拂霜华访道林。鸟在寒枝栖影动，人依古堞坐禅深。明时尚阻青云步，半夜犹追白石吟。自是海边鸥伴侣，不劳金偈更降心。"可见皮陆二人往往都是一起访问寺院的。除了与苏州周边的寺院长老有交往外，皮、陆还和国外的僧人有过密切的联系。《松陵集》中就有两首诗，皮日休《庚寅岁十一月新罗弘惠上人与本国以诗送之》："三十麻衣弄渚禽，岂知名字彻鸡林。勒铭虽即多遗草，越海还能抵万金。鲸鬣晓掀峰正烧，鳌睛夜没岛还阴。二千余字终天别，东望辰韩泪洒襟。"《送圆载上人归日本国》："讲殿谈余著赐衣，椰帆却返旧禅扉。贝多纸上经文动，如意瓶中佛爪飞。飓母影边持戒宿，波神宫里受斋归。家山到日将何入，白象新秋十二围。"(《松陵集》卷九)两首诗都是送外国僧人归国，龟蒙也有诗和之。

皮陆在《松陵集》中描写有关佛道两家的诗歌虽然多，但是我们发现，这些诗歌多是寻访道观寺院和与道士僧人的交往，属于游记诗和应酬诗，数量虽不少，却总是让人读后感到没有道蕴禅味，表面上和释道很亲近，但总有一种隔离的味道。也就是说皮陆没有将佛道融之入诗造为化境，达到诗禅道蕴为一体，例如王维诗歌的佛心熔铸化为一境，做到诗禅人浑然相通，不可分离。皮陆这方面的诗歌虽然有时也用佛道的人物语言来修饰，却让人读后感觉有些生搬硬套，缺乏佛道文化深厚的底蕴。要之，他们的习禅慕道仅仅是一种心理的需求，也就是把它们作为一个工具，获得精神上的超越。

《松陵集》中还有大量的社交应酬诗，包括亲朋好友的迎来送往，例如光皮日休写给张贲的诗歌就有《初冬偶作寄南阳润卿》《送润卿博士还华阳》《南阳广文博士还雷平后寄》《寄怀南阳润卿》《怀华阳润卿博士三首》《南阳广文欲于荆襄卜居因而有赠》《南阳润卿将归雷平因而有赠》《醉中即席赠润卿博士》《润卿遣青笋饭兼之一绝聊用答谢》《润卿鲁望见访各惜其志遂成一绝》《寒夜文宴润卿有期不至》等十余首，可见皮日休是个重友情的人。当然，更多的还是和陆龟蒙的交往诗，举凡身边的日常小事，他们都以诗歌进行唱和，真正做到了以诗自娱自乐、自我消遣。

《松陵集》中的怀古诗和咏物诗也有不少。这两种题材的诗歌借怀古、咏物表现出来的精神风貌依然是其隐逸趣尚，不过是换了一种手法而已。怀古诗如皮日休的《馆娃宫怀古》七律和《馆娃宫怀古五绝》七绝五首，都是借对历史上馆娃宫人事的叙写，表达了作者对吴国盛衰兴亡的感慨，这种发思古之幽情、慨古今之盛衰、悲人事之变迁，实际上蕴含着诗人的隐逸情绪。《馆娃宫怀古五绝》其一："绮阁飘香下太湖，乱兵侵晓上姑苏。越王大有堪羞处，祗把西施赚得吴。"其二："郑姐无言下玉墀，夜来飞箭满罘罳。越王定指高台笑，却见当时金镂楣。"其三："半夜娃宫作战场，血腥犹杂宴时香。西施不及烧残蜡，犹为君王泣数行。"其四："素袜虽遮未掩羞，越兵犹怕伍员头。吴王恨魄今如在，只合西施濑上游。"其五："响屧廊中金玉步，采苹山上绮罗身。不知水葬今何处，溪月弯弯欲效颦。”(《松陵集》卷七)馆娃宫以西施得名，是春秋时期吴王夫差建造的宫殿。本来越王卧薪尝胆用十年的工夫最后灭了吴国，这是史实，岂是一个女子西施所能决定的。诗人却故意运用指桑骂槐的曲笔，有意造成错觉，明嘲勾践，暗刺夫差，采用反讽、暗讽等手法，紧扣发生在馆娃宫的历史事件，叙事和议论相结合，揭示了吴国盛衰兴亡的成败得失，使组诗荡漾着委婉含蓄的弦外之音，荡气回肠发人深思。五首诗一气呵成叙事议论痛快淋漓，表达了诗人强烈的历史忧患感。七律《馆娃宫怀古》：“艳骨已成兰麝土，宫墙依旧压层崖。弩台雨坏逢金镞，香径泥销露玉钗。砚沼只留溪鸟浴，屧廊空信野花埋。姑苏麋鹿真闲事，须为当时一怆怀。”诗中以馆娃宫的今昔对比，形成强烈的对照，从而表达了作者的思古之幽情。

咏物诗则是借对物象的描摹表达诗人高雅脱俗的隐逸情怀，如皮日休的《行次野梅》：“茑拂萝捎一树梅，玉妃无侣独裴回。好临王母瑶池发，合傍萧家粉水开。共月已为迷眼伴，与春先作断肠媒。不堪便向多情道，万片霜华雨损来。”(卷六)以动人的神话传说来形容野外的梅花，也见出诗人闲雅清逸的韵致。其他的一些咏物诗，例如《五贶诗》唱和(卷五)、《蔷薇》唱和(卷六)、《木兰后池三咏》唱和(卷七)、《白鸥诗》唱和(卷八)等，都是从所描绘的事物中表现诗人隐逸风尚的精神面貌，写法一致。

当然，诗人也不是一味踏幽访胜诗酒唱和，他们并没有远离现实生活，在《松陵集》中就有一些关注现实关注民生的作品，如陆龟蒙《徐方平后闻赦因寄袭美》(卷六)、皮日休《奉和鲁望徐方平闻赦次韵》、皮日休《寄滑州李副使员外》(卷七)、陆龟蒙《奉和寄滑州李副使员外》等，都是关注时事的作品。

第三节 《松陵集》的创作特征

《松陵集》为皮陆赢来了巨大的声誉，除了里面大量表现诗人高雅的隐逸情趣的唱和诗歌博得时人后人的赞许外，一个重要的原因即在于它的创作特征，其主要体现在唱和艺术上。因此，评论《松陵集》就要探讨其创作特征，总结成就，揭示缺陷，才能予以客观正确的评价。

对《松陵集》进行艺术成就的评论，首先要弄清一个问题，那就是陆龟蒙编集这部诗歌集的目的是什么？孙桂平《〈松陵集〉系为行卷而编》一文认为，陆龟蒙编集《松陵集》的目的就是为了行卷，孙文论证可自圆其说①。既然是为了进士考试而行卷，那么所选的诗篇应该是具有代表性、能反映举子水平的作品，一句话，都应该是优秀的代表作，这样才能赢得考官的注意和青睐，达到行卷的最终目的。实际上，《松陵集》中的作品在艺术形式上无所不能，确实能代表皮陆二人的诗歌水平(当然，松陵唱和的时候皮日休已经是进士了，无须行卷)。那么，《松陵集》都有哪些方面的创作成就呢？本节拟打算作些探讨。

在前面的章节中我们曾分析过皮陆的文学思想，其中有一点就是他们把诗歌当作自娱自乐的一种工具，通过朋友之间的诗歌唱和逞才取胜追求一种精神的愉悦，这是皮陆松陵唱和的一个重要目的。这种以诗歌自娱自乐首先就表现在诗体和句式方面，它们呈现全方位发展的趋势。皮日休《松陵集序》说："凡一年，为往体诗各九十三首，今体各一百九十三首，杂体各三十八首，联句问答十有八篇在其外，合之凡六百五十八首。"这里皮日休把《松陵集》里的诗歌分为四类，即往体、今体、杂体和联句问答，实际上在卷十中杂体是包含联句问答的，只不过联句问答在形式上更为灵活。往体诗就是古诗，是相对于唐以后的所谓"近体诗"而言的。古诗除了押韵外不受任何格律的限制，句式和字数比较灵活，一般不讲究平仄和对仗。在押韵上既可以押平声韵也可以押仄声韵，在一首诗中可以一韵到底也可以中途转换几次韵，而律诗则要求必须押平声韵，只能一韵到底不得中途换韵。一般而言，所谓的古体诗只

① 他认为行卷的理由有四："1. 宋刊本《松陵集》卷首陆诗署名'乡贡进士'；2. 集中诗作提供内证；3.《松陵集序》隐含着浓厚的科举气息；4.《松陵集》的编撰方式符合进士行卷的特征。"孙文载《集美大学学报》2005年第4期。

为五言诗，不包括七言诗，古人往往把七言古诗称为“歌行”。由于古体诗在诗体上具有这样的优势，它一直受到诗人们的喜爱。《松陵集》卷一到卷四都是五言古体，为192首。其实《松陵集》里面也是有七言古诗的，例如卷十皮日休的《苦雨杂言寄鲁望》：“苦雨杂言寄鲁望，歊蒸痺下豪家苦。可怜临顿陆先生，独自悠然守环堵。儿饥仆病漏空厨，无人肯典破衣裾。果蠃时时上几案，龟黾往往跳琴书。桃花米斗半百钱，枯荒湿坏炊不然。两床仙席一素几，仰卧高声吟太玄。知君志气如铁石，瓯冶虽神销不得。乃知苦雨不复侵，枉费毕星无限力。鹿门人作州从事，周章似鼠唯知醉。府金廪粟虚请来，忆著先生便知愧。愧多馈少真徒然，相见唯知携酒钱。豪华满眼语不信，不如直上天公笺。天公笺，方修次。且榜鸣篷来一醉。”除了最后一联“天公牋，方修次，且榜鸣篷来一醉”为三三七句式以外，其他的十二联二十四句都是标准的七言。再如卷十的《夜会问答十首》，为皮日休、陆龟蒙、张贲三人相互以问答体创作的组诗，请看：

《寒夜清》：（日休问龟蒙）帘外迢迢星斗明。况有萧闲洞中客，吟为紫凤呼凰声。

《瘿木杯》：（龟蒙问日休）杉赘楠瘤刳得来。莫怪家人畔边笑，渠心祗爱黄金罍。

《落霞琴》：（日休问贲）寥寥山水扬清音。玉皇仙驭碧云远，空使松风终日吟。

《莲花烛》：（贲问日休）亭亭嫩蕊生红玉。不知含泪怨何人，欲问无由得心曲。

《金火障》：（日休问龟蒙）红兽飞来射罗幌。夜来斜展掩深炉，半睡芙蓉香荡漾。

《忆山月》：（龟蒙问贲）前溪后溪清服绝。看看又及桂花时，空寄子规啼处血。

《锦鲸荐》：（贲问日休）碧香红腻承君宴。几度闲眠却觉来，彩鳞飞出云涛面。

《怀溪云》：（日休问龟蒙）漠漠闲笼鸥鹭群。有时日暮碧将合，还被鱼舟来触分。

《霜中笛》：（龟蒙问日休）落梅一曲瑶华滴。不知青女是何人，三奏未终头已白。

《月下桥》：（日休问龟蒙）风外拂残衰柳条。倚栏杆处独自立，青翰何人吹玉箫。

这组诗每首四句，除了第一句为三字外，其他的三句均为七言，整首诗的格式为三七七七句式。其实这些诗歌也可以算作是七言古诗，因为真正的七言古诗不见得都是整齐划一的七言句式。陆龟蒙编集的时候把这些诗都归为杂体诗，集中放在卷十里面，显然这是他们当时的观念。我们现在则可以认为《松陵集》里面的古体包括五言古诗和七言古诗。

《松陵集》卷五到卷九是近体诗，有 470 首之多。近体诗在体式方面有诸多的限制，但正因为有这些限制，才能激起诗人逞才斗胜的欲望，所以近体诗在《松陵集》中的比例最大。近体诗就是格律诗，分五绝、七绝、五律、七律、五排、七排。在《松陵集》中，除了没有七言排律这种诗体外，其他的都有创作。尤其是大量的七律，这在唐诗史上还是少见的，因为七律讲究功底，只有少数的诗人如杜甫、李商隐等创作了大量的七律，成就之高史有定论。皮陆二人在松陵唱和中运用七律这种形式进行唱和，多少有些炫耀逞才的意思，也是一种自信的表现。

《松陵集》卷十是杂体诗，数量也很可观。杂体诗指古典诗歌正式体类以外的各种样式的诗体，它把字行、句法、声律和押韵等加以特殊变化，成为独出心裁的作品。杂体诗起源于汉魏六朝，历代沿袭，是文人们常用的一种诗体。《松陵集》中杂体诗的使用可谓到了登峰造极的地步，句式之巧花样之多令人目不暇接。皮日休的《杂体诗并序》算得上是一篇杂体诗发展小史，回顾了汉魏六朝杂体诗发展的简要历史，结尾他说："噫！由古至律，由律至杂，诗之道尽乎此也。近代作杂体，唯《刘宾客集》中有回文、离合、双声、叠韵。如联句则莫若孟东野与韩文公之多，他集罕见。足知为之之难也。陆与予窃慕其为人，遂合己作，为杂体一卷，属予序杂体之始云。"在这篇序中，他说得很清楚，是因为唐人作杂体诗的少，而杂体在体式上要求很严，不易多作，他们才仿效刘禹锡、孟郊、韩愈创作了杂体诗，也有希望这种诗体能发扬光大的意思。杂体诗内容庞杂，皮陆二人敢于迎难而上，创作了各种内容的杂体诗，显示了自己的诗才。《松陵集》中的杂体诗大致有以下这些。

回文诗：所谓回文诗就是指反复回还均可成诵的诗，这是一种文字游戏。刘勰《文心雕龙·明诗》说："至于三六杂言，则出自篇什；离合之发，则明于图谶；回文所兴，则道原为始；联句共韵，则柏梁余制。"①现存最早的回文诗为十六国时前秦女诗人苏蕙的《回文璇玑图诗》。陆龟蒙《晓起即事因成回文寄袭美》，皮日休则有《奉和鲁望晓起回文》。从诗题上看，是"晓起即事"，早上刚刚起床就随口作了一首回文诗，真是多才多艺。看看皮日休的和诗："孤烟晓起初原曲，碎树微分半浪中。湖后钓筒移夜雨，竹傍眠几侧晨风。图梅带润轻沾墨，画藓经蒸半失红。无事有杯持永日，共君惟好隐墙东。"倒过来读则为："东墙隐好惟君共，日永持杯有事无？红失半蒸经藓画，墨沾轻润带梅图。风晨侧几眠傍竹，雨夜移筒钓后湖。中浪半分微树碎，曲原初起晓烟孤。"反过来读意思和原诗意境韵味差不多。

离合诗：这是一种隐语诗，即把字行的偏旁或一部分拆离，然后再合成另一字。宋代叶少蕴《石林诗话》卷中说："古诗有离合体，近人多不解。此体始于孔北海。"②皮陆创作了24首离合诗，让我们看看他们是怎么离合的。陆龟蒙《药名离合夏日即事三首》其一："乘屐著来幽砌滑，石罂煎得远泉甘。草堂祗待新秋景，天色微凉酒半酣。"其二："避

① 杨明照：《增订文心雕龙校注》上册，中华书局2000年版，第66页。
② 何文焕：《历代诗话》上册，中华书局2001年版，第418页。

暑最须从朴野，葛巾筠席更相当。归来又好乘凉钓，藤蔓阴阴著雨香。”其三：“窗外晓帘还自卷，柏烟兰露思晴空。青箱有意终须续，断简遗编一半通。”三首诗分别将第一句的最后一个字与次句的第一个字离合，合成六味中药名：滑石、甘草、野葛、当归、卷柏、空青。皮日休《怀鹿门县名离合二首》其一：“山瘦更培秋后桂，溪澄闲数晚来鱼。台前过雁盈千百，泉石无情不寄书。”其二：“十里松萝阴乱石，门前幽事雨来新。野霜浓处怜残菊，潭上花开不见人。”两首诗分别离合成桂溪、鱼台、百泉、石门、新野、菊潭等襄阳地区的六个地名。本来杂体诗还有一种叫杂名体的，就是作者故意将某些事物的名称镶嵌在诗中，从而构成各种名称的作品，包括天文类、地理类、人物类、动物类、植物类，等等，名目繁多。皮陆杂名体只有药名诗和县名诗，但他们就这些药名诗和县名诗与离合诗结合在一起，二者为一进行创作，是他们的一个创举。宋人王得臣在《麈史》里说：“里人史思远善诗，用药名则析而用之，如《夜坐》句曰：‘坐来夜半天河转，挑尽寒灯心自知。’此乃鲁望离合格也。”①还有一种离合诗，就是在诗中把诗题给离合出来。例如陆龟蒙《闲居杂题五首》其一《鸣蜩早》：“闲来倚杖柴门口，鸟下深枝啄晚虫。周步一池销半日，十年听此鬓如蓬。”第一句末的“口”与第二句首字“鸟”离合成“鸣”，第二句末字“虫”与第三句首字“周”离合成“蜩”，第三句末字“日”与第四句首字“十”又离合成“早”，这样合起来就是诗题《鸣蜩早》。这样的游戏之作也可以算作皮陆的发明。

四声诗：就是全诗都按规定的声调落笔为诗，要么是全诗皆平，要么是全句皆平、皆仄，无一字犯规，一诗当中全是平声没有仄声，那就缺乏抑扬顿挫的音乐效果，读起来既绕口也不顺，谈不上是诗歌，而纯粹是文字游戏。但皮陆也似乎津津有味地在创作。据皮日休《杂体诗序》，知此诗为陆龟蒙所创。《松陵集》中，这样的作品有两组，一为是陆龟蒙的《夏日闲居作四声诗寄袭美》四首和皮日休的《奉酬鲁望夏日四

---

① 王得臣：《麈史》，上海古籍出版社1986年版，第48页。

声四首》，皮陆唱和四首分别依次为平声、平上声、平去声、平入声。二为皮日休《苦雨中又作四声诗寄鲁望》四首和陆龟蒙的《奉酬袭美苦雨四声重寄三十二句》，一次用平声、平上声、平去声、平入声。对陆龟蒙的这种作法，宋人严羽在《沧浪诗话·诗体》中说："有全篇字皆平声者。天随子《夏日诗》四十字皆是平。又有一句全平，一句全仄者。"①指出了陆龟蒙诗作运用四声的事实。

联句诗：就是两人或两人以上共同连缀而创作的诗篇，又叫连句诗。从形式上讲，有人各一句、二句、四句的，也有由第一人先出一句，第二人接续一句构成一联，然后再出一句，由他人接续成联，如此往复接连成篇的。体式上有五言、七言，有短章也有长篇。要求参与者文思敏捷才力相当，而且在风格方面前后一致，还要押韵，难度也是很大的。宋人高承《事物纪原》卷四经籍艺文部"联句"条说："自汉武为柏梁诗，使群臣作七言，始有联句体。梁《何逊集》多有其格，唐文士为之者亦众。凡联一句或二句，亦有对一句出一句者。《五子之歌》有其一其二之文，则又联句之体也。其事见于《夏书·五子之歌》。始于汉武柏梁之作，而成于何逊也。"②联句诗所以又叫柏梁体。它适合于诗友之间的诗歌酬唱，算是一种高雅的智力游戏。《松陵集》中就有不少的联句诗，如皮陆的《寒夜联句》，一人出一联；《寂上人院联句》《开元寺楼看雨联句》，一人出两联；《北禅院避暑》，一人出三联；皮日休、张贲、陆龟蒙《药名联句》，人各出一联，将药名与联句相结合，对仗整齐。皮日休、张贲、陆龟蒙《寒夜文宴联句》是在宴会上的联句。也有一个人先写完再由另外一人补写联句的，如《独在开元寺避暑，颇怀鲁望，因飞笔联句》。也有一个人先出一句，第二人出两句，第三人接续的，如《报恩寺南池联句》。问答诗其实也属于联句的一种，如皮日休、张贲、陆龟蒙的《夜会问答十首》即是。由此可见，皮陆二人还是精通

① 郭绍虞：《沧浪诗话校释》，人民文学出版社1983年版，第73页。
② 高承：《事物纪原》，中华书局1989年版，第190页。

此道的。

皮陆杂体诗除了上述这些种类外，他们还尝试仿效用齐梁体、吴体、风人体等诗体唱和，例如《松陵集》中就有《寄题天台国清寺齐梁体》唱和、《齐梁怨别》唱和、《早秋吴体寄袭美》唱和、《独夜有怀因作吴体寄袭美》唱和、《早春雪中作吴体寄袭美》唱和、《风人诗》唱和等。此外，《松陵集》中还有全篇为双声叠韵的，这是从《诗经》时代就使用的一种诗歌手法，皮陆也不例外，如陆龟蒙《叠韵山中吟》《双声溪上思》《叠韵吴宫词二首》等，皮日休全部都奉和，写了《奉和鲁望叠韵双声二首》(《叠韵山中吟》《双声溪上思》)、《奉和鲁望叠韵吴宫词二首》。在具体创作中，皮陆还玩一些新花样，将古人名等内容塞进诗中以增添乐趣，如《寒日古人名一绝》唱和，皮日休《奉和鲁望寒日古人名一绝》云："北顾欢游悲沈宋，南徐陵寝叹齐梁。水边韶景无穷柳，寒被江淹一半黄。"就在诗中镶嵌了沈佺期、宋之问、江淹等人名。当然，这样的诗歌不过是在卖弄作者的学识，没有什么意思。明人许学夷就对皮陆杂体诗中的这些作法毫不客气地予以了批评，他在《诗源辩体》卷三十一中说："皮、陆集中有全篇字皆平声者，有上五字皆平声，下五字或上声、或去声、或入声，有叠韵，有离合，有药名，有人名，有回文，有问答，有风人，夸新斗奇，大坏诗体。"①

在句式的应用与变化上，《松陵集》更是无所不用无所不能，显得丰富多彩。皮日休《松陵集序》说："在诗有三言、四言、五言、六言、七言、九言之作……盖古诗率以四言为本，而汉氏方以五言、七言为之也……逮及吾唐开元之世，易其体为律焉，始切于俪偶，拘于声势……由汉及唐，诗之道尽矣。吾又不知千祀之后，诗之道止于斯而已，即后有变，而作者，余不得以知之。"《松陵集》卷一到卷四是古体，既有五言八句的短章，也有十韵、二十韵、三十韵、一百韵的长篇巨制。如

① 许学夷：《诗源辩体》，杜维沬校点，人民文学出版社 1998 年版，第 298 页。

《吴中苦雨因书一百韵寄鲁望》一诗，开头二十二韵就极力描绘暴雨之巨：“全吴临巨溟，百里到沪渎。海物竞骈罗，水怪争渗漉。狂蜃吐其气，千寻勃然蹙。一刷半天墨，架为奇危屋。怒鲸瞪相向，吹浪山毂毂。倏忽腥杳冥，须臾坼崖谷。帝命有严程，慈物有潜伏。嘘之为玄云，弥亘千万幅。直拔倚天剑，又建横海纛。”给人一股大气磅礴的气势，接下来写天帝、雷公、雨公等神灵，使用一些冷僻怪异的词汇，衬托出滂沱大雨的景状，极力模仿韩愈诗歌的写作手法。再如陆龟蒙的《读襄阳耆旧传因作诗五百言寄皮袭美》、皮日休的《陆鲁望读襄阳耆旧传见赠五百言过褒庸材靡有称是然襄阳昔事历历在目夫耆旧传所未载者汉阳王则宗社元勋孟浩然则文章大匠予次而赞之因而答亦诗人无言不酬之义也次韵》《陆鲁望昨以五百言见贻过有褒美内揣庸陋弥增愧悚因成一千言上述吾唐文物之盛次叙相得之惧亦迭和之微旨也》、陆龟蒙的《袭美先辈以龟蒙所献五百言既蒙见和复示荣唱至于千字提奖之重有称实再抒鄙怀用伸酬谢》等都是巨制，在体式上极尽描摹之能事。《松陵集》卷五到卷九为近体诗，以五律为多，但也有不少十韵、十六韵、三十韵的五言排律，如《新秋言怀寄鲁望三十韵》唱和、《秋日遣怀》唱和、《江南书情二十韵寄秘书阁韦校书贻之商洛宋先辈垂文二同年》唱和、《虎丘寺殿前有古杉一本行状丑怪……遂赋三百言以见志》唱和等，都是五排中的巨制。此外，他们还创作了六言八句诗，如《胥口即事六言二首》唱和。这样看来，《松陵集》基本上囊括了唐代诗坛上所能见到的各种诗体，是他们求全求变诗歌思想的一次大阅兵。

还有两点值得注意。《松陵集》中的唱和之作，有不少是以组诗的形式出现的，古体、近体、律诗、绝句各种诗体都有，例如卷三的《太湖诗》唱和 20 首，卷四的《渔具诗》唱和 15 首、《添渔具诗》唱和 5 首、《樵人十咏》唱和 10 首，《酒中十咏》唱和 10 首，《添酒中六咏》唱和 6 首、《茶中杂咏》唱和 10 首，卷五的《四明山诗》唱和 9 首、《五贶诗》唱和 5 首，卷九的《馆娃宫怀古五绝》唱和 5 首，等等。对于这种情形，著名文学史专家罗庸先生说：“成数诗，即同时作若干首，一直连下，前此之成数诗乃陆续作成，集而题之，与元、白所作不同，如白之《有乌二十章》，元之《有酒十章》，开晚唐、北宋极坏风气，以此为消遣斗胜之具，注重技巧之花样，而内容不复问矣，晚唐诗人皮、陆二家，即其代表。”①其实这些组诗不过是皮陆二人逞才斗胜消遣自适的一种创作形式罢了。另外有一种和组诗相似的做法就是对某一事物反复唱和，效果和组诗差不多，如《木兰后池三咏》唱和之后接着又有《重提后池》唱和，《送圆载上人归日本国》唱和之后的《重送》唱和也是如此，有一唱三叹之效果。此外，在《松陵集》中，不少唱和诗之前都有诗序，这种现象也值得关注。前面我们统计过，《松陵集》中共有诗序19篇，如果加上《松陵集序》则有20篇，这些诗序对阅读原诗很有作用。

唱和诗的形式是唱诗在前和诗在后，一般来讲它有两类：一是和诗只就唱诗的诗题旨意奉和，在用韵方面没有要求；另外一类是有严格限韵要求的，和诗要根据唱诗所用的韵来用韵。这两种情形在《松陵集》中都有。在唱和诗中和诗按照唱诗的诗韵来用韵的叫和韵诗，和韵的风气起于中唐。宋人张表臣在《珊瑚沟诗话》卷一中说：“前人作诗，未始和韵。自唐白乐天为杭州刺史，元微之为浙东观察，往来置邮筒唱和，始依韵，而多至千言，少或百数十言，篇章甚富。”②和韵诗又有次韵、用韵、依韵三类。次韵又称步韵，指和诗不仅要用原诗的韵字，而且前后次序也需要按照原诗韵字的次序。一般来说，次韵诗在题目中就予以标明了，让人一看就知道是次韵诗，如《奉和鲁望寒夜访寂上人次韵》《袭美题郊居十首因次韵》等。次韵诗经过元白皮陆的提倡，遂成一体而流传。严羽在《沧浪诗话·诗评》中就说：“和韵最害人诗。古人酬唱不次韵，此风始盛于元白皮陆。而本朝诸贤，乃以此而斗工，遂至往复有八、九和者。”③许学夷也持批评意见，他在《诗源辩体》卷三十一中

① 郑临川记录、徐希平整理：《笳吹弦诵传薪录——闻一多、罗庸论中国古典文学》，上海古籍出版社2002年版，第324页。

② 何文焕：《历代诗话》上册，中华书局2001年版，第456页。

③ 郭绍虞：《沧浪诗话校释》，人民文学出版社1983年版，第193页。

就说："陆龟蒙皮日休唱和，多次韵之作。七言律，《鼓吹》所选，仅得一二可观，其他多怪恶奇丑矣。"①用韵诗是指用唱诗的韵字写诗，但不必从原诗韵字的先后次序，与次韵诗稍有不同。依韵诗指既不次韵也不用韵，只是按照对方原诗同一韵部的字来协韵，这是一种相对宽放的唱和诗。以上所说的唱和诗的种种形式在《松陵集》中都有，让我们来看看。

次韵诗是唱和诗中最难的一种，也是《松陵集》中使用最多的一种诗体，可见皮陆迎难而上的勇气和因难逞才的决心。皮陆共有次韵诗104首，其中许多是长篇巨制，如皮日休《陆鲁望读襄阳耆旧传见赠五百言过褒庸材靡有称是然襄阳昔事历历在目夫耆旧传所未载者汉阳王则宗社元勋孟浩然则文章大匠予次而赞之因而答亦诗人无言不酬之义也次韵》多至五十韵，陆龟蒙《奉酬袭美先辈初夏见寄次韵》多至二十三韵，《奉和袭美先辈初夏游楞伽精舍次韵》多至三十七韵。在《松陵集》中更多的是五律、七律的次韵。如陆龟蒙《春雨即事寄袭美》："小谢轻埃日日飞，城边江上阻春晖。虽愁野岸花房冻，还得山家药笋肥。双屐著频看齿折，败裘批苦见毛稀。比邻钓叟无尘事，洒笠鸣蓑夜半归。"皮日休《奉和鲁望春雨即事次韵》："织恨凝愁映鸟飞，半旬飘洒掩韶晖。山容洗得如烟瘦，地脉流来似乳肥。野客正闲移竹远，幽人多病探花稀。何年细湿华阳道，两乘巾车相并归。"陆诗用"晖""肥""稀""归"四个韵字，皮诗也依次用"晖""肥""稀""归"四韵，次序不乱。依韵诗如陆龟蒙《同袭美游北禅院》："连延花蔓映风廊，岸帻披襟到竹房。居士祇今开梵处，先生曾是草玄堂。清尊林下看香印，远岫窗中挂钵囊。今日有情消未得，欲将名理问思光。"皮日休《奉和鲁望同游北禅院》："戚历杉阴入草堂，老僧相见似相忘。吟多几转莲花漏，坐久重焚柏子香。鱼惯斋时分净食，鸽能闲处傍禅床。云林满眼空羁滞，欲对弥天却自伤。"

① 许学夷：《诗源辩体》卷三十一，杜维沫校点，人民文学出版社1998年版，第297页。

陆诗中用“房”“堂”“囊”“光”为韵，而皮日休的和诗用“忘”“香”“床”“伤”为韵，虽然韵字不同，但同属于诗韵中的下平声“七阳”韵部，这样就是依韵诗。

在《松陵集》中还有一种唱和形式，那就是代人作诗用韵，如皮日休的《南阳广文博士欲于荆襄卜居因而有赠》唱诗、陆龟蒙的《代广文先生酬次韵》和诗。代人次韵名义上是为别人作诗，其实还是自己的作品。唱和诗一般一唱一和，但也有反复吟唱的，例如《松陵集》卷五皮日休有《早春病中书事寄鲁望》唱诗，陆龟蒙有《奉酬袭美早春病中书事》和诗，接下来皮日休又作《又寄次前韵》，对陆龟蒙的《又酬次韵》来说是原唱，但对陆龟蒙的《奉酬袭美早春病中书事》来说就是和诗，这样连环相扣反复吟唱，更能体现诗人的机智与才气。另外，《松陵集》中还有倒来韵，就是将唱诗的韵字反过来一次用韵，例如卷九张贲的《酬袭美先辈见寄倒来韵》。在押韵上，《松陵集》中的长诗如皮日休的《吴中苦雨因书一百韵寄鲁望》、陆龟蒙的《奉酬袭美先辈吴中苦雨一百韵见寄》、陆龟蒙的《读襄阳耆旧传因作诗五百言寄皮袭美》、皮日休的《陆鲁望读襄阳耆旧传见赠五百言过褒庸材靡有称是然襄阳昔事历历在目夫耆旧传所未载者汉阳王则宗社元勋孟浩然则文章大匠予次而赞之因而答亦诗人无言不酬之义也次韵》等长达百韵，几乎将所押韵部的韵字全部压遍，用僻字压险韵，争奇斗胜。

在写作上，皮陆在唱和诗中采取以文为诗、以学问为诗、以古文句法为诗的方法，对宋诗艺术风格的形成有促进作用。当然，在韩孟元白的诗歌创作中也有这种倾向，但皮陆是唐诗向宋诗转变中的一个重要过渡。皮、陆二人的唱和诗对宋代的影响很大，这在后面的章节中我们要进行论述。

第六章　皮陆诗派的影响及其余波

皮陆诗派及其创作在后世产生了很大的影响，尤其是他们的唱和诗和小品文。后世说起唱和诗和小品文，都离不开皮陆，形成了一股皮陆热。皮陆诗派的影响在宋、明两代尤为重大，包括对他们诗文的评价、隐逸风度的赞赏，效仿他们的作品和诗风，大量写作唱和诗和小品文等等，不一而足，都是皮陆诗人群的影响。本章打算就皮陆诗派在唐末五代、宋代、明代时期的影响进行一些探讨，其中尤以皮日休、陆龟蒙为代表，因为二人在这个诗人群体中占据主要地位，皮、陆二人的影响足以代表整个诗人群。

第一节　皮陆诗派在唐末五代的影响

皮陆诗派在当时就有较高的声誉，这从当时人的一些文字记述就可以看出来。最早对皮、陆进行评论的是他们同时代的诗人张贲。张贲字润卿，南阳人，大中年间的进士，曾为广文博士，后寓吴中，与皮陆游，相唱和，《松陵集》卷九收他和皮陆的唱和诗十六首。皮日休在诗中赠、送、忆张贲的有十多篇，陆龟蒙也都予以奉和，可见皮日休、陆龟蒙与张贲的关系不一般，他们之间是好朋友，相互之间比较了解，故张贲对他们的评价应该是可信的。《松陵集》卷九中的十六首张贲诗，《全唐诗》卷六百三十一全部收录，大部分和皮日休、陆龟蒙有关系。

在这些诗歌当中，张贲对皮、陆的人品、诗才予以了肯定，例如《和皮陆酒病偶作》：“白编椰席镂冰明，应助杨青解宿酲。难继二贤金玉唱，可怜空作断猿声。”①《偶约道流终乖文会答皮陆》：“仙侣无何访蔡经，两烦韶濩出彤庭。人间若有登楼望，应怪文星近客星。”②在这两首诗中，张贲对皮陆的诗才给予了高度的称赞。在《奉和袭美醉中即席见赠次韵》中，他更是对皮日休的诗才赞赏不已，他说：“桂枝新下月中仙，学海词锋誉蔼然。文阵已推忠信甲，穷波犹认孝廉船。清标称住羊车上，俗韵惭居鹤氅前。共许逢蒙快弓箭，再穿杨叶在明年。”③不仅高标皮日休的诗才，也赞许他高尚的品性。张贲的十六首诗，和陆龟蒙的只有一首，即七律《和鲁望白菊》，其余大多是和皮日休的，他对皮氏的称赞也要高于陆龟蒙。原因在于皮日休为咸通八年的进士，在苏州崔璞幕中又是军事从事，在咸通七年就已经编定了《皮子文薮》十卷，社会地位和诗歌影响要高于陆龟蒙，所以在松陵唱和中，皮日休始终处于主导地位，这从《松陵集》中的作品可以看出来。一般说是皮日休的唱诗多，陆龟蒙的原唱少。基于这个原因，在松陵文会上，众人对皮日休的赞美和期许要高些。在《全唐诗》卷六百三十一中，除了张贲的诗作外，还收有崔璐、李縠、崔璞、魏朴、羊昭业、颜萱、郑璧等人的诗作，都是与皮日休、陆龟蒙之间相互唱和的作品，有些也对皮日休、陆龟蒙的诗歌作出了评价，但这种评价往往带有应酬的味道，如崔璐的《览皮先辈盛制因作十韵以寄用伸款仰》诗云：“河岳挺灵英，星辰精气殊。在人为英杰，与国作祯符。襄阳得奇士，俊迈真龙驹。勇果鲁仲由，文赋蜀相如。”④这就有些吹捧奉承的意味了。其他各位的诗作，如李縠的《醉中袭美先月中归》、崔璞的《奉酬皮先辈霜菊见赠》、羊昭业的《皮袭美见留小宴次韵》、郑璧的《奉和陆鲁望白菊》《和袭美索友人酒》等，都

---

① 《全唐诗》卷六百三十一，第十九册，中华书局 2003 年版，第 7237 页。
② 《全唐诗》卷六百三十一，第十九册，中华书局 2003 年版，第 7236 页。
③ 《全唐诗》卷六百三十一，第十九册，中华书局 2003 年版，第 7236 页。
④ 《全唐诗》卷六百三十一，第十九册，中华书局 2003 年版，第 7238 页。

不同程度地对他们的诗才作出了评价，可见，在咸通十年到咸通十二年的苏州文会当中，皮日休、陆龟蒙的名气就已经很大了。通过这些诗人之间的相互唱和，扩大了皮、陆的知名度，给他们在当时的诗坛上带来了一定的影响。而且，苏州文会刚结束，陆龟蒙就将所有的作品编定为《松陵集》十卷，这与他们先前各自编定的《皮子文薮》和《笠泽丛书》一道在文人当中流传和扩散，更加增添了知名度。晚唐人殷文圭在《览陆龟蒙旧集》诗中说："先生文价沸三吴，白雪千编酒一壶。吟去星辰笔下动，醉来嵩华眼中无。峭如谢桧虬蟠活，清似缑山凤路孤。身后独遗封禅草，何人寻得佐鸿图。"①对陆龟蒙的诗才和隐逸生活进行赞美，他在另外一首《题吴中陆龟蒙山斋》诗中也对陆龟蒙的隐士风范赞赏不已。

罗隐、杜荀鹤、聂夷中三人没有参加当时的苏州文会，但是在诗坛上也有一定的影响。罗隐在当时的名气比较大，原因在于他跟钱镠的关系以及他后期在杭州任官的经历，使得文人骚客对他仰慕不已，从而在当时的文人圈子里有较大的影响。例如杜荀鹤对罗隐受到钱镠的知遇之恩就艳羡不已，在《献钱塘县罗著作判官》诗中说："还乡夫子遇贤侯，抚字情知不自由。莫把一名专懊恼，施教双眼绝冤仇。猩袍懒著辞公宴，鹤氅闲披访道流。犹有九华知己在，羡君高卧早回头。"②一方面对罗隐受钱镠的赏识赞叹不已，另一方面也希望罗隐能把自己当作知己，方便的时候予以提携。杜荀鹤还有《钱塘别罗隐》五律一首。罗隐的好朋友黄滔对他的诗才予以了较高的评价，他在《寄罗郎中隐》中说："休向中兴雪至冤，钱塘江上看涛翻。三征不起时贤议，九转终成道者言。绿酒千杯肠已烂，新诗数首骨犹存。瑶蟾若使知人事，仙桂应遭蠹却根。"③此外，黄滔还在《与罗隐郎中书》和《颍川陈先生集序》中对罗隐的诗才予以肯定。另外两位晚唐人徐夤和释归仁则对罗隐的文章表示赞

---

① 《全唐诗》卷七百零七，第二十一册，中华书局2003年版，第8135页。

② 《唐风集校注》卷二，《杜荀鹤及其唐风集研究》上编，巴蜀书社2005年版，第175页。

③ 《全唐诗》卷七百零五，第二十一册，中华书局2003年版，第8113页。

赏。徐夤在《寄两浙罗书记》中说："进即湮沉退却升，钱塘风月过金陵。鸿才入贡无人换，白首从军有诏征。博簿集成时辈骂，谗书编就薄徒憎。怜君道在名长在，不到慈恩最上层。"①释归仁《悼罗隐》："一著谗书未快心，几抽胸臆纵狂吟。管中窥豹我犹在，海上钓鼇君也沉。岁月尽能消愤懑，寰区那更有知音。长安冠盖皆涂地，仍喜先生葬碧岑。"②罗隐的《谗书》为讽刺小品文，笔锋锐利，大胆揭露当时的黑暗政局，引起某些官僚的极大不满，所谓"谗书编就薄徒恨""一著谗书未快心"就是对罗隐《谗书》思想性艺术性的高度肯定。

杜荀鹤在当时的名声没有皮日休、陆龟蒙、罗隐三人大，但也有一定的影响。例如殷文圭在《次韵九华杜先辈重阳寄投宛陵丞相》一诗就说："日下飞声彻不毛，酒醒时得广离骚。先生鬓为吟诗白，上相心因治国劳。千乘信回鱼榼重，九华秋迥凤巢高。强酬小谢重阳句，沙恨无金尽日淘。"③在《寄贺杜荀鹤及第》中也说："一战平畴五字劳，昼归乡去锦为袍。大鹏出海翎犹湿，骏马辞天气正豪。九子旧山增秀绝，二南新格变风骚。由来稽古符公道，平地丹梯甲乙高。"④在这两首诗歌中，殷文圭都对杜荀鹤诗歌吸取《诗经》《离骚》的优良传统表示称赞，骚雅精神是中国古代诗歌的精华，杜荀鹤努力学习，创作出了大量反映社会关注民生的诗篇，殷文圭正是对他的这种努力表示赞许和肯定。景福元年（公元 892 年），太常博士顾云为《杜荀鹤文集》作序，他在序中首先转引礼部侍郎裴贽的话说："圣上嫌文教之未张，思得如高宗朝射洪拾遗陈公子昂，作诗出没二雅，驰骤建安，削苦涩僻碎，略淫靡浅切，破艳冶之艰阵，擒雕巧之酋帅，皆摧幢折角，崩溃解散，扫荡词场，郭清文浸。……以生有陈体，可以润国风，广王泽，固擢生以塞诏意，勉为

---

① 《全唐诗》卷七百零九，第二十一册，中华书局 2003 年版，第 8167 页。
② 《全唐诗》卷八百二十五，第二十三册，中华书局 2003 年版，第 9294 页。
③ 《全唐诗》卷七百零七，第二十一册，中华书局 2003 年版，第 8137 页。
④ 《全唐诗》卷七百零七，第二十一页，中华书局 2003 年版，第 8137 页。

中兴词宗。”①平心而论，裴贽评价杜荀鹤为“中兴词宗”有些过头，但他指出杜荀鹤的诗歌“出没二雅，驰骤建安”却是合乎实际的。接着顾云自己说：“见其雅丽清省激越之句，能使贪吏廉，邪臣正，父慈子孝，兄良弟悌，人伦之纪备矣。其壮语大言，则决起逸发，可以左揽工部袂，右拍翰林肩，吞贾、喻八九于胸中，曾不带介；或情发乎中，则极思冥搜，神游希夷，形兀枯木，五声劳于呼吸，万象贪于抉剔，信诗家之雄杰者也。”肯定杜荀鹤的讽喻诗有讽刺贪官邪臣、提倡兄良弟悌的教化作用，这是恰当的，但他又把杜荀鹤同李白、杜甫比肩，则有些夸大的成分。

皮陆诗派的各种事迹还在晚唐五代的一些笔记小说里面有着详细的记载，这也可以视为他们影响的一部分。例如周勋初主编的《唐人佚事汇编》第三册就收了不少这方面的故事。像王定保《唐摭言》卷五、何光远《鉴戒录》卷九、孙光宪《北梦琐言》卷四、范资《玉堂闲话》等五代人的笔记里都记录了杜荀鹤的事迹，其他像皮日休、陆龟蒙、罗隐、聂夷中等也有不少的记载。大致说来，晚唐五代的人，对皮陆诗派只是心存仰慕之情，在诗文中对他们的品性、隐士风范、诗歌特色等予以简单的评价，皮陆诗派的诗歌创作还没有成为晚唐五代人学习效仿的榜样，而在宋、明两代，这种现象大为改观，学习、模仿皮陆诗派的诗作成为时尚。可以说，皮陆诗派的影响是在宋代才大放异彩的。

第二节　皮陆诗派在宋代的影响

皮陆诗派到了宋代才开始得到文人们的重视，出现了一些仿效他们作品内容和风格的诗作。并且宋代大量的诗话也对他们的诗歌予以评

---

① 《唐风集》卷首，《景印文渊阁四库全书》本，第 1083 册，台湾商务印书馆 1985 年影印，第 585 页。

论，形成了模仿、评论皮陆诗派诗歌的新局面。皮陆诗派作为一个现实主义诗歌流派，创作了大量反映社会现实的诗篇，尤其是他们继承中唐白居易、元稹等人倡导的新乐府运动，叙写广阔的社会生活，具有鲜明强烈的写实性。皮日休的“上剥远非，下补近失”、陆龟蒙的“扶孟荀”“通古圣”，杜荀鹤的“诗皆未能忘救物”、聂夷中诗歌的“合三百篇之旨”等，都是一种有意识的创作。他们广泛地描写社会生活，在诗歌中出现两极分化的现象，一方面是老妪、寡妇、鳏夫、卒妻等孤苦伶仃的贫农形象，一方面是锦衣玉食、笙歌燕舞、恬不知耻的贪官污吏、王孙子弟形象。诗人们通过抓住典型环节典型人物的描绘，揭示了人性的丑陋、人生的悲哀、社会的黑暗、国家的衰败，再现了晚唐光怪陆离的历史画卷，展示了晚唐走向衰朽灭亡必然的历史轨迹。这个诗人群与晚唐的其他描写歌舞升平奇艳奢华的诗人群在思想风貌上存在着明显的不同，许学夷在《诗源辩体》卷三十说：“晚唐诸子体格虽卑，然亦是一种精神所注。”①这种揭示社会黑暗、反映民生疾苦的现实主义写实手法为宋初一些有良知的诗人所继承，从而在西昆体弥漫的宋初诗坛出现了一丝曙光。这是皮陆诗人群体在宋代诗坛上的正面影响。苏舜钦和梅尧臣就是努力学习皮陆诗歌写实性精华的两位诗人。苏舜钦在《诗僧则晖求诗》中感慨道：“风雅久零落，江山应寂寥。会将趋古淡，先可去浮嚣。”②并且大声疾呼“正声今遁矣，古道此焉存？”③，立志“笔下驱古风，直趋圣所存”④。在苏舜钦看来，风雅传统的衰落丢失是令人痛心疾首的事情，所以他把复兴风雅传统作为自己的首要任务，与穆修、尹洙等人一道反对西昆派“更迭唱和”“雕章丽句”的形式主义风习，他的

① 许学夷：《诗源辩体》卷三十，人民文学出版社1998年版，第284页。

② 傅平骧、胡问涛：《苏舜钦集编年校注》卷四，巴蜀书社1990年版，第307页。

③ 《怀月来求听琴诗因作六韵》，傅平骧、胡问涛：《苏舜钦集编年校注》卷四，巴蜀书社1990年版，第308页。

④ 《夏热昼寝感咏》，傅平骧、胡问涛：《苏舜钦集编年校注》卷四，巴蜀书社1990年版，第198页。

《苏学士文集》十三卷存诗二百多首，大多是指陈时弊、抒怀泄愤的诗作，不少作品可以明显地看出受到皮陆诗人群的影响。梅尧臣在《答韩三子华韩五持国韩六玉汝见赠述诗》中说："词虽浅陋颇剋苦，未到二雅未忍捐。"①他主张诗歌要"下情上达""有所美刺"②。在宋初诗坛上，苏舜钦和梅尧臣的这种主张可谓是对西昆派诗歌的抗议与反拨，他们率风气之先，继承骚雅的优良传统，承续皮陆诗派的诗歌主张，大力描写社会现实，如苏舜钦的《城南感怀呈永叔》《吴越大旱》《升阳殿故址》《吾闻》《有客》《己卯冬大寒有感》、梅尧臣的《村豪》《猛虎行》《小村》《汝坟贫女》《田家语》等诗歌，都是反映社会现实民生疾苦的佳作。其后的苏轼、张俞、范成大、陆游等诗人接踵而来，步梅尧臣、苏舜钦后尘，也创作了大量此类作品，可以说这些都是在晚唐皮陆诗派的影响之下写成的，这是皮陆诗派乐府诗、讽喻诗在宋代的影响。

然而，宋代是一个文人气质相当浓厚的时代，皮、陆作为隐逸文士的典范，其高标逸致的人格魅力也无时无刻不在影响着宋代士大夫。北宋诗人张耒、苏轼就是皮、陆的崇拜者。张耒有《伏暑日唯食粥一瓯尽屏人事逍遥效皮陆体》③一诗，标题就把皮陆的诗歌目为"皮陆体"，但是这种所谓的"皮陆体"只是皮日休和陆龟蒙诗歌的代称，不包含其他诗人的诗歌。这种皮陆体应该专指松陵唱和期间皮陆二人的诗歌，尤其指他们那种描绘日常生活和细微情思的短小篇章，因为张耒的这首诗歌也是描写夏日自己在家悠闲的生活情形，体裁为七律，风神潇洒，颇得皮陆诗歌的精髓。苏轼也深受皮、陆的影响，他的《后杞菊赋》就是受到陆龟蒙《杞菊赋》的影响而作的，他在《后杞菊赋并序》中说："天随子自言常食杞菊。及夏五月，枝叶老硬，气味苦涩，犹食不已。因作赋以

---

① 《全宋诗》卷二百四十六，北京大学出版社 1991 年版，第 2865 页。

② 《答裴送序意》，《全宋诗》卷二百四十七，北京大学出版社 1991 年版，第 2884 页。

③ 《张耒集》卷十六，上册，李逸安等校点，中华书局 2005 年版，第 267 页。

自广。”①苏轼是一个性格开朗幽默的诗人，善于谐谑调笑，他的集中就有不少杂体诗，这部分杂体诗明显地受到皮、陆《松陵集》卷十中杂体诗的影响，许学夷就看出了这点，他在《诗源辩体》卷三十一中说："皮、陆集中有全篇字皆平声者，有上五字皆平声，下五字或上声、或去声、或入声者，有叠韵，有离合，有药名，有人名，有回文，有问答，有风人，夸新斗奇，大坏诗体，二子复生，吾当投畀豺虎。或问：'东坡亦有叠韵、双声、吃语、禽语等何？'曰：'东坡才大，自无不宜，故偶以为戏，皮、陆长处略无所见，而惟以此斗奇，未可并论也。'"②从这段话可以看出，在杂体诗的创作上，苏轼是受到皮、陆二人的影响的。

南宋诗人陆游对陆龟蒙是情有独钟，他自称是陆龟蒙的后人，多次在文中署名为"笠泽陆某务观""吴郡陆某""甫里陆某"等。不仅如此，他还在诗中对陆龟蒙的才情品性表示崇敬，例如他在《幽居》诗中说："松陵甫里旧家风，晚节何妨号放翁。衰极睡魔殊有力，愁多酒圣欲无功。一编蠹简晴窗下，数卷疏篱落木中。退士所图惟一饱，诸公好为致年丰。"③在《小筑》中写道："小筑茅茨镜水滨，天教静处著闲身。平原不复赋豪士，甫里但思歌散人。翠壁微泉时的砾，衡门叠嶂晓嶙峋。子虚误辱诸公赏，万里轻鸥岂易驯！"④在《读苏叔党〈汝州北山杂诗〉次其韵》十首其七中说："岩石著幼舆，风月思玄度。老子放浪心，常恐白迟暮，安得世外人，握手相与语。吾宗甫里公，奇辞赋渔具。高风邈不嗣，徒有吟讽苦。霜风吹短衣，何山不堪住？"⑤可见，陆龟蒙对陆游的

① 《苏轼文集》卷一，第一册，孔凡礼点校，中华书局1996年版，第4页。

② 许学夷：《诗源辩体》卷三十一，人民文学出版社1998年版，第299页。

③ 钱仲联：《剑南诗稿校注》卷十三，第三册，上海古籍出版社1985年版，第1064页。

④ 钱仲联：《剑南诗稿校注》卷十三，第三册，上海古籍出版社1985年版，第1262页。

⑤ 钱仲联：《剑南诗稿校注》卷十三，第五册，上海古籍出版社1985年版，第2715页。

思想、性格和诗歌创作都是有一定影响的。

姜夔也很喜爱陆龟蒙的诗歌，他的诗歌从内容到风格都可以说是陆龟蒙的翻版，是宋代的陆龟蒙。周密在《姜尧章自叙》一文中说："待制杨公以为于文无所不工，甚似陆天随，于是为往年友。"①就是说姜夔的诗歌创作在风格上"甚似陆天随"，指出了两人的相似之处。其实，姜夔一生没有从政，这和陆龟蒙很相近，尤其是姜夔游历太湖、松江，面对陆龟蒙曾经赏悦过的湖山景色，不免想起了陆龟蒙的隐居生活，更是对他心神向往之至。姜夔多次在诗词中表达了对陆龟蒙的仰慕之情，如在《除夜自石湖归苕溪》十首其五中说："三生定是陆天随，又向吴松作客归。"②在《三高祠》中写道："沉思只羡天随子，蓑笠寒江过一生。"③在《点将唇·丁未冬过吴松作》中说："艳雁无心，太湖西畔遂云去。数峰清苦，商略黄昏雨。第四桥边，拟共天随住。今何许，凭栏怀古，残柳参差舞。"④姜夔的诗歌多为律绝，写自己萧散悠闲的隐居生活，描绘江左的自然景色，发幽古之思，构思奇巧，在内容和风格上类似陆龟蒙。姜夔在西湖边隐居，创作了名作《湖上寓居杂咏》十四首，诗中描绘的物象诸如山水、云天、松竹、梅菊、荷花、杨柳等至清之景，往往不著色相，洗尽铅华，和陆龟蒙的诗歌很相似，对此，夏承焘在《论姜白石的词风》一文中有过评论，他说："《湖上寓居杂咏》十四首，颇近龟蒙的自遣诗三十首，《昔游诗》里写洞庭湖的五古，也像龟蒙和皮日休的三十首太湖诗。"⑤可见姜夔对皮陆诗歌有所学习与继承是毫无争议的事实了。

宋代的一些诗评家，在自己的诗话著作里对皮陆诗派的诗歌风貌、

① 周密：《齐东野语》卷十二，中华书局 1997 年版，第 211 页。

② 孙玄常：《姜白石诗集笺注》，山西人民出版社 1986 年版，第 176 页。

③ 孙玄常：《姜白石诗集笺注》，山西人民出版社 1986 年版，第 201 页。

④ 夏承焘：《姜白石词编年笺校》卷二，上海古籍出版社 1998 年版，第 26 页。

⑤ 《姜白石词编年笺校》卷首，上海古籍出版社 1998 年版，第 5 页。

艺术技巧都发表了自己的看法，可资借鉴。例如计有功的《唐诗纪事》、阮阅的《诗话总龟》、葛立方的《韵语阳秋》、胡仔的《苕溪渔隐丛话》、尤袤的《全唐诗话》等，有些观点还是很有启发的，对我们进一步研究皮陆诗歌大有益处。其实，宋人在诗话著作中大量地评点皮陆诗人群的诗歌，这本身就是皮陆诗人群在宋代影响的一部分。因为宋代诗话数量巨大，也就不一一举例了。

第三节　皮陆诗派在明代的影响

皮陆诗派在明代也有影响，表现在两个方面，一个是诗歌的影响，一个是小品文的影响。在诗歌方面，明代许多诗人都曾效仿过皮陆进行创作，例如许学夷在《诗源辩体》卷三十一中就说："韩、白古诗，本失之巧，而或以为拙；王、杜、皮、陆律诗，实流于恶，而或以为巧，此千古大谬。盖韩、白机趣实有可观，王、杜、皮、陆机趣略无所见也。今人好奇而识浅，故舍韩、白而取皮、陆耳。"①许学夷说的"今人"当然就是明代人，他批评明代的一些诗人好奇而识浅，不识得韩愈、白居易古诗的优点，而学习皮日休、陆龟蒙的古诗。这些学习仿效皮、陆诗风的诗人就有祝允明、高启、沈德符等人。钱谦益在《列朝诗集小传》中就说祝允明"效齐梁月露之体，高者凌徐、庾，下亦不失皮、陆"。②钱谦益还在《列朝诗集小传》中评论沈德符说："其论诗宗尚皮、陆及陆放翁，与同时钟、谭之流，声气歙合，而格调迥别，不为苟同。"③由此可见，祝允明和沈德符的诗歌起码是有一部分向皮、陆学习和模仿的。明初诗人高启在《姑苏杂咏序》中说："吴为古名都，其山水人物之胜，见于刘、白、皮、陆诸公之所赋者众矣。余为郡人，暇日搜奇访异，于

① 许学夷：《诗源辩体》卷三十一，人民文学出版社1998年版，第299页。
② 钱谦益：《列朝诗集小传》上册，上海古籍出版社1983年版，第299页。
③ 钱谦益：《列朝诗集小传》下册，上海古籍出版社1983年版，第656页。

荒墟邃谷之中独行。”①他的这组《姑苏杂咏》受到皮陆松陵唱和时描写苏州风物诗歌之影响自是不言而喻。事实上，明代有不少诗人的确在论诗、写诗方面有崇尚皮陆的倾向，他们把皮陆的诗歌作为学习、借鉴的榜样，创作出了不少具有驰骛新奇风格的诗作，尤其是五言古诗。例如陆时雍就十分欣赏陆龟蒙的长篇五古，他在自己的著作《唐诗镜》中就不止一次地评论陆龟蒙的五古。如他评论陆龟蒙的《奉酬袭美先辈吴中苦雨一百韵见寄》云：“滚滚汩汩，相注而来，绝无排叠堆垛之病，所以为难。自少陵以来可称绝响。”②不过他又认为皮陆的长篇五古缺少韵致，他在《诗镜总论》中说：“有韵则生，无韵则死；有韵则雅，无韵则俗；有韵则响，无韵则沉；有韵则远，无韵则局。物色在于点染，意态在于转折，情事在于犹夷，风致在于绰约，语气在于吞吐，体势在于游行，此则韵之所由生矣。陆龟蒙皮日休知用实而不知运实之妙，所以短也。”③陆氏所说的皮日休、陆龟蒙知用实，是指他们的五言古诗排比铺叙、典故议论相结合而形成的雄浑诗风，缺少一种空灵巧妙的韵味。这种批评是有道理的，它建立在明代崇尚性灵的诗学观上。

明代诗学理论较为发达，在很多诗话著作中都对皮陆诗派的诗作风格作了评论，例如在胡震亨的《唐音癸签》、胡应麟的《诗薮》、许学夷的《诗源辩体》、杨慎的《升庵诗话》、都穆的《南濠诗话》等诗话著作里都有论述，也可以视为影响的一部分。

在小品文方面，皮陆诗派中的皮日休、陆龟蒙、罗隐三人的讽刺小品对明代的小品文创作所带来的巨大影响，在多种著作中都有详细论述，例如在田启文《晚唐讽刺小品之风貌》(文津出版社 2004 年版)和曹淑娟《晚明性灵小品研究》(文津出版社 1988 年版)中都有论述，而且还有不少单篇的论文谈及，这里就不作重复了。

---

① 高启：《高青丘集》卷三，上海古籍出版社 1985 年版，第 907 页。
② 陆时雍：《唐诗镜》卷五十二，文渊阁四库全书本。
③ 丁福保辑：《历代诗话续编》下册，中华书局 2001 年版，第 1423 页。

主要参考文献

A 基本古籍文献

《十三经注疏》	(清)阮元校刻	中华书局 2003
《四库全书总目》	(清)永瑢等撰	中华书局 2003
《史记》	(汉)司马迁撰	中华书局 1998
《汉书》	(汉)班固撰	中华书局 2002
《三国志》	(晋)陈寿撰	中华书局 1998
《晋书》	(唐)房玄龄撰	中华书局 1997
《宋书》	(梁)沈约撰	中华书局 2000
《南齐书》	(梁)萧子显撰	中华书局 1997
《梁书》	(唐)姚思廉撰	中华书局 2000
《南史》	(唐)李延寿撰	中华书局 1997
《旧唐书》	(后晋)刘昫等撰	中华书局 1997
《新唐书》	(宋)欧阳修、宋祁等撰	中华书局 1975
《新五代史》	(宋)欧阳修撰	中华书局 1995
《旧五代史》	(宋)薛居正等撰	中华书局 1997
《资治通鉴》	(宋)司马光撰	中华书局 1982
《唐会要》	(宋)王溥撰	中华书局 1990
《元和郡县图志》	(唐)李吉甫撰	中华书局 1995

《登科记考》	(清)徐松撰	中华书局 1984
《文选》	(梁)萧统编 (唐)李善注	中华书局 2005
《全汉赋》	费振刚等辑校	北京大学出版社 1997
《先秦汉魏晋南北朝诗》	逯钦立辑校	中华书局 1995
《世说新语校笺》	(南朝)刘义庆撰 徐震堮校笺	中华书局 2001
《阮籍集校注》	(魏)阮籍撰 陈伯君校注	中华书局 2004
《曹植集校注》	(魏)曹植撰 赵幼文校注	人民文学出版社 1983
《贾谊集校注》	(汉)贾谊撰王洲明校注	人民文学出版社 1996
《建安七子集》	俞绍初辑校	中华书局 2005
《全唐诗》	(清)彭定求等编	中华书局 2003
《全唐文》	(清)董诰等编	中华书局 1983
《全唐诗补编》	陈尚君编撰	中华书局 1994
《唐诗别裁集》	(清)沈德潜编	中华书局 1981
《唐诗品汇》	(明)高棅编	上海古籍出版社 1982
《唐诗纪事校笺》	(宋)计有功撰 王仲镛校笺	巴蜀书社 1989
《唐才子传校笺》	(宋)辛文房撰 傅璇琮主编	中华书局 2000
《唐才子传校注》	孙映逵校注	中国社会科学出版社 1991
《唐五代笔记小说大观》	上海古籍出版社编	上海古籍出版社 2000
《李白集校注》	瞿蜕园、朱金城校注	上海古籍出版社 1998
《杜诗详注》	(唐)杜甫撰 (清)仇兆鳌注	中华书局 1995
《白居易集校笺》	朱金城校笺	上海古籍出版社 2003
《韩愈全集校注》	屈守元等校注	四川大学出版社 1996
《韩昌黎文集校注》	马其昶校注	上海古籍出版社 1998
《韩昌黎诗系年集释》	钱仲联集释	上海古籍出版社 1998
《元稹集》	(唐)元稹撰 冀勤整理	中华书局 2000
《三家评注李长吉歌诗》	(清)王琦等评注	上海古籍出版社 1998
《孟郊诗集校注》	华忱之、喻学才校注	人民文学出版社 1995
《李商隐诗歌集解》	(唐)李商隐撰 刘学锴、余恕诚著	中华书局 1996

《贾岛集校注》	齐文榜校注	人民文学出版社 2001
《松陵集文渊阁四库全书本》	(唐)皮日休、陆龟蒙撰	台湾商务印书馆 1983
《皮子文薮》	萧涤非、郑庆笃整理	上海古籍出版社 1981
《笠泽丛书文渊阁四库全书本》	(唐)陆龟蒙撰	台湾商务印书馆 1983
《唐甫里先生文集》	宋景昌、王立群点校	河南大学出版社 1996
《罗隐集》	(唐)罗隐撰 雍文华整理	中华书局 1983
《罗隐诗集笺注》	(唐)罗隐撰 李之亮笺注	岳麓书社 2001
《罗隐集校注》	(唐)罗隐撰 潘慧惠校注	浙江古籍出版社 1995
《唐风集文渊阁四库全书本》	(唐)杜荀鹤撰	台湾商务印书馆 1983
《唐风集校注》	(唐)杜荀鹤撰 胡嗣坤、罗琴校注	巴蜀书社 2005
《韩偓诗集笺注》	(唐)韩偓撰 齐涛笺注	山东教育出版社 2000
《全宋诗》	傅璇琮等主编	北京大学出版社 1998
《事物纪原》	(宋)高承撰	中华书局 1989
《欧阳修全集》	(宋)欧阳修撰	中华书局 2001
《苏舜钦集编年校注》	(宋)苏舜钦撰 傅平骧、胡问涛校注	巴蜀书社 1990
《梅尧臣集编年校注》	(宋)梅尧臣撰 朱东润校注	上海古籍出版社 1980
《苏轼诗集》	(宋)苏轼撰 孔凡礼整理	中华书局 1982
《苏轼文集》	(宋)苏轼撰 孔凡礼整理	中华书局 1986
《张耒集》	(宋)张耒撰 李逸安等校点	中华书局 2005
《陈与义集校笺》	(宋)陈与义撰 白敦仁校笺	上海古籍出版社 1990
《剑南诗稿校注》	(宋)陆游撰 钱仲联校注	上海古籍出版社 1985
《山谷诗集注》	(宋)任渊等注	上海古籍出版社 2003
《姜白石词编年校笺》	(宋)姜夔撰 夏承焘校笺	上海古籍出版社 1998
《姜白石诗集笺注》	(宋)姜夔撰 孙玄常笺注	山西人民出版社 1986
《中州集》	(金)元好问编	中华书局 1959
《元好问全集》	(金)元好问撰 姚奠中主编	山西人民出版社 1990
《高青丘集》	(明)高启撰	上海古籍出版社 1985
《增订文心雕龙校注》	(梁)刘勰撰 杨明照校注	中华书局 2000

《诗品集注》	(梁)钟嵘撰 曹旭集注	上海古籍出版社 1996
《诗式校注》	(唐)皎然撰 李壮鹰校注	人民文学出版社 2003
《苕溪渔隐丛话》	(宋)胡仔编	人民文学出版社 1982
《沧浪诗话校释》	(宋)严羽撰 郭绍虞校释	人民文学出版社 2002
《后村诗话》	(宋)刘克庄撰	中华书局 1983
《诗人玉屑》	(宋)魏庆之撰	上海古籍出版社 1978
《诗话总龟》	(宋)阮阅撰	人民文学出版社 1998
《诗源辩体》	(明)许学夷撰	人民文学出版社 1998
《带经堂诗话》	(清)王士禛撰	人民文学出版社 1998
《随园诗话》	(清)袁枚撰	人民文学出版社 1982
《瓯北诗话》	(清)赵翼撰	人民文学出版社 1998
《历代诗话》	(清)何文焕编	中华书局 2001
《历代诗话续编》	(清)丁福保编	中华书局 1983
《清诗话》	(清)王夫之等编	上海古籍出版社 1999
《清诗话续编》	郭绍虞编	上海古籍出版社 1999
《容斋随笔》	(宋)洪迈撰	上海古籍出版社 1998
《唐语林校正》	(宋)王谠撰 周勋初校正	中华书局 1997
《北梦琐言》	(宋)孙光宪撰	中华书局 2002
《老学庵笔记》	(宋)陆游撰	中华书局 1997
《云麓漫抄》	(宋)赵彦卫撰	中华书局 1996
《齐东野语》	(宋)周密撰	中华书局 1997
《癸辛杂识》	(宋)周密撰	中华书局 1997
《南部新书》	(宋)钱易撰	中华书局 2002
《范成大笔记六种》	(宋)范成大撰	中华书局 2002
《鹤林玉露》	(宋)罗大经撰	中华书局 1997
《少室山房笔丛》	(明)胡应麟撰	上海书店出版社 2001
《诗薮》	(明)胡应麟撰	上海古籍出版社 1979
《唐音癸签》	(明)胡震亨撰	古典文学出版社 1957

《列朝诗集小传》	(清)钱谦益撰	上海古籍出版社 1983

B 近人研究著作

《中古文学集团》	胡大雷著	广西师大出版社 1996
《海峡两岸唐代文学研究史》	陈友冰著	中研院中国文哲所 2001
《唐五代文学编年史》	傅璇琮主编	辽海出版社 1998
《隋唐五代文学批评史》	王运熙著	上海古籍出版社 1996
《隋唐五代文学思想史》	罗宗强著	中华书局 1999
《中国散文史》	郭预衡著	上海古籍出版社 1999
《唐代文学史》	乔象钟、陈铁民主编	人民文学出版社 2000
《金明馆丛稿初编》	陈寅恪著	上海古籍出版社 1980
《唐诗史》	许总著	江苏教育出版社 1994
《唐诗体派论》	许总著	文津出版社 1994
《全唐诗典故辞典》	范之棱主编	湖北辞书出版社 1989
《唐诗大辞典(修订本)》	周勋初主编	凤凰出版社 2003
《唐人佚事汇编》	周勋初主编	上海古籍出版社 1995
《唐集叙录》	万曼著	中华书局 1982
《唐诗书录》	陈伯海著	齐鲁书社 1988
《唐诗风貌》	余恕诚著	安徽大学出版社 1997
《政治兴变与唐诗演化》	胡可先著	中国社会科学出版社 2003
《中唐政治与文学》	胡可先著	安徽大学出版社 2000
《全唐诗人名考证》	陶敏著	陕西教育出版社 1996
《全唐诗人名考》	吴汝煜著	江苏教育出版社 1990
《唐诗综论》	林庚著	人民文学出版社 1987
《古诗考索》	程千帆著	上海古籍出版社 1984
《唐代进士行卷与文学》	程千帆著	上海古籍出版社 1980
《唐代科举与文学》	傅璇琮著	陕西人民出版社 1995

《唐声诗》	任半塘著	上海古籍出版社 1982
《唐宋之际诗歌演变研究》	刘宁著	北京师范大学出版社 2002
《唐代使府与文学研究》	戴伟华著	广西师范大学出版社 1998
《唐代文学丛考》	陈尚君著	中国社会科学出版社 1997
《唐五代文史丛考》	吴在庆著	江西人民出版社 1995
《唐代诗人丛考》	傅璇琮著	中华书局 1996
《唐诗论学丛稿(增订本)》	傅璇琮著	京华出版社 1999
《唐人选唐诗新编》	傅璇琮选编	陕西人民教育出版社 1996
《唐宋人选唐宋词》	唐圭璋等校点	上海古籍出版社 2004
《隋唐五代文论选》	周祖撰著	人民文学出版社 1999
《中唐文学思想研究》	唐晓敏著	北京师范大学出版社 2000
《中唐诗歌之开拓与新变》	孟二冬著	北京大学出版社 1998
《元和诗论》	曾广开著	辽海出版社 1997
《韩孟诗派研究》	毕宝魁著	辽宁大学出版社 2000
《韩孟诗派研究》	肖占鹏著	南开大学出版社 1999
《大历诗风》	蒋寅著	上海古籍出版社 1992
《大历诗人研究》	蒋寅著	中华书局 1995
《皮陆诗歌研究》	王锡九著	安徽大学出版社 2004
《皮陆研究》	李福标著	岳麓书社 2007
《皮陆年谱》	李福标著	中山大学出版社 2011
《杜荀鹤及其唐风集研究》	胡嗣坤、罗琴著	巴蜀书社 2005
《晚唐诗风》	任海天著	黑龙江教育出版社 1998
《唐代集会总集与诗人群研究》	贾晋华著	北京大学出版社 2001
《五代作家的人格与诗格》	张兴武著	人民文学出版社 2000
《晚唐诗的锋芒与光彩》	曾进风著	汉风出版社 2003
《晚唐士风与诗风》	赵荣蔚著	上海古籍出版社 2004
《江湖诗派研究》	张宏生著	中华书局 1995
《江西诗派研究》	莫砺锋著	齐鲁书社 1986

《宋南渡词人群体研究》	王兆鹏著	台北文津出版社 1992
《宋代诗学中的晚唐观》	黄奕珍著	台北文津出版社 1998
《晚明性灵小品研究》	曹淑娟著	台北文津出版社 1988

后　记

这部《晚唐皮陆诗派研究》是我2003年考入四川大学中文系攻读唐宋文学专业博士研究生时撰写的学位论文，前后写作了近两年时间，于2006年5月提交答辩，并取得文学博士学位。2014年9月由台湾花木兰文化出版社出版。承蒙山西大学文学院魏晓虹教授厚爱，在《中华读书报》2015年4月8日上发表书评《晚唐文学研究的新创获》予以评论，后被《唐代文学研究年鉴》(2015辑，广西师范大学出版社2015年)全文转载，谨此对魏教授的鼓励表示感谢。

我在构思这部学位论文时，江苏第二师范学院王锡九教授已经出版了专著《皮陆诗歌研究》(安徽大学出版社2004年)，主要研究皮日休、陆龟蒙二人的诗歌创作。在内容上拙著与王著不可避免有重复之处。在写作过程中，我尽量避开相同论题，着力于皮陆诗派整体研究，尤其注重诗派成员之间的异同。中山大学李福标教授出版了专著《皮陆研究》(岳麓书社2007年)、《皮陆年谱》(中山大学出版社2011年)，我在写作论文时尚未见到。此外，江南大学尹楚兵教授、集美大学孙桂平教授有关皮日休、陆龟蒙的文章，对我撰写论文很有启发，有些观点已经引用到书中，并注明出处。上述有关皮陆研究的专著、论文，在这次修订论文时我多有参考，并吸收了其中的部分观点，已经在文中一一注明出处。十余年间学界对皮、陆的研究，先后出版了四本专著，发表了数十篇论文。另外，《皮日休集校笺》《松陵集校注》两部著作即将出版，这对晚唐文学研究来说，的确是可喜之事。

这部小书经过修订后，承蒙武汉大学出版社予以再版，对责任编辑白绍华先生表示感谢。如果从考取西南民族大学中文系研究生算起，我研习唐代文学已经有十八年了。我的硕士导师祁和晖先生、徐希平先生，博士导师罗国威先生，博士后导师程杰先生，在我的学术生涯中都曾给过我种种帮助，指引我走上学术之路。师恩难忘，特在此对我的多位导师表示衷心的感谢。

王永波

二〇一七年六月十六日

于四川省社会科学院文学研究所